湾区纪事
三部曲

炽热月光

荆泽晓 —— 著

SPM 南方传媒 | 花城出版社

中国·广州

图书在版编目（CIP）数据

炽热月光 / 荆泽晓著. -- 广州：花城出版社，2025.6. -- ISBN 978-7-5749-0272-5

Ⅰ．I247.5

中国国家版本馆CIP数据核字第2025VX2647号

炽热月光
CHIRE YUEGUANG

荆泽晓／著

出 版 人	张　懿
责任编辑	李　谓　夏显夫
技术编辑	凌春梅
责任校对	梁秋华
装帧设计	姚　敏
出版发行	花城出版社
经　　销	全国新华书店
印　　刷	佛山市浩文彩色印刷有限公司
开　　本	787毫米×1092毫米　16开
印　　张	18　1插页
字　　数	285,000字
版　　次	2025年6月第1版　2025年6月第1次印刷
定　　价	58.00元

版权所有·侵权必究。如发现印装质量问题，请与出版社联系。

购书热线：020-37604658　37602954

目录

第一章　乌云摧城　/ 001

第二章　鸡鸣不已　/ 007

第三章　我只有你　/ 016

第四章　食过夜粥　/ 023

第五章　积极的焦抑症　/ 030

第六章　忤逆　/ 040

第七章　近乎无解　/ 049

第八章　鬼迷心窍　/ 063

第九章　底牌　/ 075

第十章　粉墨登场　/ 086

第十一章　引爆　/ 095

第十二章　光明背后　/ 110

第十三章　博弈　/ 119

第十四章　试探　/ 131

第十五章　不离不弃的"挚友"　/ 142

第十六章　意气相逢　/ 151

第十七章　相见欢　/ 164

第十八章　茶的单纯　／176

第十九章　波澜　／184

第二十章　救赎　／209

第二十一章　人间清醒　／221

第二十二章　前路在何方　／235

第二十三章　天生猎手　／244

第二十四章　披靡　／253

第二十五章　等闲变却　／260

第二十六章　没有什么可以阻挡　／266

第二十七章　鹏程　／273

第二十八章　炽热月光　／279

第一章 乌云摧城

公司运营部天花板的日光灯有些接触不良，而且 G5 项目组有两部电脑的网络有问题……周一早上，刚刚到达公司的殷小妙，就在钉钉上收到同事的催促，这是周五就递交给她的需求了。但殷小妙并不太着急，她拎着牛肉肠粉和猪肝粥到了茶水间，跟行政的几个文员打了招呼之后，打开外卖袋子，慢条斯理地享受着今天的第一顿饭。

那几位行政的文员，可没有她的闲情逸致，匆匆吃完早饭，然后就揶揄了殷小妙几句："这细嚼慢咽的，可真会养生啊！""你别说，小妙那皮肤可比咱们好得多了，又白。"

不失亲近而又保持着距离的调侃，似乎是每个职场女性都擅长的技能。幸好，她们并没有太多空闲时间，很快就急急赶回自己工位上，在九点半的打卡时间还没有到来之前，去完成那永远也做不完的报告和改不完的 PPT。

而正微笑着、小口小口喝着猪肝粥的殷小妙，其实知道她们在背后是怎么说自己的："花瓶，你看她这青春饭能吃几年！"可她不在乎，她知道自己是花瓶。如果一家公司的前台，连花瓶也请不起，那这家公司的情况往往不会太好。没错，殷小妙就是一位前台，所以她不需要跟文员们一样，去改报告或 PPT。

她唯一的 KPI（关键绩效指标），就是貌美如花。

只要做好这一点，就连兼任的后勤需求，稍为反应迟钝一些，都是可以被原谅的。不论是运营部的总监，还是 G5 项目组的制作人，再怎么怒气冲冲跑到前台，面对殷小妙无辜的大眼睛，都会从鼻子里呼出胸腔中的愤怒，然后放缓语速："小妙，这次一定要记住，好不好？"

然后那些来时愤怒不已的负责人，就会在殷小妙充满阳光的微笑里，摇摇头回到自己的办公室或工位上。所以,殷小妙一点也不慌张,她很清楚,身为一个前台能搞砸的事,永远不可能超过她的颜值,这是客观存在的事实。

她终于吃完了早餐,并且刷了牙,然后在 9 点 25 分之前化好淡妆,在前台坚守自己平凡而伟大的工作岗位,给予每一位同人早安的问候和亲切的微笑。

"她要能把颜值的分数分 15 分到她的智商,那对所有人都是一件好事!"不少同事在背后这么评价殷小妙,可是他们没事都喜欢往前台凑,尽管穿着格子衬衫的他们,总是红着脸,难以在殷小妙面前说一句完整的话。看起来,他们就像一群云养猫的爱好者,面对一只真正的小猫咪,却束手无策。而她就是那慵懒的猫咪。

"小妙,你过来我房间一下!"人事总监韩素梅在钉钉上叫她,这让殷小妙有些慌张。

韩素梅是公司里殷小妙唯一的克星。早年毕业以后进入职场,会有取个英文名的习惯,其实抛开西方文化侵袭,它更像一种古昔版本的网络昵称。通常进入职场时取的英文名,以后一般也就不会更改。所以,往往可以从英文名里,看出人们在刚进职场时对自己的定位或期许。

例如取了英文名 Dolores 的韩素梅。

尽管她的腰身已经不再如少女时纤细,她脸上刻意而明显的妆容在掩饰着某些色斑,甚至她为了膝盖着想,现在更愿意选择粗跟的高跟鞋来配职业套装,但 20 年前刚进职场时,或者她也曾经光彩照人。

"你打算一辈子当个前台吗?"没有任何客套,殷小妙一进人事总监的办公室,刚关上门,韩素梅就劈头盖脸地压低了声音训斥。殷小妙是韩素梅招进来的,当时本来是招聘文案,在二三十位面试者里,韩素梅很满意殷小妙的能力,但她入职那天前台出了车祸,而公司刚好有重要客户来访,于是 CEO(首席执行官)看见第一天上班的殷小妙,就让她先顶着前台的工作。但没有想到殷小妙就一直做了两年的前台,并且每天都很开心。

"G7 项目组答应要你了,你能不能振作点?"韩素梅咬牙切齿地对殷小妙说道,"收起你那笑脸!别装傻!你装傻白甜上瘾了是吧?"殷小妙能骗过公司里几百号人,却骗不了韩素梅。

"韩总,我其实不想去项目组,我觉得当前台蛮好啊。"殷小妙有些怯意地咬了咬嘴唇，项目组那种不到晚上 9 点就没一个人下班的加班文化，她可真的一点也不羡慕，"我就做前台嘛，当个花瓶，准时上下班，蛮好的。工资少点就少点。"

韩素梅气得不行，突然张开嘴，却又不知道从何说起。殷小妙家里并不是很有钱，普通工人双职工，从她祖父乃至曾祖父那一辈就这样了。而她祖父只有她父亲一个儿子，她父亲因为时代问题，只有她这么一个女儿。于是她曾祖父那一代的祖屋分到她祖父这边，在西关有栋底层 17 平方米的两层半小楼。她祖父祖母工作时，单位分配的筒子楼改建，分了两套一样大小、30 平方米的一房一厅。而她父母亲工作时赶上分房末班车，综合两人的工龄，分了一套 80 平方米的房子，因为前些年闹离婚，闹腾着分割财产，就把那套 80 平方米的房子拆成了两套，结果后来婚没离成，房产证却成了两份。

也就是说，刚刚结婚的殷小妙尽管在还房贷，但她其实是一个有五套房子的本地土著。虽然每一处都是豆丁大小，而且地段也并不太好，可如果把其中四套出租，尽管不可能大富大贵，却足以衣食无忧——刚结婚的殷小妙，丈夫是广告公司的创意总监，收入很不错，与她极为恩爱。

所以，韩素梅一时突然发现，无从劝起。"女人，没有自己的事业，你会后悔的！"她强行用了这么一句"万能对白"结束聊天，然后准备把殷小妙轰出去，眼不见心不烦。殷小妙也不是很在意，她知道韩素梅是为她好，这种训斥是带着暖意的。她刚从沙发上起身，手机响起了微信提示音，因跟韩素梅私交真的很不错，她随手就点开看了。

突然之间，韩素梅就看见所有的美好和光彩，从殷小妙的脸上一点点地瓦解，一寸寸地消失，她的大眼睛里，尽是无所依靠的茫然和惶恐。

玻璃幕墙外面，预告的台风尚未来到这座南方的都市。但上午便已失色无力的光线，阴霾的乌云，高楼之间席卷呼啸的气流，不间断地折磨着每颗渴望阳光的心灵。

办公桌后面的韩素梅走了过来，坐在沙发上，紧挨着殷小妙，她伸手轻轻拍打着殷小妙的脸："别慌，别慌！怎么了？你说出来，别憋着，要不哭出来。"

她平静而刚毅的面孔，平时被公司同人称作"扑克脸"。这时却如同昏暗天色下的日光灯，别管它是否真实或明亮，它亮着，就让人心安。

"我老公入咗院，抑郁症又发作。"这是粤语，意思是，她的丈夫因为抑郁症发作入院。

低落的殷小妙可能是觉得，这不是一件适合公之于众的事。尽管这房间里只有她们两人，她也下意识地说起粤语。她不知道怎么去面对这一切，只因为这不是她第一次经历这样的事。

第三次了，她丈夫李子轩第三次抑郁症发作入院。

殷小妙很清楚将会发生什么。李子轩会被辞退，没有任何补偿，因为这只是一份刚做了两个月的工作。而且求职时，他隐瞒了自己的病史。就算没有被辞退，他也只能自己辞职，因为抑郁症的发作，很难完成那些创意性工作。而高薪聘请李子轩的广告公司，给他的职位就是创意总监。

对她的生活来讲，丈夫的失业，只是噩梦的开始。

"我以为他会好起来的，医生说坚持吃药，会有好转。"她努力地控制着自己的情绪，但泪水仍不可抑制地流下来。韩素梅长叹了一声，摘下眼镜，伸手轻抚她的秀发。

从出租车上下来，匆匆走进医院的急诊区，殷小妙脸上其实并没有太多忧伤，只是厌烦。她对李子轩情况的担忧，以及对他病情的怜悯等，就如同李子轩第一次发病时，他所在公司的离职补偿一样，在当时付出之后，便不会再有。

不见得后面就职的单位就没有一丁点人情味，但上班两三个月就发病的创意总监，入职时又隐瞒了病情，实在很难让公司给予额外的补偿。对殷小妙来讲，道理其实也一样，人生除了爱情，还有柴米油盐，有流言蜚语。

在急诊的走廊里，殷小妙还没找到李子轩的病床，就听见公公李进的声音。年近花甲的李进那种恨铁不成钢的愤怒，丝毫没有因为音量的刻意压低而减弱："你读了这么多书，就不能坚强一点？男子汉大丈夫，有什么难处，咬一咬牙撑过去嘛！"

而婆婆陈慧珊在边上咬牙切齿地劝着："别吵了，你非要弄得一家子都在这里丢脸吗？"

"慈母多败儿！当初要是听我的，送他去部队当几年兵，就绝对不会这么矫情！"李进突然间失控，愤怒地冲着妻子吼了这么一句之后，大约是引得急诊病房其他输液者的注目，终于消停了。

泪水止不住从殷小妙的眼角淌下来，这就是她的艰难。她不单要面对丈夫的病，还要经受这许多的折磨。"你是谁的家属？别堵在这里！"推着小车过来换针的护士对殷小妙说道。对要处理许多急诊病人，工作时间又很长的护士，通常来说，实在很难企望他们对堵着通道的病人家属会有什么好脸色。而有些手足无措的殷小妙刚刚走进病房，看见自己的丈夫蜷缩着，面向墙壁，背对着他的父母时，护士的训斥再一次响起："6床你们来这么多家属干什么？留一个人就行了！"

6床，就是李子轩躺着的这张病床。

"爸、妈。"殷小妙抽了抽鼻子，跟公公婆婆打了招呼。

李进冷着脸看了一下手机："小妙来了，那我回公司了，下午有个客户从南非过来。"

从部队转业回来的李进，虽说在国企里也算个小领导，但现在这时势，哪个岗位都难免有业绩考核，他望了一眼病床上的儿子，想说什么，终于没有说，冷哼了一声，便匆匆走了。

"你们回小区要注意一下，别让人知道了，那可太丢脸了！"陈慧珊压低了声音，对殷小妙叮嘱了两三遍，然后才很不放心地离开了。如果不是居委会那边有个会得去参加，她不太舍得离开儿子。但看在殷小妙的眼里，却觉得婆婆陈慧珊不过是在担心，回到小区时，如何回避左邻右舍的问候，以免让她没面子罢了。

这也不算是恶意的揣摩，毕竟，不是第一次出这样的事。

都走了，她坐在丈夫的病床上，急诊的病房，连个被子、枕头都没有，一米八多的他蜷缩在那里，光着脚，衬衣上还有干涸的血迹，看着格外凄凉。她轻轻叫了他两声，但他没有转过来，只有压抑的低泣声。殷小妙拿起床头的夹克，在内袋摸索了一下，掏出药盒来。一打开药盒，就看见里面该吃的"舍曲林"，李子轩果然没有吃。

"你怎么不吃药？"殷小妙凑到他耳边，压着一腔的怒火轻声地问。

李子轩终于转过头来，英俊的脸上挂着泪痕，眼神里尽是无助和茫然，还有惊恐。她看着他，想起在大学的篮球场上，他奔跑投篮时阳光的笑容，如是昨日。殷小妙把额头抵在他的额头上，轻声对他说："没事，没事的，我们先回家，再休息一段时间看看。"

其实不用问，她也知道他为什么没吃药。这是第三次了，和前面那次没有什么区别。因为吃了抗抑郁的药之后，他拿不出创意方案来，为了证明自己，他选择了不服药。不服药，并不见得工作上的问题就能迎刃而解。于是他就开始怀疑自己是不是没有能力胜任这份工作。

随着时间的推移，李子轩的偏执和焦虑一步步加重，开始否定自己，觉得对项目无能为力的自己，存活于世毫无意义！他开始在办公室歇斯底里地吼叫，然后冲着自己挥刀。

望着他手腕上包扎的纱布，殷小妙能想象他用美工刀割开手腕时的情景。

甚至不需要他人的讲述，她也能大抵知道，他是如何在办公室让自己鲜血飞溅，如何引起同事失色惊叫，然后公司同事惊慌失措地报警，等等。

她没有开口再说什么，输完液之后，陪着丈夫走出医院，满布的乌云丝毫没有散去，仿似山峦压在心头。

第二章　鸡鸣不已

居委会就在这幢大厦的二楼，陈慧珊耐心地给两位恐怕不止八十岁的老人家做调解工作。无非就是楼上空调滴水到楼下窗沿之类的事，物业解决不了，就推到这边来了。她刚把两位老人送走，就听见边上的吴莲大呼小叫地嚷着："珊姐的儿子可出息了！"

"985啊！毕业之后，两三年就在大公司做到高管呢！"吴莲对着刚调来的主任这么介绍。

陈慧珊脸上的表情有些不自然，吴莲跟她也算是有缘。当年读初中是一个学校，吴莲暗恋的男生偏偏喜欢上陈慧珊，写情书还让老师发现了，后来毕业了当然无疾而终。接着陈慧珊去上了技校，而吴莲去读了职中。结果两人三十多岁时，在这居委会又碰到了一起。从那时到现在的十来年里，从初中开始的那点恩怨就没断过。

用前任主任的话讲："哪天中国GDP到了世界第一，也别指望莲姨说珊姨的好话。"

没错，主任都管她们叫姨了，毕竟得跟她们差个十几二十岁。这时就听到新来的主任出于礼貌附和道："那珊姨的儿子可真有出息啊。"

"可人家去年就辞职不干了！珊姐，对吧？"吴莲一脸盈盈的笑，终于向陈慧珊发难了。

去年李子轩抑郁症发作，在单位出事，陈慧珊情急之下忘记遮掩，匆匆赶去医院。所以，不论事后怎么圆，吴莲多少是知道一些的。

"小孩有他们自己的选择，搞艺术的人，难免有些怪癖。"陈慧珊维持着脸上的假笑。

而且马上她就岔开了话题："对了莲姐，你女婿这个月给了赡养费没？"

"噢噢，不对，是前女婿啊！"陈慧珊看着吴莲由晴转阴的脸，马上再补一刀。

她不打算给吴莲反击的机会，马上对新来的主任说道："河涌那边在组织人手清淤泥，我现在就去盯着！"

吴莲当然也不是省油的灯，当场就冷笑起来："珊姐，你要是得去医院，就喊我，怎么说也是老同学，你家小孩喜欢想不开，你还是看紧些好啊！"

如果是平时，陈慧珊也就装听不见下楼了，可今天她是真从医院回来，一时听着当真是恶从胆边生，回头一耳光狠狠就抽在吴莲脸上，直接把吴莲的眼镜都抽飞了。吴莲也不是善茬，马上伸手就扯住陈慧珊的头发，拼命地用指甲往她脸上招呼。

新来的主任是个不到30岁的女孩，当场就愣了，过了七八秒才反应过来，等她把两人分开，两人都挠出一脸的血印子来了。

出租车上，李子轩的电话响了起来，他有一种下意识的躲闪。殷小妙从他口袋里拿出电话，是他公司打来的。无非是领导一些客气的问候，以及委婉地知会家属，这份工作不能再给李子轩保留下去。其实任谁开个公司，也不愿意招聘一位突然在办公室歇斯底里，然后挥刀割腕的总监。

她并不觉得意外，礼貌地应付了之后，挂了电话，对李子轩说道："没事，咱们回家。"

听着她的话，他咕噜了一句不知道什么话。她也没太在意，但李子轩紧接着长叹了一声，这次他说得清楚了许多："离婚吧。"

这是她到医院见了他之后，他完整说出的第一句话。

"我有病而已，我又不是智障。"他望着车窗外，不耐烦地说道。

"没必要拖累你。""好不了的了。"过了一会儿，他又这么说。

她没有说话，只是咬着唇，出租车里有一种压抑的气氛，要不是李子轩那衬衣上的斑斑血迹，也许出租车司机还会搭个话，劝两句打破沉默。但就冲着那些干涸的血迹，连司机也不愿开口。这是漫长的路程，到小区门口时，如同过了一个世纪。

"明天，我们去办手续。"他喃喃说着，然后对司机说，"去前进路。"

接着他说了一个前进路的小区名字，那是她爸妈现在住的地方。李子轩说完之后打开左边的车门，差点把骑着电动车狂飙而来的外卖小哥撞倒，出租车司机吓出了一身的冷汗。

但李子轩终于下了车。

司机低声骂了一声之后，打了左转向灯，汇入了主干道。过了两个红灯路口，后座的殷小妙抬起头来，对司机说："掉头回去。"

"姑娘，其实……"司机想了想还是开口。

但没等他说完，殷小妙就截住他的话："我说，转头回去，我情绪不好，别跟我说话。"

兴许是之前李子轩那衬衣上的血迹让司机心有余悸，他没有再说下去。出租车再一次回到小区门口，从出租车下来的殷小妙，走到小区门口旁边抱着膝盖坐在大厦台阶上的李子轩跟前，说："走吧。"

他摇了摇头。

"去西关。"她对他说道。

他抬起头望着她，终于握住她的手，站了起来。尽管他比殷小妙要高大，可她牵着他的手，支撑着他前进。去西关的路程并不近，但从上车开始，李子轩就有一种放下重负的感觉。殷小妙在车上接到韩素梅的电话，韩素梅在电话里头问："情况怎么样？帮你请两天假，加上周末，四天可以了吧？"

"我炒老板鱿鱼算啦。"殷小妙想了想说道。炒老板的鱿鱼，就是辞职了。

李子轩皱起了眉头，他刚想说什么，殷小妙就把电话挂了："我们以前很开心的。"

他下意识地点了点头。

其实，即使现在，在他没有发病的情况下，他们也很开心。西关的老屋，出租车开不进去小巷，但他们下车了之后，似乎连脚步都变得轻快了。也许只是因为，不用去面对居住的小区里那些人和事。

昔年的邻居，大多已不住在这里。许久没来的老屋，开门之后，很有些尘土飞扬。

"打扫卫生，还是去办手续？"她向他问道。

李子轩有些不好意思地笑了笑，拿起门外的扫把："打扫卫生。"

17平方米一层，总共两层半，两个人花了个把小时就做完了清洁。他洗了澡，换掉那身带着血迹的衣服，从楼下走上来顶楼，侧身避过墙上那几个狮头，走出阳台，来到她身边。

两张老藤椅就摆在顶层的阳台，他在她边上坐了下来，用毛巾抹头发。殷小妙伸了个懒腰，蜷在藤椅上，如同一只疏懒的猫。

远处马路边上，有成荫的洋紫荆。

远远看去，对面小楼的铁栅栏里，一盆蝴蝶兰开得欢快。

办公室的灯管，并不会因为殷小妙的离开，而长久地保持着故障的状态。毕竟当代社会，绝大多数人甚至机构都是可以被快速替换的零部件。特别是当其中一盏光管，正对着韩素梅的办公室。

她的工作很繁重，这不是她自己的述说，而是公司从投资人到 CEO，乃至最底层的员工的共识。韩素梅的办公室很宽敞，但有两个面都是玻璃墙壁，所以，在她周围的员工，都可以看到她的工作，几乎每一天，她都是最后一个离开公司。

而且她几乎一直在工作，找员工谈话，审核 HRBP（人力资源业务合作伙伴）的人员报告，复核人事经理提交的工资草案、休假方案，她甚至进行数学建模，通过人事变更的数据，去预测和判断各个项目组的前景，等等。总之，只要跟人事有关系的、沾边的，在她这里都能马上得到数据，拿到预测和评估报告。

而在这一个夜晚，她再一次抬起头，发现办公区的灯都熄了，她摘下眼镜叹了口气，伸展了一下自己不再年轻但仍充满诱惑的身躯。韩素梅开始结束一天的工作，关闭计算机，然后拎起健身包，去洗手间换上了健身的服装，把高跟鞋换成了运动鞋。下班之后的力量训练，是她到现在这年纪还能保持隐约的马甲线的关键。

她在走进电梯之后，发了一张自拍在朋友圈，并配上一句话：自律，让一切如此美好。

从 22 楼下到 7 楼的健身房这短短的时间里，她在朋友圈收获了 42 个点赞。

有已离职的女员工给她留言：抱走！姐，你怎么坚持下来的？

她笑了笑，回复了一句：取悦自己。

一个小时的挥汗如雨，多巴胺的分泌，让她开出停车场时，有难得的轻松。等红灯时，韩素梅用车载蓝牙拨通了殷小妙的电话："真的要辞职？"

"嗯，反正看着，我陪着他，似乎就没什么事。"殷小妙懒懒地说。

韩素梅叹了口气："你别草率，再看两天。"

红灯开始倒数，她没再说下去。打这个电话是因为她下午做了许多功课，发现抑郁症就是得好好吃药，不是依靠陪伴就能解决问题，所以殷小妙辞职回家去陪她丈夫的举措，其实并不太理性。韩素梅喜欢这姑娘，尽管她疏懒得如一只小猫。

因为她不单能做前台，必要时还能做文案，甚至还顶过一个半月数值策划的岗，尽管只是中规中矩——她当时只有半天的对接时间，并且无此类工作经验。只要做过数值策划的人都会明白，殷小妙绝对称得上一个宝藏女孩。

珠江新城的房子，大约除了二沙岛之外，应该是广州最好的房子。对普通人而言，如果说有什么比住在珠江新城的高层更棒的，大抵会是拥有一套珠江新城的复式吧。

但当韩素梅推开自己处于珠江新城的复式豪宅的门，除了疲倦，便只有茫然。随着门的关上，她随手扔下手袋，踢飞鞋子，然后打开得有两百平方米的复式住宅里所有能打开的灯。接着她给自己倒了半杯威士忌，吞了一口，把自己扔在沙发上。

这应该是她这么专注力量训练，但马甲线仍不明显的原因。

空荡荡的房子，精致不落俗套的装潢。她接到了一条视频通话的请求，接通之后，手机上便出现了在北京读书的儿子的脸。韩素梅好像注射了毒品的瘾君子，一下子就精神起来："儿子，放心，妈很好。"

她的儿子看上去有点担心她，一再叮嘱她要注意身体，按时吃饭。而当视频通话结束之后，她重新瘫在沙发上，接到了手机微信上的一条信息：晚上有应酬，不用等我，晚安。

她看了一眼，冷笑了一下，往上滑了一下手机，昨天，前天，大前天……至少十来天，几乎在同样的时间点，都有一条这样的信息。

他总是有应酬，许多应酬。

每天晚上发这么一条信息给她，似乎就是给这个昂贵而空旷的家，给她一个人独处十来天的解答？她从一开始就没去问他细节或理由，没有必要，她有足够的智商和情商明了这一切。

当然她可以去酒吧买醉,她也可以去寻找醉生梦死的应酬。就算到了现在这个年纪,她于此仍有足够的本钱,或是足够的钱。韩素梅不是没有考虑过这样的出路。但一段不合意的婚姻已经是生活里的不如意了,为了摆烂把自己的人生弄得完全不符合自己的三观,那就不是不如意,而是自毁。

韩素梅相信自己足够坚强和优秀,她不是一个会自毁的人,包括婚姻,她相信自己有能力让它回到正轨,而不是沦为一个笑话。但端着酒杯瘫在沙发里,无端地,她想起曾经流行的一句话:"宁可坐在宝马车里哭,也不要在自行车后座笑。"

大约是这样的意思吧,她摇了摇头,又喝了一口酒。每个人的生活都不一样,至少,她并不认可这样的三观。憔悴的女人喃喃自语:"哭给谁看?笑给谁听?"

然后是沉默,因为她竟然听见了回音。足够大的豪宅,足够空旷,以至于有回音。

简直是致命的嘲讽!

韩素梅扔下手机,如同之前一样,压根不打算回复,她接着喝酒,然后突然尖叫起来,一把将杯子狠狠地砸在地板上,摔了个粉碎。桌上的摆件和所有她随手可以拿到的东西,在半个小时内无一幸免都被砸烂。毕竟她是能用60公斤重量做四组卧推的女人,她有足够的破坏力。

"张姐,我打碎了东西,现在方便过来帮我收拾一下吗?钱我现在转给你。"

她捡起手机,给钟点工张姐发了这么一条信息,然后小心绕过那些碎片,走向楼上的卧室。

从始至终,她没有流一滴眼泪。

也许是因为泪光会倒映窗外那璀璨的霓虹,也衬出这空荡荡的房间里,那郁郁的苍白。

西关的夜色,很有些闹中取静的安详。尽管展目可及,便是咫尺之外,车来人往的马路上的喧闹;抬头远眺,林立的大厦外墙上,各式广告溢出的流彩。但只要俯首,独立在这狭窄的巷道,还能听见秋风的低语,就算是在这南方的都市里。

殷小妙独自蜷缩在阳台的藤椅里。今天发病割腕，又进医院缝针，奔波过来还陪她打扫了卫生的李子轩，早早就睡下了。他的手机被扔在另一张无人的藤椅上。她把李子轩的手机设了来电转接到自己的手机，然后又把他的手机关了机。

路灯的光，让抱着膝盖的殷小妙隐约看见阳台的边缘，趴着一只不知谁家的白猫，她看着亲切，感觉如自己一般疏懒。

如果是韩素梅身处于殷小妙的境况，她会很得体地应付双方父母和其他人对李子轩病情的问候。韩素梅绝对会让每一个问候的人，都觉得自己的关切被接收，自己的意见被重视；而且韩素梅能从这些事务里汲取养分，来点缀自己的生活。

但殷小妙讨厌这些问候。为什么要让她在照顾病人的同时，还充当一个复读机的角色，向各方通报情况呢？

便如鲁迅先生所说：人类的悲欢并不相通，我只觉得他们吵闹。

大抵这就是她极喜欢鲁迅的缘故，她总能从他的话里，拎出一句符合心境的写照。

对疏懒如她，无异良药。

她侧着脑袋，看见那房间里墙壁上的狮头，在节能灯下，显得有些老旧了。殷小妙嘴角慢慢浮出无声的笑，她记得，年幼的时候还没有换成节能灯，悬挂着的昏黄电灯泡，会把这些狮头拉出长长的影子，在夜里有些狰狞，她还被吓哭过。

当时祖父就教她舞狮，教她打鼓，慢慢地，她便不怕了。

她幼年时羡慕男孩子可以打赤膊，因为自己是女孩，就哭闹起来。

"南狮，无乸的。"祖父这么哄她，"拿起狮头，你就是雄狮！"

舞狮分南北，北狮成对，有公狮子、母狮子；南狮不一样，不论舞狮者是男是女，舞的就是雄狮。想到这里，她就笑了起来，不知不觉低声自语："那时五岁，还是六岁？阿爷，你都算狠！偷换概念骗小孩。"

广州的秋天，有着许多残存的暑气，掺着几分秋凉，很舒服的感觉。

蚊香在阳台幽幽地燃着，她慢慢地，便在这秋意里睡着了，直到在梦里，听到压抑的哭声，她一下就惊醒了，仓促之间，从两张藤椅中间摔了下来。

"喵!"阳台边缘的白猫吓得尖叫,极敏捷地纵身一跃,在夜色里不知跳到了谁家的窗台上。

殷小妙这时顾不上它,匆匆跑向二楼,她担心李子轩半夜起来,又发病了。推开二楼卧室的门,冷气让她打了个冷战,听着他低低的呼噜声,她一下子放松下来,冲着睡梦中的李子轩做了个鬼脸,她轻手轻脚熄灯,关上了房门。

西关这边的夜市,有许多物美价廉的档口,过来这边住,不吃消夜,那真的是辜负了时光,就算要看着李子轩,殷小妙也打算叫上两单外卖。但当她重新走向顶楼时,又听见那压抑的哭声,她吓得缩了缩肩膀。她回头望了一眼二楼的卧室,又不忍把已睡着的李子轩叫醒。

殷小妙跑到顶楼,在那些狮头边上,操了根鼓槌在手上壮胆,开始寻找那哭声的来源。在一楼的门前,有五六平方米花圃,可以种点花,或是摆张茶几。而殷小妙很快就发现,那哭声,是从隔壁的一楼门前的花圃传来的。

这种私楼都是分家隔开的。在殷小妙的隔壁,同样是一间每层有十几平方米的两层半。产权的主人,论辈分来讲,可能殷小妙得叫一声"叔"。

因为这种小产权房,正常是交易不了的。但正如殷小妙一家早就不住这里,那位族叔当然也不再住这里。所以当她操着鼓槌来到一楼隔着铁篱笆往隔壁张望时,看到的是一个三十出头的男人。

油腻的中年男人——她下意识做了个比较,远远没有李子轩俊俏。甚至她还回忆了丈夫蜷缩在病床上的模样,感觉至少也比这个油腻中年清爽帅气多了。

"阿叔,你哭啥?要不要帮你报警?"她小心地冲着隔壁问道。

被她称为阿叔的男人抬起头,满脸都是泪痕。他的发际线看起来已经很高了,厚厚的唇看起来特别憨厚老实。"完了,全完了,我仆咗街,仲拖累我老婆,我真系冇鬼用!"说着他灌了一口手里的"九江双蒸"白酒,又抱着头低泣。

大约是听他也讲粤语,便有了几分亲近。殷小妙在自家花圃坐了下来,一边叫外卖,一边隔着篱笆好奇地问道:"咩事啊?阿叔你去赌啊?"

"做生意仆咗街啊,成间屋,成间屋都俾银行收走咗啊!一家人跑嚟呢度租屋住……我一个仔,一个女,要交补习费啊!我老母入咗医院……我俾公司炒咗,我真系生累朋友、死累街坊啊!"中年男人抹着泪,摇头说道,"我老婆真系好惨,俾我拖累,你睇,到依家促未翻屋企,仲要去挨世界!我真唔系人啊!"

说着他又哭了起来,哭声里是无尽的落寞和悲伤。一时之间,殷小妙停下正在叫外卖的动作,愣住了。中年大叔的媳妇,似乎因为家境的艰难,去从事一些不太好的职业?也许是陪酒女郎,或者更坏的事?

她真的不知道怎么安慰他,或是劝他。

这时巷道的另一端传来了脚步声,几乎每一步,鞋底都擦着地面。路灯下走过来的女人,灰色夹克和宽大的牛仔裤让本来就胖胖的她,显得更加臃肿。看起来,跟殷小妙所想的大抵是不一样了,这个打扮肯定不是去当陪酒女郎。

她无精打采,双肩包挂在胸前,顶着一头杂乱的短发,一边走,一边在划动一次性打火机,给嘴角的香烟点上火。中年油腻大叔又灌了一口酒,无助地哭泣:"我老婆,你睇,到依家先翻嚟,呜呜,听日一早她又要去返工!"

似乎他觉得,自己的泪水可以解决世间的难题。又或者,除了眼泪,他已经没有其他东西,来应对这世间。

"喵。"那只白猫从高处跃下,跑到那好不容易点着烟的短发女人身边。

女人尽管看着很累,但还是弯腰抱起它,背着路灯的光,向家中走来。

烟头的光亮,白猫幽幽的眼睛,照不亮她脚下的路。

但她还是跌跌撞撞,在这巷道里,不曾停歇。

第三章　我只有你

"除了在家里号,你还能干点别的吗?什么玩意儿!"抱着白猫的女人,对她的丈夫说道。没有愤怒,是厌倦,她把猫放下,试图拿走丈夫手里的"九江双蒸"白酒,而她的丈夫挣扎了一下。"啪!"女人一耳光就扇在他脸上,然后把酒瓶拿走了。

"不好意思。"女人胖胖的脸上尽是倦意,她隔着铁篱笆,小心地向殷小妙赔着不是。

她抽着烟,却并没有那种"社会人"的不羁或放纵。如同那些蹲在工地边上抽烟的戴着安全帽的人,背负着自己无法放下的负荷,似乎抽烟就是为了让自己习惯,生命就这样慢慢燃尽。

"您啥时候租这里的啊?"女人把烟熄掉,向殷小妙问道。听口音她不是广东人,成长的地方很有可能是长江以北,那一口普通话实在太好了。考取了二级甲等普通话证书的殷小妙觉得很直观的,这普通话就是要比自己更标准。

"我从小住这里的,阿姨,大叔,你们忙。"殷小妙显得有些仓促,她看得出来对方的不如意。听到哭声,下来问问要不要帮忙报警,只不过是现代人的道德底线。殷小妙并不想知道别人家里的难处和苦涩。但没有想到,她这句告辞的客气话,却让老实巴交的女人生出了不平来。

女人抬起头冲着殷小妙问道:"您留步,您哪一年的啊?"

她突然就很凶,跟她之前那种小市民式的唯唯诺诺全然不同。

以至于殷小妙有点不知所措,下意识地回了一句:"我?1997年的。"

胖胖的女人开始翻自己的双肩包,然后掏出一张卡片,用手机照亮了,是她的身份证。上面是她的信息:刘洁铃,1992年出生。

然后她指着自己的丈夫："我先生 1991 年的，您管我们叫阿姨、大叔？不是，您这也太过分了吧？"

似乎这是她仅有的东西，不容他人践踏的尊严，一下子就被激怒了。殷小妙很希望像那只白猫一样，直接缩进黑暗里。但她还是控制住自己，忐忑地说："对不起，姐，哥，对不起啊。我……我习惯把辈分往大了喊，以表示尊敬，没别的意思。"

她牵强地笑着，倒退进屋子里。

老房子的隔音都不太好，殷小妙很快就听见隔壁那油腻中年大叔，哭泣着号叫他母亲住院，要交一万多的费用，似乎又有耳光声响起，过了一会儿，就听见他妻子有气无力地说："我交过了。"

过了一会儿，殷小妙的外卖来了，又听见中年大叔打着燃气炉，在喊他妻子喝了汤再睡。刘洁铃在感叹小孩的成绩有了进步，补习费还得交，然后她丈夫又开始哭泣家里实在拿不出一分钱，该借的都借过了，连"花呗"都借不出钱来了。

不是殷小妙喜欢听墙角，而是老房子隔音效果实在不怎么好，而且刘洁铃的普通话太标准，听着全然是不费力的。在阳台吃着自己喜欢的烧烤，喝着潮式虾蟹粥，殷小妙突然感觉生活也许没有那么糟。

当清晨的阳光透过窗户照在殷小妙脸上，她用被子盖住了脸，但又马上拉下被子，吸了吸鼻子，是咖啡的香气。她睁开眼就看见李子轩帅气的脸庞，还有他手上的咖啡。

"我们去阳台吃早餐，还是你想在床上吃？"他温柔地问道。

隔壁的刘洁铃家，不知为了啥事，小孩又哭闹了起来，接着传来了刘洁铃丈夫的哭声。

"都他妈别号了！你现在就送大的去小学，送小的去幼儿园！"刘洁铃歇斯底里的声音因为调门太高，带着破音，"行了，闭嘴吧！补习费我去想办法，我他妈当然知道还有租金！难道还指望你啊？你振作点，你能不能拿出当年我爹死了，你陪我回老家，帮我撑场子的气势来？"

然后传来了用力摔门的声音，如此用力，以至于李子轩和殷小妙都吓得颤抖了一下。接着是刘洁铃匆匆赶往地铁站的脚步声。

但对殷小妙和李子轩来说，这是幸福的一天的开始。就算隔壁邻居的愁苦悲伤，也并没有带给殷小妙和李子轩什么影响。她望着男人英俊的面孔，调皮地吐了吐舌头，而他宠溺地吻了她的脸颊。

他们坐在顶楼阳台的藤椅上，阳光洒落在他们的头脸上，秋日里的暖阳很惬意。

小茶几上，有李子轩精心制作的牛扒、华夫饼和咖啡。

"明天我们吃肠粉和皮蛋粥，后天我们吃越南春卷！"李子轩微笑着说起自己的计划。殷小妙捧着盘子点头，脸上欢快的表情，比碟边李子轩用番茄酱抹出的笑脸更灿烂。明媚的阳光，照在他们年轻的脸颊边缘，有种半透明的感觉，稳稳的幸福，大抵不过如此。

早餐之后，她收拾了餐具，开始懒洋洋地刷抖音，而他在阳台架起了画架。韩素梅发过来几条微信语音，但她并不打算去听或转成文字，时光就这么悠悠流淌着。

这对她来说，并不是一件坏事。

并不是每个人，都得充满企图心和使命感。特别当她在刷抖音的间隙里，看了一眼股市的收益之后，就有了更确定的信念：可以把几套小房子收拾了出租，或是以她年获利能达到170%的短线投资水平，去进出股市，都是可以考虑的办法。

人生，往往就是如此，对某人来说几乎无解的困境，对另一个人，不过等闲事。

或者是祖荫，也许是天赋，也可能是机缘和际遇。

对她来说，所有的美好就在这顶层的小小阳台，是温馨的画。

"其实我也许应该好好吃药的。"李子轩突然叹息了一声，停下了手中的画笔。阳光似乎有点耀眼，他挪了一下站的位置，缩到了顶楼那半层建筑檐下的阴影里。

"你知道，不是每个人都能在画画上，闯出属于自己的路。"他说着，用画笔的杆顶了顶眼镜，"我在画画上，其实很匠气，就算用一辈子去画，也不会有什么出息。"

说着他扔下画笔，蹲在放着拖把的水桶边上，拧开水龙头，开始洗去手上的颜料。

殷小妙没有太在意，笑着说道："那就不要期待有什么出息啊，我们中午吃什么呢?"

在和暖的阳光下,她刷着短视频,并没有注意到,背着她在洗手的李子轩,背部微微地颤抖着。蜷曲在藤椅上的殷小妙,并不在意李子轩的画是不是很匠气。她觉得他很棒,会画画,会弹钢琴,也能在篮球场上扣篮,还会给她煮面、煎蛋。

并不见得每个打篮球的人,不进 NBA 就不配进球场;也不见得每个进厨房的人都得有厨师证。殷小妙伸手拍了拍他的背:"匠气就匠气啊,我很喜欢啊!我觉得很好啊!"

但没有想到,她安慰李子轩的话,突然间如同引爆了火药桶。

李子轩一下子就把水桶踢翻了,站了起来用一种嘶吼的声音咆哮:"那我的生命有什么意义?如果一辈子都无法寸进,都在画这种垃圾,我活着就是为了浪费空气和粮食吗?"

他转过身来,面目狰狞。殷小妙跳了起来,就像昨夜那轻盈跳跃的白猫,她紧紧抱住了李子轩:"冷静,冷静。要不我们回你老家四会玩几天,好吗?广州的节奏太快了,咱们……"

她还没说完,李子轩一下子就挣脱了她的怀抱:"我都不会说四会话了!我一个祖籍四会的人,我连四会话都讲不了,我不配是个四会人,我就是个废物!"

殷小妙再一次抱紧了他:"但你有我。"

"我这种废物,跟你在一起就是拖累你!"李子轩泪流满面。

她的眼眶红了起来:"按时吃药,冷静,你先冷静下来。"

可是处于发病期的李子轩,整个情绪完全失控,又说:"我不但是个废物,而且我父母也是奇葩!我就他妈的不该活着,我活着就是在害你!"

殷小妙的泪水淌了下来,她在他耳边低语:"可是我只有你,好吗?我只有你。要坚持住,你要记得,我只要你,不管你是怎么样的你。"

李子轩绷紧的身体慢慢地放松下来。她扶着他到二楼的卧室躺下,然后看着他吃了药,帮他洗了脸:"别怕,我会陪着你。"

躺在床上的李子轩,嘴角牵动着,勉强地笑了一下:"可是,老婆,我不可能把你当成我的整个世界,这在逻辑上……"

"但我只有你,好吗?"她打断了他的话。

跟陷入焦虑和偏执的抑郁症病人讲逻辑毫无意义，她已经有经验了。他默默地点了点头。殷小妙没有再说什么，她知道这个时候，他需要独处。轻轻关上门，她走上顶楼的步伐没有了平日里的轻快。

躺在藤椅里的殷小妙，突然再也无法找回半个小时之前的惬意和欢快。

她双手掩面，泪水很快就渗透了指缝。老是这么折腾，她感觉自己快要受不了了。特别是拿起手机，看到韩素梅在微信上给她发的信息："久病床前尚且无孝子，何况大难临头各自飞的同林鸟？你得为自己想想啊！女人，终究靠得住的，只有自己。"

她扔开了手机，她不想听这样的劝说，这是殷小妙没有打电话回家跟自己父母说起的缘故，因为这不是他第一次发病，她的父母跟韩素梅的意见并没有区别，甚至还劝她："趁依家冇细路。"就是趁着现在两人还没生小孩，分开更容易些。

这些道理她都懂，并不需要其他人来劝说。

其实，在上一次李子轩发病时，她就感觉自己坚持不下去了。

这时候电话的铃声响了起来，是李子轩的母亲打来的，从李子轩的手机转移到她的手机上："阿妙啊。"电话那头的陈慧珊，第一句还压着火气，说到第二句便爆发了，"子轩呢？他为什么不接我的电话？"

殷小妙有时觉得很讽刺，陈慧珊在居委会是出了名的知心大姐，专门做邻里调解工作的，甚至还花钱去参加了好几个心理学培训班，但不知道为什么，她对家里人，似乎失去了所有的耐性和好脾气。

"妈，他不舒服。"殷小妙深吸了一口气，抽了抽鼻子，对着电话那头说道。

这并没有让陈慧珊觉得好受："不舒服？叫他喝凉茶又不听！作状啦！从小到大都不喝汤，都不肯喝凉茶，不就是湿热了！如果不是，那就是上火！"说到激动，陈慧珊粤语的俚语都出来了，"阿妙啊，你千般好，没得说，但你要煲汤嘛！日日叫外卖，叫外卖！食味精水，怎么会好啊！"

明明有医院的诊断报告，殷小妙不知道要怎么跟陈慧珊说，才能让她明白，这真的不是"湿热"，更不是没有喝癞痧凉茶引起的上火；而且她很想问自己婆婆，家里厨房里那些跟盐和胡椒粉放一块的鸡精粉，算不算味精？殷小妙唯一的念头，就是摔电话。

这时，电话那边传来公公李进的声音："衰仔又玩嘢？唔舒服？唔舒服到接唔到电话？咩又抑郁？就系软弱！折堕！你同阿妙，成日纵佢，卒之搞成甘样！"

他的意思，就是认为妻子和儿媳妇纵容李子轩，才会导致李子轩软弱成这样的。同样看过医院诊断书的李进，连"湿热"和"上火"也不讲了，直接就是精神坚强万能论。殷小妙马上把电话拿开了一些，这种论调她不是第一次听到了，连苦笑都挤不出来。

"你哋依家到底系边间屋啊？"李进的意思，是让陈慧珊请假，过来帮忙照顾李子轩，"叫你妈妈过去帮你哋煲下汤、煮下饭，或者系屋企煮好拎过去。"

但电话那头陈慧珊又不愿意，殷小妙听着婆婆在边上说道："请假啊？我一请假，吴莲个死八婆，实唱到全世界都知啦！"

殷小妙深吸了一口气："爸，妈妈过来，等下跟子轩讲不到三句，又吵起来，然后子轩又发病，必定搞到又打120，就没意思了。"

电话那头静了下来，李进不飙高音，陈慧珊也不再强调煲汤。毕竟，他们很在意让街坊邻居知道自己儿子得了抑郁症。她长叹了一口气："现在他有听我劝，在吃药，情绪稳定点，我们就回去了。"

于是，公公婆婆便没有再发表他们的主张。挂了电话，她禁不住再次叹息，这是她没有如韩素梅所劝说离他而去的一部分原因。其实，他发病的时候，他的世界就只有她了。如果她离他而去，几乎可以确定，他就失去了整个世界，或者说，这世界就将失去他。

也许没人在乎，但她在乎。

阳光染在她柔弱的肩膀上。

她伸手想拭去泪痕，但越拭，眼泪越忍不住往下淌。

在顶楼的阳台，殷小妙泪如雨下。

她努力地抬起头，瞬间，手背拭下的每一颗泪珠，似乎都被阳光染上七彩的光芒，在那些泪珠里，闪烁出在校园里并肩欢笑的模样，在风雨里互相扶持，在水库边依偎的甜蜜，在大理的互诉衷肠，在拉萨她高原反应时的寸步不离……

可就算是爱，她也感觉不知道怎么支持下去。

殷小妙茫然地抽泣着，张望着四周，她看见了屋子里墙壁上陈旧的狮头。

"拿起狮头，你就是雄狮！"祖父的话，仿佛就在耳边响起。

她抹着泪水，走了过去，抱下一个黑色的"张飞狮"，扎起了架势。

在这狭小的天台，舞动着的，不再是黑夜里那只轻盈的白猫。

雄狮已醒，她便在狮头之中看见了光明。

正午，艳阳高照。

第四章　食过夜粥

黑色的"张飞狮"舞动着，从开始的僵硬，到渐渐的娴熟，就算只有一人独舞。毕竟幼时挥洒过汗水，肌肉和身体的记忆，会慢慢地苏醒。

更何况，锣鼓声在她身后响起了。

殷小妙托着狮头回首，不知何时，李子轩把空了的 5 加仑①矿泉水桶当鼓，用金属锅盖当锣挂在门上；拿起挂在墙上狮头边上的鼓槌，就这么敲了起来。

她毫不犹豫就放下狮头，张开手扑了过去，他稳稳地抱住了她。李子轩那英俊的脸上灿烂的笑容，比阳光更让她温暖。

"你识舞狮啊？睇落有几分架势啊！"他笑着向她问道，这是他之前所没有想到的。

在他怀里，她得意地扬起下巴，眯起眼睛："哼，梗系识啦，我食过夜粥㗎！"

所谓"食过夜粥"，就是粤语里练过功夫的意思。

"你也很厉害啊，能敲出锣鼓点来。"她笑着捏了捏他的鼻子。

李子轩也笑了起来："我没食过夜粥，但钢琴和小提琴都考过了十级，好吗？"

有这样的底子，音乐总有相通的点，不玩花活能打出节拍，的确也是情理之中。但殷小妙却皱起了眉头。

"怎么了？哪里不舒服？"他一脸的紧张。

她吐了吐舌头："中午吃什么？"

---

① 英美制容量单位，英制 1 加仑等于 4.546 升，美制 1 加仑等于 3.785 升。

"不如，我们跟那些阿公阿婆一样，逛菜市场？"他笑着提议。

这个提议让她觉得很不错，她用力地点点头。

他们下楼走向附近的菜市场，紧紧地牵着彼此的手，哪怕阳光让他们手心都有了汗水，也不松开。

烟雾弥漫在十几平方米的会议室里，刘洁铃用 iPad 看着代码，没有注意到手上的烟燃尽了，烫得她赶紧把烟头扔进充当烟灰缸的阔口玻璃瓶里，她放下 iPad，对着与会的其他人问道："这是怎么回事？为什么之前安排好的工作计划不推，反而来出这个 Demo（演示程序）？"

她不但是这个二十几人小公司的制作人、主程序，更是这个公司的两位合伙人之一，所以发生了这样的事情，不可不过问。她手下的程序员茫然地望着她："老大，前天我们问了你，你让我们尽快赶出活来的啊！"

另一个程序员也不停点头："昨天下午我走时，在钉钉上面，跟你汇报说要不要跑一下测试，你说让我自己测一下，测好可以先走，你要优化数据结构。"

钉钉是有聊天记录可以查的，刘洁铃翻了一下，还真的是有如他所说的聊天记录。

"老大，这是秦总安排的，你前天去医院，回来交代事情时，我专门跟你汇报的，你当时说'行，那大家好好干'，然后就走了。"主策划苦笑着摊开手，这个锅他可不打算背。

刘洁铃愣了一下，这几天她实在分身乏术，很多事情的细节都记不太清了。不单去医院，而且小孩就读的小学开家长会等，她不再放心丈夫干任何事了。他做生意把贷款十五年、已供了八年的房子赔了，她并没有怪他，生意，有赚就有赔，这道理她想得通；但他把婆婆要做手术的医药费全拿去买地下六合彩企图"翻身"，她就感觉这人完蛋了。

"有跟我说过？"她重新点了一根烟，抬头向主策划问道。边上的数值策划、文案都纷纷点头，因为是小公司，策划组和程序组、美工都在大厅一起办公，大家都听到了。

总不能整个项目组，连钉钉都联合起来骗她吧？

所以刘洁铃也不好在这问题上纠缠下去，给他们指出 Demo 里面要优化的几个问题,就让大家散会去干活了。然后她想了想,终于还是去了秦川的办公室,敲了敲门走了进去。

"为啥搞这个 Demo 呢?"她没好气地质问秦川,也就是这公司的另一个合伙人。

秦川算不上俊朗,但至少没有凸起的小肚子,穿上修身的西服,加上精心打理的发型,看上去不让人讨厌,并且要比他的实际年龄小许多,他比刘洁铃大了三岁,而现在看起来,他怎么也得比刘洁铃年轻七八岁。

"有投资方想了解一下。"秦川微笑着说道。

刘洁铃咬了咬嘴唇,这让秦川感觉有点不可思议。六七年前,他们俩一起在大公司上班的时候,有一次公司同事聚餐时,面貌平庸的刘洁铃,无意识做了这个动作,让秦川觉得格外性感,分外地吸引他,所以他们俩背着彼此的家庭开始交往。

可现在她这么做,秦川却下意识皱起了眉头。在他想来,大约主要原因就是刘洁铃当时的体重,只有现在的三分之一。

"投资方要看,让他来公司,我们直接给他演示不就得了?"刘洁铃没好气地问道。

小公司没有什么闲人,这么停掉原来的工作,那整个项目的进程就会停滞不前。刘洁铃是合伙人,这公司的租金、水电费、每个员工的工资,她都需要分摊的。秦川听着不停摇头:"阿拉是洋盘没见事的吗?"

这是指没见过世面,而他当然是见过事的,本来在大公司,他就是搞运营的。正是相信他的能力,所以刘洁铃才会被他说服出来创业的。而秦川在创业伊始也的确拉到了几笔投资,这几年,尽管没有做出大红大紫的游戏,但每年去掉成本,分到她手上,还是有大几十万的分红。

所以,他说让客户看在开发中的项目,显得很不专业等的说法,刘洁铃一时也无法反驳。

秦川起身给刘洁铃冲了一杯咖啡:"再说,带他来公司,人也好,代码也好,玩法也好,数值也好,切嘎中道,怎么办?""切嘎中道"就是中了圈套,他防着客户挖公司的人,或是抄游戏的创新点。

刘洁铃嗯了一声,伸手把头发搔得鸡窝一样。秦川看着,下意识地皱眉,特别当她搔动之时,头皮屑纷纷飘落,洒落肩头的时候。六七年前她不是这样的，那时她有一头乌黑的长发。但她生了第一个小孩之后，嫌麻烦，直接就剪掉了长发，也似乎是从那时开始发胖；生了第二个孩子之后，就不单是发胖了，感觉完全放弃了自己的形象。

"我能不能先从公司账上借四万块？分红时再抵掉。"她叼着烟问道。

秦川望了她一眼，拿起手机，给她转了两万块现金："我私人借你吧，你手紧就不用还了。"

她看着手机的转账信息，望了他一眼，这一次她没有说那标准得没有口音的普通话："龟儿，搞得温都都的，谢了！"

然后刘洁铃起身，把没抽完的烟扔进广口瓶里，拧紧了盖子，向外走去。秦川看着出门而去的她套头衫的后背那三道湿了又干的白色盐印，突然很庆幸那段婚外恋及时停止。他摇了摇头，不但把刘洁铃关上的门重新推开，还打开了窗户，以便让烟味散得快一些。

有一些东西是关不住的，总得散出去。

"Jacky，进来一下。"秦川招呼着刘洁铃手下的程序员。他完全可以在钉钉上让对方进来，但秦川选择了直接喊人，显得坦荡。

因为他知道，刘洁铃吃这套。

"你现在能接手她的工作吗？接手之后，三个月后能如期出正式版吗？"连门都没关，秦川就这么问 Jacky。Jacky 不停张望着门外，极是紧张。

"你要确定能接手，我就要着手让她离开了。"秦川盯着 Jacky 的眼睛问道。

Jacky 有点为难地搓着手，这让他看上去像一只眷恋粪堆不愿离去的苍蝇。如果单从形象来讲，他倒是和现在的刘洁铃有着一脉相承的感觉。他犹豫了一会儿，喃喃地开口："我毕业来公司上班时，只会写很初级的 java 代码，连 SQL 都玩不利索……老大手把手带着我，到现在能玩 Ue4、StrangeIOC 和 U3D……"

秦川伸手敲了敲桌子："你是要写一篇述职报告，还是想在洁铃的欢送宴上致辞？要不要再唱一首《感恩的心》？"

秦川摆了摆手："我只需要一个答案，行或不行？"

"那、那，行。"Jacky 终于还是给出了答案。

但他犹豫着，还是结结巴巴地说道："秦、秦总，其实，老大比我妥啊！"

写代码的人特别没心眼，会玩办公室政治的不多。相比于行政、市场、商务之类的，要少很多。至少看上去很猥琐的Jacky，就不是很会玩办公室政治那一套。他在离开之前，还是鼓起勇气，为刘洁铃辩护："老大真的比我妥啊，而且新引擎，她上手可比我快多了……"

他说着有点坐立不安，似乎找不到什么词来表达自己的意思，最后他干脆就打了个比方："就是她学历虽然不如我好看，但秦总你知道，跟你进游戏新建人物一样，10点满分的话，老大那个'魅力值'可能就是0，但她那个'悟性值'得到8或9啊！"

秦川笑着点了点头："你想哪儿去了？我是要开新项目！行了，赶紧回你工位干活吧！"

"噢噢！好的，好的。"Jacky搓着手，匆匆起身。

看着Jacky出去，秦川抽了抽鼻子，房间里仍然还有刚才刘洁铃残留的烟味。不，她的魅力值以前不是这么低的，他下意识地拿出手机，调到六年前跟她一起去白云山时的合照，他一直留着这些照片。这些照片上，她看起来跟现在判若两人，尽管不是特别标致，但的确有着让他着迷的韵味。

而现在？就算把她当成老大的Jacky，明显崇拜她技术的手下，都说她魅力值为0了！

但秦川很快就退出了手机相册。别说那短暂的交往早已结束，而且她现在已与当年判若两人。就算她仍如当年一样，就算他们的婚外恋仍然延续，他也不希望她在这公司里待下去。

这时候刘洁铃又走了进来："Jacky说要开新项目？能不折腾吗？咱们赶紧把手头这个赶完了，海外上架看看流水怎么样不好吗？你就算拉到钱进来，总要结算啊，咱们上架了，赚多少是多少，那多安逸？"

秦川听着，苦笑了起来，没错，她总是要"安逸"。也许就是让她舒适的"安逸"，让六七年前的她变成如今这模样。但这是一个创业公司，怎么可能安逸？

"如果要安逸的话，我们是不是要重新做一下职涯规划？"秦川望着刘洁铃，他想做最后的努力，或者说，是给自己曾和她有过的往昔一个交代。他诚恳地对她说道："咱们只能拼啊，不拼出一款出圈的、爆红的游戏，那出不了头的。"

"出啥头呢？咱们反正一年赚个百来万，也不用看别人脸色，图个安逸，不好吗？"刘洁铃不以为然地说道。

秦川想了想，笑道："好吧，我再考虑一下。"

其实有句话，他在心里放了许久，只是不想当面说出来。那就是做不了爆款，要安逸，为什么出来创业？按他们两人的资历，在游戏大厂里混吃等死，不比出来创业强？单就刘洁铃，一个主程序，秦川知道的就有几个游戏大厂，头部级别的，找她聊过——七八万的月薪，完全没有问题。

要安逸，其实她就该去大厂里待着，何至于她现在的经济状况？看着不太高兴走回工位的刘洁铃，秦川感觉，自己接下来把她踢出公司的阴谋，其实也是为了她好。

货拉拉的面包车在小区门口停了下来，殷小妙推开车门跳了下来，然后她接过李子轩递给她的狮头，两人笑着走进了小区，迎面就遇到吴莲走过来。殷小妙远远就开口喊她："莲姨！"

"莲姨。"李子轩也笑着跟吴莲打招呼。

看着他们抱着的硕大狮头，吴莲愣了好几秒，才回过神来："轩仔啊……哇，阿妙，你抱着这么大的狮头！轩仔，你不帮她扛着？后生仔要疼老婆啊，哪里有这样叫女孩子担着这么大一只狮头的啊！"

殷小妙笑着说道："他不懂怎么拿，没事，莲姨，我掂㗎！"

吴莲这时走到跟前，左右张望了一下没有什么人，就压低了声音："是不是轩仔的身体不太好，不太舒服啊？有没有去看看啊？病从浅处医啊！莲姨有个表妹的儿子，在三院当医师，主任医师啊！我发他名片给你，你加他一下？轩仔，不要讳疾忌医啊，莲姨从小看着你大的，你千万不能有事啊！"

听着她这话，李子轩笑了起来，走到边上小区的空地，在地上做了几个脚不沾地的俄式挺身俯卧撑，又做了个托马斯全旋，跳起来拍拍手上的尘土："莲姨，你别听我妈乱讲，你看我似是有事？我不过是不肯喝癍痧凉茶罢了。"

"轩仔好劲！"吴莲悻悻地称赞了两句，然后便借故走了。

当回到家里，听着儿子和儿媳妇述说在楼下跟吴莲的偶遇，陈慧珊气得一口牙都要咬碎了："仆街大波莲！佢先有病！"然后在居委会和社区、楼下小区里，出了名好脾气的陈慧珊，在家里叉着腰至少骂了三分钟的粤语粗口脏话，完全不带重样的。

要不是李进提前下班回来，殷小妙估计婆婆还能无限连招继续下去。

"六叔过嚟广州睇病。"李进介绍跟着他一起回家的老头，这是他四会老家的亲戚。而那两个年轻人，就是陪着六叔的后辈。

"哇，小妙啊，轩仔识舞狮啊？"六叔看着扛起狮头的殷小妙，这么问道。

殷小妙笑了起来："我识！叔公，我食过夜粥㗎！"

看着她把狮头扛进房间里，六叔不以为然地大声对李进说道："你家嫂好有本事噢，如果系乡下，女人，屋企又唔系食唔起饭，舒舒服服带仔做做家务唔好咩？舞咩狮啊！啾！"

第五章 积极的焦抑症

六叔的话音方落,就听见次卧里传来砰的一声重物落地的声音,吓得那两个陪六叔上省城看病的年轻人,一下子站了起来。幸好随即殷小妙就在门里笑着说道:"没事,没事,弄倒了东西!我手滑了。"

联想她刚才扛进去那硕大的狮头,六叔更加不屑,从鼻孔里冷哼了一声:"睇到未?女人,姐手姐脚,舞咩叉狮?"坐在客厅泡茶的李进,笑着递了烟给六叔和那两个堂侄。

然后李进看了一下手表:"六叔,时间差不多,不如我们去吃饭,回来再泡茶?"

点上烟的六叔点头道:"都得啦,其实阿叔跟你说,在家里随便炒两个菜就可以了。"

那两个陪同的年轻人也随声附和着,但李进笑着说:"都订好房间了,又不麻烦,就几步路!来来!"

说着他冲陈慧珊使了个眼色:"我们先过去,你们都快点。"

六叔在边上还提了一句:"等埋一齐喽!"就是等齐了大家一起出门。但马上李进跟他讨论什么酒好喝,六叔就转移了注意力,跟着李进往电梯口走过去。

看着他们出门了,陈慧珊迅速把铁门和木门关上,急匆匆地奔向次卧。在一起二十多年,陈慧珊当然明白丈夫的意思。其实就算没李进使的这个眼色,她也一定会留下来看看的,因为她很担心,担心儿子会折腾出什么事来,以及儿子的病情有什么反复。

不论他们嘴上说着"湿热""上火"或是什么"精神不够坚强"之类的,心里未必没谱。

诊断书当初李进和陈慧珊都是仔细看过的。刚才房间里那重物落地声，像极了李子轩先前在家中发病的前兆。而当敲门之后，殷小妙打开门让她进去时，陈慧珊的脸色一下子就变得灰青，连嘴唇都哆嗦起来。

　　因为李子轩坐在椅子上，捏紧了拳头，咬着牙，颈上青筋迸现，地上是被砸坏的 27 英寸液晶显示器。

　　"他是个什么东西？他为什么要对我们家指指点点？"李子轩咬牙切齿地说道，"我们舞狮是吃了他家的饭，还是找他要打赏了？关他屁事啊！"

　　说到后面，李子轩已经是在咆哮了："不行，我要跟他讲清楚，叫他滚！佢老母！"

　　他整个人处于一种歇斯底里的状态，到最后连粗口都吼出来。

　　陈慧珊眼眶都红了："轩仔，你唔好咁啊！你细声啲，俾隔离邻舍听到，人哋点睇我哋屋企啊！点可以赶叔公走㗎？你赶佢走，翻去祭祖，成村人都唱衰你啊！甘我哋呢房点做人？"

　　说着陈慧珊眼泪都下来了。

　　但在旁边听着她这话，殷小妙的眉毛就挑了起来，脸上也有了怒意。她一把抱住又要咆哮的李子轩，背对着陈慧珊："阿妈，你先出去，我劝下他。"

　　随着出去的陈慧珊关门的声音响起，抱着丈夫的殷小妙，眼泪就掉了下来。

　　"子轩，你真的好惨，你不要怕，我会一直陪着你的。"她说着，在他肩头蹭去泪水。

　　但在暴怒之中的李子轩，完全没办法去解读殷小妙话里的细腻之处："有什么惨的，谁还没几个老家的亲戚？小妙，这不是我愤怒的本质啊！"

　　如果不是担心伤到殷小妙，他真的就冲出去了："死仆街老嘢！有病㗎！嚟广州睇个病，自己坐高铁上嚟睇咗医生，自己翻去唔得咩？又唔系住系长春！仲要带我两个堂弟来㩒饮㩒食！"

　　"但系，大家亲戚，要饮要食，都冇问题，又系长辈，我哋招呼佢，OK 㗎！"所谓越说越气，在李子轩身上得到极好的体现，说到后面他真的怒发冲冠了，"凭咩嘢对我哋屋企指手画脚？"他气得发抖，骂了连串的粤式粗口之后，最后还用普通话飙出一句粗口，"我他妈给他脸了？"

殷小妙站直了身体，想了一下，按着他肩头说道："我们回西关住，眼不见为净。冷静，你要这么想，这是一个很好的借口，我们又可以躲过去西关半个月啊！对不对？"

新婚的夫妻，但凡不是手头太紧，或是父母年纪太大，当然都不愿意跟父母住。谁不想要自由自在的生活？听着殷小妙这么一说，李子轩稍微冷静了一点，侧着脑袋一琢磨："对！跟我娘讲，我顶唔住六叔公！"

"我娘最怕家里吵闹。这是个办法。"话虽如此，但他仍是一脸的颓丧。

"耶！我们要积极嘛！"殷小妙笑着握紧了拳头挥舞起来，可爱得像一只小猫咪。

她并不见得真的就很开心，只是如若她不高兴起来，怎么去驱散他的阴霾？李子轩微微地喘着气，试图让自己平静下来，他指着放在床上的狮头："那它怎么办？"

"放这边了，我们还有刘备狮、关公狮、赵云狮呢！不用怕的嘛！"

殷小妙的语调，似乎几十秒前落泪并不曾存在。而李子轩其实心底仍对六叔很愤怒，仍然有狂躁的不安，但他在努力控制自己，努力让自己被殷小妙的欢快感染，以便让那种焦抑尽可能地减退。

"你哋又去西关啊？叔公过嚟，你哋至少陪佢食个饭啊。"陈慧珊听着不是很高兴。

陈慧珊一边戴着耳环，一边念叨着："食饭都唔齐人，讲出去笑大人个口。"

"轩仔，你咪咁燥，饮啲凉茶，你同阿妙一齐，去酒楼打个转，然后再走，好唔好？"陈慧珊也在努力，努力地维持着她在亲友中的体面，维持着人情世故的客套，她希望有一个折中的办法，有两全其美的处置。

殷小妙不断地冲她使着眼色，甚至还轻轻碰了碰她的肩膀。但越是这样，陈慧珊却越要说下去，她觉得，自己生的儿子，什么脾性她不知道，还要听这刚进门不到两年的儿媳妇的吗？她觉得自己比谁都了解儿子，而李子轩如果能听进去殷小妙的话，那就更能听进去她作为母亲发自内心为了他好的劝说。

直到李子轩梗着脖子说："好啊！我们去酒楼，走的时候，我们就按在座人头，发起个 AA 收款！"

"顶！"陈慧珊气得拿着梳子，往李子轩身上砸了过去，"请亲戚食饭，AA收款？"

她有一种无力感，不单因为她能感觉到，李子轩又有发病的迹象；更重要的是，她似乎不得不承认，殷小妙比起她更能走进李子轩的内心。这带给她的挫败感，其实远比李子轩的焦抑更让她痛苦。

直观的痛苦。

如果不是担心让邻居听到太过丢脸，陈慧珊真的想放声吼叫：为什么有了媳妇就忘记娘？

她心中有着强烈的不平，但自己儿子的个性，她是清楚的。要这么强扭着头，李子轩等下去了酒楼，真的会发个AA收款出来的，到时就真的成了整个李氏宗族的笑柄了。所以，她也只能咬着牙，没好气地对着李子轩骂道："你就是想气死你老妈，好去酒楼摆上几围席面吃喝！"

李子轩一脸的阴沉，压根就不想搭话。

直到殷小妙咬着嘴唇轻掐了他一下："阿妈同你讲话啦！"

其实她的意思，就是让他哄一哄婆婆，因为她看得出来，陈慧珊已经非常生气了。李子轩强挤了一个比哭还难看的笑容："阿妈，现在流行的说法，是气死你，好继承你的花呗！"

"滚啦滚啦！阿妙，你带呢条粉肠赶紧滚蛋！生块叉烧好过生你啊！死仔包！"陈慧珊气得不行，甚至在殷小妙带着李子轩出门时，还骂道："你等住，等我同你老窦生个细佬，到时俾你带大佢！"

落荒而逃的李子轩，就算殷小妙开车，带他离开小区的范围，也并不见得情绪有所改善，坐在副驾驶，他仍是一脸的颓丧，尽管他在反省自己："我娘其实都是想周全一下。我不应该发脾气的。"

但并没有什么用，因为殷小妙很快就听到，李子轩自言自语："我真没用。不但拖累你，连我娘，我也惹得她很不开心。"

这种节奏，殷小妙很熟悉，马上又要进入自我否定、自我质疑的循环，所以她开口打断了李子轩："我朋友说大石那里有一家海鲜好抵食，不如我们去试试？"

"好啊。"他勉强挤出笑容回应，但任谁都看得出他心里的郁积。病情发作并不会突然让人失智，正如刚在反省的李子轩，他知道自己的举止不得体。

他当然也知道殷小妙在努力帮自己。

但这是病,不是他能控制的。

"吃药!"殷小妙看了一下时间,对他说道,"一会儿我累了,你才好过来开车,对不对?"

当然不会真的让他开车,服了抗郁药的人,殷小妙不可能让他开车的。这是一个借口,李子轩也知道,不过这是他能接受的借口,便依着她的劝说吃了药。但最后,他们还是没有去番禺大石那家很有性价比的海鲜店。吃了药之后,情绪稍为得到控制的李子轩,希望回家。他什么也不想干,不想参加任何娱乐活动,也不期望去任何地方旅行。只想待着,在西关老宅那小小的阳台上。

殷小妙很担心他,宅着本来也是这个时代的一种常态,但他的情绪不对。他整个人甚至连沮丧都没有了,不刷短视频,也不刷新闻,不看小说,更不刷剧集。坐在藤椅里,有一种空壳的安静,似乎整个人的情绪都被抽离,如同假人一般。

这让她很担心。

"要不,你教我跳街舞?"她努力在寻找让他感兴趣的点,"我带你去'王者峡谷'玩?要不,我们玩《和平精英》?我打冲锋,你当伏地魔好吗?"

他牵强地笑着,言不由衷地附和,让她看着更加心痛。

天色渐暗,似乎就是她心情的投影。

她长叹了一口气,看着墙上缺了一只狮头的位置。随手叫了外卖,放下手机,她走过去,抱下红色的"关公狮"的狮头,独自在阳台舞动。在夕阳的余晖里,托着狮头,她独自起舞。不知不觉中,又响起了伴奏的鼓声,却是李子轩在边上,随手敲着那个空的矿泉水桶。

有了节拍的狮子,便有了灵魂。

红色的"关公狮",在阳台跳跃旋转,如一朵不愿被那即将到来的黑暗禁锢的焰火。

"喂,靓仔!舞狮个靓仔,你系唔系大佬炳嘅孙子啊?"

这时不远处的阳台,突兀地传来了嘶哑老迈的声音。殷小妙放下狮头,李子轩也放过那个可怜的矿泉水桶,站了起来,向西边远眺。天色将晚,看不太清,但殷小妙还是回了一句:"阿伯,你识我阿爷啊?"

"啾，阿伯？你要叫叔公！我同你阿爷，'老死'来㗎！"那个老迈的声音，大笑着说道。他说的"老死"，是粤语里的俚语，大意就是老朋友加死党。大约是喊得太大声，老人不住地咳起来，听到他边上，似乎有陪伴亲人或是护工的埋怨。

然后就听到陪伴的人说道："老人身体不太好，他得去休息了。"

殷小妙就笑着喊道："好啊，叔公，你注意身体啊，得闲饮茶啦！"

小小的插曲，大约也就是在西关这样的老城区，才会出现了。

"你叫了什么外卖？"李子轩向殷小妙问道。

她很惊奇，因为尽管天黑下来，阳台又没开灯，但能感觉到他的语气突然就有了活气。

"平时叫的那间虾肉云吞。"她对他说道。

李子轩走进房子里，按下阳台的节能灯的开关，笑道："有蟹子那间？我要净云吞！"

灯光下，他英俊的脸上是对晚餐的期待，生动而有趣。

"当然是净云吞！"她跳了起来，向他扑过去，他大笑着，稳稳地抱住了她，在那搁在藤椅上的火红的"关公狮"旁边。

但是殷小妙和李子轩没有想到的是，在两天之后的下午，有几个陌生人，打破了他们平静的生活。瘦削的中年人，看起来三十出头，与他同行的，还有两位魁梧高大的壮汉。

"您是殷家的后人？我姓陈，陈杰。"中年人很客气地自我介绍，然后递了一张名片给李子轩，上面有许多头衔，各种舞狮协会会长、常务理事，包括非遗传承人等，"我们祖辈有个约定，每一代人，只要有能出狮，总要分个高低。您父亲那一辈，似乎没有出狮，那就算了。而我听说您现在能出狮，那么我们是不是按着祖上的约定，做过一场？"

李子轩不懂来龙去脉，还想招呼人进来坐下喝茶，可是殷小妙懂。陈杰再客气，也压不住话里的杀意。文明社会，就是MMA（综合格斗）也是有规则的。舞狮当然不可能如旧社会一样，拳脚相加。但南狮讲究采青，有蜈蚣青、板凳青等各式花样，有几米高的高低桩，一个失手摔下来，伤残生死，并没有什么惊奇。

但祖父那句话，她无端地又记了起来："南狮，无傩的。拿起狮头，你就是雄狮！"

殷小妙只觉得有股气往上涌，她伸出手，用力把远比她高大的李子轩拨到身后："他不姓殷，我才是殷家的后人。"

在狭小的巷道，在古旧的老宅前面，门里门外对峙的双方，隐约有一种历史的凝重感，甚至因为太过于沉重，而产生了一种不真实的虚幻感。

"您是殷家的后人？"陈杰愣了几秒才反应过来，然后这种凝重感就被打破了。

他有些尴尬地摸了摸鼻子："不好意思，那算了吧，可能是那位叔公搞错了。"

"那叔公专门打电话给我父亲，说殷家又能出狮了。我不得不跑一趟，这其实都是古昔年的事……你是随便拿狮头出来玩的吧？那不作数的。打扰，打扰，真的不好意思！"他说完，笑着挥手告辞，客气得挑不出一丝错漏。

大约是殷小妙的靓丽风姿，让陈杰说不出什么狠话。之前面对李子轩时，尽管客气，但他绝对不是这态度。而那两个壮汉，其中剃了个大光头的说了句："你只要别把狮头拿出门玩就行了。"

两人就也跟着陈杰往外走。

"等一下。"殷小妙叫住了对方，"我凭什么不能把狮头拿出门玩？"

陈杰回过身，他还在酝酿着该怎么措辞，开口的大光头就忍不住道："你在家里玩没人管你，你要扛着狮头出门，那是不是就是出狮了啊？出狮，那祖上的约定，你怎么说啊？"

旁边的平头壮汉踢了光头一脚："抵你成世单身狗！"又赔着笑对殷小妙说："小姐姐，你别理他，能不能加个微信？"

殷小妙身后的李子轩就不乐意了，冷着脸说道："喂，有事讲，没事滚！她是我老婆。"

陈杰连忙把两个壮汉拉开，对殷小妙说道："您这代没男丁了，对吧？那就算了吧，约定都多少辈人以前的事了，没事，你扛狮头出去玩也行，有人提起，你就说这代人没男丁，祖辈赌约不作数就好了，你别听他们乱讲，哪有什么不能扛狮头出去玩的？非遗文化传承，我们现在巴不得多点人玩呢！"

说罢他就示意那两个壮汉跟他离开。但这时殷小妙从铁篱笆里走了出来，挤到陈杰身边对他说道："南狮，无雌的。拿起狮头，我就是雄狮。"

她走出铁篱笆外,耀眼的阳光就照在身上,但她不打算站到屋檐下,也不打算回到屋里。

陈杰回过身,望着她,愣了七八秒,笑道:"好,那就约半年后,做过一场?"

"好!"她点了点头。

陈杰沉吟了一阵,抬头道:"咱们按国际龙狮运动联合会 2002 年颁布的竞赛规则?"

"行。"她稳稳地说道。

于是陈杰很老式地抱拳拱了拱手,她看着他们离开,不悲不喜。

"喂,老婆,你好掂噢。"李子轩走了出来,拉住她的手,"他说的国际狮竞赛规则是啥?"

殷小妙任由他拉着手走进了屋里,随口纠正他:"国际龙狮运动联合会颁布的竞赛规则。"

"嗯,就是什么来着?"李子轩问道。

"我点知?你点解觉得我会知?"殷小妙好奇地望着他。

李子轩瞬间石化一般,好半晌才开口:"你刚才说好的啊,你还答应了,半年后,跟人做过一场!你刚才超有范,你知道'宫二'吗?《一代宗师》里那个角色,就很像啊!然后你现在跟我说,不知道规则是什么?"

走进屋里,空调的冷气让殷小妙冷静下来,她一下子躲进沙发的角落里,抱起枕头。

"我刚才,我刚才……啊啊啊!我不知道啊!"她说着把枕头盖在脸上,好一会儿才拿下来,望着李子轩道,"姓陈的说了,有个叔公!都是这个什么狗屁叔公搞事!搞不好,就是前两天,那个跟我们打招呼,感觉随时要'收皮'的老家伙!"

李子轩拼命点头:"坏人变老!不外如此!"

他对"叔公"这个词,真的没有什么好感。特别当他微信上收到陈慧珊的短信:"今晚回来一趟,怎么也得全家人陪叔公吃餐饭吧?"

"应付一下吧。"殷小妙很无奈地对他说,"要不你妈能给咱们看半年的脸色,你一会儿不要生气,就当演戏,不要去管叔公讲什么。"说着她把抱枕扔到李子轩身上,"我刚才不知道为什么会答应啦,烦死了,我不管,你晚上一定要答应我别生气！"

事实上，李子轩的情绪没有什么问题了，要比之前稳定许多。殷小妙发现，似乎每一次她托着狮头起舞，总能让李子轩从低落之中走出来。也许是童年时，喜庆节日里舞狮锣鼓给他的心理暗示；或者因为舞狮这样的气氛，让他感觉放松？

当殷小妙和李子轩锁了门准备去拿车时，遇上了出去倒垃圾回来的刘洁铃。周末休息在家的刘洁铃，看起来蓬头垢面的，形象比平日里更加不堪。而在殷小妙他们走出小巷之前，刘洁铃却在身后叫住了殷小妙："不好意思，我想、我想能不能跟你商量个事？"

刘洁铃的话里带着怯懦与羞涩，让殷小妙不忍拒绝她。

于是她让李子轩先去拿车，自己留下来，听听对方到底有什么事。

"我、我刚好要交小孩的补习费，差一千七，方不方便、方不方便……"她终于说不下去了。

毕竟，她连殷小妙叫什么都不知道。

"我刚辞职了，手头没什么钱啊。"殷小妙也有点为难，一千七虽说不多，可谁的钱也不是大风刮来的，这邻居又不熟，她的确也是刚辞了职，"不好意思啊。"

刘洁铃嘴角抽了抽，终于挤不出来一个笑容，点了点头："对不起啊，不好意思，我其实有钱的，有钱的，我只是今天刚好不方便，不好意思。"

她喃喃地这么说着，然后如同逃避怪兽一样，躲进了自己的家门。

殷小妙叹了一口气，摇了摇头，往外走去。在等李子轩把车开过来的时候，韩素梅在微信上问她近况如何，殷小妙就把这情况跟她说了，又发了信息："似乎一舞狮，他就明显好许多，明天我看看，带他去看一下医生，听听医生的专业意见。"

但韩素梅过了一会儿，回了很长的一条信息，大约的意思，就是她以前有个朋友，突发性耳鸣，目前是无特效药治愈的。医生给他开了银杏叶滴丸。每次病情严重，他就吃上一些，马上就缓解了，医生告诉他，这就是针对病情开的药。

直到有一天，她的这位朋友去外地，耳鸣发作，就在出差的地方看医生，他跟医生说起此事，希望能开点银杏叶滴丸。那位医生和他说，银杏叶滴丸，很普通的药,甚至正常人没事也可以吃的,并没有他说的特别效果。

"于是,银杏叶滴丸再也无法缓解我朋友的耳鸣了。

"如果你觉得舞狮能让他好转,不如就继续。"

这时李子轩把车稳稳地停在她的身边,殷小妙拉开车门坐上副驾驶。

她感觉,下午的阳光,也没有他的笑容灿烂。

第六章　忤逆

餐馆包厢里，明亮的灯光照亮了六叔皱纹里的每一分开怀。殷勤泡茶的服务员，更让六叔感觉到了尊重的气息。也许对许多在超一线城市生活的人来说，下馆子只是一件很普通平常的事。但仍有许多人，一辈子，也许就在结婚摆酒时进过酒楼，平日里连大排档都很少去。

住在老家县城里的六叔，也是踏踏实实过日子的人。

平日里，一杯米酒，一碟花生，一盘叉烧，就是惬意。

下馆子，而且是这么高档的馆子，对六叔和陪他看病的年轻人来讲，那就是一种奢侈。

"阿进，唔使咁大阵仗啊，日日都招呼出嚟食酒楼，又唔系外人！"六叔对着李进言不由衷地批评，"其实随便系屋企炒两个菜，咪就得喽！"

正在偷偷用眼角余光瞄着服务员的两个年轻人，下意识地随口附和着：

"是啊，是啊！"

"进叔太客气了！"

并不见得他们有什么坏心思，家乡的县城也不是什么贫困山区，茶馆和茶艺师遍地都是。只是，那不是他们平日里舍得消费的场所罢了。年轻人，游戏新出个皮肤都想买，何况不曾接触过的活色生香。李进也很开心，他愿意招呼好六叔，中午六叔他们一般就在医院检查，盒饭对付了。那就是晚餐这一顿，就算接连招呼十天，一万块也差不多了，这钱，他又不是拿不出来。

自古以来，愿意锦衣夜行的人，总是少的。

让家乡的亲友看看自己在省城过得不差，也算是人之常情。菜先上了三道，李进就招呼自己儿子："子轩，你前两日出差，今晚回来，来，敬六叔公一杯！"

殷小妙在边上听着就皱起了眉,她自己偶尔也会小酌,但很担心李子轩的情绪波动。毕竟前两天,因为六叔一句话,李子轩还把液晶显示屏给砸了。其实不单是她,陈慧珊也捏了一把汗。不过出乎她们意料,李子轩不单敬了六叔,还跟那两个远房堂弟也喝了一杯。

于是整个场面看起来,倒也是其乐融融。陈慧珊起身帮六叔他们夹菜,问那两位族里的年轻人:"菜还适口吗?好好,咱们自己人,不客气啊!"

更是把这亲人团聚的氛围,推到了一个高潮。

六叔啜了一口酒:"嗯,阿进,这是好酒啊!"

刚才李子轩敬他时,一口下去还没发现,这么一细品,跟平日里喝的米酒,高下立判。

"这么好的酒,你拿来给叔喝?"六叔端着杯子,有点责怪李进了,"糟蹋了!"

殷小妙看着自己公公李进从眼里迸开的笑意,就知道六叔这责怪的话,胜于任何赞颂。

"六叔,你同我讲这些?"李进笑着又举杯去敬六叔。

于是回忆就开始在席间蔓延开了,数说当年的不易,还有李进的父执辈们的艰辛。而这时殷小妙的手机响了起来,她起身离桌走到边上接电话。菜已经上了八个,而酒也过了三巡。广州的宴席上,还没有把蒸鱼端上来,那就是后面仍还有菜;而酒还有好几瓶,自然也要接着喝。

六叔喝了酒,脸上红光焕发,举杯对李进说道:"阿进,你有出息,来,陪六叔饮一杯!"

李子轩连忙站起来,举起杯对六叔说道:"叔公,我爸血糖有问题,肝也不好,我陪!"

话一说完,李子轩就率先一饮而尽,殷小妙的眼睛便亮了起来,看起来,也许按时吃药和舞狮,真的能让李子轩走出抑郁?至少他今晚的情绪,真的一点问题也没有。李进也赔着笑给六叔夹菜:"六叔,你也别喝太多。"说着招呼那两个年轻人,"后生仔,不要客气!"

六叔往椅子上一靠,双手交叉抱在胸口:"阿进,你依家系睇唔起阿叔喽?阿叔血压上到200,血糖餐后25,血脂17,转氨酶200多!你同我讲呢啲?"

第六章 忤逆

李子轩和陈慧珊连忙起身劝说:"那您也不能喝了啊!"

"几时轮到你哋出声啊?"六叔对李子轩和陈慧珊完全不假颜色,冷声喝道,然后老人对着李进抬了抬下巴,"阿进,你点讲!"

李进苦笑着摇了摇头,对六叔说道:"六叔,我舍命陪君子,就一杯。"

听着他这话,六叔的老脸便缓和了一些:"啾,咁先系嘛!"

"爸,你可别!上次喝了直接120你忘记了?"却是殷小妙起身走过来,一把拿走了李进手上的酒瓶。因为李进不只肝功能不好,胃也不好,上次喝了点酒,结果胃出血,张嘴喷得一桌都是血,搞到进急诊抢救。

说着她转身对那两个年轻人问道:"你们是陪叔公上来看病的对吧?"

看着那两个李子轩的堂弟点头,殷小妙就冲他们问道:"转氨酶200多的老人,你们看着他这么喝酒也不管的?你们就这样陪他看病?"

那两个年轻人听着,立时呛红了脸,喃喃地说一些"叔公劝不听的啊""我们劝了叔公会骂人的"之类的话。

六叔气得手发抖,"啪"地当场就把酒杯摔了个粉碎:"阿进!你屋企依家系新抱(粤语中儿媳妇的意思)话事?"

意思就是质问李进:家里的事,是殷小妙说了算吗?

"叔公,不是谁说了算,而是身体不好,没必要这么灌酒,自己人,何必呢?"陈慧珊看着,站了起来,鼓起勇气向六叔劝说。她当然不希望李进喝酒,但如果不是殷小妙开口,陈慧珊着实提不起勇气来"忤逆"长辈。

"仆街,阿进,你食屎啦!"六叔气得当场起身,出门而去。

李进和陈慧珊、李子轩连忙去追,不可能放任老人就这么离席而去。服务员刚好端着菜进来,看着这一幕,满脸愕然。殷小妙连忙开口说道:"没事,不是逃单。"

听着她这话,服务员才松了一口气。

"你们订了酒店没有?"殷小妙向李子轩的两位堂弟问道。

他们摇了摇头:"这几天都是住家里啊,我们在厅里对付就得。"

殷小妙至少愣了五秒,摇了摇头,拿出手机帮他们订酒店房间。这时被李进他们硬扯回来的六叔,在外面的走廊气得不可开交:"我唔使你哋理!"气得不停骂粗口的六叔,暴怒地质问李进:"李家点解有咁嘅新抱?忤逆!"

难得李子轩居然情绪稳定在拼命打圆场,没有情绪崩溃搞出什么AA收款之类的事。可六叔现在怒不可遏，该怎么收场？不论是殷小妙还是那两个族里的年轻人，一时间都手足无措。

给两个堂弟订好酒店的殷小妙，躲在包厢里的洗手间不敢开门，因为不知道怎么面对这一切。但她知道，这事情总得去面对，于是她咬了咬牙，拨通了韩素梅的电话："点算啊？梅姐，救命啊！"

刚刚在琶堤停好车的韩素梅，听着她把大概的情况说完，笑了起来："跟他喝嘛！"

所谓会者不难，大约不过如此。对殷小妙他们来讲，一时间感觉束手无策的事，对韩素梅，就这么四个字。而这的的确确就是解决殷小妙目前问题的最优解。所以，从洗手间出来的殷小妙，还没等六叔开口，就走到桌边端起杯子："叔公，喝多了？"

她把那小盅白酒一饮而尽，冲六叔亮起杯底："喝多也不用跑啊，我们又不可能灌你喝。"

本来正在纠结"家里谁说了算"的六叔，盛怒之下甚至已提到了"门风"和"母鸡打鸣"。

听到殷小妙说他不能喝，六叔的注意力马上就转移过来了，气得眼睛都红了："我饮大咗？阿叔出嚟劈酒个阵，你仲未出世！"

他听殷小妙说他喝多了，很气愤，马上将手中酒一饮而尽："你同叔公讲呢啲？"

李子轩看着殷小妙冲他眨了眨眼，马上会意，端起酒杯冲着六叔敬酒："叔公好酒量！"

能做得了俄式挺身俯卧撑的李子轩，身体素质当然没问题；能舞得了狮的殷小妙，自然身体也不差。这么轮流敬六叔公酒，而六叔公又自诩海量，杯到即干。六叔公没能撑多久，就彻底醉倒。不论如何，这一顿饭总是应付过去了。

而李进在叫了车把六叔和两个堂侄送去酒店之后，看了李子轩一眼："衰仔今晚算争气！"

对他来说，这就算是难得的肯定了。

"小妙，六叔公的话，你不要往心里去，你劝是对的，唉，爸摊上六叔公，实在也是没办法！"李进又对殷小妙这么劝说着，其实自己的身体，他心

第六章　忤逆

里何尝没数？只是当时被六叔拿话架上了，下不了台，对他而言不得不喝罢了。

殷小妙笑了起来："我明白的，我又不是小孩子！"

不过当她提出回西关住时，李进和陈慧珊都有些愕然："六叔不是被你安排去酒店了吗？"

"子轩住那边，似乎精神好了不少，我是想着让他养上一段。"她拖着李子轩的手，对公公和婆婆说道。

而李子轩也笑着对父母说道："老城区节奏没那么快，似乎很容易让人开心。"

"死仔，你当时去当几年兵，不至于这样啊！唉，好啦，住西关就住西关啦！"李进把烟熄了，又对殷小妙说，"你不要太宠他，有事多让他做，他就是让他妈娇纵坏的！"

陈慧珊在外面懒得跟李进争，等殷小妙和李子轩上了计程车，她冷哼了一声自顾往家里走去。李进连忙赶上去，小意陪着话，快走到小区门口，不知道他说了什么，陈慧珊啐了他一口："好核突（粤语中恶心、肉麻的意思）啊！咁大年纪啦，你都唔怕丑！"

但看上去，总算是让她消了气。

坐在计程车上的殷小妙有些酒气，她伸手抚在李子轩的手上，李子轩按着她的手，两人谁也没有说话，但看着彼此脸上的笑意，一时之间，已不需言语。直到计程车上了内环路，开到江湾桥，殷小妙才开口："我要舞狮。"

"嗯，我帮你打鼓！"李子轩点了点头。

她笑了起来，从他手里抽出自己的手，轻轻抚了抚他的脸庞，然后握拳道："我超厉害的！"然后他便和她一起大笑起来。

其实，她并没有什么争强好胜的心。

一个有天赋的人，不见得就是一个有企图心的人。人如其名，她就是一只小猫咪，就算下午答应陈杰半年后的比试，但可以反悔啊。是的，殷小妙不觉得反悔有什么为难或道德障碍，名声臭了便臭了，她又不靠舞狮生活。

要不然，认输也可以啊！

说最狠的话，做最怂的人，她真的没什么压力。

但到了现在，她便有了压力。因为她发现舞狮似乎真的能让李子轩好起来。这种好转，在她答应了陈杰的约战之后特别明显。似乎，让李子轩有一种见证历史的期待，或者是使命感？她不知道，但正如韩素梅说的，如果银杏叶滴丸能起到特效，那何妨继续下去？

"不过舞狮要两个人哟，打鼓我就没问题，跟你一起舞，我怕搞不掂啊！"李子轩在边上，突然开口说道，"你说那些什么高低桩，你知道，我恐高的。"

很明显，他正如殷小妙所料，在期待着这件事的发生。殷小妙打了个酒嗝，对他说道："没事，我想想办法。"

在下班之后去芭堤，对韩素梅而言，不是一件愉快的事。其实她清楚很多事，比如丈夫每天晚上固定发来说他有应酬的信息。但有些真相，她并不愿去面对，一旦面对了，她自己设定的完美人生就会崩溃。

完美人生，年轻时貌美如花，名校出身，在最好的年纪，选中了当时没有发迹的丈夫，所以，现在丈夫的公司她有超过百分之四十五的股份；儿子成年后考进了中国最好的学校；在现在这个年纪，仍然保持着马甲线，仍然能参加全程马拉松，仍然不乏仰慕者。

而且家庭美满幸福，丈夫有事不回家，都会向她汇报。对普通人来说，如果这不是完美人生，什么才是完美人生？

但今天，她不得不去面对残酷的真相。丈夫的情人，以客户的名义，加了她的微信。然后韩素梅点进对方朋友圈时，发现了许多照片，丈夫跟这个比她儿子大不了多少的女孩，在各地旅行、沙滩漫步、灯红酒绿的亲密照片。

而与这个女孩同处的时间，正是他发信息给她，说"有应酬"的时间！

女孩很幼稚地给她发信息："你退出吧，你放手吧，我和他是真爱。"

她压根就不能理解，如果韩素梅真的退出，那么按照婚前公证的协议和约定，对她丈夫的事业来说，绝对是灭顶之灾！但对韩素梅来说，女孩击垮了她。关于"家庭美满"的词条，完全崩溃了，而她无法面对自己的失败。丈夫不知道什么时候发现了问题，从下午到刚才殷小妙向她求救时，用不同的号码，给她打了上百次电话，她接通以后，听到丈夫的声音，马上就挂断了。她根本没法跟他聊这个话题，她不是要找酒吧，而是想寻找一个让心灵可以逃避的空间。这时电话又响了起来，她一接通，那头便响起丈夫的声音：

"阿梅，你要我死，也得让我……"

她再次挂断了电话，抬起头，看见一个熟悉的招牌，平时她会刻意绕过这间酒吧，因为这是熟人开的，但今天，她迈步走了进去，甚至还刻意扭了一下腰，刻意地放纵。

而当韩素梅收到殷小妙发来信息："搞掂叔公！梅姐犀利！"她已经在酒吧里的卡座坐了下来。东南亚风格的装饰和音乐，让身处于这快节奏的都市里的人们，有一种暂时的解脱。似乎在酒精和异国风情的酸辣汤里，便已逃离了繁忙得让人窒息的城市。

"兜兜转转十年过去了，我们依然在这里，Dolores。"风度翩翩的中年人走进了卡座，坐在韩素梅对面，微笑着解开手工西服的扣子，对韩素梅说道。他虽然不算俊朗，但无论挺拔的身姿，还是得体的举止，都有一种成熟而不油腻的气质，让人欣赏。

韩素梅没有回应他的招呼，甚至没有抬起头望他一眼。

岁月总会剔除很多不必要的东西。如果取了一个英文名，而又没有人去使用它，那么时间很快就把它遗忘。韩素梅仍保留在名片上写下英文名的习惯，是因为在某个生活圈子里，仍是有频繁被使用的概率。

"二十多年前，我们在早稻田上学时，你并不如此沉默，我记得许多同学说你是林间的小鹿。"中年人要了一瓶威士忌，然后对韩素梅说道，他并未因为她的沉默而气馁。

早稻田，韩素梅有些恍惚，其实那是不止二十多年前的记忆了，应该更久远些吧。毕竟，她的儿子都已经去了未名湖畔。威士忌这时被端上来，中年人示意服务员自己来，他给韩素梅倒了小半杯。

"我记得你不喜欢加冰。"他轻轻地晃着杯子里琥珀色的酒液，说起她二十多年前的习惯。

如是昨日。

韩素梅深吸了一口气，然后发出一声长长的叹息，她终于抬起眼望向他。熟悉的不只是他的面孔，还有跟自己一样，苦苦维持、抗争着不肯老去的容貌和身材，以至于他看起来，如她一般，仍很有些风韵。尽管"风韵"这个词用在男人身上，有些突兀。

但这是韩素梅下意识的第一反应，她不想去寻找替换的词，特别是在她伸手端起酒杯，浅尝了一口之后。酒液里有麝香和茉莉的香气，渗在如茶的甜辛里，强硬和柔软并存的口感，是熟悉的味道。

她似乎一下子就从这东南亚风格的音乐里，回到二十多年前的往昔。那时走在神田川的沿岸，连绵两公里的樱花林荫道，她欢笑跳跃，那么轻盈、任性。韩素梅拿起酒瓶，借着酒吧里闪烁的灯光打量着酒标。

不出所料，千禧年左右已倒闭的羽生（Hanyu）酒厂，1990年的酒。

中年人看着她脸上的微醺，没有说什么。他并不想告诉她，这是他专门存在这里的；也不想说，1990年的酒，还有两瓶，存放在天河北的酒窖里之类的事。甚至他也不想提近年复活之后的新羽生——秩父酒厂。

"我们很久没有一起喝酒了。"他只缓缓地说道。

她仍然没有说什么，给自己加了些威士忌。

中年人笑了笑："其实，我过来这里，总希望能遇见你，但又不希望遇见你。"

这话对韩素梅来讲，没什么难懂：遇见了是重逢的惊喜；不遇，是她生活得如意。按照流行的说法，他也许应该被称为"备胎"男。在他们求学那个年代，粤语区对这种角色，大约唤作"痴心情长剑"，又长情，又贱。

她又喝了一口酒，仍然没说什么。

他的声音很有磁性，不急不缓，但她一点也不打算听他到底想说什么。其实在她来之前，他坐了不到一小时，已有两三位洋溢着青春气息的女孩，借故来添加他的微信了。哪怕不用"钞能力"，他也仍有足够的吸引力。但在她面前，他仍愿意去充当这样一个角色，笨拙而青涩，如是当年的模样。

直到把这瓶威士忌喝了近三分之一，她向中年人伸出手。他掏出香烟递给她，并帮她点燃，自己再点上一根。喝得差不多了，她便会找烟抽，和二十多年前一样。而没喝酒时，韩素梅讨厌烟味，所以他刚才一直没抽烟。

"我能帮上什么忙吗？"他低声问。

韩素梅用指尖掂着烟，带着醉意，望了他一眼，无声地笑了，向他勾了勾手指，示意他凑过来："Mack，你知道吗？电影里的商战，阴谋诡计，唇枪舌剑；现实中的商战，投毒抡锤抢公章。"

她这么对他说道，张开嘴，略带着酒气的肆意。被称为Mack的中年人愣了一下，然后苦笑起来："我知道，如果刚才我坐下，直接提议去开房，也许

第六章 忤逆 047

你就答应了。"

他当然知道，二十多年里商界纵横起起落落，见识过多少人和事。韩素梅也笑了，把杯中酒一饮而尽，吸了一口烟，然后扔掉手里还有五分之四的香烟，用鞋尖把它踩熄。他舔了舔嘴唇，伸手按住了她的手："如果我现在放纵一次，提议你跟我走呢？"

"你想试试吗？"她眼里有着迷离的诱惑，是深藏的野性气息。

他很清楚，如果被拒绝，那以后朋友也做不成了，以她的个性来讲。

这时她的手机响了起来，是殷小妙发来的微信："梅姐，我惹咗事，好大镬！有个狮王，要同我做过一场，我搞唔掂啊！死啦死啦，你快啲过嚟啦！"

除了这条信息，还有一个定位。她笑着从他手里抽出手来，给殷小妙回复了一个"OK"的表情。然后站起来拎起包，伸手轻轻拍了拍Mack的脸说："嘿，你做了正确的选择。"

"好。"Mack笑着起身，伸手虚扶了一下，但她步伐从容，挥了挥手，示意他不必相送。

其实，他根本就不想提议去开房，当年他也许是因为缺乏这样的勇气；而现在，那绝对不是他需要从她身上获取的养分。

他坐下，端起酒杯，看着她离去，然后吞下一大口酒，张开嘴，酒气便弥漫开来。

从她渐远的摇曳的背影里，他看见了自己青涩的岁月，那是只有在她面前，他才能找到的气息。当她的背影消失在酒吧的出口，Mack没有任何犹豫或迟疑，拿起电话，拨通之后："我在琶堤的酒吧遇见了Dolores，嗯，查一下她先生蔡家豪近来的投资项目，对，风投基金的负责人，好，我等你消息。"

他和蔡家豪是同行，如同敌国、你死我活的同行。许多无意泄漏的信息，加以利用，就可以推断出没有确定的猜测和对手在商界的足迹。也许，他其实并不太关心她过得好与不好。特别在已经看不到她背影的现在。资本之间的吞噬和计算，是毫无温情的心如铁石，不会放过每一个机会。

或者Mack所迷恋的，只是自己不能回溯的青年时代。

放下电话，Mack举起杯，浅啜了一口。

在这现实的、肮脏而可耻的成年人世界里，他风度翩翩，魅力四射。

第七章　近乎无解

所有的问题，韩素梅总能完美解决，这只是一种修辞手法；或者说是她长久以来给身边人的印象。但无论如何，韩素梅对她的友人来讲，是可以信赖和依靠的。所以殷小妙在无路可退时，就很自然地把问题抛给了韩素梅。

很多老式的小区，不论是天河南还是江南西，都不乏被精明的创业者利用起来的。这类小区里几乎三分之一的房子被改成桌游店、SPA、发廊，当然也少不了酒吧。而在西关，也不缺少这样的酒吧，殷小妙给韩素梅发的定位，就是这样的一间酒吧。

"代驾帮我停好车之后，我拿着手机定位找了20分钟。"韩素梅苦笑着说道。

她把包扔在卡座上，咬着发夹，伸手在脑后绾起头发。脸上细微的汗珠，酒后隐约的酡红，让她比平时多了几分妩媚的味道，以至于吧台上的几个年轻人望了过来，一副跃跃欲试想要过来加微信的架势。但扎好头发的韩素梅，坐下去伸手一把将殷小妙揽入怀里，用挑衅的眼色打量着那几个小年轻，于是他们扁了扁嘴，有人举起手里的啤酒瓶，露出一个歉意的笑容，终于没过来打扰。

"问题解决，你一身汗，离我远点！"殷小妙笑着挣脱开。这把戏她们出来酒吧喝酒，不是第一次这么玩。可以省却很多麻烦，少跟没有兴趣的人搭话，节省彼此的时间。殷小妙望着她，突然问："梅姐，你怎么了？发生了什么事？"

她不是太会安慰人，但她很聪明，很肯定韩素梅是有事的，她笨拙的话语极真诚。韩素梅听着，眼眶瞬间就红了，以至于拼命地往上翻白眼，才没让泪水淌下来,她抽出纸巾拭了一下眼角:"喝急了,有些呛到。"然后她望着殷小妙,"说吧,你到底惹上什么事了?还什么狮王?怎么听着跟黄飞鸿电影似的?"

殷小妙并没有就此作罢:"梅姐,我就算帮不上忙,至少可以陪你,我可以当树洞啊。"

韩素梅不太习惯这样,她身边的朋友们,都已很自然地向她寻求援手,向她问计,向她诉说。哪怕是 Mack 这样的备胎男,当问一句"能帮什么忙"之后,因为她的沉默,出于礼貌,也小心翼翼地没有再问下去。

大家都是成年人,都有自己解不开的结,都知道分寸。只有殷小妙,她很聪明,很敏感,却又很傻,不懂什么叫适可而止。韩素梅不顾她的抗议,紧紧抱了她一下:"闭嘴,我搞不掂,自然会来找你帮忙。"

她站了起来,示意服务员过来,然后接着对殷小妙说道:"现在,说出你的不开心来,让我开心一下,哈哈!"

殷小妙懒洋洋地缩在卡座角落,冲韩素梅翻了翻白眼,拿起桌上的啤酒喝了一口。韩素梅看着就想笑,因为殷小妙喝啤酒的模样,真的很像舔着自己爪子的猫。但很快韩素梅就笑不出来了,因为殷小妙一五一十地把事情经过说给她听。

一瓶啤酒喝光,殷小妙把酒瓶搁在桌子上,摊开手说道:"怎么办?"

明显李子轩的病情因为参与到舞狮之中来,而得到了缓解。殷小妙翻到李子轩的朋友圈,看到李子轩这样描写陈杰的邀战:"你们没有想到,市井仍有人信守着侠客式的承诺,我有一种目睹江湖、见证历史的兴奋!"

只要她对李子轩还有一丝爱意尚存,就不得不继续下去,何况他们正如胶似漆。

"那什么国际龙狮协会,我上网找了一下规则,有许多技术和基本功的,搞不掂啊!"

殷小妙敲着脑袋苦笑起来。担心尿酸高的韩素梅,自己要了一瓶芝华士,没有兑任何东西,就这么慢慢地喝。这时也差不多喝了四分之一,开始又在找烟抽,听着殷小妙的话,她笑骂道:"肖婆!"

这是潮汕俚语了,就是疯女人的意思。

"什么技术?公司开业请舞狮又不是没见过,哪有什么技术?"

舞狮分文狮和武狮。

殷小妙为了把事情说清楚，就不得不给韩素梅扫盲："粗暴简单地说，普通公司开业，随便上去舞一下，就跟着锣鼓点，舞个喜庆和热闹。这叫文狮！"

而要比试采青，就是斗狮，也是所谓的武狮了。

"武狮，特别是南狮，旧社会做一场下来，可能就有人'瓜老衬'啊！《黄飞鸿》你都有睇！"殷小妙摇头对韩素梅说道，"现在当然不可能借着斗狮玩命，但武狮，它有许多技法的。"

离地几米的高低桩，技术不行，狮头狮尾配合不好，摔下来，非死即伤，真不太奇怪。还有各式的采青，板凳青、蜈蚣青等，技法琢磨不透，就没法在规定时间内完成采青。

当把那瓶芝华士喝掉一半，韩素梅算听明白了，她放下手中的杯子，点了根烟："也就是说，你没有狮尾，没有技法，连训练的场地也没有？半年后就要跟人家有吉尼斯纪录，还是好多个协会的名誉会长、会长的狮王打擂台？"

殷小妙拼命点头："梅姐就是牛！一下就抓到重点了！"

"今晚这酒钱算我的吧，得闲饮茶！"韩素梅没好气地对她说道。

闲饮茶，在广州而言，还有一层意思，那就是：有事别找我！得闲了，没事了，咱们再喝茶吧。殷小妙可不干，一把扯住韩素梅："现在就闲。"

okuy4r54＝"闲你个死人头！"韩素梅对她说道，"你疯了？"

但她终于没再说下去，因为韩素梅看到了殷小妙眼里的光，一直躺平毫不努力的殷小妙，第一次流露出这样的坚强。韩素梅叹了口气："一条一条来吧，狮尾，这个你自己去解决。"

对这一点，殷小妙有心理准备，拼命点头。

"技法，我帮不了你，这玩意我完全不懂的。"韩素梅很坦诚。

殷小妙对此也有准备："记得有一些录像带，我去找找看。佛山似乎也有人在教中，我试试看。"

"我能做的，就是帮你找找训练场地吧。"韩素梅叹了口气，对她说道。

殷小妙一把就抱住了她："梅姐无敌！"

已近凌晨，所以殷小妙并没有让韩素梅就这么走，她给李子轩发了微信，李子轩赶过来，帮韩素梅叫了一位女代驾，陪着她们去停车场拿了车。停车场的灯光明亮，把并肩依偎的李子轩和殷小妙脸上洋溢着的爱意与幸福，照得分明。

韩素梅上车扣好安全带，借着醉意，对殷小妙说："你就专门叫他过来，强行塞狗粮？"

"对啊！"殷小妙点了点头。

韩素梅忍俊不禁，从车窗里伸手轻拍了一下她的脑袋："收皮啦，死靓妹！"

殷小妙捂着头，笑着跳开。挥了挥手，韩素梅关上车窗，示意代驾开车。

但这个时候，她的手机响了起来，原本她以为，是丈夫又换了号码打来的，可是看了一下来电显示，却是标注了"三嫂"的电话，她的脸色瞬间就变得难看了。

三嫂，其实并不是她丈夫蔡家豪的亲嫂子，而是五服内比较远的堂嫂。

但韩素梅不能不接这个电话，因为三嫂在当年蔡家豪没有发迹时，帮过韩素梅不少。她当时面临分娩，丈夫为了事业远赴欧美，公婆、父母在潮汕又一下子出不来。那时韩素梅的积蓄以及能借到的钱都扔到丈夫的事业上了。两人为了节省，租住在进市区内上班要一个多小时车程的火炉山，而那套两房一厅，还是跟另一对夫妻合租的。

长辈们要是提前出来省城陪产，住哪儿？每天的食宿也都是要花钱的。所以，产期提前了几天，立刻措手不及。万幸三嫂二话不说，冒着被辞退的风险去照顾韩素梅。而后来艰难时，很多细微的小事，在当时就是迈不过的坎。

例如两人都在事业上升期，都要带团队，谁送儿子上幼儿园？

是三嫂不求回报，默默为他们周全。依韩素梅的性子，她就算今后跟蔡家豪老死不相往来，三嫂的情义，她是一刻也不敢忘却的。所以，这个电话她肯定得接。但她很害怕，如果三嫂来劝她原谅蔡家豪，该怎么办？

韩素梅不知道，但她还是滑向了接听。

电话一接通，就听见比她年长二十岁的三嫂，有如孩童般无助："七婶，我儿媳妇要赶我回乡下！这两天吵架，伊说我乡下有厝，说月底就要赶我走……我不知道怎么办！"

韩素梅松了一口气:"三嫂,勿哭,这么晚了,你先休息,明天下班,咱们一起吃饭。"

不知道是因为三嫂的电话给予了她使命感,还是殷小妙那近乎无解的难题消耗了她的脑细胞,或干脆就是酒精的功效,这一夜,韩素梅睡得很好,甚至在梦里也没见到她不想面对的丈夫的脸。

第二天去到公司,韩素梅就开始着手处理殷小妙的事。她有自己的事业和工作,当然不可能抛下手头所有事,去为殷小妙寻找训练场地。就连三嫂,她也是约在下班之后。但她有自己的人脉,只要一个电话或是一条微信发出去,就可以静待佳音。

可是到了下班时间,韩素梅仍没有得到想要的东西,当然,单纯找场地是不难的,可是,那需要钱。办一张好一点的健身年卡,在广州,带泳池的话,怎么也得四千了。何况要一个能舞狮的场地?

总不能偏到清远、佛山吧?毕竟李子轩和殷小妙的父母,都是只有这么一个孩子,每周都得去走动。何况李子轩这样,不时还得去复诊。所以,在市内,就算地点偏远一些,至少得几百平方米,又要安高低桩之类的改建,哪里可能便宜的?看在韩素梅的面子和关系,最低的报价,一个月五六万总是要的。

这就是生活,需要吃喝拉撒,无奈而真实的生活。

韩素梅想了想,把情况发给殷小妙,放下手机,她其实知道,殷小妙花不起这钱。两人都辞职了,依靠积蓄和几处小屋子收些租,生活没问题。但拿出这么大几十万的支出,肯定是不成的,想起凌晨在停车场的路灯下,那两个一脸幸福的年轻人,却又有些不忍。

于是韩素梅又发了一条信息:"要是手头不方便,我先帮你交一年,无息无期贷款,但你有钱要还。"

向来韩素梅是拒绝借钱给任何人的,包括她的丈夫,当年把钱砸给她丈夫去投资,每一笔都是账目清楚,有字有据的。所以,现在她丈夫的公司,她有超过百分之四十五的股份,以至于年度财务报表必须递她审核签字;超过一定额度的投资项目或开销、账目往来,都得她签名同意。

她之所以主动提出借钱给殷小妙,不是因为她有钱,而是韩素梅觉得,殷小妙跟她的交情不只这些钱。但很快,殷小妙发了个语音:"梅姐,其实有百来平方米也差不多,能不能帮我再找找?最好能三四千块搞定啊!我实在不敢跟你借钱,你知道我是超懒的,我没有还款计划。最后要实在没办法,我再找你开口噢!"

韩素梅想了想,回了个信息:"好,我再看看,别慌。"

她敢给,殷小妙却不肯要这唾手可得甚至不用还的几十万,无息无期,不就是想不还,就可以不用还吗?可是殷小妙也觉得,她们之间的交情不只这些钱。

因为约了三嫂,所以韩素梅难得没到下班时间就提前离开了公司。三嫂家边上有一家"海门鱼仔",所以韩素梅到公司时,就让助理订了房。她下班过去,停好车走进包厢时,却看到除了三嫂之外,还有她的儿媳妇——三嫂在电话里,说要赶她回老家的不孝儿媳妇。

坐在饭桌边上黑着脸的三嫂;在沙发那边泡茶,露出僵硬笑容,维持着场面的儿媳妇,场面很僵,透着扭曲和不自然。看上去,似乎儿媳妇在努力地暗示三嫂什么,而三嫂却又不愿向韩素梅开口。韩素梅刚一落座,还没聊起事情曲直,甚至还没安慰三嫂,三嫂的儿媳妇眼泪就下来了:"七老婶,日子没法过了!你要觉得我不孝,报警捉我坐牢吧,弄瓶农药给我喝也行啊!"

她哭得撕心裂肺,连被韩素梅示意先出去的服务员都担心出事,专门敲门进来看。以至于三嫂都觉得丢脸,压着声音对她儿媳妇说道:"你别这样!你还要不要点面子?整天在家里号,整层楼都叫你作'哭鬼'!出来你又号!"

没有谁不要脸面,特别是潮汕人,好面子,那几乎是铭刻在骨子里的基因。如果不是生活的重担无法负荷,三嫂的儿媳妇何曾又会这样情绪失控?韩素梅示意要进来让她点菜的服务员先回避一下。

"听说你要赶三姆回乡下?但你们住的房子,是三姆名下的物业,对吧?"韩素梅放下茶杯,沉声问三嫂的儿媳妇。

三嫂点了点头,她一脸愁容,不见得比她儿媳妇让人轻松:"我们单位分的房改房。"

"我的同事和朋友都在广州,我怎么走?"三嫂说。或者这包厢的灯光太过明亮,让韩素梅越发清晰地看见了她眼里的悲伤。

窗外车水马龙和七彩的霓虹灯、整面大厦的广告彩屏,映着三嫂儿媳妇深沉如墨的脸色:"七老婶,我婆婆这边只有三十多平方米。一家四口,住不下啊!"她说着,又哽咽地带了哭腔,"我们也不是懒,我们买了楼的!都还了三年的贷款了,但鬼知道那个'死短命'!学人去缅甸做玉器,把房子抵押了,结果去缅甸买了一堆垃圾石头回来!"

说着她又哭了起来,三嫂的脸色很难看。因为她儿媳妇嘴里的"死短命",说的就是自己的儿子。三嫂终于忍不住了:"勿一副哭鬼相啦!终日恶嘴毒舌,什么'死短命'?伊无名给你叫啊!"

韩素梅实在不想看三嫂在这里训斥儿媳妇:"都勿,阿嫂,你去冲泡茶。三姆,你也静一静。"

三十多平方米,除去公摊,一家四口住的确是比较艰难。三嫂的儿媳妇一边抹着泪,一边依着韩素梅的吩咐,在边上泡茶。大约是指着韩素梅帮自己拿主意,三嫂总算也消停下来,她发了一些照片给韩素梅。

然后三嫂向着韩素梅问道:"阿弟仔在缅甸进这些玉,说是等级……"

她没说完,韩素梅就截了她话头:"去揭阳找上次介绍的玉器师傅看了吗?"

三嫂点了点头,韩素梅摇头道:"跟你说专业的东西,一时也讲不明白,这么说吧三姆,那师傅是能拿国家津贴的,他说什么,就是定论。"

韩素梅有些头痛,这跟她过来时所想的婆媳战争,完全不一致。她设想过很多可能,甚至包括三嫂的亲家在背后挑拨生事,导致婆媳矛盾,等等。

谁知道,是这档子事。

至于玉石,她完全不想理会这事,当时三嫂向她求助,韩素梅介绍了那玉器师傅给她。但三嫂儿子去缅甸,大约是嫌费用高,并没有如她叮嘱的那样,带上那师傅的徒弟去掌眼。

茶泡好,韩素梅拿起一杯,抬头对三嫂说:"要愿意听我劝,让弟仔别折腾那些玉石。"

三嫂明显接受不了,那可是抵押了房子进的货啊!

"叫你们请师傅去掌眼,嫌贵,不听,那现在该交的学费就要认。"韩素梅喝了一口茶,望着三嫂说道,"要听不进,想着蒙比自己更外行的人,来回点本什么的,这么搞下去,就真的没法收拾了,那我也管不了这事。"

"好,我跟弟仔说。"三嫂听着韩素梅说要是不听,接下去就管不了,终于狠下了心。她马上就打给儿子，听着是韩素梅的意见，她儿子尽管很难接受，但终于还是应承了。

而韩素梅很快就给她们婆媳提出了解决方案："卖房。"

三嫂的房改房别看只有三十多平方米，但在天河中心区，市长大厦边上，总价并不低。只要卖出去，自然可以在其他边缘一点的地段，买上宽敞一倍以上的住所。

"可除了新房子被银行收走，他去缅甸时还跟亲友借了四十多万，我们现在每个月得还钱，旧房子要卖，总得让人来看，家里就不能住人了，那我们没有钱租房啊！"一说起来，三嫂的儿媳妇又要哭了。

要不是觉得是个发家的良机，如何会连房子也抵押？深信是发财良机，那当然就把身边亲友能借的钱都借了。这是生活的问题，根本无法逃避。难道说没有借据就赖账不还钱？就不提会否闹到打官司的地步，这么赖账，是要搞到六亲皆断的地步？

韩素梅到这里还有什么不清楚的？无非就是三嫂的儿媳妇，因着家里的不易，劝说婆婆来寻韩素梅罢了。可是对三嫂来讲，她是极传统的潮汕人，父母不在身边，长嫂为娘，所以当年韩素梅有什么事，她可以冒着被"炒鱿鱼"的风险，尽力去帮弟弟和弟媳——就算只是很疏的堂亲，只要她看到，便要护在羽翼下——但要她挟恩图报，要她来冲韩素梅开口，她真的开不了这个口。

"明天让三嫂来办公室找我，我帮你们安排个房子住着。尽快把老房子挂牌，去看要买的房子吧。"韩素梅给出了一个解决方案。听着这话，三嫂脸上的皱纹几乎在一瞬间舒展开，连她儿媳妇也抽泣着收敛了啼哭。

三嫂看着韩素梅，有些尴尬地说道："那、那怎么好意思？"

倒是她儿媳妇更坦荡些："七老婶，我老公说他在家带孩子不过来，其实，他是怕你骂他没用。其实、其实他每天下班之后，都会去送外卖，送到半夜两点的。"

韩素梅听着，有一股气压抑在胸腔，禁不住长叹了一声，然后对她们说："不等明天了，现在我们就把这事定下来。"

说着她就拨通了丈夫公司办公室主任的电话，很快就接通，是熟悉的乡音："头家奶！食阿未？"

"头家奶"是称呼老板娘的潮汕俚语，对方是问韩素梅吃晚饭了没。

韩素梅皱了皱眉没有回应他的问题，直接向对方说道："安排一套房子，60平方米左右，离六运小区不要太远，我要借给亲戚半年到一年，等下我把亲戚的微信名片推给你，明天你安排人把每月一元的租约和锁匙送过去。"

电话那头的办公室主任仍然热情，但提出了问题："头家奶，这样不太合规矩啊！"

"公司还没上市。"韩素梅笑了笑，淡淡这么说了一句。正因公司还没上市，对方身为办公室主任，他恰恰知道，韩素梅就算硬要开除他，也是可以做到的。

沉默很快就被打破，办公室主任更热情了："好、好，我办事您放心，我一会儿加了您推的名片，然后明天安排人把一元租约和锁匙送过去！"

当问题解决之后，三嫂和她儿媳妇，尽管彼此有点难以下台的生硬，但她们中间那道坎明显已迈了过去，随着服务员不断地上菜，似乎所有的问题，都因着盘盘碟碟的菜肴而烟消云散。吃完饭，韩素梅告别她们独自去拿车，在她看来，这是一个滑稽的闹剧。

但当她开着自己的Levante①驶出了车库，看见三嫂在公交车站等公交车，三嫂的儿媳妇不知道又想到什么难事，似乎又落泪了，看她抬手拭着眼角，却又扯住自己的婆婆，然后拿了一张报纸或传单垫在候车亭的座椅上，才让三嫂坐下去时，韩素梅突然嫉妒起来。

荒唐的吵闹，无知的纷争，以及因为贫乏引起的矛盾，但其实他们都在乎和关心着彼此。

这就是生活。

她在自己那昂贵的豪宅里，找不到这许多的烟火气。韩素梅长叹了一口气，这时手机响了起来，却是刚才她丈夫公司办公室主任打来的。她皱了皱眉，难道让他安排那么一点小小的事，还会出什么问题？

"韩总，我们公司去年投的一个项目，看起来是失败了，蔡总让我跟您汇报一下，文档我微信上发给您了，您方便的时候，麻烦批复一下，我这边好推动流程。"办公室主任没有流露出任何乡音，也没有使用"头家奶""头

---

① 玛莎拉蒂一款中型豪华跨界SUV。

家"这样的潮汕俚语。

"行。"韩素梅应了一句,挂断了电话,把车驶到马路边的停车场,然后打开手机。

看了一眼文档,她这两天眼里的寒霜,难得便有些解冻的趋势了。手机里收到的文档,是韩素梅丈夫公司一个对健身房投资的项目。对公司的体量,这笔投资并不算大,而且创业者自己也有投一部分钱进去。现在是经营不善启动退出机制,也就是某种意义上清盘了。健身器材买时都是奔着名牌去的,必定是昂贵的,要不然,也很难跟会员收得上费。但到了要清盘时,这些就是废铁价。

"有用的就是这租约了。"韩素梅把文档从头看了一遍,很快就抓到重点了。

现在这个项目唯一有价值的,就是交了租金,还有十四个月的租约,六百平方米的场地。退租是绝对不可能的,哪个包租公或物业公司都不可能把钱吐出来。合同本身签的就不退啊,要不先交租金,人家业主不一定就会把场地租出来,任由改建。要转租出去,也不见得今天挂牌,明天就能找到人接手。

而这时手机又响了起来,仍然是办公室主任的电话:"韩总,是这样,蔡总让我拿方案出来,我想了两个方案,您看看合不合适。"

"嗯。"韩素梅示意对方往下说。

于是办公室主任就拿出了他的方案:"一个方案就是在场地租出去之前,蔡总觉得最好咱们安排人手每天过去一下,以免被流浪汉啊,猫猫狗狗什么的住进去,就不好了。

"另一个方案呢,就是咱们也许可以花点小钱改一改场面,扶持点网红,MCN 公司①多了没多大意思,我们可以走一点有岭南特色的,如'李子柒'那样有华夏底蕴的,比如舞狮之类。"

聪明的人,会在很恰当的位置就闭嘴了。而这位办公室主任,毫无疑问是极聪明的人。

他没有一句废话,到这里就停了下来。

---

① 多频道网络(Multi-Channel Network)的简称,是一种为内容创作者提供支持和服务的企业。

韩素梅哈地冷笑了一声："你现在倒是业务范围很广啊。"

"那没有，韩总，您误会了，我只是擅长侵吞功劳罢了，这两个方案，其实是企划部按蔡总的指示做好了发给我的，我把这些文档据为己有，然后来找您邀功请赏。"办公室主任诚惶诚恐地说，就算隔着电话，几乎都能看到他额上的汗珠和脸上的谄媚。

其实一般私企现在都比较少设办公室主任这么一个职位，特别是公司本身有行政总监和行政体系的一整套人员。在这种情况下，这位办公室主任，以他在公司里的职能和工作来讲，其实更贴切的职位应该是总裁助理才对。

但蔡家豪没有助理，就算公司体量这么大，很多事务要处理。办公室主任手下的文员，其实干的就是秘书的活，而他这位主任，就是总裁助理。所以，他所谓的"侵吞功劳"不过是撇清自己，"邀功请赏"是很无奈的认命。

因为蔡家豪打不通韩素梅的电话，那就只能他来挨韩素梅的怒火了。

"做好本职工作。"韩素梅冷冷地对他说了这么一句，然后没有管电话那头办公室主任在说什么，直接就把电话挂了。

其实，她没那么生气了。

蔡家豪知道她在找场地，了解到她在找一块便宜的场地给人舞狮用，于是让企划部去弄了这么一个掩耳盗铃的方案来讨好她。

"自作聪明。"她驶出路边的停车场，嫌弃地说道。

不过开到黄埔大道时，她还是用车载蓝牙拨了殷小妙的电话："看更或当网红，挑一个吧。"

然后她把办公室主任提供的两个方案简略说了一下。当然她没有说这个风投公司她有超过百分之四十五的股份，她并不需要以此卖好。

"梅姐，你参加吗？"殷小妙沉默了许久后问道。

"我觉得网红不错啊，如果能做起来，帮那家公司做点宣传和广告没问题啊，但要起不来，我没钱赔噢！这些东西，得跟那个投资公司谈啊，我这么傻，哪里懂这些？你加入我们一起玩啊！"

韩素梅气得笑了起来："你不是蠢，你是懒！我就没见过你这样浪费天资混吃等死的货！"

"一起玩，一起玩啦！梅姐，你最好了，好不好嘛？"殷小妙压根不准备跟韩素梅讲道理。

第七章　近乎无解

而偏偏韩素梅对她这无赖做派还生不起气来:"死靓妹,你哄到我开心,我就考虑下。"

"梅姐,你没看过我舞狮吧?你找空,我们聚聚,你来看我舞狮。"殷小妙对她说。

韩素梅笑了起来:"好啊,我到时看你攞起狮头有几威!"

她自己没有察觉,但电话那头的殷小妙却对她道:"梅姐,你今日心情靓多了,听落放心好多!"

挂了电话,韩素梅不得不面对这个自己本来没察觉的问题。尽管嘴上嫌弃着丈夫的"自作聪明",但明显他自作聪明之后,自己还是开心了。她突然有点讨厌自己了。她在车库停好车,走进电梯,突然便有了一丝期待。也许,今天打开门,他就在家里,等着她回来?

但是凡事有希望,就有失望。

特别当她推开门,看到从玄关到客厅到卧室的玫瑰花,在客厅的沙发上,还有一封信。她打开,是丈夫那仿颜真卿又没练到位的字体,上面写着一些:下水道我用药水通了一遍……浴缸的排水口有一堆头发我清掉了……感应灯的感应元件有问题……你不要生气,我错了。

韩素梅越看脸色越冷,最后气得把那封信撕得粉碎,咆哮着把那些玫瑰花疯狂地砸烂。

她的双手,被玫瑰的刺扎得鲜血淋漓也毫无知觉。

所谓出离的愤怒,不外如是。

仅仅公司估值就得几十亿的总裁,她需要他来通下水道、清浴缸和换感应灯吗?韩素梅砸累了,瘫在沙发上,她胸膛如风箱一样,不住地起伏。其实最让她生气的,是最后那一句:"你不要生气,我错了。"

二十多年前,他把他们两人的积蓄,包括她从日本回来时带的化妆品和电脑、相机都变卖了的钱,全亏光了时,就是这么对她说的。那时,她可以接受,毕竟他只是一个钣金专业的大专生,毕业后如果学以致用就是一个修电梯的,他要去做投行,交学费,她可以接受。

但在二十多年后的现在,她真的无法接受啊!

韩素梅看着满地红色的玫瑰花瓣,如是她片片碎裂的心肝。

人类的悲欢并不相通，当韩素梅在她空旷得足以传来回音的豪宅里痛哭流涕时，殷小妙听见隔壁又开始吵闹："如果你一个月给我十万，你愿意干啥，你干啥去！"

刘洁铃极标准的普通话，让她家里的争吵如《新闻联播》一样清晰："你有吗？你要一个月给我十万家用，我要敢问一声你干啥了，我他妈扇自己一耳光！我要敢叫你去接小孩，不用你说，我自己拿把刀就往自己身上捅个三刀六洞！"

她极度愤慨，歇斯底里之际，还伴随着玻璃和瓷器狠狠摔在地上碎裂的声音。坐在阳台藤椅上的李子轩，吐了吐舌头，冲着殷小妙举起330ml的啤酒瓶，轻轻碰了一下，然后笑着低声说道："我一个月给不了你十万家用，我去倒垃圾。"

谁的生活也不容易，自己在家开玩笑也罢了，因此他刻意压低声音，以至于如同耳语，以防伤害到邻里。殷小妙笑着皱起鼻子，也同样压低了声音："哼哼，算你识相！还不快去？"

说着她便作势要将手里的啤酒瓶往地板上砸，李子轩笑得乐不可支，提着四五袋垃圾，匆匆下楼而去。狭窄的巷道，一出门，李子轩几乎就跟隔壁刘洁铃的丈夫撞到一起。

李子轩主动跟对方打招呼："老友，食咗未啊？"

但看起来刘洁铃的丈夫似乎有些社交障碍，或者是自卑，支支吾吾了一阵，才挤出个笑容，冲着李子轩点了点头："系啊，系啊。"

简直就是答非所问，李子轩看着便也笑了笑，不再搭话了。

把垃圾分类扔到垃圾桶里，刘洁铃的老公掏出烟，递了一根给李子轩："烟有点差。"

他要不说这一句，李子轩就拒绝了。戒烟，本来就是整个社会的大趋势。但听着这个颓废的中年男人带着歉意这么说，真的让人很难拒绝，李子轩接过烟，道了谢，跟他走到边上的凉亭坐下，对了火："贵姓啊？我叫李子轩。"

"小姓赵，叫我老赵就得了。"刘洁铃的丈夫说道。老赵不单颓废，而且似乎对一切都充满了悲观，一根烟没抽完，聊天不经意聊到："做生意，都赔完了，现在靠老婆撑住，我真是仆街啊！如果没我老婆，我妈住院费我都交不起!"

然后他便泪涕齐下,真的连烟都打湿了,他的嘴唇哆嗦着,拉着李子轩的手:"你不要误会,我老婆其实人很好的,她骂我,那是我该死啊!我是个废柴啊!"

老赵颤抖的手又摸了根烟点上,抽着鼻子,又说道:"李生,李生,有没啥机会赚钱啊?有的话,带携我一下啊!我卖血都肯的啊,但是我有乙肝,医院不收,如果有人肯要,我可以便宜些卖血的啊……卖肾都得啊,有人要,我可以的!"

李子轩被他说得都不知道怎么接话了,这才见了两三次面的邻居,一根烟的交情,怎么就扯到卖血、卖肾了?突然间老赵放声大哭起来:"我真是没想到,失败成这啊!连儿子要交一千八校服钱,都拿不出啊!又要开声问我老婆要,她又要交房租,又要顾吃饭,又要顾我老母住院,她再好的脾气都会暴啊!我死了算啦!最好来辆车撞死我,赔点钱给我老婆!"

李子轩真的听不下去,倒不是说老赵烦人,而是他那种悲切,真真实实,让人无法漠视。

"赵哥啊,你有没试过微信上,那些募捐小程序?"李子轩长叹了一口气,帮他出主意。

但痛哭的老赵摇了摇头:"不行,我老婆连居委会叫填特困补助都不让我填。"

"为什么?"李子轩就不懂了,到了一千八百块校服钱都拿不出来的地步啊。

"我老婆说,咬牙撑得住,就不要去浪费社会资源,留给真正有需要的人救命用。"

老赵一边拭泪,一边对李子轩这么说,其实,刘洁铃并没有这么叮嘱他。刘洁铃拒绝的原因,是觉得拿这种救济,以后置业也好,买奢侈品也好,报税也好,担心有麻烦。用她的话讲:"就不安逸了。"

她追求的安逸,不是躺平,也不是绝望的随波逐流。

正如那些年轻时身段纤细时的衣裙,她从不曾丢弃。并非不能断舍离,而是她从不曾放弃希望。

就算艰难。

第八章　鬼迷心窍

在亭子里抽了两根烟，李子轩不得不安慰起老赵。若是无病呻吟，或是伤春悲秋，那李子轩会找个借口就溜了，反正说到底也不熟。但老赵的伤悲是真真切切的，叫人无法不动容。

"赵哥，你会不会图像复原？你说阿嫂是主程序，赵哥，你以前也做过美工的，你能帮手弄一下吗？我有十几卷录像带，年代比较久，有些发霉了，就是一些舞狮的技术。"李子轩接过老赵递来的第三根烟，凑过去点着之后，跟他说道，"反正我总得找人弄这事，赵哥，你要能帮忙，要不你弄一下，我给你钱？"

蹲在亭子栏杆上的老赵，一下子激动地跳了下来，紧紧握着李子轩的手。

可还没等他说什么，李子轩就连忙说道："但我给不了许多的啊，赵哥，先说好！要是花超过三千，我不如去佛山清远，找师傅教啊！"

其实他一点也不想把这工作交给老赵，因为是邻居，人家又这么难，真要做不好了，到时只怕也是不太好说的，交给专业的公司去做，可以放心砍价，做得要不用心，还能随时打12315投诉。只不过一起抽了几根烟，听着老赵这实实在在的艰辛，就随口这么一提。

但对老赵来说，这就是雪中送炭："做！李先生，感谢您！感谢您！"

为了取信李子轩，老赵甚至还提出："要不这样，先给我一段录像带，我先打个样给您？"

毕竟也是当年成功过的人，老赵抹去眼角的泪，聊起来却是不含糊的："李先生，要是打了样，感觉可以的话，能不能先给我一千八？我明天要给小孩交钱。"他一脸期盼地望着李子轩，又说起一些什么"连礼服在一起，好贵！平时都是穿运动服，做那礼服来干什么"之类的话。

窘迫的腔调，躲闪而疚愧的目光。

在烟头的明灭里，中年男人的无奈显露无遗，让李子轩看着，极是不忍，极是悲怆。

"好，只要打样 OK 了，我先给赵哥你转两千。"

在顶楼的阳台，窝在藤椅里的殷小妙，用一个咖啡豆的手磨机，慢慢地转动着。她是一个很容易快乐起来的人。便如现在，在夜幕里，阳台上，听着咖啡豆慢慢被磨碎的声音，她便高兴起来，很惬意。她觉得手磨，会比电动的更有乐趣。

因为倒的豆不多，李子轩倒垃圾还没回来，她便磨好了，但起身准备去开咖啡机时，却吓了一跳——华灯初上的此时，她站起来突然看到，在距离大约四米甚至更近的对面楼，有个一身红裙、长发覆面垂到腰际的女人，就这么直直地站在巴掌宽的楼沿上！

殷小妙差点连手里的手磨咖啡机都扔出去。

她哆嗦着后退了两步，就听到那个长发覆面的红裙女人，年轻的声音透着沉重的倦意，幽幽地说道："觉得我去不了发廊丢人啊？妈的，看你这能的！别装好吗？丢人也是我自己的事，别那么没眉眼行不？"

说着那女人伸手扬了扬长发："上阳台晾个头发，还得受你气？"

殷小妙听着，长长呼出一口气，走过去把咖啡粉倒进机子的滤网，按下启动键。

然后她走到阳台边沿，对着那个女孩说道："要不要我借你电吹风？"

女孩用力一撩长发，头往后一甩，那乌黑的长发，在路灯的照耀下，如同洗发水的广告，一下子甩到身后，她苍白的鹅蛋脸上，哪怕仅是路灯的光，也能看见清晰分明的黑眼圈："别那么浆水好吗？"

她这方言脱口而出，虽然听不懂，但配合着表情，意思是能明白的：是嫌殷小妙啰唆了。

"你能不能先下来？"殷小妙虽然也不想理会她，但看着她站在阳台边沿，真感觉很担心。

女孩冷笑了一声："怎么下？跳下去吗？放心，实在不行我就跳，但他妈的要断气也不是今天！我就偏要撑下去，我就偏不让你们顺眼！"她说着，伸手拧了拧自己的鼻子,往红色裙子上随手擦了一下,接着不停地扬着长发。

殷小妙看着,摇了摇头,也没再说什么,阳台小桌子上的咖啡机已经提示煮好。她回身端起那杯咖啡,随手把滤网拿起来,将咖啡渣倒在花盆里。捧着咖啡,在夜幕下,缩在藤椅里,等着李子轩倒垃圾回来,就是殷小妙的幸福,她并没有企求更多,所以感受着咖啡杯的温热,她脸上很快便又有了笑容。

"喂,对不起,我是个二杆子。"这时三四米外那个晾头发的女孩,冲着她说道,"谢谢!"

道歉是因为她清醒过来,发现自己对殷小妙发火和爆粗口,其实是无端迁怒于人;至于道谢,是因为殷小妙主动提出借她电吹风,又让她别站在阳台边沿。

"没事啊,谁都有心情不好的时候。"殷小妙笑着应了这么一句,便没有继续下去,她又不是陈慧珊或吴莲,做习惯了社区工作,任谁都要搭一通话,这么一位火暴脾气、站阳台边沿扮女鬼吓人的邻居,殷小妙也不打算跟对方多攀谈。

但过了一会儿,女孩开口道:"圣伊内斯的咖啡豆?我看你连糖也没加啊!"

她会这么问,是她正在下风处,闻到了轻微的柑橘果味,殷小妙连糖也没有加,当然不可能往咖啡豆里加水果了。听着她这话,殷小妙眼睛就亮了,坐直了起来,笑着应道:"你真懂行,要空的话,过来喝一杯?"

那女孩听着,也笑了起来,捋了捋自己的长发:"反正还得好一会儿才干,五六十美元一斤的咖啡豆啊,你这么爽气,那我来蹭一杯!"

殷小妙笑着点了点头,气氛一下子融洽起来,她站了起来,放下杯子,向屋里走去。

"不是说要请我喝咖啡吗?靓女,别跑啊!"对面那女孩倒是急了。

殷小妙回身对她说道:"我是下去给你开门。"

"开啥门!"那女孩把长发在脑后绾了结,然后再一个后空翻,从阳台边翻到她那边的阳台上,后退了几步,把一双凉鞋拎在手里,脚一蹬便冲了过来,在空中连续几个空翻,那红裙在空中舞动,在路灯的照耀下,如是一面如火的旗帜。

她落在殷小妙这边的阳台，殷小妙吓得愣了三四秒才回过神来。

那女孩冲殷小妙伸出手，握了握："姐妹，叫我阿珍好了，但是不要问我有没有一个叫阿强的男朋友，每个听过五条人的歌的人，都喜欢找我玩这梗！"

殷小妙扑哧一下笑了起来，拍着胸口道："我叫阿妙，阿珍，你刚才怎么可以这样、这样过来？太吓人了！"

"唉，我这是媚眼做给盲人看了。"阿珍叹了一口气，摇头道，"这里最多四米，我这是炫技，姐妹，炫技，知道吗？我有田径二级运动员的证书。"

女子田径二级运动员的标准，三级跳远是十一米，立定跳远是五米二。

也就是阿珍站在阳台边沿不用动，发挥失常都能稳稳地跳过来。

看着殷小妙一脸茫然，阿珍也干脆："不信啊？行，我现在立定跳远，跳过去给你看。"

"别、别！信！快坐，磨豆！"殷小妙算是怕了她了，笑着把那个手磨咖啡豆机递给她。

喜欢手磨咖啡豆的人，总是觉得自己磨出来的咖啡格外顺口。

"要得，自己磨，我寻思，这跟咥泡馍的馍得自己掰，一个道理！"阿珍笑着说道。

她磨着咖啡豆，殷小妙就托着下巴，望着她问道："阿珍，你是田径运动员出身？"

"练田径的，你让他跟我这样几个空翻打过来？"说起来，阿珍便有些得意，"我练体操的。去额外考多一本田径的证，是那时被田径队嘲讽，当初年轻，不服输。"

阿珍说起她练体操时的回忆，让殷小妙很是开了一番眼界。但一杯咖啡豆的量，要不了多久的时间，说着阿珍便磨完了，笑了起来："都过去了。"然后她把那个手磨咖啡豆机递给殷小妙。殷小妙起身将磨好的咖啡粉末放进咖啡机里，按下了启动键。

然后打开放在屋里的小冰箱，拿出一碟华夫饼和糖浆，摆在小圆桌上。当她把咖啡端到阿珍面前时，阿珍闭上眼睛，深吸了一下咖啡的香气。过了几秒，她才睁开眼睛，眼眶微微有些发红："我已经有两年半的时间喝不起了。"

"只要我这边还有豆,随时过来啊!"殷小妙笑得亲切,她并不介意分享。

阿珍喝了一口咖啡,良久没有开口,似乎是久违的味道把她带进了回忆的某个时刻。

夜幕下,殷小妙也静静地喝着咖啡,并没有打扰阿珍,或者去询问什么。

这时楼下传来了开门的声音,殷小妙放下杯子,脸上露出歉意:"我先生回来了,阿珍,你先坐会儿。"

阿珍点了点头,接着她就听见殷小妙落在楼梯上的脚步声,轻盈而清脆,透着欢快的气息。然后听见殷小妙笑着说道:"对,我认识了一位姐妹,好酷的,又飒又美,嗯嗯,你想不到她怎么到阳台的,嘻嘻!"

男人温和的声音中透着怜爱:"隔壁的赵哥答应帮我们修复视频。"

有小孩和狗从小巷前奔跑而过,本来就不宽敞的巷道便喧哗起来。

后面的对话,阿珍便听不清了。

她在殷小妙家的阳台,捧着半杯咖啡,不觉垂下两行泪,别人的幸福和恩爱里,难免会映出自己的褴褛来,这便让她格外心酸。

"嘿,阿珍,你喝不喝生普的?"重新回到阳台的殷小妙问阿珍。阿珍看了一眼自己翻过来的阳台,有好几个女孩在阳台鼓捣着洗衣机,晾着衣服,她们低声地说话,大声地笑,没有一个人发现,独自上来阳台的阿珍,并没有下楼,却又在阳台消失不见了。

没有人发现,没有人关心,阿珍到底消失于何方。

她回头对殷小妙说:"喝。"

殷小妙囤的生普,倒也不是名贵或是年份久远的茶叶。但都是大厂出品,质量有保障,冲泡之下,不过不失的茶香,就在小小的阳台弥漫开来。端起杯的阿珍,啜了一口茶,突然问殷小妙:"你怎么可以这么快乐?"

"住在这里的人都不快乐。"阿珍的黑眼圈在她惨白的脸上,并没有如大熊猫一样的萌感。

只有倦意,似乎她呼出的每口气,都带着深沉的倦意。

"住在这里,是没有能力买商品房的。"阿珍放下茶杯,抽了抽鼻子。

只能接着住在祖辈留下的公产房里,给政府交一点在这个年月来讲,纯属象征性的租金;或是守着祖上留下的零碎物业,像殷小妙这样,两层半加起来不到五十平方米的。

至于租在这里的人？

阿珍回身指着自己翻过来的阳台："两层半，我们九个人合租，洗手间不管蹲坑还是洗浴，你超过十分钟，能被人用各地方言轮着骂死！要肚子不好，都自觉跑去巷口的公厕。"所以，阿珍再一次问，"你也是年轻人，困守在这里，你怎么还有心情喝五六十美元一斤的咖啡，冲一泡得十几块钱的生普？可能交浅言深，但难得有缘，你这人看着心地善良，我忍不住想劝一句，不要低头，不要躺平！"

殷小妙静静地听着她说，并没有解释，也没有分辩，只是默默点头和应着。其实阿珍这一席话，不见得就是说给殷小妙听的，也许，是说给她自己听的。中间李子轩上来过一趟，拿了一些烤串给她们佐茶，然后便去找老赵修复视频了。这些烤串里，有红柳枝的烤羊肉，也有竹签上的烤豆腐，一大袋得有几十串。

一时之间，不论是阿珍还是殷小妙，便觉得这茶喝得少了些什么东西。于是啤酒的气息很快就在阳台蔓延开来，和烤串上的孜然味道，有着一种天然的和谐。殷小妙喝了酒，话便多了起来："你刚才怎么火气那么大？"

阿珍笑了笑，咬下红柳枝上的一块羊肉，在嘴里用力地嚼着，如是咀嚼她所痛恨的人："我在省队拿了体操一级运动员之后，到了16岁，年纪差不多，感觉出不了头，就退役了。"

体操的竞争是很残酷的，尽管如丘索维金娜46岁还能拿冠军，但人家可是16岁就世锦赛两金一银——事实上十六七岁拿世界冠军的选手并不是孤例，反而是比较常见的事。

16岁的阿珍，要还在省队出不了头，退役的确不失为一个明智的选择。

阿珍的故事很简单。

退役，然后依靠运动员不断突破的那股冲劲，以及在省队队友、教练之间的一些人脉，开始那几年，通过投资珠宝很是赚了一些钱。阿珍说到这里，灌了一大口啤酒，苦笑道："那时年轻，觉得赚钱很容易，身边的人都夸我，都说阿珍'嘹咂咧（陕西方言，表达高度赞扬）'！"

于是在周围人的吹捧下，阿妙就开始不把读书当回事了，很快她就休学了。"前几年，做水晶，我不知道你玩不玩这个，嗯，我觉得看准了，克里马擦（陕西方言，形容做事干脆）的，就把能搜罗到的钱都攒手里，然后就开始折腾。"

她苦笑着摇了摇头，对殷小妙说："你要有玩这个，接着就不用我说了。"

前些年一两千块的水晶矿石，现在三五十块成交很正常。

"亏了，我认嘛。"阿珍侧过头，扬了扬头发，以便让它干得快一些。

殷小妙向她举了举手里的啤酒瓶子，喝了一口："那你很坚强。"

到此为止，阿珍并没回答她刚才火气那么大的原因，而殷小妙也没有再问。她本来就是一个很聪明的人，不单是智商，还有情商。

所以这顿酒，阿珍喝得很惬意。

大家都喜欢普洱和咖啡，阿珍有满腹的心事，殷小妙是绝好的聆听者，而且绝不寻根究底。喝到兴起，阿珍倚在阳台边上，放声吼了起来："生命没有了，灵魂他还在！灵魂渐远去，我歌声依然！"

殷小妙拿起吉他，指尖奏出重力和弦 A，又转到重力和弦 D。在这种群租屋聚集的地方，生活的苦难，几乎每个人的戾气都被撩拨起来。难得她吼了足足五六分钟，周围没有人因为影响到孩子做作业或是自己休息而骂娘。

可能群租屋里的人，都有属于自己的悲凉。

又有各式不得不坚强的理由。

于是这样的夜里，便有了阿珍的声音。

不论多么悲伤的夜晚，每一天的太阳都会升起。三嫂在中午就打电话过来专门感谢韩素梅。因为韩素梅丈夫公司不单派人送了一元租约和锁匙，还派了货车和工人帮他们搬家。说了几句之后，三嫂有点犹豫，欲言又止的感觉很明显，但还是鼓起勇气："七婶你中午有闲无？阮这边搬好了，想大家欢喜一下，出来吃顿饭。"

韩素梅真的很不想去，因为她心情非常恶劣，但三嫂开了口，她就勉强笑道："中午？好嘞，三姆你发定位给我，公司没什么事，我落班就过去。"

挂了电话，韩素梅揉着太阳穴，就听见有人在敲门，她抬头道："进来。"

结果人一进来，韩素梅心头一沉，因为进来的是三个项目组的制作人。

公司现在开了七八个项目组，并不是每个组的版号都已申请下来。没有版号，就不能发行，他们这三个组，却是版号已批下来的项目，最有希望寒假之前公测的项目。

这是想集体辞职给公司施压？

她身为人事总监，不得不从最坏处打算。

"韩总，我们要疯了！"那三个制作人一肚子的怨气。但随着他们不断地吐槽，韩素梅一颗心倒是慢慢地定了下来。他们有许多不满，有电脑硬件提出更新需求，交了表格，相关领导也批了，结果到现在没下来的；有美术外包之后，外包公司过来，没人去对接的；也有文案病了，然后装备名称和阵营设定就一直空缺，没人提交美术需求的……

"这前台真的不行啊！"这是他们三个项目组的制作人一致的抱怨。

韩素梅耐心听他们吐槽了二十分钟之后，笑着问道："那咱们这三个项目，是前台拖了进度？"

能坐在制作人这个位置上，可能志大才疏，可能脾气不好，可能手脚不干净，也可能品行有问题，但绝对没有一个蠢的。韩素梅这么一说，他们马上反应过来。一个前台，何德何能，能拖三个项目组的进度？反应过来的制作人，纷纷找借口想离开韩素梅的办公室。

但韩素梅哪里是这么好相与的？她笑着叫住了他们："前台，她不是 Product manager（PM，产品经理），也不是世界观架构，更不是中台负责人。"

"人事这边，由行政来招聘前台，给前台的工资，然后要求有中台负责人、世界观架构师、主文案和 PM 的阅历？"韩素梅望着他们，面带微笑。

三位制作人很尴尬地道歉，纷纷表示，他们会用自己项目组的名额去递招聘需求上来。项目组是有预算的，能省一个人，当然就省一个人，只是习惯了，大家有一种误区，似乎前台就应该能搞定这些事，所以就有制作人哀号："小妙啥时回来上班啊？招个 PM 可得不少钱啊！我们组没什么预算了啊！"

马上就有人附和："能做世界观架构的主文案也不便宜啊！韩总，你快让小妙回来上班啊！不行给她加点工资？我们项目组的绩效算上她，我没意见的啊！"

另一位制作人义正词严地补充："而且小妙漂亮！颜值即正义！"

韩素梅抬手挥了挥："小妙家里有事，她也不靠这份薪水吃饭，该招人，赶紧去填需求吧！"

几个制作人出去关上门，韩素梅觉得似乎头痛好了一些。其实她的头痛，是来自昨晚儿子的劝说："如果你们要离婚，我肯定百分百支持您。但妈您有没有发现，爸很怕您？"

蔡家豪的确很怕她，就算不回家，每天晚上都准时发微信来例行公事跟她"汇报"。

"我不打算替他辩护，我也不认为您有任何过失，所谓完美受害者，我觉得也就妈您这样了。"儿子很了解她，几乎每句话都说到了她的心坎上。也是因为有了自己儿子的支持，她才有了坚持下去的力量。所以儿子说的，她能听得进去，也正因为听得进去，她才头痛。

"虽然我爸真的知道错的，他没脸回去见你，现在搬去二伯家里住，他保证每天晚上10点后就不出去了。但他是渣男，这个无可辩驳。反正如果妈您要觉得过不下去，就离吧，我肯定支持您，他绝对是过错方，最好让他净身出户！"儿子是这么跟她说的。

但这是她的儿子，她当然听得出，他一点也不希望父母离婚。他在努力地拉扯着，旁敲侧击，希望能让家庭不要走到破碎的那一步。不过有一点，儿子说得没错，蔡家豪在她面前就是直不起腰。哪怕蔡家豪引以为傲的投资眼光，在她面前，也不足以炫耀。

有几笔大的投资，在他迟疑和犹豫时，她果断下了决定，最后都得到了正面的结果。当年钣金专业修电梯的大专生蔡家豪，正是因为有她的投资，才有了今天的成就。二十年来，他已经习惯了听从她的意见。

因为她做的决定从不出错。

他深知无论账户上的数字如何增加，永远不可能从她眼里看到崇拜的目光。对一个男人来讲，尤其是成功的男人，难免感觉到憋屈，他沉迷与追寻的，正是他缺乏的。那些目光，那些仰慕。

而当她愤怒时，他笨拙地重演当年哄她开心的那些小把戏，扮演万能的家居工具人。尽管这不合时宜的举止让她更生气了，但不可否认，也让她回味起昔日的温情。

"也许，为了儿子，我失败一次？"韩素梅低声自语，她需要一个借口和台阶。

然后她打开微信，给殷小妙发了一条信息：我加入，你找到狮尾了吗？

一旦韩素梅决定加入，殷小妙就明显觉得事情开始失去了原来的走向。本来的悠然和疏懒，一下便如春深消融的积雪四散而去，露出被白雪遮掩的真相，不论这真相是如何不堪或丑陋。

"你到现在还没找到狮尾？给我一个日期，什么时候能到位？"韩素梅在微信上很直接地跟她沟通，"场地快就两天后，迟就五天后，可以使用。"

她决定了加入，就不用考虑费用的问题，就算是一场寻求失败的投资，也必定会有一笔投资进来，不投钱进来，不做到血本无归，如何算作失败？韩素梅压着火气："后天你至少保证有狮尾到位。"

放下手机，她感觉很不满意，因为殷小妙真的太懒了。对平庸者，她有足够的忍耐度；但对有能力的人，整个公司与其打过交道的制作人和VP①，都认同有能力的殷小妙，韩素梅是缺乏容忍度的。

这时殷小妙发来信息："梅姐，你不要这么凶好不好？我尽量啦！"

韩素梅笑了起来，她快速地编辑信息："我不要听尽量，要不你别拉我一起玩。所有环节都尽量，你怎么应付半年后的约战？你如何让李子轩感觉到历史沉重感？怎么能让他有投入度？后天之前，解决这个问题。"

殷小妙那头沉默了七八秒，终于回了一句："好的。"

还有一个放声大哭、眼泪飞溅的表情。

韩素梅不禁笑出了声，不是因为这表情，而是她想要训斥殷小妙的疏懒，实在太久了！明明大家都认同她有能力，但她却一心想躺平当前台，对一个合格的HR②，这是能忍的事吗？只是之前在公司，韩素梅以上下级的关系，有些话不太方便讲；而且也怕说重了，殷小妙扛不住压力干脆辞职，那就有违韩素梅的本意了。

现在可好，可以放开地压榨她，把那些懒洋洋和无所谓，都从殷小妙身上剔除！

这让韩素梅如何不快意？

---

① Vice President，副总裁。
② Human Resources，人事。

不论以什么目的或身份来参与到殷小妙的"项目"里，工作，总是能让人忘怀忧伤，特别是对她这样的人。中午下班之后奔赴三嫂的饭局，一坐下来，韩素梅就问三嫂和她儿媳妇："舞狮知道吗？"

三嫂并不太清楚，因为她来省城比较久了，对故乡的民俗接触得并不太多。大约的认知，就是公司开业时，请舞狮队来热闹一下。但三嫂的儿媳妇是读大学才出来的，她倒是能接上话："舞虎狮啊，当然晓啊！"

然后她兴致勃勃地说起："潮汕俚语，煎甜粿、睇虎狮嘛。"

不但如此，而且在家乡，她还算玩过票："我的两个姐妹，舞母虎狮的，'做奴仔'时，跟她们去玩，都耍过，扛着狮头好累的！"所谓"做奴仔"便是少年时的俚语说法了。不过说着，她又有些惊吓，"当然了，那高低桩啊，就不敢上了，摔下来会死人的。"

怎么还有母虎狮？韩素梅听着，皱起眉来："你这不太对，不是说'拿起狮头，就是雄狮'吗？"三嫂的儿媳妇也说不太清楚，干脆发了个语音给她的闺密。

懂行的人，倒是三两句就说明白了："您说的是醒狮，潮汕虎狮分公母，舞狮有许多分支，有的说法是随着中原百姓的迁徙，而一路因地制宜演变过来的。"

她这说辞是有一定道理的，所以江西某些地方的客家甚至有簸箕狮，广东有些地方还有草席狮，就是古时候那地方僻远或是穷困，置办不起狮头，只能用草席来延续这风俗。但如三嫂儿媳妇的闺密最后所说："老婶，以岭南文化来讲，特别广东，有代表性的，相对还是醒狮，所以对醒狮来说，拿起狮头，便是雄狮，无错！"

"太感谢您了，我在做一个非遗的项目，后续如果有机会，咱们可以探讨一下有没有合作的可能。"韩素梅笑着说道，接着又让三嫂的儿媳妇推名片，和对方加了微信。

放下手机，韩素梅就跟三嫂的儿媳妇说道："到你帮七老婶的时候了。"

韩素梅无法如殷小妙一样，接受那种"薛定锷的狮尾"。如果这条路已尽力了，结果仍不能确定？那她就会在更多的方向上努力，以提高成功的概率。就算她没有在三嫂儿媳妇这里找出突破口，她也会在其他人那里找出突破口。

毕竟，她在职场这么多年，帮过的人并不在少数——她每条屏蔽了公司在职员工的朋友圈都有上百个点赞，就是极好的注脚。刚刚上午拿到一元租约的三嫂一家，当然会尽力去帮韩素梅周全。并且韩素梅提出来的说法，也让三嫂的儿媳妇觉得，对自己闺密是一个机会。她说："我要做一个非物质文化遗产推广的项目，怎么让这种非遗推广有颗粒感呢？岭南醒狮，很可能就是其中主要的抓手，会有资金进来。你朋友如果在广州，保证业余有足够的时间参与训练，训练当然有补助津贴！以后如果发展得好，当然也会有分红。对，不论是否推得起来，补助津贴肯定是有的，一个有希望的项目，为什么要让人做义工呢？场地？那必须有！"

说到这里，韩素梅做了一个总结："参与只需要业余时间，在保留她原有赛道的前提下，开拓一条新的赛道，可能对她来说会有一定压力，但人生能得几回搏？"

说着她冲三嫂一抬手："我年轻时候，你妈是亲眼见证我有多拼的。"

三嫂拼命地点头附和，这的的确确是个事实。

"七老婶，你放心，我一定把这事给你办好！"三嫂的儿媳妇听着血都热了。

表了态之后禁不住问道："七老婶，我业余有时间，我也去训练，行不？"

韩素梅很果断地拒绝她："不行，一进来就要上高低桩的，要采青的，得专业的人。"

吃完饭开车回公司，路过体育东路时遇上了堵车，韩素梅降下车窗透气，边上听着大约是财富广场有商演，当歌手哼唱出《最后的莫西干人》式的呜咽声之后，突然唱出了古昔年的老歌："途人路上回望我，只因我的怪模样。途人谁能明白我？今天眼睛多雪亮！"

第九章　底牌

祠堂外的谷场里，锣鼓声在响，醒狮随着鼓点跳跃舞蹈。身兼教练和队长的陈杰，在边上不时指点着场上舞狮队员动作上的问题。穿着大裤衩、老头衫和人字拖的三叔公，走过来对陈杰招了招手："杰仔，过来聊两句。"

三叔公走在前头，串在后腰硕大的锁匙串，随着他的脚步一颠一颠地发出声响。陈杰跟在后面，脸上便有了笑意。因为看着让人有了错觉，似乎三叔公是按着锁匙串的节拍在迈步。

村落的街道，几乎所有当街的铺面都租了出去，茶室和咖啡室随处可见。他们找了一家茶室坐下，三叔公点了根烟，向陈杰问道："戒咗？啾，你条友仔，祭祖叫你饮几杯，话戒咗，依家连烟都戒埋？咁做人有咩叉意思！"

陈杰笑了笑，示意服务员自己来泡茶就行。三叔公抽着烟，又习惯性地说了一些粗口和俚俗的玩笑，然后终于引入了正题："听讲，你去揾咗殷家后人，准备同佢练过一场？"

陈杰点了点头："是的。"

"听讲，殷家后人，女嚟波！"三叔公神情惊讶地说道。

陈杰把倒好的茶端到三叔公面前，笑道："是。"

三叔公踢开一只人字拖，把一条腿蜷到椅子上，夹着烟，指着陈杰："咁练咩鬼啊！啾，女人舞咩叉狮？杰仔，我先同你讲，你到时千祈唔好系村入边搞！叫八婆系我哋祠堂门口舞狮？你癫咗啊？咁我哋成条村嘅风水都唔会好！"

他的意思，就是不允许陈杰把村里祠堂或谷场当成比赛场地。理由是女人来村里舞狮，会搞坏整村的风水。陈杰笑道："三叔公，不至于吧？1985年，全国第一支女子醒狮队，就是在广州诞生的啊。"

早在1985年，全国第一支女子醒狮舞龙队就诞生在广州，是由当时被称为"南狮王"的赵继红一手组建的。他走进广州水泥厂、广州航运总公司和第一棉纺织厂，向工厂的女工教授狮艺。陈杰话还没说完，三叔公当场气得站了起来，用力一拍桌子，质问陈杰："你唔好同我讲呢啲！我就问你一句，以后条村有人头晕身兴，死人冧楼，系唔系入你数？"

这就是威胁了。

三叔公的意思，如果陈杰让殷小妙来村里比赛，那就是女人舞狮坏了村里的风水。后果就是以后村里有人头痛发热，或是死了人，塌了楼，就要陈杰负责！他就是质问陈杰，是不是要负起这个责任？

从法律上来讲，这当然是无稽之谈。但民间许多约定俗成的风俗习惯，陈杰要真敢点头，那日后村民有事，三叔公真的就敢带人闹上门。看着无法接话的陈杰，三叔公冷哼一声："杰仔，醒目啲啦，自己执生啦！"

三叔公依着后腰那锁匙串的节拍，走出了茶室。

之前跟着陈杰去找殷小妙的两个年轻人，就进来问陈杰："就是说那事？"

其实三叔公为首那些村里老人的意思，大家也不是第一天知道。只不过之前没有这么摊开来讲罢了。

陈杰点了点头。

"要不就算了吧？"那个看起来高大些的年轻人劝说着。

而另一位则说道："那小姐姐好漂亮，采青要摔下来，跌成了长短脚，于心不忍啊！"

陈杰摇了摇头："我学舞狮，答应过师父，上一辈的恩怨，是要接下来的。"

他喝了一口茶："当时你们也在场，我看是女孩，也说算了的。但人家说，拿起狮头，就是雄狮。我们广东俚语'做人，过得到人哋，过得到自己'，唔做过这一场，我过唔到自己呢关。"

他抬起头，对着自己的伙伴说道："三叔公不让在村里比赛，我们就自己找场地，这一场一定要做，不然的话，我过不了自己，亦过不了我师父！"

西关的老屋里，李子轩跟赵哥在忙乎着整理那些录像带，事实上，他们效率很低。那天晚上的打样视频是没有问题，但是李子轩忽略了一点，就是速度。赵哥用了五六个小时，才修复出几分钟的视频。而那些录像带总共好几十个小时，而且还有受潮发霉的部分。

"李生，你放心，我一定会搞掂㗎！"赵哥有些紧张，他很担心李子轩要他退钱。

他实在没钱可退，因为一拿到钱，就给小孩交校服费用了。

李子轩勉强笑着说道："我信得过你，赵哥，你别急。"

事实上，如果是韩素梅加入之前，倒真的不急。因为一切都很遥远，除了几个陈旧、有待修补的狮头，连锣鼓都没有。也没有狮尾，更没有场地。所谓半年后的"做过一场"，更像是气话。连殷小妙都觉得，要不是为了李子轩的病情，半年后耍赖皮认个怂就完事了。其实她也未尝没有想着，也许半年后，李子轩能走出抑郁症，能不再依赖舞狮来缓解他的病情，她就可以把这场比赛抛到九霄云外去，毕竟，她更愿意当一只小猫咪。

但韩素梅加入后，一切就不一样了。

场地、人员、资金……似乎使人觉得，半年后的比试，完全是足以一争胜负的！

于是，一切都急了起来。

"我没烟了，老赵去帮我买包烟。"周末休息在家的刘洁铃，一边辅导孩子的奥数，一边对自己丈夫说道，"你会讲粤语，你去街口烟酒店买，比我去买能便宜一块钱。"

难得赵哥接了个活，刘洁铃却要支使他去买烟，听着似乎很过分。但无论是赵哥还是边上的李子轩，都不认为有什么问题。手上抱着上幼儿园的孩子，一边辅导上小学的女儿奥数，一边还在厨房炖着川式牛尾的刘洁铃，要求抽根烟，很过分吗？赵哥应了一声，带着歉意对李子轩笑了笑，李子轩也只能无奈地说："没事，没事，赵哥，你赶紧去帮阿嫂买烟吧。"

看着老赵刚出门，刘洁铃又大声喊道："顺便去马路对面买三斤鸡蛋回来。"

刘洁铃在门口的铁篱笆向外张望着，有种鬼鬼祟祟的感觉。幸好李子轩顾着看电脑上的代码，要不然他肯定会吓一跳。因为刘洁铃脸上的表情，诡异到似乎某个东亚岛国影片里逼迫主角的反角。似乎随时回过头，就要向李子轩问上一句：先生，你也不想被你太太知道这件事吧？

不过她走回屋里之后，只是挥手示意李子轩从电脑桌前走开，对他说："你是985的理科生？帮我女儿辅导奥数。"然后刘洁铃抱着小儿子在电脑前坐下，开始单手修改赵哥刚才写的AI图像修复代码。

"闭嘴，如果你想快点解决这破事的话，不要问任何问题。"她对李子轩说道。她顶着如鸡窝一样的乱发，穿着有些发黄的老头衫和睡裤。但叼着烟、单手敲击着键盘、抱着孩子的她，在李子轩眼里，无端地便有一种寂寞如雪的高手风范。

刘洁铃的数学水平很不错，至少在李子轩看来是如此，因为有好几个各种级别的奥林匹克数学竞赛的奖杯胡乱堆在柜子上。有少儿阶段的，有青少年阶段的，而且奖项的级别都不低。李子轩知道，是因为他中学时也有一段时间痴迷奥数，市级的比赛倒是拿过一些奖。

如垃圾一样被堆在柜上的这些奖杯，这种级别的竞赛，李子轩当时参加了几次，但每次离获奖的距离都还很远，所以他没有继续下去。当开始给刘洁铃的女儿讲奥数题时，他却开始怀疑，这些奖杯会不会是上任租客忘记带走的？甚至他半途还偷偷起身，踮了一下脚尖，看了一眼那些堆在柜上的奖杯。

结果他很无奈地发现，这的确就是他年少时望而不得的那些竞赛奖杯，并且奖杯上面就是刘洁铃的名字。

李子轩就有点怀疑，这女儿是刘洁铃亲生的吗？因为李子轩发现，小女孩完全就没有任何奥数解题的思维，也没有任何基础！当讲到第三道题时，李子轩忍不住问刘洁铃："嫂子，小妹妹的奥数，你没教过她吗？"

刘洁铃咬着烟，一边颠着手里抱的小孩，一边打着代码："教了无数次了！她不会，我都从头做给她看的！可这孩子，也不知道是怎么回事！"

一说起来，她就愤慨得不行了。

"嫂子，你有给她讲解题思路吗？"李子轩忍不住又问了一句。

刘洁铃这时已改完最后一行代码，执行了一次，一边看着执行结果，一边拿下嘴边的烟："有什么思路？看到题，照着范例改就是了。我小时候，镇里小学的数学老师给了我一本奥数题集，自己跟着做；后面进了市里一中的奥数班，领了学校发的题集，随便做一下，虽说进不了国家队，拿几个奖又不难。"

她说得如此平常，有种天经地义的感觉。也就是说，她小学拿那些奖，甚至连培训班都没进过。李子轩目瞪口呆之际，真的有一种被无形羞辱的屈辱感，而且很无可奈何。他深吸了一口气，对小女孩说："以后妈妈给你讲了，你要是还是不懂，看叔叔在不在家，在家你就喊我过来。不在家你就给我发微信，不要怕。"

小女孩拼命地点头，刚才李子轩给她讲了几道题，她是真的感觉很轻松就学会了。比她母亲平时对她的咆哮和责骂，效率要高上无数倍。

一个不修边幅、放弃外形管理的女人，一个情商也不怎么高的女人，能在这个城市生活下去，能扛住丈夫破产的家，能让公司合伙人厌恶她却又不敢贸然把她踢开，是有原因的——她有足够高的智商，也许没有到惊世骇俗的地步，但至少在普通人里，已足够弥补她其他的缺陷。

李子轩伸手揉了揉小女孩的头发，继续给她讲奥数题。不知道为什么，他跟这个小女孩似乎有一种同病相怜、病友式的共鸣。这大约让他回忆起中小学时，无论如何努力，也赶不上那些奥数天才的往事。

赵哥很快就回来了，他并没有发现自己的代码被修改，他试着执行一下，很高兴地对李子轩说道："李生，好似得啦！"

李子轩望了一眼厨房，抱着孩子在厨房忙的刘洁铃并没有说什么。

也许，这就是她要的安逸。

玉器市场里，殷小妙找到阿珍的店铺，并没有花很长时间。因为那个店在周围来说，算是比较大的门面了。店里有好几个服务员，而阿珍就是其中一个。殷小妙的到来，让其他服务员都脸带笑意望着阿珍，其中有好事的女孩还作势道："哎哟，阿珍又有朋友来帮衬生意了！我去叫老板过来招呼！"

"别玩了，翻脸的啊！"阿珍没好气地说道，那些女孩笑着前仰后合的。

其实那天晚上，阿珍在阳台晾头发会那么生气，就是因为白天她有个朋友来买玉器。或者说，本来阿珍是为了撑场面才叫那朋友过来的，结果那朋友来了之后，非但没买玉，连场面话也没帮着说上几句，完全没有念在当年阿珍多少次无偿帮她忙、多少次借钱给她之类的交情，反而刻意聊起一些阿珍不得意的事，比如16岁还在省队没能出头、投资水晶失败之类。

"现在，朋友来看我，成了我在店里的笑柄了。"阿珍无奈地对殷小妙说道。

对阿珍来讲，更让她绝望的，也是那个结识殷小妙的晚上，她歇斯底里的根本原因：自那件事之后，她成了玉器街小圈子的笑柄，而玉器街几位行业里的大拿，完全拒绝跟她接触了——大拿们都精得很，谁也不想被误会是替她背书。

对她而言，几乎可以说翻身无望。至于同事的嘲讽和玩笑，其实，倒不过是一些生活琐事罢了。殷小妙静静地听她诉说，过了许久，才问她："你有没有想过离开这里，重新发展？"

"怎么发展？我退役之后，就做这一行啊。"阿珍苦笑起来。尽管做水晶跌倒了，但快十年了，她都在玉器、珠宝的行当厮混。她熟悉的领域，她建立的人脉等，都在这一行。

"我有个项目，你愿意加入吗？"殷小妙很真诚地向她提出了邀请，并且告诉她，"资金方面，已经有风投愿意投了。"

但出乎殷小妙的意料，阿珍在确定不是开玩笑之后，很决绝地摇了摇头："不，谢谢。"

不远处的柜台边，那几个年纪相仿的同事点点指指，掩嘴窃笑。中间店里的老板还出来过一次，有同事拉住老板，说了几句什么。老板终于没有过来冲阿珍发火，望了两眼又走进去了。想来是因为殷小妙手上那MINI汽车的锁匙，看上似乎有点消费能力的模样。

所以，老板不想因此而让可能存在的客户厌恶，做生意的人，万事无非求个"财"字。老板不待见阿珍，行业里的大拿连见都不愿见她，同事嘲讽她，就算如此，但阿珍仍然很坚决："不了，我也不是个瓜皮，真要逼列了，那我当然不会待下去。"

尽管不知道她说的"逼列"是粗口还是俚语，但大致的意思，殷小妙还是能听懂。无非就是真到绝境了。阿珍觉得，自己还没到绝境，她觉得自己还有翻身的机会。不过对殷小妙，阿珍有点为难。

正如她自己说的，又不是个瓜皮，她能看得出殷小妙的善良。也正是因为殷小妙的善良，才让阿珍为难。所以她甚至不愿听殷小妙的项目是什么，听得越多，越不好拒绝。她在搜肠刮肚想着怎么拒绝，以免伤害殷小妙。

但她还没有想到，殷小妙拍了拍她的手："那阿珍你要加油，不要气馁噢！"

然后殷小妙仰着脸，半眯着眼睛："你重新起来了，我得去哪里狠狠宰你一顿呢？"

阿珍有点哭笑不得了，推了她一把："宰个屁！你好歹等我能起来再想也不迟！"

两人便都笑了起来，不过直到殷小妙离开，阿珍仍没有问这个项目的任何细节。而殷小妙便也没有说。那些同事倒是对殷小妙的评价很好，觉得阿珍总算有个不错的朋友。坐在店门口，抱着奶茶的阿珍，不太想搭理她们。

她很清楚，这些同事对殷小妙的赞颂，无非就是她走之前请大家喝了奶茶。这时一位穿着对襟唐装、留着圆寸的中年人，从街头走了过来。他戴着硕大的手串，身后还有身穿黑色西装的下属，看上去派头十足。阿珍的脸上便有了笑容，她缓缓地站了起来。

这就是她仍留在玉器街的原因，也是她拒绝殷小妙的底气。

中年人是当年她从省队退役之后，开始上大学时候就认识的企业家。他欠她的，当年他亲口告诉她，只要她开口，他一定会尽力帮她一次。那些夜晚的月光，一直都留在她的记忆里。

阿珍知道，那是爱情。

她从不企求任何东西，甚至她当年就知道，他有自己的妻。他素来坦荡，并没有隐瞒这一点，正如他告诉她的，他会毫无保留帮她一次。这也是让她迷恋的根本，不轻易许诺的人，他的诺言尤其珍贵。

无论多么困难的处境，她都没有用这张底牌。

但现在，阿珍觉得是用上这张底牌的时候了，她抱着奶茶，如抱着她的希望，迎了上去。中年人克制而礼貌地向她伸出手："卢总，好久不见。"

他如多年前一般，在人前总给她足够的尊重，并不以她为自己的附庸。

哪怕她如今的处境。

"请跟我来，我有一些东西麻烦你。"中年人微笑着对她说。

阿珍的步伐充满了轻松的气息，本来就是体操运动员出身的她，婀娜多姿的身影瞬间吸引了玉器街不少男人的目光。

一切都值得。

第九章　底牌

无论是那些往昔的月光，还是这份坦荡的、没有杂质的、真诚的爱。中年人带着阿珍走到边上的停车场，他忠实的下属寸步不离。在梅赛德斯-迈巴赫S680的后座坐下，中年人把一个文件袋交给了阿珍。阿珍期待地打开它，里面有一辆几个月前购买上牌的比亚迪"秦"汽车的全部手续。

包括两把车匙。

另外还有一份店铺的房产契约，很好的位置，在两条路交叉的街角。边上有四川菜的连锁菜馆，有番茄便利店，有沙县小吃，还有肠粉店之类的早餐小吃。离这店铺不到一百米，有一家三甲医院；二百米左右，有一家很不错的小学。这个位置的铺面，绝对是寸土寸金，一平方米可能得二十万出头。

但它只有九平方米，连同建筑面积在内。

文件袋里还有一万块现金。她惊讶地抬起头，看向他。这不是她所期望的帮助。大约两百万，甚至如果急于把车和店铺出手，可能获利会更少一些。这点钱在玉器行业，什么也不是。

在华林玉器广场，就算是苍蝇铺子的租金，也得八千到一万；而名汇国际珠宝玉器广场，苍蝇铺子月租得三万了。加上进货等等，两百万能撑多久？而且凭一个苍蝇档口，要多少年才能翻身？怎么也得跟她现在上班的店铺一样，才能铺得开场面，才能搏一搏，能不能翻身！

而那样的话，两百万，节省地装修完店铺之后，只能交三四个月租金。

"就这？"她冷冷地向他问道。

中年人笑着拿起一个iPad，然后打开了一个页面，递给她。

那个页面上，列着的是他的征信。简单地说，他是一个失信执行人，也就是"老赖"。这也是他收到她的信息之后直到现在才赶到的原因。因为他坐不了飞机，也坐不了高铁，他是开着这辆车跑了两千多公里来到广州的。

"这辆车其实已经是银行的了。"他平静地对她笑道。

然后他指着那位身穿黑色西装的忠实下属："他是我最大的债主派来的。"

阿珍愕然，过了几秒才开口："他来找你追债？"

"不，他来保证我不会自杀，或死于我自己制造的意外。"中年人认真而真诚地说道。

如那些月夜里，与她的坦诚相对。

"如果你愿意，我应该可以再从银行借两千万出来，然后投资到你的公司。"

中年人转着手上的手串，长叹了一声："但那样的话，你就跟我绑在一起了。"

不只和他绑在一起，也和他征信上面那个对阿珍来说是天文数字一样的负债绑在一起。

"这些是干净的，从头到尾跟我无关。"他拍了拍她手上的文件袋，为了拿到这些不会牵连她的东西，他这一路上走得并不容易。她把 iPad 递回给他，用自己的手机登录了征信系统。

也许，这只是他为了甩掉她玩弄的把戏，阿珍更愿意当面揭穿他的骗局，然后把这个文件袋砸在他的脸上！在绝望中，她已不惮以最恶意来揣测对方了。甚至她觉得，记忆里的月光，都带着肮脏的光泽！

但她手机上搜索出来的结果，跟刚才毫无二致。

月光仍然皎洁，他的确尽力了。但她的支柱，最后的支柱，轰然倒塌。欠着巨额债务连高铁和飞机都坐不了的中年人，平静地看着她："我媳妇很明智地离我而去了。留在广州，把店铺租掉，随便打份工，你能过得很好。或者，跟我一起，开车回去。"

他仍如当年一般坦诚，也许不只是皎洁的月光，而是他不屑于欺骗她。

闲置的健身房里，韩素梅看着正在加装高低桩的工人们不停地忙碌。他们拆除或搬走原来的一些设施，然后按着殷小妙画的图纸施工。

"狮尾呢？你答应我，说一定把她带过来的。"韩素梅向殷小妙问道。

她没有接殷小妙递过来的拿铁咖啡。冷着脸的韩素梅，有不怒自威的霸气，以至于连在施工的那些工人，都下意识地避开一些。其实韩素梅在公司一冷下脸来，连 CEO 都要让她三分。但殷小妙却无动于衷，看她不接咖啡，就笑着说道："你不喝？那我喝两杯喽。"

她对生活也好，事业也好，都没有什么太大的企图心，所以她并不太在意韩素梅的态度。韩素梅冷冷地说道："你振作点，行不行？你要这么搞，那我不玩了，你自己玩晒。"

玩晒，就是让殷小妙自己搞掂所有事，韩素梅不管了。

第九章　底牌

殷小妙很无奈，因为韩素梅击中了她的死穴。一旦韩素梅不管的话，场地、人员等都完全无法解决。李子轩的病怎么办？别看现在好好的，再复发呢？之前李子轩还恢复到看上去没事，能回职场上班呢。

所以她不得不屈服，对韩素梅说："那我不是 HR 啊，我谈不下来啊。阿珍自己有项目做，她做玉器做了这么多年，我怎么劝？讲真，做生不如做熟，她又不是跟我一样的，阿珍好有事业心的，怎么劝啊，梅姐？"

韩素梅没好气地对殷小妙说："你要觉得咱们这个项目有前途，当然劝她跟着咱们做啊！"

殷小妙低声说道："但我、我觉得,咱们这个项目,我不觉得很有前途啊……"

在她看来，这本来就是自己要帮丈夫缓解抑郁症，但自己没场地和经费，所以韩素梅为了帮自己，去忽悠了钱和场地回来。她真的不认为，这个所谓的非遗项目有很大前途。

"那投资人是傻子吗？你为什么会认为，一个没有前途的项目会有人投钱呢？"

韩素梅看着工人施工，背对着殷小妙说道："总不能纯粹给我面子吧？那不如直接把场地借给我就好了？"

"而且，我为什么会愿意陪你来玩这个项目呢？"韩素梅转过身来，向她问道。

殷小妙本能地感觉到有点不对劲，但一时之间，又说不上哪里不对。毕竟，韩素梅的逻辑听上去毫无破绽。于是，当着韩素梅的面，殷小妙发了语音通话："阿珍啊，项目负责人想当面跟你聊聊，你能不能过来一下，纯帮我撑一下场？"

那头并没有沉默太久，阿珍就开口道："你发个定位给我。"

这便让殷小妙高兴起来，她本来就是很容易高兴的人。

"阿珍超飒的！身手太棒了！"放下电话，她开始跟韩素梅介绍阿珍。

殷小妙觉得，阿珍体操运动员的基础，舞狮简直就是降维打击："梅姐，你只要能说动她，哼哼，半年之约，我殷小妙未曾认输！哎哟！"

却是韩素梅把她手里的拿铁咖啡扯走了。

"长点心吧，术业有专攻，别想得太高兴。"韩素梅给她浇了一下冷水。

按殷小妙说的，那位陈杰有那么多舞狮机构的头衔，韩素梅不认为，体操运动员的降维打击，就能解决所有问题。所以当阿珍走进健身房，韩素梅并没有倒屣相迎。

她饶有兴致地看着阿珍："你想赚多少钱？你怎么赚到你要赚到的钱？"

阿珍并没有回避韩素梅的问题，她本来就是很干脆的性子："做玉器，古董街那么多人出头，我以前也出过头，我知道怎么出头。缅甸那边我也认识人，我玩了十年玉器，也不是能被人哄骗的瓜皮。"

韩素梅听着笑了起来："按你这逻辑，但凡股市中赚过钱的人，如果输了，就该接着往里投？"看着阿珍要开口，韩素梅抬手示意她先静静，"以前一些买非法六合彩的赌徒，崇尚一种玩法，我不知道你听过没有，就是每次投注永远是上一注的两倍，他们坚信，只要赢一把，就能全部回本。但坚持这么玩的，我知道的，都倾家荡产了。"

阿珍一下子就哑口无言了，不得不说，她现在所期望的，跟那些赌徒本质上并没有区别。韩素梅递了瓶矿泉水给她："其实也有极个别赌徒，挨到赢一把的时候，但一样倾家荡产了。"

"为什么？"阿珍一下子就睁大了眼睛，难以置信地看着韩素梅。

边上喝着奶茶的殷小妙，感觉狮尾妥了，因为她见过太多本来对加入公司毫无兴趣的行业大牛，跟韩素梅聊天的过程，没错，一旦到阿珍这个状态，基本就进入韩素梅的节奏了。

"借贷，卖车，卖楼，然后押到那一注，赢的那一注，那一注会很大。"韩素梅喝了一口咖啡，看着阿珍，"他们玩的是非法六合彩，这么大的赌注，庄家赔不起，你觉得会不会跑呢？比如你投资水晶出事，有没有可能，行业顶层在收割韭菜呢？我不懂那种非法六合彩，也不懂玉器，所以也只是随口说说，可能说得都不对。"

阿珍愣在那里，好半天没有开口。

过了有半分钟之后，她才向韩素梅问道："您能不能详细跟我聊聊这个项目？"

第十章　粉墨登场

从地铁站出来，背着双肩包走向公司大楼的刘洁铃，在人行道一边走一边点烟。于是这便惹得周围的行人，下意识地避开她。她吐出一口烟雾，低声骂了一句只有自己听得见的粗口。大都市得益于各种控烟政策，烟民越来越另类了。

但她感觉自己戒不了，不论是越来越胖的体形还是烟瘾。

每季度的体检报告上，过高的血糖、血脂、血压，她也不觉得是什么愉快的事。大约只有实在没有什么可炫耀的人，方才以这些严重超标的数据为荣吧。刘洁铃不是这样的人，她吐出一口烟雾，望向前方，继续着自己的步伐。

仅仅是生活的压力，压迫得她完全没有时间或空间，去改变这些不良的东西。

一辆路虎靠边缓行，车窗被降下来，车里有人喊了她好几声："阿铃，洁铃！刘洁铃！"

大约跟着她走了10米，她才反应过来，这辆车是为她而靠边缓行的。自从生了第二胎，无法把自己塞进以前的衣裙里之后，她就不觉得，会有一辆车因自己而停下的，很明显，事实证明她错了。

"上来，有事找你。"车里的人对她说道。

那是她在上一个IT大厂里的同事，她费力爬上副驾驶，然后对方塞过来一部手提电脑："前两年当制作人之后，整个脑子就不行了……主程序这个渲染算法是有问题的，但我居然发现自己看不太懂了。"

"你以前水平也很垃圾，好吗？"刘洁铃一边看着手提电脑的屏幕，一边往窗外弹着烟灰。

不时有烟灰，因为风的关系倒灌进车里来了，开车的他咬着牙忍了。他现在跳槽到了另一个 IT 大厂，竞争很激烈，不但要推项目进度，更不能在公司露怯。所以，就算有严重洁癖，就算是新车，就算他很讨厌刘洁铃——不论以前瘦的她或现在胖的她——离职就拉黑了，他也只能忍着。

其实从两个月前他就后悔当年把她拉黑了，他甚至还找前同事希望能重新加回她。但刘洁铃并不是一个讨喜的人，他找到的前同事，好友列表里都早已没有了她。只是隐约听说，她出来创业的公司应该也在科韵路，就在他公司大楼边上，他就期望能遇到她。

要不然，怎么他能一眼就在路边发现她呢？地铁站到公司并不远，一公里都不到，所以他停好车之后，又等了二十多分钟。她抽了四根烟，搔了七次头皮，把电脑塞回给他。他运行了一下，之前困扰的问题被排除了。

还没等他说谢谢，她推开副驾驶的车门，笨拙地把自己挪下车："走了。"

留下一座椅的头发、头皮和烟灰。

他放下电脑，连忙下车追了过去："洁铃，我微信上竟然找不到你，我们重新加一下！"

她左手夹着烟，没有停步，只是背对着他，挥了挥拿着手机的右手："下次吧，今天忘记带手机了。"

装修队到了下班时间就不能再施工了，否则会有人打电话到相关部门投诉，施工方不单会被训斥，更有很烦琐的流程要走。太高的违章成本，让现在这个都市的施工队，在下班时间往往都选择了遵守规定。在改建中的健身房里，过了下午六点半，施工队的离开，让一切噪声都消失了。

空旷的场地里，便只剩韩素梅和殷小妙了。在椅子上刷着手机短视频的殷小妙，看到过来接她的李子轩，脸上便有了甜蜜的微笑。她开口道："梅姐，一起吃饭去吧？"

下午韩素梅跟卢珍聊得很不错。怎么样去做舞狮，然后到什么阶段，找相关的传统媒体、新媒体来报道，以及在半年后的比试，借那契机造势，如何把舞狮队伍扩大，做大做强，等等。当然少不了每个阶段如何变现，如何打造殷小妙和卢珍的形象。

阿珍是真的听进去了，所以5点多她就走了，回去租房子，然后辞职。

因为辞职了，当然就不可能住在店里的宿舍里了。所以，殷小妙觉得，所有事情都得到了圆满的解决。可是韩素梅却不是这么想的："等一下，我们不能只有卢珍一个人选。"

"啊？"殷小妙惊讶地抬起头。

如果是在大公司，那韩素梅的这个思路她能理解。可这舞狮，在殷小妙的认知里，不就是类似于大学里同学组个乐队一样的事吗？当一切并不如殷小妙所想的，她企图躲避："那样啊，那我们先溜了噢！"

她之前在公司坚持做前台，就是因为可以准点下班。可惜，在这个项目里，她不再是前台，韩素梅摘下眼镜，认真地对她说道："你得留下。或者我聊完了，打电话给你，你再过来，跟候选人聊舞狮的具体事项。"

于是殷小妙只好苦着脸重新坐下。不过有李子轩在边上陪着她一起玩游戏，她倒也觉得时间没那么难打熬。

三嫂的儿媳妇介绍的闺密王婷走进这健身房时，有些怯意。王婷尽管也是潮汕人，但她不是韩素梅这种学霸、女强人；也不是曾经赚到过钱的卢珍；更不是有条件且有天赋，可以浪费天赋不思上进、躺平追求小确幸的殷小妙。王婷跟她的名字没有什么相干，她走进正在装修的健身房里，殷小妙和韩素梅脑海里的第一反应，竟然是一个完全非广东方言的词汇：柴火妞。

干瘦得像柴火的女孩，就算是二十四五岁的青春年华，看上去也跟"靓丽"两字毫无关系。

"请、请问是七老婶吗？"她就这么怯生生地开口了。

不敢直视对方的眼睛，不敢提出任何要求，脸上尽是讨好的笑。韩素梅有些头痛。因为在她想来，能扛起狮头的女孩子，应该是阳光的，是充满朝气的才对。

"每天你能保证三小时的训练时间吗？"韩素梅问道。

王婷用力地点点头。

"你对津贴有什么要求吗？"

摇头，她想用笑容来掩饰自己的手足无措，但看起来没有奏效。

韩素梅看着她："如果你能保证训练时间，每个月这个项目给你提供五千块的津贴。"

"谢谢七老婶,谢谢七老婶!"她有种让人心痛的卑微。

也许在她成长的乡镇里,她如韩素梅所期望的,有着面对生活的朝气,充满阳光。但在这个现代化的都市里,王婷已经习惯了这样的卑微。这座城市在提供了远超乡镇的机会之外,也把生活的艰难放大了无数倍。她并不是如韩素梅那样,在学习上有能轻松挑选985就读的天赋,她连一本都上不了;或是如殷小妙一样,在省城里有着四五处——尽管都是豆腐干大小的房子。五千块对她来讲,比平常在档口打工赚的四千五还多了一点。而这一切对王婷来说,都是潮汕老乡"七老婶"的关照。

"小妙,专业的问题,你来对接一下。"韩素梅对殷小妙说道。

如果当时三嫂的儿媳妇在微信上和王婷语音通话时,王婷是现在这个状态,韩素梅可能根本就不会请她过来。在这个时代,有许多人在线上沟通时,跟现实面对面的交谈完全是两种不同的状态,而王婷毫无疑问就符合这样的反差。

"上手吧。"殷小妙喝着咖啡,指了指边上略显老旧的狮头。这让王婷更加紧张,尽管她从少年时就开始舞狮,但那是兴趣。可韩素梅开出的津贴,比她夜以继日工作的报酬更高。所以,现在对她来说,这更像一份待遇极优厚的兼职面试。

她如何能够不紧张?

"您要不要热身一下,喝点水?"李子轩看出王婷的紧张,递给她一瓶运动饮料。

他帅气的侧脸,像阳光一样照亮了她的双眼,温暖了她的心田。在那一瞬间,王婷张了张嘴,竟结结巴巴说不出话来。尽管她从进来就不怎么说话,可那是因为她不想开口。可现在,她想开口,却无从说起。

她用力拧开瓶盖,然后不知道为什么,一口气把一整瓶750ml的运动饮料喝光了。

王婷不敢看李子轩,她连耳垂都红了起来,低着头走向那狮头,扛起了它。

没有汗水会被辜负,扛起狮头的王婷,铿锵有力地舞动起来。

特别是当李子轩在边上找了两个空瓶子,打起鼓点之后,王婷便舞出了那个在微信上侃侃而谈的女孩的模样。

"基本功很扎实，不过潮汕虎狮和醒狮，技法上还是有些不同。"殷小妙这么评价。

当然，她并没有觉得这是很大的问题："习惯一下就好了。"

相比阿珍，王婷要更容易上手；而阿珍也许有着更大的发展空间——韩素梅在心里已经做出了这样的评价。此时就听见殷小妙随口问了一句："我需要的是狮尾，你可以吗？"

放下狮头正在抹汗的王婷，一下子就愣住了。狮头和狮尾，技法是不相同的。狮尾不单要跟着狮头的节奏和步伐。而且在高桩上，采"板凳青"之类的技法上，有很多托举、跳跃的动作，这就对力量和敏捷都有着更高的要求，王婷是习惯于舞狮头的，她听着就犹豫了。

但她抬起头，便看见李子轩充满阳光的微笑，她终于在走进这里之后，第一次主动开口："你、你也是舞狮队的吗？"

"他是打鼓的，不是狮尾。"殷小妙笑着接过话头，李子轩也点了点头。王婷咬着嘴唇，想了三四秒，她看向殷小妙，然后很快就下意识回避了对方的眼光，她低着头："狮尾，狮尾，我练一练，应该行的。"

然后她抬头看了一眼韩素梅："七老婶？"

韩素梅点了点头："行，这边装修好了，项目开始启动，你就过来签约。"

龙口西路这家客家菜馆，晚饭通常很难订到包厢，尤其周末更是如此。幸好韩素梅早有预见，提前就安排好了，所以他们7点多过来，还能拿到包厢。

"梅姐好犀利！"李子轩不禁低声吹捧，毕竟有事要聊，更愿意有相对独立的空间。但当这菜馆很有名的客家酿豆腐上桌了，平时很容易高兴的殷小妙却仍心事重重。韩素梅正准备问殷小妙怎么回事，却接到了儿子的视频电话。

她一下子整个人连线条都柔和了下来："对，小妙阿姨陪妈妈吃饭呢。"

然后韩素梅走过去坐在殷小妙身边，一把揽住她，把殷小妙也扯进镜头里，李子轩笑着也过来凑趣。大约是遗传了韩素梅的高情商，她儿子一见殷小妙和李子轩，就在电话那头叫道："小妙姐姐好！嘿，子轩哥哥！"

气氛一下子就变得欢乐起来，就算是视频通话在十来分钟之后就结束了。

几乎没有一位母亲，聊起自己在未名湖畔求学的孩子，会不开怀的。在那道金丝虾丸上桌的时候，因为聊得兴起，蔡家豪发来了视频通话的请求，韩素梅犹豫了一下，没有跟往常一样挂断。

"阿梅，二哥的亲家从浙江过来，他们全家人都出去吃饭了，我不知道吃什么。"

在商场上叱咤风云的蔡家豪，在镜头前毫无节操对韩素梅说道，如果不是殷小妙和李子轩在边上，韩素梅能当场把电话砸了，因为对她来说，她感觉这太污辱智商。

至于吗？

何况真要伏低作小，老老实实回自己家里不就得了？现在这样跑去二哥家里住，算啥意思？对韩素梅而言，是觉得蔡家豪在玩花样。她温和地笑了起来，对着蔡家豪说道："那轻断食，蛮好的，你不是体检结果显示血脂高，血糖也高吗？断食一两天试试。"

电话那头的蔡家豪点头笑了起来："我就知你还是心疼我，还留意了体检报告。"

韩素梅挑了挑眉毛，冷冷道："呵呵。"

然后她直接就挂断了电话。

"别聊那人。"韩素梅在殷小妙和李子轩开口之前，直接截断了话题。但能以钣金专业的大专生出身，在商场上闯荡出一番事业的蔡家豪，当他决心要做某事时，往往不是那么好阻挡的。

殷小妙拿起手机刚拍了一下金丝虾丸，另一道铁板烧汁鲈鱼方才端上来，包厢门就被推开了，一身米白色休闲西服的蔡家豪，面带微笑，在服务员的引领下走了进来。蔡家豪当然不是那种需要穿西装来显示自己身份的金领，但不能否认，他穿西装很好看。不知道是颜色的搭配，还是款式的问题，庸俗地讲，显得"贵气"，以至于他微秃的头顶，还是微微凸起的小肚子，也并不让他显得油腻。蔡家豪冲着殷小妙、李子轩微微颔首打了招呼之后，在韩素梅身边拉开椅子坐下，他摊开手："老婆，你听我狡辩，我不是馋，我是来见项目团队的。"

单是蔡家豪身后跟着的办公室主任那衬衣上的袖扣，恐怕就得这间店一天的营业额了。但蔡家豪说出这话时，偏偏一本正经得不行，让人感觉他是真的馋，才跑了过来。殷小妙和李子轩在边上看着，一瞬间两人死死咬着嘴唇，忍得很辛苦才没有狂笑。

"有意思吗？"韩素梅没拿正眼看他，因为她觉得，这个人如此作状，不过是因为害怕婚姻破裂，进而导致他商业上的挫败；而到时他的对手，会很乐意把他啃得连骨头都不剩。毕竟，她拥有他还没上市的商业帝国超过百分之四十五的股份，严格地说，她才是最大的股东。

也正因为如此，一身正装跟在蔡家豪身后的办公室主任，进门就先给韩素梅弯腰致意，然后给殷小妙和李子轩递完名片，马上走到韩素梅身边，低声而不失恭敬地喊道："韩总。"

"我做得不对，我改，好不好？"蔡家豪从进包厢那一刻，就没有用潮汕话，而是用粤语，他对韩素梅说道，"但你不能冷暴力，不给我饭吃啊。"他说着，向殷小妙和李子轩看了过去，一脸认真，"被家暴，好惨的啊！"

殷小妙真的忍不住了，捂着脸压抑地笑了起来。

"你同司机走先，我阵间揸我老婆嘅车。"蔡家豪抬头对办公室主任说道。

"韩总？"办公室主任站在韩素梅身后，弯腰低声问道。

韩素梅咬着牙，用那犹带着风韵的大眼睛冲着办公室主任翻了个白眼："滚。"

这种情况下，殷小妙和李子轩当然是有眼色的。办公室主任走了不到一分钟，他们就找借口离开了。

"蔡总好厉害。"李子轩在停车场拿了车，笑着说道，"他真放得下身段。"

殷小妙一边扣着安全带，一边拼命点头："梅姐肯定沦陷了。"

"那这个项目会不会完蛋？"李子轩很冷静地说道。

因为他有一种直觉："我总感觉梅姐带着咱们搞这个项目，有点回避家庭问题的因素，你有没感觉？如果梅姐跟蔡总和好了，也许她就不搞这个项目了。"

殷小妙想了想，摇头道："我没想那么多啊，她要是能和好，这个项目不搞就不搞了。"

对殷小妙来说，她真的没有太大的企图心，或者非得怎么样不可的念头，特别是现在李子轩几乎看不出发病的状态了。对她而言，认个怂，半年后不去跟陈杰比试就得了。

"那阿珍、王婷怎么办?"李子轩慢慢加速开出了停车场,等红灯时跟她商量着。

毕竟,他在职场做到高层,项目就算中止,总也得考虑善后问题,特别是阿珍下午可刚刚去辞职了。

殷小妙却觉得没必要想那么多,她正打开外卖软件,毕竟刚才没吃饱,头也不抬地说:"梅姐会搞掂的啊!"

而这时她的电话响了起来,李子轩看了一眼,屏幕上的来电显示为"老窦老窦"。

"喵喵啊!我微信上唔到啊!我问咗赵主任,佢话咁样系被封咗噢!"电话里传来殷小妙父亲焦急的声音,"仲有,屋企路由器上唔到网,赵主任话可能宽带都俾封咗!唔掂啊,你过嚟帮我睇下!"

在副驾驶的殷小妙听着,无力地垂下脑袋:"老窦,你系唔系又系微信传谣啊?"

"死女包!边有咁样讲自己老窦㗎?我边度有传谣?饭你就随便食,话唔好随便讲!"她父亲明显很反感殷小妙的话,"我发啡消息都系转发嘅,都系有出处的,明唔明?!"

殷小妙把电话拿得离耳朵远一些,皱眉问道:"那为什么封你微信呢?你欠费啊?"

电话那头殷小妙的父亲,过了几秒才反应过来:"你仲系唔系人?你连老窦都晃点!微信欠咩费啊?!"

殷小妙无力地问道:"那好嘛,你发黄色内容?拉人去赌场赌钱?"

"你老窦系咁嘅人咩?"电话那头的父亲一下子暴怒起来,感觉被羞辱了。

但吼完之后,电话两端都静了下来。红灯转绿,李子轩看了殷小妙一眼,后者苦涩地让他转左上内环,就是去她父亲家。

"喵喵,你过嚟先讲啦。"当电话那边重新传来声音,却是殷小妙的母亲。

她劝说着殷小妙:"你爸血压高啊,你别气他。"

"转个弯就到。"殷小妙叹了口气,对她妈说道。

其实她很清楚，为什么突然换成她妈来讲电话，无非就是她老爸想清楚了，又没发黄赌毒类的东西，又没搞营销宣传。把不可能的选项排除了，唯一还在的那个选项，不论他自己多不认可，就是那个原因了——但他也许真的不认为自己传谣，觉得平台对他的处理不公，或是无法面对女儿的责问。

所以，他选择了躲避，让妻子来应对。

"我们年纪大了以后不要这样。"殷小妙挂了电话，低声对李子轩说道。

如果明确知道那是谣言，她父亲肯定不会转的。至少没胆子去转，这一点，知父莫若女。父亲去转发谣言，就是因为他在这个信息爆炸的时代，已失去分辨真假的能力。

李子轩没有说话，只是轻轻捏了捏她温暖的手。

前进路这边的小区，建成的时间有些久远了，停好车，牵着手走向殷小妙父母家里，李子轩笑着说道："行走在这样的街道，我总有高中晚自习回家的错觉。可惜，回不到年少时了。"

他偏头看着殷小妙，路灯下，她飘逸的发丝带起微微的橘黄的光泽，有些许暖意。

殷小妙荡起跟他牵在一起的手："只要我们一直走下去，开开心心，就好啊。"

似乎被她的快乐感染了，李子轩用力点了点头。

他们嬉笑着，牵着手，在这有着岁月痕迹的街道放肆行走，不需端庄的仪态，也不必回避他人的目光，如此开怀。

第十一章　引爆

刘洁铃出了电梯，走到大厦楼下边上绿化带旁抽烟，她看了一下 APP 上的外卖信息，应该快到了，果然抽完两根烟，就有外卖送达的信息发到手机上。她熄了烟，走过去大堂侧边的外卖柜，扫了码拿上外卖，按电梯上楼。她习惯了这样的每一天，安逸。

"小王，你不叫餐啊？下去吃？"她把外卖扔到桌上，对着边上的程序员问道。

小王勉强地笑了笑："不饿，我回去再吃。"

刘洁铃看着他，长长呼出一口气，然后把自己的外卖挪到他的桌前，小王一下子就手足无措了："老大，不用，我真不饿！"

"你把它吃了吧，我有个饭局，得先走，别浪费。"刘洁铃收拾了一下，对他说道，然后她背起双肩包，出了公司。这是她少有的不加班，特别是在她一手带出来的徒弟 Jacky 离职之后。

她走在路上，繁忙的都市，来往的人群，似乎和她有着某种莫名的疏离感。哪有什么饭局？有项目拿不到版号，有项目相关的投资方不感兴趣撤出了。作为公司股东，秦川还是张罗了几万块，以备用金的名义给她，其他员工，有两个月只发一半工资了，所以，她不怪离职的 Jacky，也明白小王为什么不叫饭。

走到地铁站，她停下步子，发了个语音通话给小王："我知道有猎头来挖你去网易的，为啥不走？"

"老大，我是你带出来的……"小王的腔调里有些苦涩和无奈。

"合适就走吧，我说真的。"她结束了通话，抽了抽鼻子，蹲在地铁站的入口处，抽完了那根烟，月光下，她的眼角有些湿意。

但她终于站直了，紧了紧双肩包，走进了地铁站。

殷小妙总是很容易开心。或者说，她对生活有着某种敏锐的感知，总能找到高兴起来的片段和瞬间。哪怕进了家门，面对父亲颓丧的面容和母亲担忧的眼神，她也能很快让大家轻松起来："老窦，我帮你申诉嘛，不要怕！"

殷小妙一边帮父亲写着一百字的微信申诉，一边劝说他："你以后见到报刊的信息，或是官网、头条之类的报道再转，就好了。"

招呼着李子轩喝茶，又把瓜子、腰果和水果端上来的殷父，听着冷哼一声："那些内幕什么的，报刊之类的，不敢发的，你懂什么！我转那些，就是想让这国家变好！"

"老窦，我支持你，这样，下次你就别转，咱们直接实名举报！"殷小妙提交了申诉，随手帮她父亲申请了另一个微信号，头也不抬地说道，"对不对？实名举报，相关机构他得给咱们回执吧？那样比你转发有效多了！"

"你食蒙咗啊！"殷父听着就来气了，戟指着殷小妙，"无凭无据，就去实名举报？你揽屎上身咩？"

说罢，殷父就静了下来。因为他醒觉过来，自己这话正扇着自己的脸。

"好啦，好啦，一人少一句！"殷母打着圆场，对李子轩问道，"霸王花煲龙骨，我打一碗给你喝，好不好？"

李子轩笑着应了，殷父看着妻子走开，就不满地对李子轩说道："姑爷，讲起都怪你，喵喵以前超级乖，系嫁咗过去你屋企之后，先学识咗同我驳嘴！"

"我的错，我的错，阿爸，回去我会劝她的。"李子轩对殷父这性格也是了如指掌。

他一边起身接过丈母娘端来的汤，一边笑着应承下岳父所有的指责，于是殷父看着，点了点头："嗯，姑爷生性。死女包，学下嘢啦！"

"阿妈，我都要饮汤！"殷小妙压根懒得理她爸，对着母亲叫了起来。

家里的路由器，当然不是因为微信而牵连被封。

"要真到这程度，那老窦你怕是做了汉奸，相关部门就早该找你谈话了。"

听着她这话，殷父气得青筋都迸现了，拿起一只拖鞋，作势要打殷小妙：

"边有人咁讲自己老窦㗎！死女包！我堂堂正正中国人，做汉奸？你呢个死女包……"

连忙作状去拦岳父的李子轩，走过来捏殷小妙耳朵的殷母，脸上都有着忍俊不禁的笑意，于是，欢乐和笑声就在客厅里荡漾起来，被捏着耳朵的殷小妙连忙求饶："阿妈，放过我啦！我修路由器啊！"

然后她一边喝汤，一边找了根牙签，捅了路由器的重启孔十秒左右，再重启就没事了。毕竟她身为大公司的前台，而且所有跟她打过交道的项目组，都认可她的能力，这种基本的网络维护技能还是有的。

"老窦，不要玩了，喂，真的别传谣了。"殷小妙放下汤碗，对父亲认真劝说道。

殷父接过李子轩递给他的烟，用不耐烦遮掩自己的尴尬："知啦，知啦，好烦啊！"

她当然也知道分寸，所以马上就转移了话题："老窦，你识唔识舞狮？阿爷当年冇教你咩？"

因为那些复原的录像带视频，中间缺了许多片段。如果殷父也学过，那对照着来练习，会省事许多。"你癫咗啊？舞狮？"殷父冷笑了一声，对着殷小妙说道，"屋企有矿啊？"

任由着李子轩凑过来，帮自己把烟点燃，殷父就陷入了回忆中："我都想过学的，十七八岁时，你阿爷问我有没兴趣，我都想过学。"

说着殷父一拍大腿："不止我一个，你阿爷当时还凑了一些他朋友手足的孩子，说要重振醒狮啥的，参加比赛。但你知道，狮头啊，锣鼓啊，每次出去，都要打箱托运的，坐绿皮车，还贵过一个人票价。当时比赛，就是个荣誉，没什么钱的，主办方解决一下食宿就很不错了。"

说到这里，殷父就沉默了，这是一个当时还没开始就夭折的计划，归根结底就是没钱。不知道是在回忆那些"食夜粥"、挥汗如雨的夜晚，还是回忆起已经逝去的父亲，殷父一下子就沉默了。

这个时候殷母洗好了葡萄端了过来，看着冷笑道："怎么了？又想起巷头的'双皮奶张敏'啊？"

殷父听着，如同被蜂蜇蚊叮一样："你都痴线㗎！边有呢回事？你真系冇秘籍，斋乱噏！"

本来李子轩和殷小妙都还没反应过来，但殷父这反应不对啊！

难得早些归家的刘洁铃，看着女儿居然主动在做奥数题，倒让她心头有了些暖意。女儿打开微信给刘洁铃看："隔壁的叔叔在微信上给我讲了几次，我好像就会了。"

她看了一眼女儿在做的题："嗯，你这解题思路不对，你看看这例题。"

老赵一边热着饭菜，一边说着："隔壁的李生人很好，他还介绍我去一个项目。"

"你去抓子啊？"在家里，刘洁铃倒也会漏出些乡音来，这个"抓"字，就是"做啥"。

热上饭又在炒鸡蛋的老赵，苦笑着说道："说是新媒体运营，我没敢应下来。"

"新媒体有啥不敢应下来的？你没事刷的抖音、B站、公众号，不就是新媒体吗？"刘洁铃叹了口气，"你这没吃过猪肉，总也是天天看着猪走路的吧？有啥不会？"

"我没学过啊。"赵哥把香椿炒蛋端了出来，摇着头说道。

刘洁铃抱住扑过来的小儿子，白了老赵一眼："这玩意是个人就会吧？要学吗？我数学系出来的，我学过一天编程啊？找个教程和范例，自己看看不就会了？"

她无意瞄了一眼女儿在做的题，气得暴怒："都跟你说了解题思路不对了！让你看一下例题的！连哪道例题我都指给你了，你瞎做啥呢？你脑子是不是从出生到现在就没用过，保持着全新状态啊？啊！气死我了！做个题有什么难的呢？"

在她怀里的小儿子，吓得小脸皱成一团，丝毫不敢动弹。

骂着骂着，刘洁铃眼眶红了起来，揉了揉女儿的头发，长叹了一声。

艰难的，是生活。

而此时在殷小妙父母的家里，对殷父而言，艰难的莫过于陈年老醋。殷母一手叉腰，一手指点着他："呵呵，喵喵，你回忆下，你爷爷在你小时候教你舞狮，你爸什么时候有凑过去？"

后者有些面红耳赤："收声啦！"

然后匆匆拿起烟跑去洗手间，把门关了起来。

"你唔系想屙屎，你系身有屎！"殷母冷笑着说道。

殷小妙就来了兴趣："阿妈，快点，坐下讲是非啦！"

"之前西关老屋，巷口有间卖糖水的，有个细女很靓，人称'双皮奶张敏'啊。"殷母没好气地说道，"糖水铺还有个大仔，就是跟我们同学。"

张敏，二十世纪八九十年代当红的影视明星。

殷母冷笑着，揭开陈年的醋坛子：

"你爸是不喜欢舞狮，你看他样子，面无三两肉，像'食夜粥'、练功夫的人？但糖水铺个大仔，烂仔来的，喜欢打架，拜了你阿爷当师父，学拳，学舞狮。"

其他无非就是殷父想接近所谓"双皮奶张敏"，所以也就跟着凑合舞狮，以期那女孩子过来看她哥时，可以搭上话之类的。多年以后的现在，殷母说起，仍然很在意："后来卖糖水的全家人去了英国。你老窦才老老实实用功读书，去高考。"

"你别听她无中生有。"从洗手间出来的殷父，悻悻然说道。为了避免妻子再次打翻醋坛子，他很快转移话题："不过你妈有一点讲得没错，当年有几个师兄，对舞狮很有兴趣。他们都不爱读书，自己名字都写得歪歪扭扭，是我去做的调查，是真的。"

当年大学可还没扩招，毕业就有干部身份，还有派遣证等，在心仪的糖水铺姑娘远去他乡之后，殷父埋头读书能考上大学，在同龄人之中，绝对算是学霸了。他去做调查，是情理之中。

调查的结果，很多数据归结成了一个结论：没得搞。

殷父点了根烟："一九八几年，当时店铺、企业开业，做一场舞狮，几十块吧，毕竟当时人均一个月如果有一百块出头，就算超高收入了。几十块一场，一个舞狮队分，分到几多？可能现在做一场能有一两千块？反正钱很少，一大堆舞狮队在抢着做。从一九八几年到现在，没区别！"

殷父熄了烟，摇了摇头："除非家里真有矿，要不然，玩不了的。但是家里有矿，玩什么不好？玩舞狮？"

殷父抬起眼皮："看过一部舞狮的动画片吗？嗯，你知我讲哪部啦，将我们广东人画到鬼一样。"他说到这里，气得骂了一句粤语粗口："班契弟生仔无屎忽。但是，他们剧情是没问题的，主角就算赢了，最后还是出去打工，舞狮，很难养活自己。为什么你祖父那些徒弟，渐渐都不来往了？因为，都不舞狮了啊。要是小城倒罢了，广州，大家都有压力。"

说到这里，他便没有往下讲，当年学舞狮的年轻人，随着时代的进步，在盛世里虽然大都能找到自己的际遇。但不可避免的，生活的压力渐渐抹去了他们的爱好。舞狮又不是广场舞，它要装备，有门槛，需要场地，现在城中村都改建了，怎么玩？

李子轩和殷小妙听着，倒是跟他们的预期差不多，毕竟如果不是处处都需要钱，殷小妙也不会求助韩素梅。不过殷小妙关心的是其他的点："老窦，你到底会不会舞狮？"

"怎么可能不会？跳、滚、踢！舔毛、瞭望、寻找、小碎步、金鸡独立！"殷父说起来头头是道。

殷母在边上笑着说道："不如下场示范一下？"

"不了，不了，年纪大，腰骨痛。"殷父顾左右而言他，又对殷小妙说道，"得啦，没啥事，你同姑爷早点回去啦！"

从楼上忍着笑，下楼后殷小妙和李子轩是一路笑着走到停车场的。殷小妙上了车，打开天窗，指着天空弯弯的月牙，狂笑道："你看，就我妈那陈年老醋，熏得月亮也在笑。"

李子轩把车开出停车场，笑道："好了好了，还有一个问题，你妈为什么知道那么多细节呢？"

这个问题，却让殷小妙一下子鼓起腮帮子，不想跟他说话了。

"怎么了？"李子轩拉起她的手。

"好好开车，我想点事。"她强笑着这么说道。

因为李子轩的问题，重新唤醒了她的不快，其实，这也是她之前觉得，如果韩素梅的家庭问题解决了，不想往下玩，那就算了。王婷对李子轩那灼热的目光，殷小妙看得很清楚。如果李子轩的情况稳定了，不再需要舞狮来舒缓他的症状，殷小妙更希望这一切的不安，都掐灭在没有发生之前，所以，她真的打算，韩素梅一旦不论以什么形式退出，那只要李子轩没问题，她必定就会找个借口，结束这一切。

至于卢珍，这不是殷小妙担心的问题，韩素梅一定会，也必定能够安排好一切。这也是殷小妙一定要拉韩素梅入伙的关键原因。因为在生活中，韩素梅就是最好的狮头，永远可以信任她，无论多远的高桩，无论多艰难的跳跃，她只要加入，就绝对会把整个团队引领到该到的位置。

至于那柴火妞一样的王婷，殷小妙觉得，不是小气或者是对自己有没有信心的问题。

爱，从来就是自私的。

不过，她望了一眼天际的月牙，却又觉得也许是自己想多了。

伐桂的吴刚和奔月的嫦娥，终究是凑不成一对儿的。

月光和霓虹灯照亮了前路，人行横道的绿灯亮起。殷小妙就高兴起来，她本来就是一个感性的人。夜幕下，如潮的人流穿行过马路。在她看来，是一个个音符，跳跃在盛世里华丽的夜的篇章。

"也许你是一个♭！"她笑着伸出手，看着李子轩。

后者翻了翻白眼："怎么突然讲粗口？别这样好不好？你要COS以前的不良少女吗？"

殷小妙就越发开心地笑了起来。趁着等红灯，她伸手在李子轩的腰间掐了一下，然后拧了个九十度，接着她故意用"夹子音"说道："BB，你好衰！人哋系讲降调符号♭啦，唔系讲粗口！"

万幸马上转绿灯，殷小妙才松开手，倒吸着冷气的李子轩算是逃过一劫，他苦笑着说道："为什么我是降调符号？那你呢？你是'井'字符号吗？"

李子轩指的是把基本音符的音高增高半音的"♯"。

"不，我必须是'✕'！这样，我才能把你拉起来！厉害吧？"殷小妙这么说道，她说的✕在乐谱里是重升号，是把音高增高全音。殷小妙在副驾驶手舞足蹈，她的欢快真的很有感染力，以至于李子轩不知不觉脸上也满是笑意："我想起一个笑话，你乐啥呢？一天到晚，身边坐着大傻✕！"

"你身边才坐着一个大傻✕！"她马上就进入捧哏的角色，然后两人在车里狂笑起来。

这时李子轩的电话响了起来，是李进打过来的："老窦，我揸紧车，同阿妙过嚟我外父屋企，依家返紧去，咩事你讲啦。"

李进讲的事情很简单，就是明天六叔基本所有检查都做完了，没有什么大碍，所以老人就要回四会了，临走之前，总得给老人饯行。

"你们过来吃顿饭吧。"李进说道。

因为用着车载蓝牙，殷小妙听着，就开口道："爸，我搞那个项目，明天得去盯着场地装修，还得组织其他两位成员第一次合练啊，可能会拖得比较晚。"

李进听着就笑了起来："阿妙，你忙吧，子轩过来应付一下就得了。"

挂了电话之后，李子轩是有些内疚的，舞狮这个事，其实他也知道，殷小妙更多是因为他的病情而张罗起来的。正如他所说，他是有抑郁症，但又不是智障。能上 985 的人，出来两三年能在大型企业混上创意总监的资质，这点事还能看不懂？

从认识殷小妙第一天起，他就知道她有多懒。

甚至李子轩在求学时、在写科研论文时，总是觉得，她恐怕当年高考也是差不多应付的感觉。她这么用心去张罗这个项目，就是为他，不会有第二个理由。所以，这个项目第一次合练，他就缺席，心里很过意不去。但没等他开口，殷小妙倒是出乎他意料地洒脱和善解人意："你搞掂六叔公就好了，别让爸喝酒，他肝也不好，要有事，还不是你我遭罪？"

第二天殷小妙很早就到了健身房，施工队都还没来上班，她开了电闸，然后用胶囊咖啡机给自己煮了一杯美式咖啡，捧在手里，就这么在施工了一半的健身房里，慢慢地踱着步子。

如果让刘洁铃见着了，大概是会想起那只白猫。因为殷小妙和那只猫神态里那股疏懒至极的味道，着实太过相似。她走在这里，并没有那种这里便是事业兴起之地的豪迈，或者更粗俗地说"撒尿画圈"划分地盘的感觉。

殷小妙只是懒懒地走在这六百平方米的健身房里，有一种超脱于外的冷静和不染。直到她走完了一圈，蔡家豪的办公室主任才带着两个衣冠楚楚的手下过来。看见殷小妙早就在这里，他很惊讶，因为现在还不到 9 点。但殷小妙指了指各个角落里亮着红色指示灯的摄像头："你大约不知道，梅姐有多刻薄。"

没错，她这么早过来开电闸，并且这么巡视一圈，就是因为韩素梅。韩素梅会用远程 APP，通过摄像头监控殷小妙有没有过来。韩素梅在加入这个项目时就跟殷小妙有过约定，其中就包括殷小妙早上得在 9 点前过来，至于训练计划等，更是都落到细处……韩素梅愿意去接受投资失败的结果，但这个结果应该是战略性、前瞻性的失败，而不是细节上、执行上放纵所导致的失败。

"如果您说的梅姐是指韩总的话，她不论在为人处世还是职场，都给过我许多帮助和指点，跟授业恩师没有区别，我实在不好评论您跟韩总的相处。"办公室主任说着谁也不相信的场面话，真诚得不行。以至于在那一瞬间，连殷小妙都觉得，一个人好心好意地说谎，自己是否也应该出于礼貌，表示大受感动呢？

不过她向来极懒，转念之间，还是作罢。

这两个衣冠楚楚的男女，是作为投资方派过来协助监督施工队进程，以及处理一些跟物业、税务、财务之类相关的事务人员。办公室主任看了一眼那些闪着红色指示灯的摄像头，然后对殷小妙做了简单的介绍之后，就匆匆离去了。事实上，如果他知道韩素梅没有在这边，是不太可能过来的。

施工队过了9点就进场开始施工了。而9点30分阿珍也匆匆从电梯出来，一见殷小妙就抱怨："地铁三号线太挤了！"

"昨天韩总说，半个月后如果OK，项目能给我在这边租房，钱由项目方出，是不是真的？"她接过殷小妙递给自己的咖啡，低声问道。

殷小妙摊开手，做了个鬼脸："你都知道叫她韩总了啊！你怎么不叫我殷总？对吧？反正她答应的事，我没有见过不兑现的。"

阿珍听着，便点起头来。喝完咖啡之后，殷小妙就开始跟着阿珍，在原来健身房的体操房做一些拉伸和恢复的练习，阿珍专业体操运动员的底子，再一次给了殷小妙许多惊喜。

"狮尾的单手握法，就是用大拇指插入狮头腰侧的腰带，我扎上腰带，咱们试一下。"殷小妙开始给阿珍讲怎么练习狮尾的技巧。当然还有那一部分已经由赵哥修复的视频来配合讲解，不过视频里是粤语，对阿珍来说，听着很艰难，所以她主要还是跟着殷小妙练习。

结果她们两人发现，并没有想象中简单。

因为托带是有力量要求的。

狮尾，不单得有敏捷性，还得有步法的底子。

但此刻又没有其他人可以跟阿珍合练，于是极为疏懒的殷小妙，不得不跟阿珍一次又一次地练习彼此之间的配合，时间便在汗水的挥洒里一点点地过去。中午将近 12 点时，那两个衣冠楚楚的男女，便把订好的工作简餐送到体操房来了。

殷小妙看着饭菜便开心起来，她招呼阿珍一起去洗手，准备吃饭。似乎阿珍步法上的问题，力量的不足，包括两人配合上缺乏默契等问题，都全然不存在。阿珍看着殷小妙，殷小妙笑起来很好看，因为她本来就有颇精致的五官，又有那发自内心的笑容，充满感染力。

"你咋迟马二愣的？咋还这么开心呢？今儿个算是试活，整成这样，我揣摩着，弄不下去了。"阿珍一手拿着盒饭，一手拿着一次性筷子，用牙把筷子咬开，闷闷地对殷小妙说道，"要不就别两耽了，散伙算了。"

殷小妙喝了一口西洋菜炖陈肾的汤，觉得整个人都舒畅了，搁下筷子，看着阿珍："有空教我说西北话？"

阿珍听着，伸手去摸殷小妙的额角："你娃是有病吧？前言不搭后语的！这也不烫手啊。"

"你说普通话，我听着费劲，虽然能猜个七八成，但累啊！"殷小妙拿起那份炒牛河，边吃边说道，"你别看不起这事，咱们慢慢来就是了。"

阿珍听着就不乐意："你皮干了是吧？我咋就瞧不上这事啊？别说韩总给我画的饼，这个项目做起来怎么样、怎么样的，单人家给的每月的薪水，也对得起我这运动员的出身。"

"那咱们慢慢来，你也不是天生就能翻筋斗吧？总要进了……"殷小妙说了一半，停了下来，因为说不下去了。

因为阿珍中间插了一句："是啊，天生就会。"

阿珍很无辜地看着她："我虽说没混出来，但专业队，不是看你长得乖就能进好吗？"

"我没有你的本事嘛，这事不得两个人配合吗？所以，咱们一起多练练就好了。"殷小妙一边吃着炒牛河，一边对阿珍说道，"你这羊肉泡馍不错，下次我也点一份。"

吃完饭之后，阿珍叫住了殷小妙："谢谢！"

她虽年纪轻，但入社会比较早，毕竟当年也是赚过钱的人，不是不谙世事的年轻人。这顿工作餐吃完，阿珍回过味，自己刚才那些话是浮躁了，而殷小妙在尽量地包容她、开解她。

"抓紧休息吧，我们下午3点接着练！"殷小妙占据了一间原来的健身教练休息室，笑着对阿珍说道，"你要隔壁那间吧，3点要到操房噢，梅姐要在监控看不到你，可能会扣你钱的，她可是个工作狂，一到正事没情面讲的。"

阿珍勉强地笑着点点头，走进了隔壁的休息室，其实她很想说，要不她晚上就住这休息室算了！因为健身房本来就有洗手间、给会员用的沐浴间、储物柜啊。但终归是没有开口，说起来，她不论如何也是赚过钱的人。沉下心来，阿珍自问要是前几年行情好时，自己招的员工试用期都没过，就提这要求提那要求，自己肯定觉得这人是个大麻烦。

"其实，刚才那话不该说的。"阿珍喃喃自语。不论觉得上午没练好，要散伙的话，还是殷小妙开解她时，她突然抬杠的那一句，清醒过来，她都觉得不合适。她望着休息室里的全身镜，突然伸手就给了自己结实的一耳光。

"瓜皮！放下自己，放下自己，你个瓜皮，一定要放下自己！"她压低声音，握紧拳头不断对着镜子里的自己加油。无论是韩素梅开出来让她非常满意的薪水，还是为她展望的前景，都足够让她在冷静下来时，告诉自己要珍惜这个机会。

"下午叫王婷过来也试试。"韩素梅在微信上对殷小妙说道，尽管她不会舞狮，但看了监控录下的视频，综合了殷小妙的意见，韩素梅很轻松就得出了一个中肯的结论，"卢珍的心气很高，她还是有点看不上舞狮。再说，总得有个备选队员吧？不然要到那天比试，你们有人来例假呢？就这么定了。"

殷小妙听着，有点闷闷不乐，但她也知道韩素梅说的是正理，而且还有一点，就是王婷过来，就有人跟阿珍合练了，所以就算有点不爽，她还是点头道："好吧。"

"小赵下午也会过去，短视频的推广，我们也要着手去做。"韩素梅说的小赵，就是刘洁铃的丈夫赵哥了，那是李子轩看他可怜，向韩素梅推荐的，"我和小赵视频通话聊过，感觉还行，反正他做幕后，形象差点也没事，让他去拍一下训练，然后新媒体就这么开始推。"

殷小妙打了个哈欠挥手道："梅姐，你话事得了，我睡中午觉了，我顶不住了，哎哟，我昏厥了！"然后她直接就挂断了，要是能周全这么多事，她还用得着把韩素梅拉进来一起做吗？

而更重要的是，她不喜欢王婷。或者更直接一点，她不喜欢王婷看着李子轩的眼神，有些东西就算没有什么证据，女人就是有着极其敏锐的直觉。但韩素梅说得很对，让王婷过来，的确也是合理的事。

中午睡醒，看到手机上有多条没读的微信。

殷小妙冲了杯咖啡，打开一看，整个人都傻掉了，如被一桶冰水从头浇下来一般。在李子轩、殷小妙和李进、陈慧珊的家庭群里，两点出头，李子轩发了一张照片：一头飘逸的长发被剃得干干净净，甚至他那光头，可能还专门让理发师用剃刀刮过，照片里光头的李子轩，左手提着一个工具箱，右手把一根粗长的八磅锤——就是施工队拆墙用的那家什——扛在肩膀上。

"我买了八磅锤和冲击钻。六叔公的房子跟咱们家是共用一堵墙的，他晚上吃饭要是再'吱歪'，我就连夜回去，把我们家的墙拆了！"

李进在群里说了几句："你发什么疯？跟老人计较什么呢？读这么多年书，就这点出息？"

陈慧珊却是很着急："阿仔，你系边度啊？你快啲翻嚟，唔好吓阿妈啊！"

但看上去并没有什么用。

李子轩隔了许久，才回了一句："老窦，丁屋落我名㗎，我就系中意拆自己间屋，叔公唔爽，去城建投诉我啊。"

跟六叔公共用一堵墙的房子，原本按丁口分的丁屋，房契是写着李子轩的名字，后面祖宅拆迁改建之后重新补偿分房，当然也是写李子轩的名字。

这一切的是非曲直，其实都是次要的，对殷小妙来讲，四会县城里的房子更是没有放在她心里。让她揪心的是，明显李子轩不知道被什么因素触发，又发病了！殷小妙一边收拾东西，一边匆匆给韩素梅发语音："家里出事了，我得回去！"

她不明白为什么一切看上去都在向着一个好的趋势发展，突然之间，又来这么一出。殷小妙靠在休息室的墙壁上，有种乏透了的倦意涌上心头，她一下子便不想收拾了。

任由自己靠在墙上，慢慢地滑落，如她眼角无声淌下的泪水，她坐倒在地，抱着膝盖，压抑地哭泣。手机里传来语音通话的请求，殷小妙按下了接通键，就传来了韩素梅的声音："子轩身体不好？"

对韩素梅，殷小妙并不太避讳，因为韩素梅是知道李子轩有抑郁症的事的，所以她抹着泪水说道："是的，又出问题了，而且不知道去了哪里！公公婆婆在家庭群里喊他，他也不回话，我刚才打他电话，他也不接！"

韩素梅静静地等她说完："你去哪里找他？"

一句话就把殷小妙说得愣住了，其实，除了西关的老宅，她也不知道去哪里找他。

"我让人去你们西关的老宅看看，要是有动静，你再过去。"韩素梅对她说道。

然后韩素梅给了殷小妙一个意见："具体情况，你要自己把握。舞狮能缓解他的症状到什么程度？你不如跟他聊聊舞狮，看他回不回话？"

不得不说，韩素梅就是那种在危难之中可以依靠的朋友。而殷小妙在挂掉通话之后，抽了抽鼻子，并没有跟李子轩聊舞狮。她甚至没有提起家庭群里他的光头照片和八磅锤、冲击钻。

毕竟，正如韩素梅所说的，具体的情况，她才是最清楚的。

而殷小妙刚才不过是关心则乱，她并不是需要别人指导她的生活。拿起手机，她用Wi-Fi连接上监控摄像头，截取了两段十来秒的训练视频，直接发给了李子轩："效果很不理想，没有鼓点，找不到节奏，怎么办？"

过了不到一分钟，李子轩就回复了信息："等我回来就过去打鼓！"

然后他发了一张照片，拍摄的是高速关卡的ETC通道，接着是语音："今天没什么人，我马上过ETC了，你别慌，我很快就回来！"

要说单纯打字，殷小妙还不太慌，听着他这语音，那是真的让她感觉慌了，因为语声中那种不正常的亢奋，绝对就是李子轩发病时的标配啊。不是在家庭群里，说六叔公晚上吃饭要是再说什么过分的话，才要去拆家吗？怎么现在还不到3点，就开车往四会去了？

殷小妙做了几次深呼吸，平息了一下，然后直接打电话过去，电话可以用车载蓝牙接听，开车的时候，比起微信语音相对来说更方便些。"李子轩，你个渣男！我有事你不理，跑去泡妞？你不是人！"

她接通电话，就突兀地骂了一句，彼端正在开车的李子轩，完全没反应过来。但她不打算留给李子轩反应的空间与时间："你无话可讲了，对吧？死渣男！阿妈讲得没错，靓仔没本心！择中你，算我眼瞎！"

李子轩这时才反应过来："喵喵，你做什么？你在说什么？"

"你忘记我在群里了，对吧？哼，你自己看你在家庭群里发的照片！"殷小妙继续压迫着他，"对！我当然退群了，方便你们一家人聊天嘛！"

"喵喵，你误会了，你听我解释。"电话传递着李子轩语声中的焦虑，还有他把车停在应急车道，然后按下双闪，双闪灯跳动的声音，"事情不是你想的那样。"

殷小妙冷笑道："不是？不是要去骗小妹妹，你会剃个光头扮年轻、耍帅？哼！死渣男，你跟我说不是？还搞个八磅锤，展示力量感，是吧？"

她压根不给他分辩的机会，甚至开始引证了："当年读大学，你这死渣男不是就趁我去图书馆，老是在那边上的篮球场表演盖帽和扣篮，然后就找我要微信！本质上，跟你现在干的有区别？仆街李子轩！你觉得我看不明？你想干什么？你去死啦贱人！你不要回来！你回来也见不到我！"

然后她就挂掉了电话。

殷小妙在赌。

这是生活，真实的生活，她不可能开车去追李子轩，而好言相劝，如果能让一个发病的抑郁症患者被劝回来，那除非是很高级别的心理专家，才有这样的概率，殷小妙并没有这样的技能。

她只能赌，赌所有的残缺，都能用爱解决。

电话很快就响起来，是李子轩打来的，殷小妙咬着唇，马上挂断了。

她好想接这通电话，但她克制住了自己，微信的语音通话又响起来，她看到是李子轩发出的请求，再次挂断。如此十几次，直到有一个陌生电话打进来。

"喵喵！"不知道怎么跟别人借来电话的李子轩，焦急地说道，"给我一分钟！你别挂，给我一分钟，我说完你要不相信，我马上死给你看！"

殷小妙冷笑道："你改名叫海王啦，你够'姜'！你别解释了，你就算死都是没脸见人！我去长隆看老虎不好，看你干什么？我要什么？我跟你说过，我只有你了！我跟你求助，你不管我，你剃了光头赶着去骗'妹妹仔'！死人金鱼佬！死仆街！再打来我报警啦！"

所谓"妹妹仔"就是小女孩的意思，"金鱼佬"就是指专门骗小女孩的骗子。

然后她就把电话直接调到飞行模式了。

"嘿,我可以进来吗?"外面阿珍轻轻敲了敲敞开的门。因为殷小妙进来收拾东西,当时准备马上去找李子轩的,所以并没有关上休息室的门,阿珍蹲了下来,把手里的热牛奶递给殷小妙。

"我不是故意偷听的。"她对殷小妙说道。

后者接过牛奶,摇了摇头,苦笑地说:"我知道。"

殷小妙伸手拭去眼角的泪,可是泪水仍止不住地往下淌。

"也许,听听他解释吧。"阿珍舔了舔嘴唇,低声劝说。

殷小妙摇了摇头,她尽管没有公婆那种害怕被人知道李子轩犯抑郁症的病耻感,但也并不觉得应该宣扬得尽人皆知。

第十二章　光明背后

秦川把刘洁铃叫到独立办公室里，给她倒了一杯茶："公司可能要再缩减项目。"

听到这话，刘洁铃推开了窗，然后在窗边沙发坐下，点着了一根烟，其实对她来说，毫不意外。不但是她带出的徒弟走了，而且公司空出来的工位越来越多。有两个项目，已经连主策划都离职了，只留了一个数值策划，勉强维持那两个项目一些数据，来努力挽留那一丁点海外用户。

在她看来，一点意义也没有，营收差到这个程度，实在也就没有必要再拖延下去了。但刘洁铃知道公司运营不是解题，而自己擅长的只是解题，所以她并没有质疑秦川："这些我不懂的。"

她低着头，默默抽着烟，透着对公司运营的恐惧和卑微。秦川看着她，越发感觉她跟戴着安全帽、偷闲抽根烟的工人，没有什么两样，所期望的，就是依靠自己的苦力，赚取多一点或少一点的工钱。

"那接下来，我们可能得投钱进来，维持公司的运作了。"如果可能的话，秦川不想跟她提这样的事，不牵涉之前两人曾有过的婚外情缘，也不涉及道义之类的东西，而是刘洁铃对这种事是无力的。

如果她有钱，秦川知道开口说得投多少钱，她一定会把卡递过来，或是支付宝转账。刘洁铃压根就不会去想，为什么得投这么多钱？投了这些钱还能撑多久？或者说什么时候才能有收益？

而更糟的是，秦川还知道，她没钱。

但是，他不得不跟她提这个事。果然不出所料，她下意识地往后一缩，似乎简约的办公沙发，能给她现在庞大的体形提供什么掩护似的，然后抬头看向秦川的眼神里，尽是恐慌："我、我现在哪有钱？"

"我知道。"他无奈地长叹一声，然后抛出了另一个她无法解决的问题，"那接下来怎么办？"

她一下子就沉默了，眼里流露出越发深重的惶恐。秦川摇了摇头，在她身边坐下，仔细跟她聊起：公司开不下去，那外包出的美术、音乐、文案之类的东西，也许可以用中止合约之类办法，来逃避后续应付的款项；但签署了用工合同的员工，总是得给"N+1"之类的补偿。

"这些都是小事。"他对她说道。

因为更麻烦的是每一个项目的立项，他们这样的小公司，不可能所有钱都是自己去投，所以是必定要拉一些资金来投入的，在项目营收之后，再按协商的比例去分成，于是问题来了，秦川捋了一下用发蜡定型的头发："要关门，会清账的。"

投资方投一笔钱进来，秦川和刘洁铃许诺项目完成上架营收分红，如果游戏按协议完成并上架了，营收不行也罢了，这个项目都没做完，公司就关门了，那投钱进来的投资方，肯定要查这钱怎么就没了啊。

"噢，你说了算。"她连抬头也不敢，下意识回避着他的目光。

她哆嗦着摸了根烟，差点戳到自己鼻子上，好不容易点着了，向秦川问道："那，我去跟鹅厂的项目组聊聊？你知道，他们有几个项目组找过我。"

秦川愣住了，他没想到，在脱离了0和1的现实世界里，她能呆到这种程度！

于是他不得不再次叹了一口气，说出他最不想提的话题："自从你先生的生意出问题，你在公司这边走的股东备用金——我私人转给你的不算，就从公司账上走的，你有数吗？"

"有，有的。"她看看奥数题集就能拿奖的脑子，对数字的敏感性丝毫不用怀疑，所以她是真有数，"两百二十三万，你说到时候分红，再从我这边扣的。然后你给了我二十八万三千，我有钱就会还给你的，现在，实在没有。"

问题在于，现在好几个项目都没上线，公司支撑不下去了，要再开下去，都得股东拿钱进来维持了，哪里来的分红？没有分红，刘洁铃拿走的股东备用金就得有交代啊，特别是当投资方来算账目的时候。秦川就苦笑了起来："当年你这样，那时你我都有不错的前途，所以我觉得超萌。"

他说着从她手里的烟盒里抽出一根烟："可现在你都是两个孩子的妈了，

洁铃。"

不仅仅她已是两个孩子的妈,而且她再也无法把自己塞进当年的衣裙;更重要的是他们这公司也撑不住要关张了。秦川点燃了烟,久违的烟草气息让他有微微的眩晕感,也让他稍为平静了一些:"你不能只是一句没钱,然后就要我背负一切,尽管我知道你真没钱。"

以刘洁铃的水平和资历,去比如鹅厂之类的大厂肯定是没问题的。而且可以确定,拿到百万级别年收入也是绝对一点问题没有。但是所谓百万级别年收入的范围很广。如果人缘好,项目好,这级别的大厂每个月能拿到近二十万也不是没可能的。

可是以她那种离职就跟大量前同事互相拉黑的脾性,就不一样了!

他和她都知道,所谓百万年收入,七扣八扣,以她来说,一个月到手也就三四万块。所以,别说挪用的股东备用金没有钱还,就是秦川私人给她的近三十万,她都压根不知道怎么还。

"你有办法的,对不对?"她看向他,下意识捉住他的手,如是捉住救命的稻草。

秦川苦笑道:"我有什么办法?"

然后他站起来,不着痕迹从她手里挣开:"这样吧,两条腿走路,把开发了一半的项目,尽可能找下家接手,多少弄点钱维持公司运营。我看看再立项个新项目,以便再找一笔资金进来,咱们撑下去,你尽快把新项目做完,然后上架看看能不能赚点钱,或是让流水好看些之类的。唉,你觉得呢?"

她拼命地点头,看着他,如是看着黑暗里唯一的光明。

其实这场对话是一次完美的演出,是秦川迫不得已的 B 方案。

她带出的 Jacky,现时正在他的另一个公司做主程序,这边辞职的人员,绝大多数都去了那边的公司。他之前的 A 方案,是想直接让她走路的,各个项目并没有现在呈现的这么糟。预期的分红加起来,远远不止她拿走的两百多万。

但是新项目的投资方是个懂行的,指名要刘洁铃参与到这个项目。

这提醒了他,如果自己没有达到某个级别,那把这个技术大拿绑死在身上,是一件必需的事,所以他看着她:"我也不想关掉这公司,我们在一起,我想,不仅仅是因为钱。"

她的脸一下子红了起来，慌乱地说道："你、你别这样，都过去了，我、我去干活了！"

看着带上门的刘洁铃，秦川厌恶地用酒精喷了一下刚才被她握过的手。

阿珍的微信响了起来，她打开之后愣了一下。因为是李子轩发来的信息，阿珍是拎得清的人，人家两口子吵架，她可不想搅和进去。甚至她连李子轩的聊天窗口都没点开，直接就把手机递给了殷小妙。

"卢小姐，麻烦你帮我看住小妙！别让她做傻事！我们刚才吵了一架，我马上赶过去！"

这就是李子轩发来的信息，随着信息，还有一个红包，殷小妙点开，整整两百块，是微信红包的上限。阿珍惊讶地看到，殷小妙还有着泪痕的脸上，绽开美好的笑容。在她看来，殷小妙是因为李子轩仍关心着她，所以便释怀了。她并不知道其中的来龙去脉，但不论如何，阿珍觉得，这不失为好事："你听他过来怎么说嘛，就是砍头都给吃个饱饭呢，对不对？"

殷小妙啜了一口牛奶，用力点了点头："嗯，听你的。"

她并不打算解释，没有什么必要。至于不明真相的别人眼里的她，是否会因此而丑陋，殷小妙并不太在意。

"下午，之前提的替补会过来一起训练。"殷小妙抹干了泪，对阿珍说道。

至于王婷现在在店里上班，怎么让她请假过来？之前聊的，是王婷在业余时间再来合练的——但那就是韩素梅的问题了。殷小妙知道，这对韩素梅来说绝对不是问题。她给韩素梅发了个信息："子轩在赶过来，不用让人去西关看了，谢谢梅姐！"

然后一句也没提王婷的事。因为殷小妙很清楚，一旦韩素梅决定了，下午3点，只要天上没下刀子，那就肯定能见到王婷出现在健身房。事实上，的确如殷小妙所预料的，两点半左右，王婷就一头大汗出现在电梯口了，她为了不耽误时间，直接扫了辆共享单车，踩了六七公里过来的。

"那行，咱们开始吧！"殷小妙对着卢珍和王婷说道。

殷小妙冷静得让阿珍惊讶，跟之前在休息室哭得梨花带雨的模样毫不相干。王婷没有找到李子轩的身影，隐约有些失望，但对合练，她还是很积极的。大约是鲇鱼效应,或是中午休息时的自省,有了王婷的加入,阿珍也开始跟上狮头的脚步。

赵哥也是不到三点就过来了,开始揣摩着文案,趁她们训练拍些视频。而到了3点,施工队也开始进场施工。但练到三点半,王婷在跟着做麒麟步时,右腿抽筋。本身来省城之后,忙于工作,她就没有再练潮汕虎狮,体能跟不上,何况她还飞快踩了六七公里的自行车冲过来。刚才热身时,她觉得自己一身汗,算活动开了,就随便伸展了两下,也不太愿意像卢珍那样,仔仔细细做了得有十几分钟的拉伸和热身,结果跟在殷小妙身后做了几个麒麟步,就抽筋了。

"没事,没事,跷起脚尖。"阿珍一边帮王婷扳着抽筋的脚,一边安慰她。对体操运动员出身的阿珍,这倒真的不算什么。而这时电梯停靠楼层的声音响起,剃了光头的李子轩,着急地推开操房的门,冲了进来:"喵喵,喵喵!你听我解释!"

本来因为抽筋痛得龇牙咧嘴的王婷,咬着牙努力控制着自己的表情。王婷不记得在哪本书或电影里看过一句话,大意就是,男生是不是真的英俊?也许光头就是一个无法回避的考验。她在看见李子轩的那一瞬间,真的觉得太有道理了。有一点殷小妙是没有说错的,那就是剃了光头之后的李子轩,看上去更青春,更潮,并且显得更干练。

"滚!"殷小妙没好气地对他吼了一声。

为了不给他的病情发作的空间,她需要克制自己的感情,所以殷小妙背过身去,不去看他。也许就管用呢?殷小妙觉得总要试试。

听着她吼李子轩,莫名地,王婷便感觉心头比起抽筋的腿似乎更痛一些。

"喵喵,你听我说。"李子轩似乎急于分辩自己,以至于都忘记了剃光头时的抑郁和悲愤。

懂得适可而止的殷小妙当然不会弄巧成拙一路演下去。她跟着李子轩出了操房,去了休息室,听他说起中午六叔公在饭桌上如何荒唐的事迹。激怒他,并且让他明显发病的,是六叔公对殷小妙舞狮的一再非议。

而且他喝了酒,说了不少类似于"子轩,我睇你以后难挨,老婆食硬你啦",或是"阿进戒咩酒?成世流流长,新抱咁有主见,以后佢哋生咗仔,都唔知姓唔姓李"的话。

在饭桌上的李子轩虽然不快,但他还是控制了情绪。可是吃完饭之后,越想越气,进而开始发病的他就失控了。现在说起来仍很激动的李子轩说:"我为什么要忍受这些?从今天开始,我就不接受他这种 PUA①!"所以他在焦虑之中去剃发明志。

李子轩咬牙道:"我去砸咱们自己的墙,最多城建来罚款啊!我就是要给他个教训!""恍然大悟"之后,殷小妙就开始跟李子轩商量:"砸墙有什么用?咱们最后还不是得赔?六叔公不会痛啊,他就难受两天吧?然后祭祖时,扫墓聚餐时,他不知道又会怎么编排咱们了。"

殷小妙想了想,对李子轩说:"六叔公不是喜欢喝酒吗?做晚辈的,咱们陪他喝嘛。"

"我才不要陪那个死老头喝酒呢!"李子轩一下子就暴躁起来,看起来,六叔公那些话对他伤害很大。

"你忘记了?我们在家族群里啊。六叔公上次不是喝到最后都滚地上了吗?"殷小妙凑到李子轩耳边,低声说道,"六叔公不喝,咱们也不劝。他硬要喝,咱们就陪嘛。喝得高兴,录几个视频放到家族群里,让大家以后都要注意别让六叔公喝了,也是劝人为善的事嘛。"

李子轩看了殷小妙好半晌:"喵喵,你很腹黑噢。"

"你别转移话题,你剃光头到底是不是要去找妹妹仔,这账还没跟你算清楚!"殷小妙没好气地说道,"刚才王婷那眼神,你以为我瞎吗?"

"你听我解释,我真没有啊!"李子轩感觉自己说不清了,因为王婷那表情,别说殷小妙,他自己都能感觉出不对劲来。殷小妙并不打算完全冰释前嫌,天知道李子轩下次什么时候发病!她低低地叹息了一声,感觉好累,甚至开始怀念没遇上他时的轻松。

抬头看见他俊俏的脸庞,却又不忍放手,看他独自没入泥潭。

在操房里,赵哥趁着殷小妙跟李子轩出去,王婷又抽筋,赶紧扔下拍摄器械,跑去楼梯间抽烟。而卢珍出去拿了瓶矿泉水过来,递给王婷,就没有说话,她们都不是善于言辞的人。直到喝掉半瓶矿泉水,卢珍才低声道:"你看她先生的眼神不太对。"

---

① Pick-up Artist,指在一段关系中一方通过言语打压、行为否定、精神打压的方式对另一方进行情感和精神控制。

王婷没有分辩,卢珍也没有再说下去。

直到一瓶水快喝完了,赵哥抽完了烟重新进来,王婷才开口:"我没读过什么书,但喜欢看肌肉线条分明的阳光帅哥,有什么不对?我难道要沉迷那种油腻、地中海、大肚腩的中年肥佬?啊!赵哥,我不是针对你噢。"

后面这句,她不提倒没啥,被她这么一提,赵哥一瞬间有些不知所措:"没事,没事。"

卢珍笑着抱着肚子,在操房满地打滚,好半晌才消停:"不是说潮汕女孩最是贤良淑德,最传统吗?"

"现在是哪一年了?大明亡了好久了!是不是我看见你,还得叫你'外省仔'或是'阿笠'才够潮汕啊?"没有人想到,柴火妞一样的王婷,居然是个冷面笑匠,她那语气和面瘫式的表情,把赵哥和卢珍都逗得直不起腰来。

赵哥忍不住插嘴:"不是应该说'朕的大清都亡了好久'吗?妹头,你还是个皇汉啊!"

"不,我说过'大清',结果惹得朋友不高兴,她一整个星期拒绝请我吃早餐。一个对我来说无关紧要的字,和一星期早餐,你们想想,不是都说潮汕佬最会做生意吗,这点账我还能算不清?"她一本正经地说道。

卢珍和赵哥快要笑疯了:"你应该去参加脱口秀或是相声比赛!"

从休息室里出来之后,殷小妙和阿珍又练习了一阵配合,虽然配套的锣鼓没有到位,但有王婷在边上指点着,阿珍渐渐也跟上了殷小妙的节奏。毕竟阿珍的基础功、身体柔软程度等,不是一般人能相提并论的。相对于一般舞狮的女孩,阿珍那都是好到碾压的程度,更不要说初学者了,所以她真的上手非常快,按照王婷的说法:"这么练上十天,感觉你们俩都能去接那种开业的单子了,就是文舞。"

阿珍不太明白,接过赵哥抛来的水,喝了一口问殷小妙:"啥是文武?"

"舞,舞台的舞,她是潮汕人。"殷小妙抹着汗笑了起来。

王婷一本正经地点头说道:"是啊,全国来讲,普通话最标准就广东胡建,广东胡建来讲,普通话说得最好的,那必须是潮汕。你西北人,要跟我们学习普通话的标准发音。"

"扑哧!"阿珍正在喝水,生生被嘴里的水呛得拼命咳嗽。

要不是韩素梅过来了,估计王婷能侃到天黑,到时恐怕能生生把这里几个人逗到有人笑出问题，得送急诊也说不好。可韩素梅提着一大袋奶茶一进来，有说有笑在分奶茶，王婷就蔫了，她就跟见了猫的老鼠一样，一瞬间就抱着奶茶尻在角落里，头都不敢抬。

阿珍又问了句："婷啊，到底啥是文舞？"

王婷跟 Siri 一样："文舞就是戏耍性的，表演各种有趣的动作。"

她说着，扛起边上的狮头，做起了示范，毕竟她舞过虎狮，挠痒痒、打滚之类的动作，很有些功架，抓耳挠腮也极传神，不过扭了几下，结果脚又抽筋了，这下惨叫着瘫倒。还好很有经验的阿珍再一次跑过去，给她扳住："对，跷脚尖，放松，放松，没事，你恐怕要补钙了，这么容易抽筋。"

"梅姐，我有个想法，要不大家把狮头狮尾都练一下。"殷小妙对韩素梅这么说道。

因为她看着王婷舞狮的功架，感觉很有韵味。

韩素梅点了点头，然后对大伙说道："今天先到这里，大家都很用心，明天继续！"

当然更让人欢呼的，是她随即在群里发了一个人均四十的大红包。其他人纷纷离开之后，李子轩也先下去车库开车。

殷小妙看着韩素梅："梅姐，你不玩了？没事，我有心理准备。你看看要是方便的话，帮手跟甲方说一下，反正装修也装修了，把这场地借我用几个月，看看行不行？要不行也没事……"

韩素梅没有让她接着说下去："我为什么不玩了？"

昨天蔡家豪跟她一起回去，再三重申自己以后不会夜不归宿，除了必要的应酬之外，不会有什么不必要的误会，并且发誓之前那个女孩是自己加戏，跟他没有关系，等等。殷小妙听着，吐了吐舌头："听上去蛮忠诚的。"

"是的。"韩素梅看了殷小妙一眼，这就是她欣赏这女孩子的关键了，因为殷小妙总是能一眼看穿问题的本质，而不是去充当"打拳"的女拳师，激发男女对立挑起矛盾，或是说一些什么"劝和不劝离"之类的无聊废话。

问题就在于：忠诚。

"他花了一个晚上，让我相信他就是我的骑士，我就是他的女王。"韩素梅喝了一口杯中苦涩的黑咖啡，摇头道，"他大约以为这能让我感觉舒服一些，以一位传统的潮汕男性来讲，他认为自己已做出了足够的诚意。"

殷小妙点了点头:"可是,你并不需要骑士。"

韩素梅按着殷小妙的手臂,就像是扶着长剑的贞德:"他想做一桩十位数的投资,我不同意。"

十位数,那就是十亿起的项目了。他所做的一切,就是想让她同意这笔投资。她考虑了一夜,在今天中午给了他答复,作为公司大股东,她非常正式地否决了这个项目,并且跟其他两位和她加在一起股权超过50%的股东,正式发出书面警告,如果蔡家豪坚持这么做的话,他们将认为蔡家豪在私吞公司的钱,会以商业犯罪为由去报案。

天空中下起了小雨,台风来了。

阴郁的雨天里,跟殷小妙告别之后,匆匆走向露天停车场的韩素梅,脸上那些被粉底掩饰的斑点,在风雨里渐渐浮现。它们诉说着她青春不再;它们也诉说着经历过的风风雨雨,不曾将她淹没。

每逢风雨,更显铿锵。

第十三章　博弈

当韩素梅走进蔡家豪的办公室时,蔡家豪起身相迎。两人客气得如同总经理与公司大股东的会面。尽管他们的确拥有这样的身份,但他们并不只有这个身份。蔡家豪请韩素梅坐下之后,挥手让跟进来的办公室主任出去。

他自己动手泡了茶,微笑着对韩素梅说道:"我收到你发的文件了,你们提出来的顾虑和意见很中肯!我会在复盘之后正式答复。"

韩素梅没有理他,站起来之后,走到放雪茄的保湿柜前面,挑了一根哈瓦那,然后又把它放下,拆开了一根大卫杜夫的 Special "C",重新坐在沙发上,拿起雪茄剪对蔡家豪说:"你愿意,可以继续下去,我能听你聊一整天。"

她点燃了雪茄,交叠着腿,就这么看着他。

在烟雾里,模糊了许多岁月的痕迹,他便看见当年那曾让自己着迷的她。

但他已不再迷恋这样的她。

"这个项目,如果你和其他股东觉得有问题,那就算了。"蔡家豪笑着站了起来,他半坐在厚重的大班台边际,对着她说道,"但这个项目,我会继续推下去,以我个人的身份去推。"

对升斗小民,哪怕是盛世,终其一生,许多人连一百万现金流都不一定有机会触及。人要生活,有各种各样的支出,要置业,要育儿,要养老……赚多少都好,留在手上的现金总不会很多。但对做投资的人来讲,十个亿的项目,尽管也不是小项目,但并不算遥不可及。

至少在这一行做了这么多年的蔡家豪并没有吹牛。

凭他个人过往的资历、战绩、信用,的确是可能攒起这个局,哪怕仅仅以个人的身份。

"这个项目会出问题的,不论以什么身份,你都得停下。"韩素梅点着雪茄之后,并没有抽上哪怕一口,她似乎把它当成檀香一样,任它自由燃烧。但雪茄不是香烟,慢慢地,它便自己熄灭了。

于是她和他之间,就失去了所有朦胧的空间和缓冲的余地。

"我过来,是因为再三审视之后,发现我保留这个公司的股份,是因为它记录了我们的一些东西,否则的话,我早就转手出去了。"韩素梅拿起茶杯,对他说道。

蔡家豪点了点头:"所以你担心我毁了这个公司,毁了你觉得记录了彼此一些东西的载体。你这么说,我能理解,我尊重你的意见。"

这么多年商场的历练,他也早就不是当年的他。蔡家豪看着韩素梅,心里在冷笑,他为什么要去推这个项目?他就是要在这个女人,这个还爱着他,而且他也割舍不下的女人眼里,看到崇拜的光!

没错,割舍不下。

其实他并不如韩素梅所想的,那么害怕因为婚姻破裂而导致事业崩盘。而是他习惯了无论多晚,她总会等他回家;无论如何一无所有,他知道,她仍会和他一起面对。这是那些不论漂亮的皮囊或是所谓有趣的灵魂,还是充满年轻的胶原蛋白的脸蛋,所不能给予他的感觉。

但他无法接受的是,她总是在云端俯视他。哪怕二十多年过去之后,他绝对取得了社会主流价值体系的认同,可以说一句功成名就的现在,她仍是这样的态度。

"但我个人发展的方向,就不麻烦你操心了。"蔡家豪拿起那根熄灭了的雪茄,点着之后抽了一口,烟雾重新弥漫开来,"我信任自己的眼光。"

她伸手夺下他手上的雪茄,直接扔进茶洗里任它熄灭:"Believe me(相信我)。"

"当然,不然我还相信谁呢?"他伸手环住她的腰,依然纤细的腰肢,只是他低头看着她,她的眼里也仍然没有他要的眼神。所以,他松开手,他厌倦了打机锋式的对话,也不耐烦再维持表面的和气。

蔡家豪从桌上的烟盒里拿出一根烟点着,坐在大班台后面:"为什么你觉得,你去做一次失败的投资,就能挽回我们的婚姻呢?我当然知道,你投那个舞狮的项目,无非就是求败,是什么告诉你,你失败一次,就能挽回我们之间破碎的一切？"

他看着她，不无怜悯："我明明在努力扮演一个好丈夫，为什么你一定要撕破它？内里的破碎，我们并不需要展示在外人面前，对不对？不要一再破坏我的努力。"

蔡家豪指的是，如昨天晚饭时，他在殷小妙和李子轩面前的出现，以及回到家里的你侬我侬。的确如果不是韩素梅太聪明，那么就是无可否认的美满婚姻。

"你没那个本事。"韩素梅坐到沙发上，冷冷地对他说道。

他摊牌了，那她也不打算藏着掖着。大家都是聪明人，正如他知道她投舞狮这个项目的目的，她当然也知道他想要什么。她重复了一次："你没那本事，明白吗？我不可能用一生来跟你玩角色扮演。"

哄一哄他可以，长久地给予他所希冀的那种崇拜的眼光，韩素梅是绝对做不到的。反正说开了，她也不怕更直接点："你水平就那样，这不是你能玩得转的项目。"她抬起手，制止蔡家豪开口，"就像你觉得舞狮的项目肯定亏损失败一样，你眼光真的就那样了。"

蔡家豪倒没有被激怒，他抽了一口烟，笑了起来："当然会有收益，通过这种非遗的推广，让相关项目受益嘛，但你不能否认，单纯舞狮这个项目……"

他说着摇了摇头："其实我知道你的好意的，但你太自以为是了。"

韩素梅笑了起来，她也摇了摇头："如果我告诉你，舞狮这个项目半年后就能赢利，一年后至少能收回所有投资成本呢？"

蔡家豪看着她，跟看个疯子似的："就算你能拿到相关扶持，也不可能在这个时间跨度内完成你说的东西。"

"如果我能做到呢？"韩素梅站了起来。

蔡家豪看着她，突然开怀大笑："行，如果你能做到，我就承认，我眼光也就那样。"

他也站了起来："从今往后，尊重我们之间的感情，在任何层面上都好好过日子。"

"要是做不到，我就默认你'好丈夫'的演出。"她也很干脆。

她推门之前，看了他一眼，用潮汕话狠狠地说："早死仔，你放搁看。"

蔡家豪在她离开之后，过了四五秒才回过神来，不禁苦笑。对他们来讲，

第十三章 博弈

也不是不行，但总觉别扭啊！

殷小妙挥了挥手，然后她就接着敬六叔公去了。

两个年轻人想了想，也只能过去劝道："叔公，差不多就算了，算了。"

"六叔，算了，后生敬你，你意思一下就得了。"李进和陈慧珊也过来劝。

殷小妙也笑嘻嘻地道："是啊，叔公，我们可没有灌您酒的意思，身体要紧，您看跟我爸一样，都不敢喝，这没关系的，身体扛不住，不要硬喝。"

"我李阿六，论劈酒，一生未曾低头！"六叔公声若奔雷，气势如虹。

这会都不说"饮酒"了，而是直接用"劈酒"。

这顿饭没吃多久。因为又过了十来分钟，六叔公吐了一地，然后就在包厢的沙发上呼噜打得震天响。殷小妙给他们订了个五星级酒店的套间，又给他们叫了出租车，送他们上车时，殷小妙对那两个年轻人叮嘱："酒店就在车站边上，那明天就不送你们了，到了四会，发个信息报平安。"

又把李进夫妻送回家，殷小妙和李子轩打了车回西关了。

坐在阳台的藤椅上，李子轩突然大笑了起来："好开心！小妙，你不是拍了视频吗？发群里！把他要咱们喝酒，和最后自己在地上爬，吐一地，打呼噜，全给发上去！"

他说的群，当然是有一百二十多人的家族群。

"别发！"在冲咖啡的殷小妙阻止了李子轩，"叔公要是有长辈该有的样子，这视频永久都不发。"

她并没有什么攻击性，只不过，如果有人逼到李子轩发病，那她也肯定不会坐视不理。

"要是再气到你要去砸墙了，你再发不迟。"

李子轩一拍大腿，大笑道："好！"

然后他又郁闷了："我突然发现你好'古惑'啊，小妙！几时让你算计了都不知道。"

殷小妙笑盈盈地把咖啡往桌上一放，拿腔捏调地说道："大郎，起来喝药了。"

然后两人笑得不可开交。

连明月也笑得淡入云中了，夜幕上，满天繁星灿烂。

有了那两位衣冠楚楚的男女监工，以及作为后勤保障处理相关事务，健身房高低桩的施工，不到一周就完工了，然后带高低桩这大约80平方米被隔了起来，形成类似于另一个大操房的格局。

其中那位一身职业套装的女士，安排好一切就过来找殷小妙："殷经理，其实你们一般就是用原来的操房，和后续这个带高低桩的操房吧？这份报告您看看有没有实施可能，咱们把其他场地，按健身房来运作。电子文档我在微信发给您了，这是打印出来的，您看看要是可行，我再呈给韩总。"

这是广州，连呼吸都匆忙的广州；能提供无数机会，也能放大压力和生活艰辛的广州。

在这样的城市，对绝大多数人来讲，都会习惯性地努力去捉住每一点机会。

比如这600平方米器械齐全的健身房，明显利用率不足，于是这位被投资方派来做行政的女士，就觉得是一个机会，一个体现她自身能力的机会。

"直接找韩总。"殷小妙连翻都没有翻手上的文档，直接把它塞回对方手里。

不论能不能看懂，她都不愿意懂。

这位身着职业套装的女士没有接着说下去，因为殷小妙召集其他人，进了操房并关上门："各位，快一周过去了，我们舞狮上仍然没有什么值得一提的成绩。"

殷小妙对着卢珍和王婷说，这让她们俩都低下了头，训练受伤、生理期、堵车迟到等，全凑到一起了，造成了这近一周的训练并没有明显效果。

"赵哥，你自己想办法也好，让铃姐帮你也好，这我不管，我只能给你三天。"殷小妙对着看见别人挨批自己偷着乐的赵哥说，"三天，这新媒体的数据要还是上不去，那赵哥你这试用期就结束了，不用试了。"

不用试，就是直接黄了。大家都很惊讶地抬头看着殷小妙，不知道为什么她突然如此异于常态。疏懒成性的殷小妙能够这么懒，是因为她有可以浪费的天赋。比如今天她就从韩素梅发的一条朋友圈里嗅出了危机。

对社交达人来讲，每天起床会看朋友圈，然后给自己关心的朋友点赞，但很明显殷小妙并不是这样的人，她会关注到韩素梅的朋友圈，是因为要帮婆婆陈慧珊转发信息——基层工作者的投票评优，在转发求票之余，无意浏览了一下，就看到了韩素梅的这条朋友圈，看起来是早上的路跑随手拍下的照片，然后配了一句德语，大意应该是：我们飞得越高，我们在那些不能飞的人眼中的形象就越渺小。

看到韩素梅的这条朋友圈，是今天殷小妙不得不召集团队，郑重其事开会的根本原因："我们聚在一起，在我看来，是因为做这个项目对我们每一个人来说，就是目前能得到的最好条件了。"殷小妙撩了一下散落的发丝，她并不是韩素梅，所以也不会想和大家聊诸如"赛道""前景""抓手"之类的东西。

但她说得很实在，那轻柔的话语能触动人心，对赵哥来讲，找到一份能让他回家做饭又能容他送两个小孩上学再来打卡的工作，是真不容易，而且工资还能上万，要是之前能找到，五千块他都早就去上班了。至于王婷，她肯定很珍惜这份比她正职的薪水更高的兼职。卢珍的薪酬应该比他们两人加起来还要多一些，的的确确除了这个项目，现在的她，很难在其他地方找到如此丰厚的报酬，而且按韩素梅给她展望的前景，还是一项有着值得期待的未来的事业。

"你要么参与进来，要么不参与。"殷小妙回过头，对着盘腿坐在边上的李子轩说道。

李子轩马上很认真地回应："是，我等下就提交购买器材的报告给韩总。"

他当然明白殷小妙的意思，而且也是做过高管的人，自然知道该怎么走正规流程，她看着他的光头，受了刺激他仍然会发作，发作了会想扛起八磅锤去拆家，和之前在办公室割自己手腕并没有什么本质上的区别。她仍不能放下狮头，只有当她扛起狮头，他敲起锣鼓，如现在阳光而积极的他，是初识的那年。

于是懒到愿意浪费天赋去当前台的她，就不得不开口。

会向他发难不是没原因的，李子轩老是就地取材：空矿泉水桶当鼓，敲锅盖当锣之类的，偶尔应急也罢了，或是朋友聚会玩闹，大家还会觉得很有趣。可这正经练舞狮的情况下，这么大场地都拿出来了，老这么搞，很不专业。

但其他人可就不这么捧场了。

王婷犹豫着说:"这、这,我过来时,七老姐当时是说业余时间来练的啊,那、那这两天,一下班我就过来了。而且之前,开头两天说要白天来,我也请了假来的啊!"

"我得接送小孩上学和放学,靓女,你知道我屋企咩情况啊,我尽晒力啦!"赵哥也一肚子的抱怨,"当时过来,我都有同韩总讲过,她同意我可以去接送小朋友和回去煮饭的!"

"现在又不是要上场比赛,真要上场了,该打封闭就打封闭啊。"从专业队出来的卢珍也觉得殷小妙有些小题大做,"那平时训练,生理期是表现差一些了,我也不是故意的好吗?"

各人有各人的苦楚,各人有各人的难处。其实如果李子轩愿意抱怨的话,他完全也有足够的理由。比如,他连一分钱薪水也没有,只能报销汽油钱和饭盒钱,如果他要额外叫一杯奶茶,都要自己掏钱。在这个项目里,他和殷小妙、韩素梅,比较粗俗地说,是没有薪酬的。

当然,在合同上是有薪酬体现的,然后某条条款声明了他们用自己的税后薪酬来作为投入项目的一部分——大约就是这样。总之,专业的律师用了某些专业的词汇,让这一切合理合法。

因为最开始殷小妙的需求就是找一处场地,可以让她练习各式采青、高低桩等的场地,尽可能离家近并且低价,在满足了离家近之后,足够宽敞且免费已是极限的惊喜。殷小妙是一个很懒的人,并且她没有什么企图心,所以很难期望,她针对大家提出来的困惑和问题一一作答,或是抚慰人心之类的。

她很直接地聊起另一个话题,看上去似乎毫不相干:"你们有没有发现一个问题,我们能在这里,是因为我有一个点子,而且我认识一个朋友,一个有办法的朋友,没错,不论你们愿意叫她韩总、七老姐还是梅姐。如果没有梅姐,我们就不会聚在这里,对吧?那么我得告诉你们,我们很可能正在失去梅姐,没错,就是你的七老姐。"

王婷一下子跳了起来:"勿乱讲!七老姐那么好的人!'老爷保贺,无事㗎!'"

她一着急,连潮汕话都飙出来了。

阿珍的呼吸也变得急促,在边上伸脚碰了碰殷小妙:"医生判了多久?"

法官判的是刑期；而医生判的就是活期了——还能活多久。

"你们想到哪儿去了？我是说，如果看不到成绩，梅姐会抛弃我们这个团队。"殷小妙真的是哭笑不得，"她只需要我，或者，连我也不是必需的。"

因为韩素梅已经在考虑振翅高飞了，根据殷小妙对她的了解，一旦流露出这样的情绪，就是韩素梅在开始考虑是否选择另一支团队来完成项目："赵哥，你现在就打铃姐的电话，现在，打通了我跟她说。"殷小妙懒得跟他们解释更多，对着不知所措的赵哥说道，然后转头问王婷："一个月给你多少钱，你才愿意辞职？等我讲完电话，你得给我一个答案。"

卢珍站了起来，扛起狮头，拿起存了视频的iPad："我去隔壁高低桩的操房练习。"

打给刘洁铃的电话很快就接通了，殷小妙懒洋洋地说道："铃姐？赵哥的工作你知道吧？嗯，弄了一周，完全没效果，要这么下去，甲方怕是连我也得赶走，你看看怎么办？三天吧，如果三天后仍是没进展……好。"

她没有说下去，是因为刘洁铃在电话里直接说："一周下来都没数据，得多蠢？我来，三天够了。"

殷小妙把电话扔回给赵哥，转头看着王婷："怎么说？"

王婷一下子不知道怎么回应，因为十三行那边钱是少些，但长做长有。这项目，谁知道啥时候说停就停了呢？要如殷小妙所说的，一旦各方面没出成绩，韩素梅抛弃这个团队呢？

到时失业了怎么办？

"我、我先练，一会儿走时，我、我再给你答复，可以吗？"王婷向殷小妙问道。

但一下午的时间其实过得很快，马上就到了练习完，准备回家的时间了。难得几乎永不落雪的广州，在临近元旦之前，有了点低温气流，李子轩车上的暖气总算有了用武之地，他临下楼就跟殷小妙说："我去开暖气！"

"对对，还有座椅加热，得抓紧，一年到头没几天能开。"殷小妙也开怀地大笑起来。

本来刚才略有些紧张的氛围，倒是因为这几句玩笑而得到了化解。

"我去看锣鼓，刚才跟梅姐说了，梅姐大气，你看！"李子轩笑着把手机递给殷小妙。

上面是韩素梅直接转的两万块，还有附言：记得开票。

殷小妙看了一眼赵哥和王婷，突然笑了起来："王婷，你舞过虎狮的，锣鼓该怎么样，你应该有数，你跟他一起去看一下，刚好你顺路回十三行。"

"好嘞！"王婷一下子就高兴起来，她觉得这样不单可以跟李子轩一起去玩，更加可以借机躲避殷小妙要她回答的问题。可惜她终于没有得逞，在要走出操房时，殷小妙看了她一眼，示意她停下来："多少钱，才能白天过来合练？或是白天来不了，你什么时候来？现在就给我个答复。你也可以说你不玩。我们另外找备选的队员。"

不玩，王婷怎么舍得不玩？这可是一份比她正职薪水更高的娱乐啊！一个是她本身也喜欢这运动，在家乡就玩舞虎狮的；一个也不用她干违法乱纪的事，完全没有道德或法律上的风险；最后可能对王婷来说，更重要的是可以日日看见李子轩。

他似乎就是她从青春期一直憧憬的，那个虚拟的，她以为一生也不会遇到的人。如果打开王婷的手机，就会发现她手机里那些诸如《恋与制作人》之类的纸片人游戏里，她所喜欢和装扮的纸片，隐约真的都能看到李子轩的样子。

英俊、阳光、高大，而且对王婷来说，他有着极好的脾气，不以貌取人，更不用提他举止大方有礼，出身名校，谈吐风趣等了，反正，他就是那缕照进她心头的光，温暖得让她颤抖。

"我、我答应了七老婶的，阮潮汕人，最讲信用！"王婷肯定会接着玩下去，只要这项目还能玩，不论是从经济收益还是从爱好，或是能天天看着李子轩，"八千，你跟七老婶说，如果给我八千，我就去辞。"

"要是不能给到你八千呢？"殷小妙端着咖啡，平静地问道。

"那我下班过来练，要比赛我就请假，平时那五千津贴，那津贴……"她咬了咬牙，终于下了决心，"我白天没法过来，那津贴就'有来无勿'喽！"

所谓"有来无勿"，潮汕俚语大意就是：有钱拿我就要，如果没得拿，那就算了。

也就是说，如果这边不给津贴，她也愿意晚上下了班过来一起练。这话说出来，殷小妙倒有些动容了。这是一个现代都市，普通人起早贪黑，有几个人不是为了"碎银几两"？

王婷敢说出这么一句"有来无勿"，那殷小妙就不由得高看了她一眼。

"好，我跟梅姐提这事。"她点了点头。

看着李子轩和王婷走出操房进了电梯，赵哥不无担忧地对殷小妙说道："靓妹，你癫㗎？潮汕妹睇中你老公，对眼都有光啊，你仲叫佢哋一齐出去买锣鼓？好心你啦！"

但是殷小妙却没有领他的情，一口喝光了纸杯里的咖啡："大佬，你担心一下抖音的数据啊！还有快手。叫你做新媒体，一个月开一万多的薪水，你觉得拍个视频传上去就行的？这样你觉得值这个价吗？你都听到了，潮汕妹都只敢开口八千！你别看梅姐给钱很爽，等下她过来，你这仆街数据，你等住'照肺'啦，我真帮不了你。"

赵哥感觉都要哭出来了："你不是打电话给我老婆，她说三天能帮我搞掂吗？"

殷小妙把纸杯捏扁了，扔进垃圾桶："你要知道，我找铃姐说事，那是人情。咱们是邻居，我不想看着你死，或者说我不想被你连累。"

她摊开手，没再说下去，因为不用再往下说，赵哥从韩素梅这里领工资，那么，身为员工，要给发薪水的人交代，是天经地义的事。

"咁点算？我、我、我去接细路仔放学啦！"赵哥急得不行，竟想出了这样的逃避招数。

殷小妙还没开口，在隔壁练得一身汗，抱着狮头走过来的卢珍，接过殷小妙扔过来的红牛，笑着向赵哥问道："那你明天不来了，对吧？不然的话，你真要面对啊。"

于是赵哥彻底慌了，开始给刘洁铃发微信："我都说新媒体我不会了，没学过了！你说不怕，一会儿韩总过来，要我交代这数据，我怎么交代？算了，我辞职算了。"

刘洁铃并没有在微信上回他，直接发了个语音通话："你让小妙听。"殷小妙接过手机，听刘洁铃在那头说："别难为老赵了，我现在过去，我跟韩总谈。"

这就是韩素梅和刘洁铃的第一次见面。

刘洁铃赶过来时，韩素梅还没到，而赵哥已经去接小孩了。看着刘洁铃在二十分钟里抽了四根烟,卢珍都忍不住劝她:"韩总有点求才若渴的感觉,你只要能聊出道道来,不用太担心。"

其实刘洁铃很害怕跟人打交道,因为她感觉自己永远也处理不好人际关系。事实上也的确如此,否则的话,秦川也不至于把她吃得死死的。但她能感觉出老赵的恐惧,她不想老赵丢脸,她也不想失去这份额外的、在她看来就是白捡的收入,于是她过来了,就像老赵生意失败,她咬着牙,在这个都市里撑起他们的家。

韩素梅见到刘洁铃之后,听刘洁铃聊了三四分钟,打算怎么做新媒体,怎么引流,然后她就打断了刘洁铃:"今天晚上,你事实上是作为这个项目的实际受薪者出现在我面前的。"

这话没毛病,刘洁铃想了想,点了点头。

"那你今天晚上的时间就归我了。"韩素梅接着说道。

刘洁铃又点了点头,韩素梅示意殷小妙和卢珍收拾东西:"吃饭,SPA,然后再聊。"

"啊?"刘洁铃有些不知所措。

韩素梅长叹了一口气:"你很累,我不想你过劳猝死在我面前,不论你是不是真能做起来。你若不能,我不必冒这个风险;你若真的能做到我的要求,我更不必冒这个风险。"

刘洁铃不知道为什么,两行泪就这么淌下来,毫无征兆。

"嗯,等你 SPA 睡一觉,然后我会好好 PUA 你。"韩素梅一本正经地对她说道。刘洁铃禁不住扑哧一声,在泪光里露出轻松的笑容,她已经忘记自己多久不曾如此轻快地笑了。

第十四章　试探

坐在李子轩的福特F-150猛禽上，王婷系好安全带之后，对李子轩问道："这车真宽敞，我之前坐我们老板妹妹的豪车，感觉还不如轩哥你这车呢！"说着她打开自己的手机调出一张照片，是她从驾驶室打开车门的摆拍，可能她想安慰李子轩，"她这就是牌子好，虽说是豪车，但这车小。"

李子轩转头看了一眼那照片上的奥迪A4L，点了点头道："BBA①嘛，品质还是不错的。照片拍得不错，调了光圈和延时啊。"

毕竟他在广告公司做到高管，一眼过去，习惯性就看出门道了。不过很明显王婷并没有听懂，继续在聊老板妹妹对她很好，开着豪车带她吃海底捞。李子轩笑了笑，没有说什么，他倒是觉得王婷没毛病，一个刚出社会的纯朴女孩子，天真些，没什么不好的。

很多东西随着阅历慢慢增长，自然就懂了，李子轩向来觉得，追溯个三四代，谁祖上还不是个农民呢？按当时的文盲率，绝大部分还是大字不识的农民甚至贫下中农呢！用所谓见识嘲笑他人，他是很不以为然的。

相反，他很欣赏王婷这种青涩感。

这让李子轩想起当年小学时，跟他短暂同学过一学期的那个小女孩。时间过去了许久，他甚至不记得她的名字了，只记得是父亲战友的孩子，之前随军到中部省份的学校读了一、二年级。她就是这样对着周围的东西都不太懂，但她毫不掩饰自己没见过某种东西，主动请教身边的同学；她也是干干瘦瘦的，但很好强，可能小学时男女体能差别不大，或者女生还更有优势，在记忆里，那个女孩跟男生打篮球一点也不落下风。

---

① 网络流行语，指奔驰、宝马、奥迪三个豪车品牌。

当她随着她父亲的工作调动，辗转去了另一个城市之后，李子轩就再没有见过如她那样淳朴而真诚的眼神。这就是那天他看出王婷的焦虑，主动递了瓶水给她的原因，因为她的眼神里似乎有某些他曾见过的感动。

李子轩开车下了内环，在大新路附近找了个停车场，停好车之后，王婷就带着李子轩去第三中学旁边的店铺，寻找他们需要的大鼓。那几家店看起来开了许多年的模样，李子轩在几家店进出看了，又问了价钱。似乎看着李子轩不太像玩民乐的人，那几家店的老板和伙计并没怎么招呼，或者说当他是猎奇的观光客，不太指望从他身上能得到成交额。

倒是王婷之前来这边转过，她蹲在其中一家老板正在给狮头上色的店门口，跟那个老板搭讪道："阿叔啊，都天黑了还做啊？赶着用吗？"

"梗系啦，唔系点啊？依家唔去食饭仲系度搞，梗系等住用啦！"老板头也不抬地说道。大意就是：当然等着用，要不然他早就去吃饭了。

"阿叔很拼啊！"王婷笑着恭维了一句。

这老板看着五十来岁，地中海的发型很别致，他抬起头看了王婷一眼，嘴角叼着半截烟，用小臂蹭着黑框眼镜往上推了推："潮汕妹，所谓'跪地喂猪乸，睇系钱分上'啊！哈哈，你又点啊？带住条仔唔去撑台脚，过嚟呢边做咩嘢？"

他认为王婷跟李子轩拍拖，应该去找餐厅约会，而不是过来转这种传统乐器、狮头的店铺。李子轩听着，就笑着说道："阿叔，佢系我老婆嘅朋友。"

老板听着，又抬头看了李子轩一眼，不以为然地"啾"了一声："最憎就系你呢种一张软饭脸嘅！'靓仔冇本心'，绝对百分百真理！嗯，唔好以为阿叔年纪大，你哋依家流行'不主动，不拒绝，不负责'啱唔啱？"

然后老板还拿腔捏调学着李子轩刚才说的话："啊，佢系我媳妇嘅朋友！呸！"

不过当李子轩告诉他自己是想来买鼓，而且现在就可以交易时，老板马上起身赔着笑脸，不停弯腰道歉："老细，唔好意思！我以为你系潮汕妹带过嚟玩㗎！我'随口噏，当秘籍'，乱噏廿四，嚟嚟，入边睇鼓！"

然后他就吼了店里伙伴出来，招呼李子轩进去看鼓，老板又点了根烟，坐在小板凳上，接着给狮头上色，转头对王婷埋怨道："潮汕妹，朋友老公你这种带着年轻气息的娇嗔,已经许多年不曾出现了。他突然有些期待,期待她证明自己的眼光"也就那样了"。

六叔公的酒量,也许在县城里的同龄老人里还可以,但和年轻人相比,就不怎么样,毕竟年纪在那里,身体的代谢水平肯定有所下降。李子轩、殷小妙又没酒精过敏,那么在大家的脱氢酶水平差距不大的情况下,六叔公这个年纪的代谢水平,怎么能跟做得了"俄挺"的李子轩、能扛着狮头舞一下午的殷小妙相比?

何况正如李子轩说的,殷小妙一生起气来,那可腹黑得很。能把李子轩气到发病的六叔公,在殷小妙面前,连"舞狮"这两个字都没机会提。当天晚上入席前,她就去药房买了最便宜的维生素B,跟李子轩都吃了六七颗。

开始上菜后,六叔公一拿杯,两人就轮流上去敬酒。

一杯祝六叔公早日康复,二杯祝六叔公儿孙满堂,三杯祝六叔公寿比南山……李子轩能混到大公司的创意总监,殷小妙几个项目组争着要她去做文案,这两人编起吉利话来,还不是一套接一套的?六叔公高兴得不得了,杯到即干,也压根没再提什么殷小妙舞狮不好啥的。他一要开口,吉利话就来了,杯子就端到他面前。

他还要说什么,殷小妙一仰头就喝了:"叔公,我先干为敬,您年纪大,随意,可不要勉强!喝酒的事别勉强!实在喝不了,叔公,您说两句话缓一缓,身体要紧!"

她要不这么说,六叔公倚老卖老,那沾一下就算了。可这话一摆出来,六叔公就受不了:"我李阿六,论饮酒,一生未曾惊过!干!"

那两个陪着六叔公来看病的年轻人,看着不到二十分钟,六叔公就感觉差不多了,于是端上酒杯,想帮六叔公拦一下,让他缓缓。殷小妙抬了抬眼皮,冲他俩说道:"明天车票买好了没有?没买?我帮你们买到肇庆东。"

那两个年轻人连忙道了谢,可殷小妙这边没完:"今天晚上,给你们订个星级酒店的套房,是7天酒店的三人房呢,还是睡沙发?"

这要一开始睡沙发倒也罢了,也不是什么娇生惯养的孩子,可是之前十天半个月的,殷小妙可都一直给他们订酒店房间,从7天酒店到四星酒店,都让他们由俭入奢体验过的,这越住越好成习惯了。住回7天,睡沙发?那都搞,咁冇人性?"

"阿叔,你别乱讲,我没有啊!"王婷涨红了脸,着急地分辩起来。

老板冷笑了一声:"收皮啦!你打开手机嘅自拍镜头,睇下你自己个'姣样'啦!"

李子轩虽然不太懂中乐,但西乐他还是懂行的,所以并没有选着贵的买,挑了个差不多价钱的,付了款之后,就让伙计搬去停车场,直接搬上他的F-150猛禽的后卡固定好。

"轩哥,不好意思,那老板刚才乱讲。"王婷在停车场上了车之后,跟李子轩道歉,"那个阿叔老是喜欢乱开玩笑,之前我们店里的同事,跟她哥过来买东西,也是被他开了一通玩笑。"

李子轩笑着摇了摇头,并没有说什么。从停车场绕出来,有颇长一段路,王婷低声说:"轩哥,小妙姐姐好漂亮啊,那眼睫毛好性感啊!我好笨,学不会怎么化妆。"

"这个啊,慢慢学就会了。"李子轩笑着应了一句,等看着没有行人了,拐上了人民南路,然后往前开一小段,在人民南路的公交车站,李子轩靠边停了车,对王婷笑着说道:"小妙那边有点事,你坐公交车回十三行,还是我帮你叫个车呢?"

这让王婷一下子感觉非常惊愕,愣了好几秒才慌乱地道:"啊,我,我叫车,不,我坐公交……"

"我还是帮你叫个车吧?"李子轩看着她手足无措的样子,有些担心地拿起了手机。

回过神来的王婷强笑说道:"不用,不用,轩哥,不用担心,很近的,我这边可熟了。"

但F-150相对有点高,她下车时,踩空了一下,差点摔倒,加上小腿下午抽筋了两回,要不是她踉跄着扶住公交车站的站牌,当场就得摔倒。李子轩踩下油门,苦笑着摇了摇头,殷小妙懒成那样,不用穿职业套装当前台的情况下,她还会去化妆?而王婷刚才从健身房出来之前去了一趟洗手间,倒是至少涂了接近YSL10号色调的唇膏,不会化妆?

这对李子轩来讲,实在太拙劣了。

他如果对色彩连这种敏感度都没有,凭什么短短几年,在那么大规模的

第十四章 试探

广告公司做到高管？

霓虹灯流淌的都市里，李子轩从公交车站起步，一脚油门下去，转速还没到三千转，就驶过了十三行。本来就是公共汽车一站的距离，他专门在那里把她放下的。她不懂得一辆 F-150 猛禽基本能买三辆奥迪 A4L，李子轩并不觉得有什么问题；觉得去了海底捞就是豪华大餐，也并无不可。

每个人的际遇不一样，就算是沙县小吃，只要自己这顿饭吃得有淋漓尽致的快意，它为什么不能是豪华大餐？其实听她聊起来，李子轩开始倒是觉得王婷这人还是很纯朴、很善良的。就算没什么见识，但不至于让人反感，因为她知道感恩。老板的妹妹开车带她吃了顿饭，她便记在心头，时时念着人家的好。

她觉得奥迪 A4L 是豪车，但也没有嘲笑李子轩开个皮卡，反而在努力寻找她认为的"便宜皮卡"的优点，比如宽敞，比如视野好等。但她带着李子轩去那家店时，不解释也罢了，她那么一解释，李子轩就听出问题了，明明之前她店里的同事，跟哥哥过来买东西，被老板开了一通玩笑，她带了李子轩过来，却偏偏不事先说明，老板开了玩笑之后，她居然也不主动解释！

这是主动撞枪口吗？

明知这老板好乱点鸳鸯谱，专门来给那阿叔发挥吗？算是借此表白？又不是只有那一间店卖鼓！但李子轩觉得这女孩单纯，会不会人家没想这么多？可是到了她开始聊殷小妙时，他就知道不对劲了，这绝对不是自己的"普而信"了。她真的不对劲，那李子轩就怕了，还是避嫌的好，别到后面说不清就麻烦了，也别让她有什么更多的想头。

所以，离十三行估计不到三两公里，他还是决然把她放到公交车站。

电话响了起来，是殷小妙打过来的："你买好鼓了吗？"

"买好鼓了，我准备先回家，明天过去再搬吧。"李子轩笑着说道。

她没有旁敲侧击地问王婷是否跟他在一起，他也没有献宝一样，在她面前贬低其他女孩，以换取低廉的欢愉和赞许。

"梅姐说做完 SPA 一会儿去喝点酒，你过来吗？"她问道。

李子轩上了内环，笑着说道："不方便吧，就你带家属。你少喝点，一会儿散了我去接你。"

在美容院做完 SPA 的殷小妙，把准备去的酒吧定位发给了李子轩，又等了一会儿，韩素梅和卢珍、刘洁铃她们才陆续出来。卢珍犹豫了一下，对韩素梅说道："我买单你不介意吧？"

有些人，聊起天来，总是吹嘘自己以前如何光鲜，朋友之间一有聚会从不缺席，但就是永远不买单，若是有人问起，便说现在落魄，若是风光时，便如何出手阔绰云云。只是他风光时宴请过的那些人，似乎在现实生活中并不存在，只在他的故事里活着；而有些人，越是落魄，便越是自省，极怕自己占了别人便宜。

阿珍就是后者。

别看她嘴上说，要蹭殷小妙的咖啡之类的，其实从阳台上翻过来喝了咖啡的第二天，她就塞了一罐六安瓜片给殷小妙；而来美容院，她也觉得，不能平白无故去占别人便宜。她甚至想好了，如果韩素梅不介意，那她就把这单买了。尽管估算着，几个人下来怕得三四千块，对她现在算是很大的压力。

但敢出来玩，卢珍觉得就别计较那么多。

而如果韩素梅介意，那阿珍想着，一会儿在微信上把自己的那份钱转账给她，至于她收不收，那是另一回事。但韩素梅听着笑了起来："那你开了票之后，直接给那财务的女孩？算了，发票抬头你也不知道，还是我来开票吧。"

开票，那就是公事了，自然没必要争着买单。

卢珍点点头："好的，韩总。"

但走的时候，阿珍却发现，韩素梅其实并没有开票。

所以，上车之后她低声对韩素梅说了一句："谢谢！"

韩素梅系好安全带，笑着摇了摇头："你啊，这些是次要的，关键是咱们得把项目做起来。"

在美容院睡了快两小时的刘洁铃，坐在后座，看上去精神好了不少，她听着韩素梅的话，点头道："嗯嗯，一定要做起来！"

韩素梅用微信扫码给了停车费，驶出停车场之后笑道："忘记跟美容院要停车卡了，失败！小妙，你都没鬼用，不记得提醒我！"

在后座打盹的殷小妙倒不觉得有什么问题："啊！梅姐，你又赖我？我在跟子轩聊天，他买好鼓了，在说现在拿去健身房还是明天再拿。真的是，这不能赖我啊，梅姐，你阴公（粤语方言，指倒霉、不幸等）了，停车卡都不记得跟人拿？你更年期了！超蚀底啊！"

韩素梅听着气得不行："啾！谁更年期？你信不信我下个月怀二胎？狗嘴里吐不出象牙！你等下喝酒，就知道怎么死了！"

副驾驶的阿珍和后座的刘洁铃，听着感觉匪夷所思！刚买单消费了四千多，眉头也不皱；十三块的停车费，这两人在这里互相埋怨？

"广东佬的习惯，别说停车费，去餐厅吃饭，吃两千块没关系，走时没把桌上的纸巾揣走，都算是'俾人揾笨'！"殷小妙看着她们俩准备劝架，连忙笑着解释，"正常现象！必须说一下梅姐，这也能忘记！"

她们去的酒吧是很安静的清吧，别看韩素梅说得凶，其实去了酒吧坐下，她倒是从不劝人喝酒的。反倒是刘洁铃，喝了两杯之后，似乎放开了，几乎一人喝全场，半瓶威士忌一会儿就不见了，她跟殷小妙喝完之后，端着杯子满上酒，对韩素梅说："韩总，你得给我多开一份薪水，我家老赵干的活，其实对得起你那份工资的。"

说着她自己喝了半杯威士忌，打了个嗝："你现在是需要一个运营总监，一个数值策划，一个摄影，一个剪辑，一个文案！老赵一个人扛下这些活没问题，项目初期，人员预算就这么多，一专多能嘛。但韩总，你不能指望给老赵那一万多块，然后他能把这所有事都干好啊！"

她还想再把杯里的威士忌喝干净，但韩素梅拿下了她手里的酒杯，笑着对她问道："你想要多少？"

其实韩素梅她们来的这个酒吧，不如说是酒庄更合适。整个场地被分隔成很多板块，有包厢，有卡座，但中间都有间隔开的物件。包厢里有独立的电视机和点歌系统就不必说了，卡座的环形沙发，方圆三米之内，没有另一张桌子，坐在卡座放眼望去，除了没什么人坐的吧台，就是街景和酒柜、酒架。

当然，这里订一个包厢，就不是随便找个酒吧坐坐的价钱。韩素梅示意在房间里服务的服务员，给刘洁铃拿一杯热牛奶，高昂的费用，以及经常光顾，韩素梅做了个手势，服务员就明白她的意思了。

"没有去琶堤，是因为我觉得咱们出来，喝酒只是让大家放开，可以头脑风暴，重要的还是得聊这个项目。"韩素梅再一次制止了刘洁铃，刘洁铃又给自己倒上酒，准备再喝一轮。

热牛奶来了，殷小妙捏了捏刘洁铃的手："铃姐，喝一点，休息下我们再接着喝。"

半杯温热的牛奶下肚，刘洁铃突然笑了起来："这是牛奶啊，喝啥子牛奶？"

她翻了翻白眼，很不以为然："你们，不行啊，说了出来喝酒，喝个铲铲的牛奶？"

这酒一喝，之前的播音腔完全不翼而飞了。

"是不是陪你喝痛快了，小赵负责的活，你就帮着他弄出名堂来？"韩素梅伸手拦着杯子，笑着对刘洁铃问道，"如果喝高兴就行，我每周可以抽一晚出来陪你喝。"

然后她拿开盖在杯口的手："三天，三天后我要看到数据。喝酒，还是谈钱？"

刘洁铃看着韩素梅，愣了得有七八秒，然后端起那杯牛奶慢慢地喝，直到把它喝光。然后她把杯子小心翼翼地放在大理石的桌面上，居然没有发出一点声响，她搓了搓手，准备敷在脸上，以便让自己清醒一点，服务员在边上贴心地递来了热毛巾。刘洁铃仔细擦了脸，放下毛巾，点了根烟，低下头看着自己的脚，但她只看见自己的肚腩，似乎这给了她勇气，让她抬起头看了韩素梅一眼："谈、谈钱。"

"扑哧！"边上盘腿坐在单人沙发位上的阿珍，摇头笑道，"你咋好长光景就憋出这俩字咧！"

韩素梅伸手示意阿珍少安毋躁，她看着低着头的刘洁铃："谈钱，没问题，要多少？"

"老赵做摄影、写文案，上传、装托带气氛都没问题，但要他去建立模型判定目标用户的喜好、判定平台的分级流量池等就不现实了，主要是在函数上……"她说起来滔滔不绝，有非常多的数学用语和程序员专用词汇。

韩素梅跟卢珍、殷小妙第三次举起杯，各人面前量酒器里的威士忌都倒光了，服务员过来添酒，刘洁铃一拍沙发扶手，那胖乎乎的脸上简直是有光的，所谓神采飞扬不过如此："简单地说，核心层就是这样，然后我们聊一下逻辑层！"

第十四章　试探

"你要不说段单口相声？"卢珍受不了了，没好气地对刘洁铃说道，"你似乎感觉我们还真能听得懂一样？"

韩素梅笑着摇了摇头："说个数字就可以了，要多少钱？"

"我想让我带的徒弟小王辞职了过来这边上班。"刘洁铃随手拿起酒杯，喝了一口酒，她似乎在努力试着简洁一些，"然后我把框架搭了，让他日常来运营，老赵配合他。小王很蠢的，什么事都要教，但还好很勤快，不过我们这里建模只需要……"

韩素梅长叹了一声，放下杯子："给我个数字。"

刘洁铃愣了一下，刚想说什么，卢珍站了起来，对她说："看着，跟我做一次。"

阿珍双手撑着沙发转角桌的大理石桌面，慢慢收腹，然后整个人除了双手，身体慢慢完全悬空，腿和上半身呈九十度，紧接着她就在那转角桌上做了两三圈托马斯全旋！没有碰到桌上装饰用的老式转盘电话机，也没有踢到坐在旁边的韩素梅。

"你来。"她对刘洁铃说道。

刘洁铃被吓得广播腔又回来了："您这玩笑也开得太大了，别说我现在这么臃肿，就是瘦的时候，我也来不了啊。这一般人哪来得了？"

卢珍喝了酒，有些发性了，没好气地说道："那你足足聊了二十七分钟的概率、离散数学什么玩意的？你为什么觉得我们就能听明白？闭嘴！要不你就照我做的来一个，要不你闭嘴！说个数字，然后喝酒，不好吗？还是你喝不动了，专门聊些别人听不懂的，好逃酒？"

殷小妙看着不对，起来把阿珍按坐下了，笑着劝道："咱们又不劝酒的，哪有什么逃酒？"

"一万二行不行？小王在我那边拿八千，过来给他涨点。到手得有一万二，行不？"刘洁铃说完不太敢看韩素梅，她很害怕——其实被卢珍来了这么一通，她是有点醒酒了，感觉自己是不太得体，此时生怕刚才这二十七分钟，让韩素梅不高兴，而拒绝了她的提议。

韩素梅点了点头："三天后我要看数据，达到预期，你就让这个小王来报到。"

然后她举起杯，对殷小妙和卢珍说道："三天，我同样要看到你们上高低桩的演练。现在，喝酒！"

刘洁铃喝了两杯，感觉就差不多了，又要拉着服务员讲怎么建模，被制止后，她又说："韩总，你现在开的这种日本威士忌好贵吧？我感觉，嗝，还是刚才，刚才那蓝瓶的芝华士好喝，要不，我喝那个就行了。"

韩素梅笑着点了点头，让服务员去开酒。

喝到尽兴，也就 11 点出头，韩素梅叫了代驾，本来她想让代驾送一下卢珍，但发现方向不同，于是她就把刘洁铃捎上了，不然的话，后者喝得有点醉态，让她打车，大家总感觉不太放心，哪怕刘洁铃自己不以为意。

李子轩来接殷小妙时，就把卢珍也捎上车了。

殷小妙上了车，对阿珍低声说："铃姐似乎喝高了，你后面有点狠啊。"

"她醉？蓝瓶的芝华士？呵。"阿珍从鼻子里冷笑了一声，"你没发现我不加她微信？这样的人，做完这个项目，就不用来往了。"

聊起刘洁铃，阿珍在车上一路吐槽。但三天之后，她还是通过了刘洁铃的微信好友申请。因为短视频平台上面的数据不单达到了预期，而且要超过预期近一半，卢珍私底下信誓旦旦地对殷小妙说："做完这项目就拉黑！"

就算卢珍如何不待见刘洁铃，看见超出预期的数据，也足够让卢珍妥协了。她明白，刘洁铃这样不可或缺的人才，只要还在这个项目里，她就不该跟刘洁铃闹得太僵。于是阿珍便更拼命了，而她拼命训练的结果，是过了大半个月之后，殷小妙开始习惯每天带着活络油和虎骨膏药的味道回家了。

李子轩看着殷小妙，心疼地说道："这是不是退步了？怎么你们这几天老受伤啊！"

"不能再让阿珍舞狮头了，我这算啥，王婷才是倒大霉了。"殷小妙苦笑起来。

因为李子轩的前公司有个大项目，现在没有人能独立操盘，可能真的是缺人缺得很厉害，前公司的 HR 刚才联系他，询问了他的病情等，所以后面送王婷去医院，李子轩还不知道。

她刚才送王婷去骨科医院，后者的手都肿起来了，医生一见就叫她去拍片，片子出来就是幸好没有骨折，但伤了骨膜，而且局部水肿比较严重，出医院时，王婷的左手都打上夹板了。没等李子轩开口，殷小妙的手机就响了起来，她接通之后，很无奈地说道："梅姐，收工啦，不要追杀我啊！吊颈都给人喘口气啊！"

但她在之前公司百试百灵的法门，现在是完全不灵了，电话那头的韩素梅根本就不搭她的腔："我在聊 A 轮①。"

"太夸张了吧？现在就聊 A 轮？"殷小妙一脸的难以置信。

韩素梅没有回答她的问题："你现在就去王婷家里看她，看看帮她请个护工之类的。"

"行吧，行吧。"殷小妙无精打采地胡乱回应着。

李子轩在边上听着，就觉得奇怪了，递了水杯给她："梅姐说在谈 A 轮，你居然毫无波澜？无精打采？"

她在沙发上伸了个懒腰，接过他递来的杯子："很可能是梅姐折腾我的借口啊，A 轮，成了再说吧。"

投资分为很多不同的阶段和模式。简单地说，天使轮是风险最大的，天使是项目投资中最早阶段的投资。比如正规来讲，就是创业者的项目基本处于想法的阶段，仅对创业有了大概的思路。

说得市井一些，天使轮就跟买彩票一样，投钱进去，往往都亏得血本无归。

所以，天使轮主要是看中了创业者的个人背景，而这也是蔡家豪的公司能投这个项目的原因。当然不仅仅是因为韩素梅跟殷小妙关系好，还因为项目发起人里，殷小妙和李子轩都出身名校，前者在业内风评很不错，后者更是高端广告公司的创意总监，而且他们愿意接受投资方的监管和指导等，这才是蔡家豪的公司同意投这笔钱的根本原因——尽管韩素梅一开始觉得失败的风险很大，公司评估的结果也觉得风险很大，但殷小妙他们用这样的模式来推这个项目，结合目前的大环境，的确存在成功的可能。

"简单地说，这笔钱，甲方亏得起，跟买彩票一样。"殷小妙一边换衣服，一边跟李子轩说，"可 A 轮就不一样了，人家可不是买彩票！"

要说服投资方投 A 轮，那就是这个项目得跑通了。

殷小妙随手把头发扎了个双马尾，然后对李子轩说道："人去投那个啥，那个一堆头衔找上门来挑战的，噢，对，陈杰，A 轮人家去投他，都比投咱

---

① A 轮融资，创业公司在天使轮之后的第一轮机构投资。

们合理一百倍吧！走了走了，梅姐好心好意来哄我，我就认真被她骗一次，去看王婷吧。"

她说着打了个哈欠，一副困得睁不开眼的模样。眼看着殷小妙准备起身去看王婷，李子轩也准备起身换衣服："我送你啊。"

然后他就发现，殷小妙回头瞪大了眼睛看着他，宛如看见小鱼干的猫咪，何曾有半点睡意？李子轩苦笑道："至于吗？"

她没有说话，就是笑着站在那里，就这么看着他。

李子轩举起双手："好啦，我现在相信，你娘是你亲生阿妈啦，遗传得这么厉害啊！"

然后李子轩又觉得不对："那你上次又叫她带我去买鼓？"

"一样吗？"殷小妙又掩着嘴打了个哈欠，然后摆了摆手，下楼去打车了。

李子轩感觉女人的心思真的猜不透，他愣了好几分钟，自己冲了四泡工夫茶，仍想不通，殷小妙让王婷跟他去买鼓，和现在王婷受伤了，他送殷小妙过去顺便看她一下，这两者有啥不一样？

为啥前面就不会吃醋？

最后他决定不再想了，因为前公司的HR，在钉钉上拉了一个筹建的项目群，把他圈进去，然后发来信息："李总，咱们方便开个视频工作会议吗？"

本身他就是严重的双相，在前公司出事之前，脾气也很差的。老板或CEO跟他聊什么东西太过不着调，李子轩往往直接打断对方，"头痛，一会儿聊"或是"腹泻，一会儿聊"，然后一走就不回去了。

CEO也尝试过问他，他能直接在钉钉上回："我只是找个台阶，大家都好下台。"

这样的脾气，更不要提最后还给自己拉一刀，弄出个血溅办公室。

看起来，那个项目是燃眉之急了。

不然的话，前公司HR，不会一而再，再而三地来撩拨李子轩。

第十五章　不离不弃的"挚友"

在狭窄的居室里,墙壁靠近地板的地方,因为沿海梅雨天气,墙面鼓起了一个个包。那些连绵不绝的墙包之上,是或大或小,或疏或密的霉点。拥有这物业的房东,当然是不住这里的。

而这也不是水电问题或是下水道堵住等影响生活所必须解决的事,所以房东在把这房子出租给下一个租客之前,肯定不会来修缮它。至于租住在这么狭窄的居室的租客,大致上也很难有闲钱和闲心来料理它。

于是墙包和霉点,便成了王婷不离不弃的"伙伴"与"挚友"。

哪怕在她吊着打了夹板的手臂,仍要忍受母亲训斥时,这些"挚友"也不曾离她而去。王婷的母亲一边在难以转身的厨房煮着粥,一边骂着自己的女儿:"你这样,又要去铺头请假!当时你去十三行,我托阿清姐去开口,老板才给你去上班的啊,你这破相姿,物有物无!舞什么垃圾狮啦?跌到要上夹板?到时手瘸掉,嫁无人要,尚好!"

没有什么文化的王妈妈训起女儿来,一连串的土话粗口,凶狠且恶毒。

大意无非就是:得好好去十三行上班,不该去舞狮;摔伤了手,以后如果有后遗症,导致嫁不出去就乐子大了!

王婷的妈妈把煮好的粥盛了一碗出来,冷着脸问:"瘸手姿!胶己食喔啊未?"

再次开口,仍是粗口,问的是:"能不能自己吃?"

但王婷笑了起来:"摔到左手,右手没事,你放心去上班吧,我没事的。"

妈妈白了王婷一眼,伸手戳在她的脑门上:"还说无事、无事,吐血姿,你还想要有什么事?你有脑啊无?"

王婷被戳得脑袋一晃一晃的，但她并不太在意，只管笑着喝粥。

她妈妈看着便更生气了："下次再有'沙蚤'，我睬你去死！"

沙蚤，便是俚语里的"麻烦事"。

但看起来，王妈妈也没有太多时间训斥女儿。她胡乱扯下围裙，里面是一套印有酒楼LOGO的工衣，她拢了拢头发，踩着高筒的橡胶水鞋边往外走，边说道："吃了去睡啊！手瘸了，别又手机玩到大半夜的！我得过去了，有什么事就打给我，听见了没有？"接着又骂了一连串粗口。

王婷咯咯地笑着："好啦，好啦，阿妈，你快到钟了，饭点了啊。快走吧。"

再过半个钟就是用餐的高峰期。看着王妈妈这一身行头，就是后厨择菜、洗碗的杂工。真要高峰期找不到人，别说酒楼的经理会骂人，被炒掉都是有可能的，酒楼一天也就那几个钟头的生意，有生意，人跑不见，那人家请她来做什么？

所以，王妈妈冷哼了一声，便打开门要出去，却把到了门口准备发短信的殷小妙吓了一跳："对不起，我可能走错了。"

还好这用三合板隔出来的空间实在很小，在里面的铁架床上，就着搁板喝粥的王婷一眼就看见了殷小妙："小妙姐！这是我妈！妈，就是小妙姐坚持一定要送我去医院的，要不我都不知道伤了骨膜。"

尽管殷小妙没有化妆也穿着随意，而王妈妈当然也并不知道，殷小妙那条511系列的工装裤或是LOWA的户外靴，打完折恐怕还相当于她大半个月薪水，但王妈妈看见殷小妙，就下意识挤出笑脸，不是卑微，只是想帮女儿撑起场面："同事啊，多谢，多谢你带阿婷去看医生啊！来坐来坐，差不多食晚饭了，阿婷，你请啊同事去食饭啊！我要去上班，来来，同事你入去坐！这里是租的，阮老厝有三层楼，你有闲落去阮厝！阮家，随便你住！"然后她看着手机上的时间，匆匆就走了。殷小妙走进房间里还没坐下，王婷的手机就响了起来，却是王妈妈发来的微信语音，说的是潮汕话："勿咸姿啊！你老母支援你两百！请人去物当好嘅！"

王妈妈担心王婷小气丢了面子，不但专门叮嘱，还承诺出钱——几乎马上转过来两百块红包。王婷抽了抽鼻子，眼眶一下子就红了。她知道她妈有多省的，她知道她妈每一分钱是怎么来的。

"王婷,是不是手痛?医生给你开的止痛药吃了没有?"殷小妙看着她要落泪的模样,连忙问她。王婷摇了摇头,抬手拭了眼角,没有说什么。

她不太想在殷小妙面前流露出软弱的模样。就算因为成长年代不同,表面看上去王婷和她妈妈性格不太一样,可是也许有些东西本质上,很难逃脱基因的遗传。如果来的是赵哥的老婆,那个胖胖的铃姐,王婷会给她看妈妈的转账,然后说起妈妈的辛苦,最后可能铃姐会带她去吃顿好的,尽管铃姐和赵哥也不宽裕,据说欠了一屁股债。

如果来的是卢珍,她可能会抱着卢珍大哭,尽管卢珍不见得喜欢她,而王婷也知道这一点,但没有关系,谁没有一些软弱,谁没有一点怯懦?卢珍也许会骂她两句,但肯定还是会同情她,并且帮她保守所有流露出来的不堪或秘密。

但面对殷小妙,她就是不想,她就是努力扮演着坚强。

"我没事。"她这么对殷小妙说道,很客气,"谢谢你来看我,小妙姐,走,难得过来,让我请你吃饭,我是主人嘛!"

她扮演着坚强,扮演着兴高采烈,扮演着她心里憧憬的模样。

"以后咱们不能让阿珍当狮头了,她的身体素质,咱们至少在半年内,或者说远远都赶不上。"殷小妙没有接她的话茬,叹了口气,这么对她说道,"她觉得随便就能跳过去,咱们过不去;就算她尽量放缓动作,对她来说,完全不需要蓄力的动作,我们也做不到的。"

说到这个问题,王婷点了点头,这就是她受伤的根本原因了。上高低桩还好些,下高低桩的过程,卢珍舞着狮头,对别人来讲,简直就是噩梦。

"阿珍的弟弟和弟媳过来广州玩,她没法来看你。"殷小妙对她说道,毕竟在一个项目,殷小妙觉得,能说清楚的东西还是不要产生误会,不要搞得彼此关系太僵,例如王婷是因为卢珍配合不好受伤的,为什么卢珍没来看她呢?

"珍姐跟我说了,她还在微信上给我发了八百块红包。"王婷笑着说,她仍在扮演善解人意的模样。而这时门被打开了,是十三行那边档口的伙计,本来这房子就相当于员工宿舍,原来是两室一厅的房子,用木板和铁架床隔开,王婷所拥有的,就是原本客厅对着门的这不到三平方米的空间,加上过道,勉强有四平方米,比之前卢珍在玉器街上班住的那宿舍,条件还要更糟一些。

"王婷,你请假出去摔断手?你们老板都在骂你总是请假啊,我在隔壁都听见了!"这是他们店铺隔壁档口的女孩,这女孩是陪王婷同店的女孩回来换衣服的。

那位同一个店的女孩已经匆匆跑进里面,拉上床前的布帘换衣服:"阿婷,你没事吧?哎哟,你请假,我回来换个衣服,还得回去看着卸货呢!为啥换衣服?不就是帮老板娘抱她儿子,被赏了一泡尿嘛!"

她们回来之后,很快就又出去了。也许是店里忙,也许是这逼仄的环境让人不愿多待。

"其实她们人都很好的。"当屋里重新安静下来,王婷笑着对殷小妙说道。

她就是不愿让殷小妙看轻自己的朋友。

殷小妙看着王婷的眼睛,她真的没有从王婷的眼睛里看出委屈或不平,就算身处蜗居,就算生活艰难。也许这是潮汕人独有的特质,可以忍受困苦去奋斗,来实现衣锦还乡的梦想;也许并不是这样,不论故乡在哪里,仅仅是生活无奈,让王婷们不得不于此积蓄爆发的力量,去对抗生活。卢珍那许多不平,或者只是她生于西北,见过冬天雪花的洁白,所以无法忍受这广州的酷暑?

殷小妙抬手掩住嘴打了个哈欠,她不想深究下去,只是看着王婷:"要不,你自己租个房子吧?"

"租不起啊,小妙姐。"王婷突然就发现,无法再扮演下去了,苦笑了一声说道。

"租在十三行和咱们那健身房中间,找个近地铁的,楼梯房你不介意吧?"殷小妙一边拿着手机搜索一边问道。

王婷愣了一下,结结巴巴地说道:"我介意啊。"

"介意爬楼梯啊?"殷小妙放下手机,笑着问她,"当运动嘛,楼梯的便宜些。"

"我不是介意爬楼梯啊,小妙姐,我介意等下醒了,会有点难受。"王婷放弃角色扮演之后,说话就自然得多了,一副脱口秀预备役的感觉,"地铁边上,小妙姐,我真的租不起啊,就算楼梯房也得两三千一个月,至少两个按金一个月租,还要再给中介半个月房租,我看上去是能随便拿出近万块的人吗?"

殷小妙看着她,过了几秒钟,笑了起来:"咱们这项目在运作嘛,当然由项目去租。你不用担心,阿珍的房子也是项目去租下来的。"

说着殷小妙就继续在手机上找房子。

很快就找到一个她觉得不错的地点:整幢楼16层,位于14层的26平方米的房子。

"虽然要三千块,但是你看边上,没有电梯的也要两千七、两千八啊!"殷小妙把自己的手机塞到王婷的右手,又伸手在屏幕上点开其他房子,跟王婷商量,"要是到时候梅姐觉得有问题,或是那个甲方派来管财务的小姐姐觉得高了,那你就自己出这一两百嘛!"

王婷有点苦涩地笑了笑,没有说什么,直到殷小妙从她手上拿回手机,准备把这租房信息,发给那位甲方派来管后勤、财务的女士时,王婷深吸了一口气,鼓起勇气道:"等等,小妙姐,不要发。"

看着殷小妙不解的眼神,王婷叹了口气:"反正以后也没有什么机会见了,小妙姐,听我句劝吧。"她摇了摇头,终于下定了决心,抬起头看着殷小妙,"你没有发现,你一直在连累轩哥吗?"

"例如?"殷小妙好奇地看着她。

王婷的这番话大约已经藏在心里很久了,说了第一句之后,接着便流畅起来了,可能她不知道自己在心里预演了多少次:"轩哥在广告公司做得好好的,你偏要把他拖来舞狮,你别看轩哥现在只能开个皮卡,买不起豪车,可他年轻,他这么年轻就能做到创意总监,你让他好好做下去才是道理啊!拖着他来舞狮,有什么前途?"

在这狭窄的斗室里,王婷看着殷小妙,很诚恳地对她说道:"舞狮要能赚钱,我还出来打工吗?小妙姐,你不要太任性了。你被你的父母和轩哥保护得太好了,你根本就是不食人间烟火!"

王婷说着,便渐渐激动起来,指着殷小妙的手机,摇头道:"你要把这个租房信息发给后勤,你知道不,你就又给轩哥惹麻烦了!"

"啊?"殷小妙感觉脑袋转速都跟不上了。

王婷叹了口气:"七老叔我不知道你是否认识,他在家乡做过投资,那跟他合作的厂，能赚钱就好，不能赚钱，那整个厂，连地皮带厂房、机器就都归他了，你就敢跟七老叔不讲道理？哼哼！反正，你要讲道理，那你该他的，你一分不能少；你要不讲道理，七老叔人家有的是钱和时间，慢慢跟你耗，最后吃亏的肯定是你。"

她说的七老叔，指的就是韩素梅的老公蔡家豪了。

蔡家豪当然不认识她，韩素梅以前也不认识她，但王婷认识他们。

殷小妙对此倒是没有什么异议，但她真的有些不明白王婷要表达的是什么意思。还好王婷接着就说出了真相，或者说王婷认为的真相："我完蛋了，七老婶不会再要我过去的，当时说半年后比赛，对吧？我伤了骨膜，至少得休两个星期，七老婶会白养我半个月？做梦吧！七老婶不要我了，你还提出帮我租房子，你不是找死吗？到时候七老婶降你工资，或是把你赶走，轩哥怎么办？不就是被你连累了吗？"

说着她便忧愁起来，因为她发现，自己可能马上就要失业了。什么租在地铁上盖？在做梦！一旦失业，连这里的宿舍都没得住。要是没法快速找到工作，就只能回老家了。

回老家做什么？

也许就只能找个人嫁了吧？

再不甘心，又如何？

总不能这么大的姑娘，还让家里养着啊，家里那条件也养不起啊！如果面前不是殷小妙，王婷绝对哇的一声哭得天昏地暗。但殷小妙坐在她的床边，这让她死死咬着牙，就是不愿淌一滴泪。

她也不知道为什么，反正就是不愿意。

殷小妙听了她的话，点了点头，然后微微笑了起来："谢谢，你说得也很有道理。"

但她这种从容，却触怒了本来就忧心忡忡的王婷："你不要一天到晚那么懒，行不行？你能不能有点心计？你都结婚了，多想想事啊！这人与人之间很复杂的，你要懂事啊！这些话，小妙姐，我本来不该说，我是看你这么帮我，以后咱们也见不着，我忍不住才说出来的，你也不要有意见啦。"

王婷说完，又有些后悔，她本来就不喜欢殷小妙，只不过刚才看着她帮自己找房子，又说让项目组来出钱，等等，一时情绪上来了，又被触怒，才跟她说了这么多。

殷小妙侧着脑袋想了三四秒,转过头来看着王婷,笑着说道:"可是,大家都这么懂事,也许我可以懒一点,不懂事一点?好啦,好啦,你先在这边再忍两天了,以后咱们还会再见的,我明天……不行,明天有事,后天我再来看你了!"

殷小妙说完,就跟王婷道别,临走时突然想起,从包里掏出笔来,在王婷的夹板上签了名,然后笑着用手机拍照,把王婷上着夹板的手拍下来,发了朋友圈。"走了,有事你微信叫我!"

但没有出门,殷小妙一拍脑袋,又倒退回来,坐在王婷的床上:"你收一下啊,多的是项目给你的慰问,少的是我私人慰问你的。好好养着噢!See you later(回头见)!"

然后这一次,殷小妙终于走了。

王婷看着她甩来甩去的双马尾,无端想起潮剧里有一出叫作《穆桂英大破天门阵》的剧目,那里面扮演穆桂英的演员,头上帽子的雉毛翎,就很有殷小妙这双马尾的感觉。

想到这里,她又觉得不太对,呸了一声,就算是像,也该是反过来才对。看着手机里两笔转账,一笔五千,一笔两千,王婷有些激动,截了图发给她妈妈。

"要这样,摔一次能混到七千八慰问金,不怕摔啊!"她跟妈妈说道。

很快王妈妈就发来多条语音,点开是一串疯狂的粗口和咒骂,大约是听了她前后十分钟粗口和咒骂的语音,最后总结起来应该就是这一句:"我们是正经人,勿想赚这样的钱!"

王婷放下电话,看着那墙壁上不离不弃的"挚友",她脸上没有痛苦和压抑。就算蜗居,就算与墙包、霉点两位"挚友"始终相伴相随,但她知道自己并不孤单。这是她能在这个都市坚持下去的根本,母亲也许没有什么能力,没见过什么世面,没有什么文化,几乎每句话都带着恶毒的粗口……母亲身上有着千般缺点与不足,但她总是愿意把自己的所有,把她能拿出来最好的东西塞给王婷——用一脸嫌弃的表情,骂着恶毒的粗口。

无论发生什么事,母亲一定会陪她一起面对,虽然老是劝她要嫁人,但从来不会生出把她当成筹码去换取彩礼之类的念头。微信又响了起来,是她弟弟发来的信息。弟弟尽管是她家从祖辈至今，学习最好、学历最高的人，但也不是什么学霸。

王婷当时在弟弟报志愿时，担心他吃亏，跟着听了很多如何报志愿的讲座。

她不懂车，但却绝对知道二本在大城市里是什么概念。弟弟就是勉强压线上了一个师范的二本，现在在湛江的校区上学。"姐，我两份兼职都结了钱，听妈说你摔伤了？你赶紧去看看吧！我先给你转点。"然后弟弟给她发了一张结算兼职收入的银行入账截图，又给她转了一笔钱，跟截图上差个六七百，也就是留了生活费，把身上的钱都转给她了。

"姐有钱！公费呢！"王婷把殷小妙在医院付款后，让她留着到时痊愈一起给后勤的票据拍了下来发给弟弟，又给他发了个十块钱的红包，然后发个语音通话，跟他聊了今天发生的事，免得他在上学还为她担心。

聊了五分钟，挂掉了语音通话之后，王婷的心就定了下来。按着七老叔的性子，自己这个废人，七老婶大约也不会白养自己大半个月的；她请假出去摔伤手，十三行的老板有可能会炒掉她，可能她马上就要面临一个很严峻的问题——失业。

但她不害怕。这么大的城市，总能找到一份工作。实在不行，就回家养两周，把手养好了再出来。她看着手机上的余额，想了想，马上把它提现到银行卡里。似乎这样，更让她感觉安心。

"得省着点，到时买个电动自行车，送餐总可以吧？"她想着，黑瘦的脸上就有了笑意。

毕竟正当年少，哪有笑起来不好看的女孩？

就算黑些，也是健康而青春的美好。

殷小妙刚从十八甫南路走过冼基东小学，准备从沙基东商务中心那里穿过去坐地铁，就接到了李子轩打来的电话："前公司 HR 和 CEO 打了三四个电话，说叫我过去救一下场，他们接了个新项目还蛮大的。接洽的团队跟客户聊 MCN 那套东西，但甲方是大公司，自己有完整的品牌推广部门，那套玩意根本聊不下去，明天要是第三次接洽仍是这样，看人家甲方的意思，感觉以后就不考虑他们了。"

"你冷静，冷静。"殷小妙听着李子轩带着兴奋躁动的语音，她真的很担心。

突然亢奋之后，往往就伴随着情绪低谷，然后又是"力挽大厦于将倾"的期许。到时出不来东西，又觉得是吃药害了自己，就试图偷偷停药，然后不就是发病吗！殷小妙感觉自己都可以脑补出后续相关情节了。

"你让公司给你配助理，然后你把你们老板、HR 和助理，加上我，拉一个群。"殷小妙这么说了以后，李子轩明显就不太高兴了。

哪怕隔着电话，也能感觉他的笑容是牵强的："至于吗？搞得我未成年，然后你是我妈一样？"

人是需要被认同的。

或者说，有才华，对自己有期许的人，在衣食无忧之后，总会希望一展所长。

而前公司这样找上门来，李子轩肯定很有心理上的快感，并且期望着自己出场之后改变局面，证明自己在行业里的能力和地位。但殷小妙却不打算让他这么放纵自己，因为她太清楚，按他现在这种情绪，这个过程里一旦有挫折，那下场真的不堪设想："我只有你了，你明白吗？我只有你了，无论什么代价，我都绝对不要冒这个险！你要说上战场国家召唤你，咱也认了，对不对？要就为了赚点钱，我不要！不拉群你不许去，你要去了，我现在就也去理个光头，明儿我就扛着那锤子去你前公司，你别笑！"

第十六章　意气相逢

殷小妙气鼓鼓地说道："三军可夺帅，匹夫不可夺志也。我就只有你了，你前公司现在要我冒这险……"

被她这么一发作，李子轩就讪然笑了起来："有这么严重吗，喵喵？我感觉你在演我啊！好好，我拉群，我拉群，你收了神通！"

群很快就拉起来了。当资本需要某个人时，几乎所有能满足的要求，都能得到最大限度的满足，殷小妙没有任何客套："我是李子轩的家属，他身体不好，你们知道吗？"

当群里其他人都表示知道时，殷小妙就接着在群里打字："身为家属，我要求助理必须每天保证他按时服药，一旦他没有服药出现什么后果，群里面你们几个就是故意谋杀。如果他服了药，公司得派人开车送他回来，或给他叫代驾，不能让他自己开车。"

然后她私聊发给李子轩："要真是三顾茅庐，那他们就不怕担这风险，这就要看他们是不是真的需要你，还是有其他目的。"

结果看上去，前公司真的非常需要李子轩。群里的人都确认清楚明白，不过 CEO 和 HR 表示，希望签顾问合同而不是正常的用工合同，区别在于，李子轩的服务是阶段性的，例如这项目，他只要拿下之后，就可以不去上班了，远程指导一下团队创作就可以了。

当然了，必定还有一条，明天的客户要是李子轩聊不下来，直接中止合同。

因为 CEO 和 HR 也害怕担责任啊！

之前李子轩在办公区那一刀，大家记忆犹新呢，谁不害怕？

"挺好。"殷小妙说了这么一句，又跟李子轩打了个语音，叮嘱他要控制情绪。

挂了电话之后,她突然就感觉,似乎自己没有必要去挤下班高峰期的地铁啊。因为李子轩过去前公司签顾问合约了,她又不太想回娘家。抬头看见边上有家竹升面馆,殷小妙就走了过去,叫了碗面,然后发了语音通话给韩素梅:"A轮聊下来没有?"

"意向很不错,只要咱们保持这个发展的势头,再过两个月,A轮进来的希望非常大。"韩素梅看来在开车,能听得见她车里面转向灯响起的声音,"你哋又系度撑台脚?"

她以为殷小妙跟李子轩在一起你侬我侬。

"我自己在吃竹升面,沙面大街这边,你要过来一起吗?"殷小妙笑着应了一声。

韩素梅离这里远或不远其实并不是一个问题,而在高峰期的车流中和寻找停车位的麻烦,让她有些头痛:"你开车出来了?"

"没有,我懒得找地方停。"殷小妙的那辆MINI,用她婆婆陈慧珊的说法,"环保人士的用车典范",而她亲妈则是说"它存在的目的,就是为了对小区紧张的停车位雪上加霜",因为她总有各式各样的理由让它继续停在车库里。

"那你过来找我吧,你坐地铁到潭村站,出D口,走百来米就到了,我们到那里会合。"韩素梅发了个定位过来,是在黄埔大道西跑马地花园的一家日料店,一个单人套餐打完折两千多近三千,也就是人均近三千的消费水准。

正常人以殷小妙这样的收入水准,就算对日料毫无喜爱,知道韩素梅请客,也并不在意这个钱,大家关系又铁,那么往往都不会介意去见识一下的。奈何世上就是有一种人,一种懒到买了车开了三年还不到五千公里的人。

殷小妙看着竹升面馆里还算不错的人流,嘟起嘴:"这店生意不错噢,我的云吞面马上就好了,我懒得过去了,我吃面好了。"

电话那头韩素梅明显愣了一下:"阿妙,你不是有什么问题吧?你自己听听这是个正常人说的话?云吞面打包,给我也打包一份!我要净云吞。我就是要见见你,咱们得聊一下王婷的事。"

殷小妙挂了通话之后,专门跑过去柜台重新看了一下餐牌,最贵的那一款鲜虾蟹子净云吞,大份,二十三元。她禁不住苦笑着摇了摇头:"到底谁不像个正常人？"

但韩素梅话说到这份上了，李子轩又去了前公司，殷小妙回家也是一个人待着，她想了想，把自己已经做好的那份云吞面打包之后拎着回头，送给在路边休息的环卫工大姐，然后走进了地铁站。

殷小妙出了黄埔大道地铁站后，骑了辆共享单车去华威达酒店下面的竹升面店买了两份净云吞，然后打车去到韩素梅给她的定位。从拎着云吞上车开始，她就不断地偷笑，开滴滴的女司机看了一会儿心里发毛，忍不住开口："妹子？姑娘？靓女？你没事吧？"

"没事，没事。"殷小妙连忙跟人家道了谢，但还是忍不住想笑。

以至于她下车之后，司机大姐还咕嘟："可白瞎了那么漂亮一姑娘，怕是个傻子啊！"

特别殷小妙下了车，就"咯咯"地笑起来，又自己乐得不行，似乎在佐证大姐的叹息并非空穴来风。殷小妙是很容易快乐的人，她总是能在生活里，找到很多让自己开心的事。当拎着云吞，报了韩素梅的订座信息，然后在身着和服、面容姣好的服务员的引领下，走进包厢后，她便恶作剧地把云吞放在桌上，大笑起来："你快吃！哈哈，梅姐，我要拍照发朋友圈，高档日料店吃云吞面，来来！"

她专门买这两碗云吞过来，当然就是为了恶作剧的。

韩素梅白了她一眼："你就不能正常点？疯疯癫癫的，我嫌弃你了。"

"啾，又来？到底谁不正常？你快开始，我等着拍照。"殷小妙打开手机，那是真要记录生活了。这年头，就算普通人，发了年终奖或是偶尔有意外收入，豁出去吃顿几千块的高档餐厅，或是平时去街边吃碗二十三块的云吞，都正常，毕竟在这个国际化的大都市包容着许多不同的人群。

但在基本人均近三千的高档日料店吃外带的广式云吞，真的不多见，所以殷小妙准备拍下韩素梅这名场面，以便发朋友圈。

这时就听见有人在身后说："云吞啊？我也想吃。"

回过头去，却是蔡家豪微笑着走了进来，他坐下来，真的打算吃云吞，殷小妙一下子就感觉硌硬了。也许是因人废事，反正，她从一开始就不太待见这位蔡总。

若是韩素梅在这里吃云吞，她拍照发朋友圈，会有恶作剧得逞的快感。

但蔡家豪一碰那袋子,殷小妙就想起坐在铁架床上,把粥碗放在搁板上,单手喝粥的王婷,还有她不离不弃的"挚友"——墙包与霉点。她抬头看着蔡家豪,尽管带着礼节性的微笑,但真真切切如是看着小丑表演的伪善。装潢奢华的包厢里,蔡家豪紧贴着韩素梅坐着,带着一点夫妻间的戏谑:"好饿呀,老婆你这样冷暴力我是不对的。"

"你烦不烦?"韩素梅没好气地对蔡家豪说道。

至于因为被她冷暴力,然后没饭吃吗?蔡家豪这话也实在太假了。但韩素梅这神情,殷小妙却注意到,与上一次是有微妙的不同的。女人,对感性的东西总是很敏感。相比于上次的客家菜馆,这回韩素梅在殷小妙眼里,少了几分冷漠,多了一丝半点的娇嗔。

蔡家豪笑着解开打包的袋子:"还是热的?阿梅不是说你当时在沙基东吗?"

"佢咁鬼懒,你真以为她会提着两碗云吞坐地铁过来?这个死靓妹,肯定是在黄埔大道站就下车,然后去边上竹升面店买的!快招供,对不对?"韩素梅盯着殷小妙,故意凶巴巴地逼问。其实她是有点下意识这么做,或者是为了掩饰一些其他的情绪。

但殷小妙抬手掩着嘴巴打了个哈欠:"梅姐,我在沙基东,你们出来撑台脚,为啥一定要叫我过来呢?专门叫我来当电灯泡?不对,你这是炫耀,跟买了限定版手袋一样……"

眼看着韩素梅就要恼羞成怒,蔡家豪在边上说道:"谁叫你提起云吞面来馋我们?"

这是什么破理由?殷小妙感觉也是服气了。坐在人均三千元左右的日料店,说她提二三十块的云吞面是故意馋人?殷小妙听着不禁抱拳道:"蔡总,抵得你发达!"她就是在嘲讽,睁眼说瞎话到这地步,难怪能够发达啊!

"真的啊。"蔡家豪把云吞打开,然后娴熟地倒入汤水,还把韩素梅那碗里的云吞拿走了三四个到自己碗里,接着对殷小妙说,"你梅姐就中意吃广式云吞,我都是超级拥趸啊!"

然后还提醒殷小妙:"可以开始拍照或者录像了,发朋友圈。"

他又用手肘碰了碰韩素梅:"老婆,趁热。"

蔡家豪吃得毫无风度,很有一种风卷残云的气势,不一会儿就把那碗云吞吃完了，甚至还喝了不少汤。在这一瞬间，殷小妙差点相信了，蔡家豪真的是喜欢吃广式云吞。

看起来，蔡家豪对广式云吞，喜欢到什么程度？以他的阐述来看，那真的是铁杆粉丝了！

本来就很饿了，但来这高档日式料理店，还专门饿着等殷小妙帮他们买云吞过来。

"王婷我去看过她了，那居住环境太恶劣了，到时伤情出了什么问题，我们不是还得负责？再说她那地方，两头跑也不方便，至少在约战之前，咱们帮她交一下房租，没问题吧？"殷小妙打着哈欠，对韩素梅问道。

韩素梅挣开蔡家豪握住她的手，瞪了他一眼，但他还是握住了，这便让韩素梅有点无奈，尽管她向来理性冷静，但心底里多少还是泛起一丝暖意的。若真的对他毫无情意，按着两人的本事，早就该双方律师坐下来聊怎么分割财产之类的了，不会拖到现在。

所以，韩素梅便没有再冷着脸挣脱，只是对殷小妙说道："蛮好的，对了，我给你转点现金。"这才借机甩开他的手，然后在微信上发起转账。

蔡家豪就笑着起哄："老婆别那么小气嘛。"

说着他还凑过去吹韩素梅垂下来那缕发丝，搞得韩素梅不胜其烦："你要想在这里吃饭，就消停些！要不就滚蛋！"蔡家豪这才老实坐下，韩素梅很快就完成了转账。

"梅姐，哈哈哈哈，我叫你给我强行塞狗粮？看，出错了吧？你输多了一个零！"殷小妙一按收款，便笑了起来，因为韩素梅给她发起的转账是六万块，而不是六千块。

她先垫给了王婷五千块公司的慰问金，加上车费啥的，给个六千就绰绰有余，这转了六万肯定是输错了。韩素梅公私是很分明的，请殷小妙、刘洁铃、卢珍她们吃饭、喝酒、SPA之类的，她并没当回事；但项目上的费用，该多少就多少。

听殷小妙这么说，她看了一下，转过脸看了一眼蔡家豪："要不咱们试一下，就别冷暴力了，来个真的家暴？"她刚才在输入转账数目时，蔡家豪在边上起哄作怪，所以才会出错的。

面对每天都坚持撸铁的韩素梅发出的威胁，蔡家豪拍了拍自己微微凸起的小肚子，苦笑道："老婆，我的名字不是叫铁，你就不用撸我了，好吗？主要是家暴完了，肯定得打120送我进去，你不得去照顾我吗？也太累人了，我心痛啊！"

然后他一脸惊恐地对殷小妙说道："没出错啊，哪个项目还不能先给负责人拿点备用金呢？你就拿着好了，姐夫求你了，你就别作怪了，难得你梅姐肯管我一顿饭啊！咱们赶紧点东西吃，好不好？"

如果把身处的这个环境抛开不提，那么现在看上去，他一点也没有投资公司大老板的架势，就如平凡家庭里的夫妻日常。但殷小妙发现，韩素梅被打动的，偏偏就是蔡家豪这种市井小夫妻的气息。

"好困，梅姐，王婷的事聊完了，我回去睡觉了。"她打了个哈欠，起身对韩素梅说道。

韩素梅看着她这副随时能瞌睡的样子，便对她说："行吧，行吧，你要困早说，又说要拖我去吃竹升面。你早点回去休息吧。对了，谈A轮的事，这个人算是有点用。"

她指的当然是坐在身边的蔡家豪，出乎她意料，尽管舞狮这个项目是他们两人打赌，但今天她去跟潜在的A轮投资人聊时，蔡家豪因为其他项目也过去了，而他在席间给她打了好几次漂亮的助攻。

毕竟，舞狮这么个开始韩素梅就预备血本无归，只是用来缓和他们家庭关系的小项目，蔡家豪这样级别的人物出来打助攻，完全就是狮子搏兔了，效果怎么可能不好？这也是她同意跟他出来吃饭的原因，或者说是一个她能认可的台阶。

殷小妙听着，一副勉强睁开眼睛的模样，有气无力地对蔡家豪说："怎么，可能，做到的？不敢相信啊，蔡总太厉害了，加油噢。"

那表情假到连幼儿园小朋友都不如，蔡家豪哭笑不得地对韩素梅说："你也不管管？这就是咱们公司投的项目团队负责人的态度？"

殷小妙可不理他，转身垂下双手，做丧尸状对韩素梅说："到这里，我可以谢幕了吧？"

看着她搞怪的模样，笑到肚子痛的韩素梅挥了挥手："去吧，去吧！"

出了包厢门的殷小妙感觉很不好，因为她能触碰到一些东西，她不太喜欢的东西。尽管韩素梅之前对蔡家豪回家通下水道、清浴缸和换感应灯来向她示好，觉得太幼稚和做作。仅仅公司估值就得几十亿元的总裁，她需要他来做这些吗？但当年她会跟他在一起，何尝不是被这些充满市井生活气息的点滴打动的？

但是这么些年在商海之中，交学费扑腾的不止蔡家豪一个，能凭着那大专学历和贫寒的出身，仅仅依靠韩素梅的积蓄和身边朋友的借贷起家，到现在活出这样子，蔡家豪当然有他的本事，特别是洞悉人心的本事。

他无比清楚自己要什么，他也知道她要什么——现在她接受不了通下水道、清浴缸、换感应灯，那蔡家豪便换了种模式，开始用市井夫妻的日常来撞开她的心防。也许是身在其中，也许是韩素梅本身就喜欢这样的烟火气，所以他们看着虽没到你侬我侬，但也其乐融融，以至于殷小妙感觉特别犯困，一秒钟也不想待下去。

殷小妙刚走出这家高档日料店的门口，身后就有人追了上来，叫着她的名字，回头一看却是蔡家豪的办公室主任。

"殷总，我送您回去吧。"他很客气地说道。

看见殷小妙要拒绝他，他便又笑着说道："这是韩总的吩咐，她说会在微信上跟您说。"

果然说话间微信就响起了消息提示声，殷小妙打开看了，是韩素梅发来的："你状态不是很对啊，那办公室主任闲也闲着，我让他送你回去，然后他就可以下班了。"

殷小妙又打了个哈欠："行吧，送我回去之后，你下班也下得安心些。"

办公室主任笑了笑，没说什么，上前按了电梯："殷总，您在路边等我，车库信号不是很好，我下车库让司机把车开上来。"

"行，我在路口等你吧，但是，大佬，商量一下，能别喊我'殷总'吗？"殷小妙感觉要崩溃了，"咱们又不是做销售的，真没必要这样啊。"

电梯到了，办公室主任点头道："是我不对，那行，我先去让司机开车，殷老师，您稍等一下。"

看着电梯门缓缓关上，殷小妙目瞪口呆站在那里好几秒，才无奈地摇头叹气走去车库出口的路边，实在没有想到这人能客气到这种地步。而在坐上迈巴赫之后，不论是彬彬有礼的办公室主任，还是非常专业的司机先生，殷小妙不知道为什么，一点也没有觉得愉悦，只是坐在车上，更加感觉到荒谬和可笑，黄埔大道西的华威达离这里有多远呢？蔡家豪真的如此喜欢广式云吞，为什么不直接让司机或是办公室主任去买一份？

"前面靠边停一下，对，送我到这里就可以了，我还有点事。"殷小妙指着前边大型的购物商场天河城，笑着说道，然后她拿起手机，"梅姐说你们可以下班了，谢谢，谢谢你们送我。"

在帮她开车门的时候，办公室主任微笑着说道："殷老师，您为人真的太好了。"

他看得出来，这绝对不是殷小妙的目的地。而接受他们送她，只不过是因为她对打工者的体谅，不想他在韩素梅和蔡家豪面前不好交代罢了。所以她会选择同意让他们送，就在不过几个站公共汽车距离的天河城门口。

这里离西关那边，还有很远的距离。

殷小妙笑着挥了挥手，快步走进了天河城，她穿过人流拥挤的天河城，往体育西路的出口走去，因为那边就有一个地铁的入口。殷小妙边走边给李子轩发微信："情况怎么样？会很吃力吗？"

李子轩给她发了个视频通话，在会议室里，五六个人在聊明天的讲演，黑板上是密密麻麻的思维导图，桌上是吃了一半的饭盒、满满的烟灰缸和空的汽水瓶，李子轩在镜头里有一种久违的容光焕发，当一个人被放到他熟悉并热爱的位置上时，那种感觉真的不只是金钱可以衡量的。

"李总过来了，还有什么吃力的？阿嫂你放心啦！"边上有员工在起哄。

其他几个人也凑过来打招呼："阿嫂，放心，我们全部都盯着李总吃药的！"

尽管李子轩的脾气不好，出事离职了，真也就微信上寒暄几句，没什么领导过来慰问他，也没有同事或下属来家里找他玩或看望他，但他专业领域里的水平是让人信服的。到了这种关键时刻，他就成了老板和下属的主心骨。

殷小妙聊了两句就挂掉了通话，想了想，一边往外走，一边给卢珍发语音："你吃饭了吗？收拾一下出来吧，行，我发个定位给你。"

她发的定位是上次跟韩素梅在西关那边喝酒的酒吧。出了地铁走过去，也才晚上8点出头，酒吧里人并不多，倒是卢珍比她还先到一会儿。

"每次出来都叫我喝酒，你能不能正能量一点？"阿珍开了一瓶大瓶装的啤酒，递过去给殷小妙，碰了一下瓶子，仰头喝了一口放下，看着已经少了三分之一，"你老汉呢？"

"我爸？跟我妈住海珠区那边啊。"殷小妙喝了口酒，笑着应道，"怎么突然关心起我爸了？"

阿珍愣了半晌，自己也笑了起来："我是问你男人！哈哈哈，好吧，我的错！我自己罚一口。"说着她又一仰头，放下瓶子时，如果不算那些泡沫，大抵就只有一口的量在瓶底了。

老汉，在她的家乡话里，就是指丈夫的意思。

殷小妙听着解释，也笑了起来："他有朋友找他帮助去做个项目，我想着回家也一个人，就拖你出来啊。你在家不也一个人吗？"

"我弟他们过来了啊！"阿珍白了殷小妙一眼，"要不我就陪你送王婷去医院了。"

被她这么一说，殷小妙才醒觉过来，的确下午阿珍就提过这事，所以才没陪着去医院。阿珍说完，很懊恼地把瓶子里的酒一饮而尽，又重新开了一瓶，喝了一口之后才说道："不过我也想出来，烦死了！"

殷小妙并没有问她烦什么，只是举起酒瓶，跟她碰了碰，然后陪着她默默地喝酒。

这便是阿珍愿意跟殷小妙出来的原因。她很懒，懒到连八卦也不愿打听，更是从来不会追问别人不愿提起的家事。阿珍如果说，她便听；如果不说，她就不问。这间酒吧阿珍是第一次来，但她也发现了吊扇并不转动；那张台球桌上，缺了两个球；飞镖盘的画线其实太近……

但阿珍蛮喜欢这里，大约这些都抵不过坐在这酒吧里，让人有种莫名的放松感。也许更多的是因为有殷小妙陪在边上。不用顾忌什么，不用提防什么。

说到底，终是意气相投的缘故，便无怨怼。

没有喧嚣的音乐，也没有太过吵闹的客人。小小的酒吧在这匆忙的都市里，慢悠悠消磨时光，这是殷小妙选择它的缘故。便是有人过来搭讪，被殷小妙她们拒绝后，也保持着礼貌和笑容退去，不会纠缠。殷小妙便坐在这卡座里，拿着阿珍递给她的那瓶啤酒，时不时喝一口，很有一种悠闲的惬意，不知不觉之间，手上那瓶啤酒就喝了一小半。而当看着阿珍手里马上见底的啤酒和桌上已有的四个空瓶时，殷小妙便招呼服务生："再来半打！"

但阿珍拦住了她："我有点烦，你要不介意，我们换个场子喝？"

如果她不提有点烦，殷小妙大约会懒得动弹，但她都说了有点烦，自然殷小妙便跟着阿珍起身，出了酒吧，七拐八弯，倒是不远，便在那些老房子里的一段老街。几家大排档，把包浆的三合板折叠桌和红色塑料凳摆了出来，又有几个可以骑着走的烧烤车也凑在边上，时间还早，不过已有不少在周围上班的、打工的人，三五成群坐在那里，几瓶啤酒，些许烤串，是生活里来之不易的欢愉。

南腔北调的肆意和各地的粗俗俚语，在这条并不宽敞的街里交融着，放形浪骸里，就洋溢着生活的烟火气。

于是那年迈的树，低矮的楼，旧去的街，便有了勃勃生机。

阿珍拿过服务员放在桌上的珠江纯生啤酒，打开瓶盖，往那单薄的劣质玻璃杯里倒满了酒，她的手很稳，几乎没有什么泡沫，满满的一杯，然后她举起杯，语气里有些郁郁，向殷小妙问道："你应该不习惯这种地方吧？"

殷小妙还没反应过来，就听阿珍接着说道："我家在农村。"

看着殷小妙要开口，阿珍便冲她摇了摇头，仰头把酒喝了："不是你们林和村、猎德村那种揣着一大串锁匙的农村人。"说着阿珍给自己倒上酒，端着杯子说，"不知道你看过一部老电影没，《一个都不能少》？对，大约就是那种农村。当然，现在有村村通，有信号基站，肯定不是那个样子了。但我生长时，我玩耍时，到我被体操队选走之前，我记忆里的家乡就是那样的。"

她把自己浓密的秀发随手挽了起来，在脑后扎了个高马尾，便显出几分利落的英气："所以，我怕你不习惯跟我来这种地方。"

殷小妙白了她一眼，端起杯跟她轻碰了一下："阿珍啊，你这破嘴真损！那词怎么说的？蔫坏蔫坏的！啥叫我不习惯？都是平头老百姓，有啥不习惯的？"

说着她啜了一口啤酒，放下杯子，冲着兼着大厨的老板高声喊道："老细，炒碟牛河过来！要有镬气啊！"

"落着！即刻到！"老板听着，便开始整治。

殷小妙笑道："阿叔，乡下江门啊？"

"咁都俾你听出嚟？犀利噢！"老板就高兴起来，一边下油热锅，一边对服务说道，"送两支啤酒过去靓女这桌，我请！"

本来情绪不高的阿珍看乐了，一仰头把酒喝尽了，摇头道："好吧，是我不对。"

殷小妙便得意地笑了起来，端起杯子，喝了一大口，又招手叫了边上烤串的小哥过来。她们要了二十来串烤牛羊肉之类的。到了这里，阿珍的确要比在酒吧更放松一些。殷小妙一杯酒喝完，桌下就堆了六个大瓶的珠江纯生空瓶。而这时炒牛河端上来了，很大的一碟，这便是街边大排档的好处，分量足。

殷小妙装了一小碗，吃了一口，不算好吃，不论是河粉还是牛肉，食材本身质量都很一般；但至少镬气够，对炒牛河来讲，就不至于很难吃。但她到现在都没吃饭，这么吃了一口，便把饥饿感勾了上来，接连吃了两小碗都没停下，直到第三碗，动作才缓下来。

这些天跟殷小妙一起练舞狮，阿珍是知道她饭量的——盒饭里，大半白饭总是吃不完的，看着她居然把这么一大碟干炒牛河扒拉了将近三分之一，不禁惊讶地问道："你这是还没吃晚饭？"

看着点头的殷小妙，阿珍扑哧笑了起来："然后你没吃饭就找我喝酒？人菜瘾大，说的就是你吧？"

第三碗干炒牛河殷小妙吃到一半，就感觉吃不下了。她放下筷子端起酒杯，冲着数落她"人菜瘾大"的阿珍道："一会儿让你爬着走！哼哼！"

殷小妙那奶凶奶凶的表情，直接把阿珍逗得笑到直不起腰："好好，我很害怕。"

"要不，你叫一下王婷，看她愿不愿意出来？"阿珍仰头把酒喝了，自己倒上酒，对殷小妙说，"她还是很拼的，而且她真的喜欢舞狮。"

其实刚才殷小妙喊卢珍之前，卢珍就想买点水果再去看看王婷，因为她手伤了，又一个人，其实是有些担心她的，但王婷婉拒了，说不太方便。而听殷小妙说起王婷那种集体宿舍的居住环境，想来也的确不是很方便，于是卢珍便有这么个提议。

殷小妙呡了一口酒，点头道："行啊，反正也才8点多，我问她一下。"

她说着拿起手机，就给王婷发了信息："休息没有？要是没休息，出来一起撸串？"

王婷几乎是秒回了这条信息："好啊，我现在就过去！"

第十六章　意气相逢

殷小妙想了想，给她发了一百块红包，附言：项目团建车费，记得拿车票。

放下手机，殷小妙端起杯子啜了一口，就听阿珍开口道："你说，咱们这项目能做起来吗？"

这话把殷小妙问愣住了，她倒没有公公婆婆那样好面子，很害怕被其他人知道李子轩的病情。但也不会无端地逢人就提起自己的私隐，所以她没提李子轩在参与舞狮的过程里病情有所缓解的这一节，只是对阿珍说："只要有得玩，四个多月后跟那约战的陈某人能赛个胜负，我就OK了啊，至于项目，你得问梅姐吧。"

"韩总当时和我说，项目能做起来，有分红。"阿珍仰头喝了酒，给自己添上，把空瓶扔在桌下，抬手示意服务员拿酒过来，然后她看着殷小妙，"我需要这分红。"

这是她郁结的根本：一家三口过来看她的大弟带来的消息，二弟明年五一要结婚。

毕竟没到消夜的时分，人流并不太多，烧烤摊很快就把殷小妙她们点的串烤好了大半，用塑料碟子盛着端了过来。那羊肉串虽说用红柳枝穿着，孜然味道很浓郁，殷小妙吃着觉得还行，但卢珍吃了一串就不太愿意吃了，倒是那烤鲜鱿鱼，很得她的喜爱。

撸着串，气氛难免逐渐走向欢快，原来不太好开口的阿珍，吃上几片烤鲜鱿，又仰头喝上两杯啤酒，长叹了一口气："我二弟那是很懂事，自己过了教考，在县里中学教数学。对象也在县城上班，这彩礼得要十万，总得在县城置个婚房吧？一平方米五千出头，首期就得十来万，后面他们自己慢慢去供房贷，加上三金、服装、摆酒什么的，三十万得多点吧，我明年清明前得帮他把这钱凑出来。"

这就是她需要分红的原因了。

现在虽说卢珍到手有一万块，可朋友交际、交通费、化妆品衣服等，加上卢珍怎么说也是见过钱的人，不是那种抠门的性子，一个月下来，手上是真没有余什么钱，没有那分红，她怎么凑这笔钱出来？

至于那个刚刚过户到她名下小小的铺面，阿珍肯定当那玩意不存在的，不然的话，就算有东山再起的机会，一点本钱也没有，指望空手套白狼？她又不是没做过生意的妄人,不会考虑那种不现实的事。

殷小妙听了,半天没开口,连续喝了两口啤酒,才犹豫着问道:"你爸妈身体还好?"

"农村人,挑得了粪桶,种得了地,腰酸背痛总是会有的,但没啥大问题,我都让我弟每年带他们去县里体检一次,这个倒没什么负担。"说着阿珍就露出了笑脸,说明天带些铁棍山药给殷小妙吃,是她爸爸专门让她弟弟带过来的,自己家里种的。

其实,殷小妙问她这个问题,是觉得她弟弟的婚事,不是应该她父母操心吗?这要说父母不在了,她当大姐的操心弟弟的婚事,倒也是个说法。不过,她二弟不是还有位已结婚生子的哥哥吗?

退一万步说,阿珍现在情况也不好,又不是她赚钱的那几年了啊!凭啥她来操这心?

现在一听,殷小妙算是明白了:阿珍,就是他们家的顶梁柱。

"梅姐今天说,似乎 A 轮聊得不错,听她的意思,如果我们这个项目能按进度去完成目标,应该 A 轮有很大概率的。"殷小妙斟酌着措辞,这么对阿珍说道,"具体的,你还是得问梅姐。"

服务员拿了啤酒过来,阿珍皱起眉头开了一瓶,给自己满上,想了想,向殷小妙问道:"你说,咱们的目标,比如下周就是完成高低桩的合练,然后还有一个板凳青的尝试,这跟 A 轮能不能进来,有啥关系呢?"

殷小妙摊开手:"那我就不懂了,对了,你要不找铃姐问问?"

"我不跟那人说话!"阿珍听到刘洁铃的名字,一下就恼了,悻悻然结束了这个话题。

第十六章 意气相逢

第十七章　相见欢

很少打车，甚至手机里都没有装打车软件的王婷，在出租车上接到了弟弟发来的语音："姐，你手怎么样？疼死了吧？早点休息，你份兼职，我看就勿去，我每个月多少转点钱给你！"

"我喜欢舞狮。"王婷笑着给她弟弟回复，"不单单是钱，主要好耍啦，当然，这份钱也很易赚！哈哈哈！就算跌一下，你看，又给我慰问的钱，现在那经理还叫我出来食烧烤，还出车费！"

她弟弟沉默了一阵，又发了一条语音过来，王婷点开凑到耳边听了："我想了又想，阿姐，你这样不是路。你要是觉得好耍，份钱易赚，要不你就把十三行份工辞掉。"

王婷第一时间就拒绝了，因为有一个问题，这项目要是不做了呢？

在她看来，舞狮这钱太好赚了，好赚得不太真实，以至于她有点不安稳的感觉。

跟十三行的工作不一样，至少在十三行的店铺里帮手卖东西，老板赚了钱，就会给她发工资，她觉得这才是一个稳定的生计。

"你跟经理谈一下，要是真给你租房，你就辞了十三行份工作。"她弟弟没等她回复又给她发了几条语音，"我专门去问过交往比较好的老师、师兄和辅导员，搞非遗这一类的，搞得好，也是有很多机会的。"

王婷看了一眼出租车的计费器，三十二块了，她有些心痛，给弟弟发信息："到时这个项目做不下去怎么办？重新找工作，要是两三个月都找不到怎么办？我不是很想去当送餐员啊，那要路很熟才行。"

过了四五分钟，她弟弟才给她发了一条语音："两三个月找不着工作，就我饲你啊姐，你要结婚了，你老公饲你；你未嫁，阿弟饲你，你勿着惊啦。

你听我说，我现时几个兼职全部算落，有三千银，学校食饭六七百银就搞掂，不会饿死㗎，你喜欢舞狮，你就去耍啊！"

王婷在出租车上听着这语音，摔伤手没流过一滴泪的她，哭得止不住眼泪。以至于司机很害怕地呼叫了总台："我搭载了位姑娘，现在在内环路，她在后座哭得很吓人，总台看看帮我报警还是怎么处理啊！我没有跟她说过一句话！只问了她要去哪里。对，我也没有打电话或跟别人聊天啊……"

幸好抵达目的地后，王婷用微信支付了车费，没有如司机所担心的出现什么意外。王婷见到殷小妙的第一句话，就是问："小妙姐，你说项目帮我租房，是真的吗？七老婶白养我？"

"只要我还在这个项目，肯定不会因为你伤了手赶你走。"殷小妙叫服务员拿几瓶王老吉和椰树过来，然后对王婷说道，"你就别喝酒了，喝点王老吉，撸撸串。"

王婷吊着一只手，夹板上还有殷小妙的签名，她看着殷小妙，就没有坐下："只要真帮我租房，我就把十三行那边辞了。"

"你专心过来一起合练当然最好，但要给你八千一个月，这个我做不了主啊。"殷小妙苦笑着拉她坐下来，她其实很不愿意聊这些事，但王婷过来直接就这么聊，她再懒也只能这么应付。

王婷想了想，深吸了一口气："不用加钱，只要在咱们项目那健身房边上给我租房，我就把十三行那边辞了。"

"租房这个没问题，对，你要辞了十三行那边，的确应该直接租边上，最好在阿珍附近。这个肯定能行。"殷小妙把一瓶王老吉推给王婷，示意她坐下，要不感觉很怪，好几桌人都在望过来，以为她们是在吵架还是怎么回事。

王婷看着殷小妙，低下头咬了咬嘴唇。

她实在想不明白，殷小妙这个标准的"傻白甜"，怎么就能被她心目中觉得很有钱、很精明、手段很高明的七老婶高看了一眼？她抬头又用眼角偷偷扫了扫殷小妙，叹了一口气："你有学历就是好。"

大约这就是匆促之间，她觉得傻傻的殷小妙唯一可以称道的地方。

但想起殷小妙下午带她去医院，又去看她，还私人给了她两千块慰问，而且直到现在不论成不成，当着卢珍的面许诺给她租房子，王婷还是很感激。她坐了下去，拿起那瓶殷小妙帮她开好的王老吉，就听见阿珍端起酒杯说：

第十七章　相见欢

"下午那个跳跃,我做得幅度过大了,不好意思。"

但王婷摇了摇头,自己单手拿起酒瓶,倒了一杯酒,跟阿珍碰了一下:"哪能怪你?是我没跟上。"然后一口就喝了大半杯。殷小妙在边上,连拦都来不及拦,瞬间王婷那黑瘦黑瘦的脸,一下子就泛起了红色。

殷小妙看着她,苦笑道:"你这都打着夹板呢!"

"听说活血。"王婷喝了点酒,似乎就没有平时那么木了,笑着说道。也不知道她从哪里听说,不过看起来,她酒量并不怎么样。

这时殷小妙的微信响了起来,出乎她意料,竟是向来都不联系的刘洁铃给她发来的信息,一份校内数学能力竞赛二等奖的获奖证书,还有一条语音消息,拿到耳边听,感觉刘洁铃发信息时,语气有些激动:"我能请您吃个饭吗?"

殷小妙不知道怎么回事,但她也懒得猜,事实上,她也似乎没什么特别勤快的事。连打游戏都是这样,吃鸡类手游里,她十把能有六七把混到前十名的,杀敌数往往就两三个,有时混到前三名,手里就一个红外瞄准镜,连个倍镜都没去捡,5.56弹药的枪械还当主武器在用。

所以,她很直接就问了:"铃姐,这是怎么回事?"

原来是对自己女儿数学成绩感觉到绝望的刘洁铃,回来竟然看到女儿拿到了学校数学比赛的好成绩,在难以置信之余,看了女儿打开的微信消息记录,才发现近来她女儿请教了李子轩很多问题,而李子轩总是不厌其烦地在微信上给她女儿解释。然后刘洁铃就有点激动:"我刚回来,看您那边没亮灯,您要吃过饭了,要不咱们去喝杯咖啡?"

阿珍端着酒杯凑过来,殷小妙就把语音又放了一次,凑到她耳边。

"扯到木犊娃,还知道发个信息来感谢,这听着还算是个人。"阿珍低声说道。

她很不待见刘洁铃,但听了这语音,似乎略有改观。

殷小妙笑着问她:"那我喊铃姐过来?"

因为这是阿珍带过来的场子,殷小妙总不能自己随便叫人来。

吊着一只手的王婷看着殷小妙在回信息,没空说她,又倒了一杯酒,起身来跟阿珍碰杯,那明明不胜酒力还酒胆十足的模样,尤其她吊着一只手端着酒的模样,让阿珍笑得那高马尾都在乱抖了,一边劝王婷别喝多了,一边对殷小妙说道:"行嘛,她要说人话,就喊她一起来撸串,那怕啥?"

但刘洁铃一过来,坐下去喝了一口酒,说了一句话,阿珍脸就黑了,因为刘洁铃说:"小妙,我是真心来跟您赔礼道歉的,真的很不好意思!我看了那聊天记录,我不知道,我不知道,我这孩子怎么问得出那些个蠢问题!那真不是智商正常的人能问出来的话!我看着那聊天记录,我当时想死的心都有了!"

眼看着卢珍把酒杯往桌上一放,就要暴走,殷小妙连忙岔开话题:"铃姐,你说,咱们这项目,公众号上点赞量、粉丝量也不多啊,梅姐说要谈A轮,我们是不是得去刷点数据啥的?"

"不能刷!各级流量池和大数据模型现在机制都很成熟,一刷号就废了。"刘洁铃一下子就忘记前边的事了,喝了一口酒,看了一下左右,好多桌都在抽烟,她就高兴起来,摸出烟来,点上一根,"我们又不是做MCN,并没有必要去冲某个号的数据……"

她很认真地讲了十来分钟,阿珍那脸色难看得不行,感觉跟刚烤好送来的蜜汁鸡翅差不多了;王婷当然更是跟听天书一样。于是阿珍拖着王婷,一人一瓶啤酒,直接走去烧烤摊那边,边聊边喝了。

如果韩素梅在场,殷小妙肯定在边上打瞌睡。但偏偏只有她了,她只好打起精神听了一会儿,点头道:"大约就是在各个短视频平台上给我们的项目造势?推动类似的短视频来形成氛围,而不是单纯去跟进我们项目公众号的数据?"

"对!"刘洁铃一下就高兴起来,把烟盒递给殷小妙,似乎这是一种肯定或是认可,"就这么简单的事,有人老听不明白。"

殷小妙微笑着婉拒了对方递来的烟盒,心里却极度悔恨:神仙,我不该招惹你来啊!

"阿珍!过来啦。"她喊了阿珍和王婷过来。

卢珍似乎不打算给刘洁铃太多说话的机会,先在微信群里发了条信息,然后圈了李子轩和赵哥:我们在撸串,准备喝点酒,一会儿你们要过来接人。

看着李子轩和赵哥都快速回了"OK"和"好的"的动画表情,阿珍就对刘洁铃说:"要不喝点?"

阿珍挑了挑下巴,那高马尾一甩一甩的,很有些枪缨的味道。

刘洁铃冷笑了一声："我胳膊是真的比你腿粗吧？我什么代谢数值，你什么代谢数值？还练体育出身的？这都心里没点数？"

殷小妙趴在那包浆的三合板桌子上，看着她们两人快速清掉了半打大瓶珠江纯生，然后阿珍叫再上半打，刘洁铃对服务员说："跑来跑去麻烦，直接拿一打过来吧。"

"小妙姐，你不劝一下？"王婷低声问道。

殷小妙端着杯子，豪爽地喝了一口。然后端着那杯从坐下来时阿珍帮她倒的啤酒，淡定地说："别慌，一会儿看不行，我上去把她们都喝趴。到时等子轩和赵哥过来，把她们送回去就好了。"

聚在一起撸串串，炭火的温度，多少消融了彼此之间的一些冷漠。

至于推杯换盏之间些许的不安和分歧，就像桌下空荡荡的酒瓶，在起身离开之后，何必记得曾倒入谁的杯中？日子一天一天地过去，而殷小妙她们的进度也一天天地在推进。很多事情有了资本的注入，慢慢地就变味了，但又不能否认，有了资本的注入之后，原本许多困扰就尽化为乌有了。

例如那年代久远的录像带，在殷小妙她们完成了基本磨合之后，就不再需要了。

因为项目有资金，只要看见团队有起色了，那么就可以花钱请人。

王婷手上的夹板还没拆，在佛山舞狮多年的师傅就被高薪请来，以一月之内每周过来两趟的频率，教导她们"张飞狮"的细节该怎么舞。而让殷小妙没有想到的是，这天那位有着许多头衔的陈杰，也就是挑起几个月后较量的"宿敌"，居然来到了健身房，而且是韩素梅请他过来的。

随着陈杰一起过来的，还有一位西装革履的同伴，在电梯口领着他们进来的白领丽人，就是甲方派过来负责财务、行政、后勤的那位女士。韩素梅在办公室跟他们聊了一会儿之后，就让那位白领丽人去把殷小妙请过来。

"你们过来干什么？"殷小妙走进办公室，发现冲她点头打招呼的陈杰，看上去好像有心事，完全不是当时第一次去找她约战时，那种风轻云淡的从容。他似乎是出于商务上的需要，或者说商业礼仪，刻意地保持着微笑。

她其实猜到了为什么韩素梅会请他们过来，但很明显，这不是殷小妙期待的方式。所以，她没好气地冲着陈杰问道："你过来，是担心输了之后难以下台，无法面对你名片上众多头衔，所以想来商量一个妥协折中的办法？"

她当然知道陈杰过来不可能是来商量这样的事。

但殷小妙很不高兴，故意当着韩素梅的面这么说。

"您好，殷师傅。"陈杰身边那位西装革履的同伴笑着站了起来，起身向殷小妙递了自己的名片，出乎殷小妙的意料，这位叫陈广的竟然是律师。

有心事的陈杰勉强笑着开口："阿广，我哋一条村从细玩到大嘅手足，佢打鼓㗎，好掂！"

陈广重新落座之后对殷小妙说道："杰哥老是说，殷家的后人巾帼不让须眉，我们都不太理解，今天见了，果然英气逼人。"

伸手不打笑脸人，陈广这么把殷小妙架起来，又称她"殷师傅"，那就是把她当成体量相当的醒狮队了。这种情况下，殷小妙再不高兴，也不可能再往下发作，只能黑着脸打了个招呼杵在那里。韩素梅本来就是那种所谓七窍玲珑心肝的人，怎么可能会不知道殷小妙在耍性子？

不过她并不太在意，只是对黑着脸的殷小妙说道："咱们等一下再聊。"

然后招呼着陈杰和阿广，让他们一起过去看看训练。殷小妙尽管没说什么挑衅的话语，但情绪明显不高。看着王婷她们的训练，陈杰听着锣鼓声，就微微笑了起来，因为不专业。尽管李子轩钢琴、小提琴都考过级，架子鼓也能玩得转，但跟舞狮的大鼓不是一个系统，内行人一听，也就是一耳朵的事。

但走进高低桩的操房，陈杰看着那只在高低桩上跳跃的醒狮，就有点吃惊了。外行看热闹，内行看门道。在舞狮这行当，特别是岭南醒狮，陈杰是绝对的内行。所以，他的惊讶，不在于王婷她们的配合或是能做什么动作，能上高低桩之类的，或是能做什么高难度的动作。

"这狮尾，不简单。"这就是陈杰下意识的第一反应，因为他看得出来狮头在做动作时，完全是不考虑狮尾的，这其实是不对的。对行家而言，舞狮是一件协作的事，狮头太独，是会出事的，但偏偏狮尾就是总能配合上！

因为今天的狮头是王婷，而狮尾是体操运动员出身的卢珍！

看到陈杰他们走进来，王婷和卢珍从高桩上跃下，给了一个亮相之后，李子轩停了鼓，王婷她们便也放下狮头，阿广笑着主动冲王婷打招呼："胶己人啊？"

应该是从刚才那几个动作里，他看出了王婷耍潮汕虎狮出身的根脚。王婷扫了阿广一眼，尽管西装革履，但一有空就跑去练MMA（综合格斗）的陈广，不单体脂低看着瘦，而且黑，加上有点塌鼻梁，王婷直接扔了一个白眼给他，连话都不跟他搭一句。

"我们是有足够的实力的，所以咱们到时候一起做一场网络直播，把这比赛炒起来。"那位去联络陈杰的白领丽人，在边上对他说道，"我们推广舞狮这个非遗项目，跟你们下到学校去推广舞狮，大家的初心都是一样的，这样彼此之间实现双赢的局面。"

陈杰还没说话，殷小妙就跟韩素梅说："梅姐，不好意思，我想咱们现在就得聊聊。"

韩素梅点了点头，示意那白领丽人接洽陈杰，然后带着殷小妙到了边上的操房。

走进操房反手关上门，殷小妙显然刚才就想得很清楚了："梅姐，我很感激……"

"你觉得我把整件事弄得非常商业化，弄得不纯粹了，是吧？"韩素梅没有等殷小妙说完，就笑着打断她。今天是周末，她穿着牛仔裤，直接在操房的垫子上盘膝坐下，示意殷小妙也坐下，"接着是不是要告诉我，你准备退出这个项目了？"

殷小妙倚在操房镜前的把杆——用来练习基本功和柔韧素质用的那根"扶手"上，这让她感觉舒服一些："其实梅姐你不需要我，这个项目有阿珍和王婷，不行再招几个人，完全可以撑起来。"

盘膝坐在垫子上的韩素梅点了点头："然后你专职来做这个项目的CEO？这样我可以接受。你不要忘记，当时是你要求我加入这个项目的，如果你觉得有问题，应该是我退出项目，而不是你。当然，我仍是甲方公司的股东这一点不会改变。但这个项目是你发起的，因为你当时觉得需要它，所以找我帮忙。"

殷小妙皱着眉头，如果撕破脸的话，当然很容易说清楚，例如说那就让韩素梅退出嘛，然后殷小妙按照自己的方式来推进这件事之类的；或者说，她就是不干了。

但她知道，事情不是这么处理的，殷小妙也不是刘洁铃。

"好吧，梅姐，那我聊一下我的方案。"她倚在把杆上，踮了踮脚尖，低着头说道。

殷小妙的方案，就是把这件事拆分开来。她跟陈杰约定的比赛，希望可以沿用旧式的切磋之类。而在此之后，项目的醒狮团队和陈杰的醒狮队比试，就按照商业活动的模式，应该怎么预热、造势、炒作、带流量、直播等，反正就是以最终实现推广非物质文化遗产的目的去操作。

"旧式的舞狮也是有观众的。"韩素梅盘坐在垫子上，笑着说道。

殷小妙抬起头来，露出了笑脸，很有一种骗到小鱼干的猫咪的得意："就算不是闭门切磋，至少不要在这件事上去过分进行商业炒作啊！"

"我突然发现，某本小说里有一句话，还是很对的。"韩素梅皱起了眉头。

她叹了口气，看着殷小妙："漂亮的女人，总是很会骗人的。"

在韩素梅看来，恐怕从见到陈杰那一刻，殷小妙就在打腹稿，怎么让韩素梅接受自己的方案了，所以她所有的情绪和不快，韩素梅感觉，都是为此铺垫的表演。

"好心你照下镜啦！梅姐，讲到靓女识呃人，边个够你靓女先？我好老实㗎！"殷小妙有条有理地反驳，"先生讲过，你话要开窗唔得，梗系要先话拆屋，然后大家就同意开窗啦！哈哈哈，饶命！"

她说的先生，当然就是指鲁迅先生，引用的话是鲁迅先生的《无声的中国》里面的"譬如你说，这屋子太暗，须在这里开一个窗，大家一定不允许的。但如果你主张拆掉屋顶，他们就会来调和，愿意开窗了"。

后面的"饶命"，却是韩素梅起身，作势要上演全武行，殷小妙大呼小叫地闪避："比赛方仲系出边，梅姐唔好玩，求放过！"

如果磋商的诸方都是足够聪明的人，往往事情的效率会很高，因为彼此都知道过多的虚张声势和拉扯，只会不断增加自己的沉没成本。正如殷小妙连说带玩闹，只用了不到五分钟就说服了韩素梅接受她的方案。

而韩素梅用了不到十分钟，就跟陈杰和阿广敲定了新的合作计划，并且彼此都觉得这就是自己想要的结果。无他，因为推广醒狮文化，本来就是陈杰他们在做的事情；而恰好又是殷小妙她们这个团队拿到天使轮，包括现在正在谈的A轮的项目核心驱动。

陈杰和韩素梅聊完大体的合作方向，在聊一些配合的细节，阿广就过来安装着高低桩的操房看他们训练,正遇着殷小妙在跟李子轩说起拆分比赛的事情。

"这样的结果很不错!"李子轩听着就很兴奋,因为低调的切磋,带着江湖气息的宿敌逝去,继承师父和先辈的恩怨……这就是他追寻的武侠风格、市井味道,这也是他对这个项目着迷的根本原因,"出门办事当然坐高铁,偶尔坐个绿皮,感受一下旧日时光,也别有一番韵味嘛!"

他说着,手里的鼓槌就耍了个花,敲了一下边鼓。

王婷在旁边看着,禁不住就叫了起来:"子轩哥哥好棒噢!"

她要不叫这么一嘴,李子轩倒是跟殷小妙说得欢快,被她这么一喝彩,李子轩就讪笑道:"小妙,广告公司刚喊我,毕竟签了顾问合同,我打个电话问问什么事。"然后就匆匆跑出去打电话了。

殷小妙忍着笑点了点头,看着李子轩走出去之后,王婷满眼的小星星:"小妙姐,子轩哥哥还是顾问噢!太厉害了!肯定很忙吧?不过小妙姐你有学历,肯定就能帮上子轩哥哥的忙,像我这样没文化,再怎么努力也帮不上忙的!"

"帮忙?"殷小妙看了王婷一眼,"我像是会帮忙的人吗?呵呵,我去冲咖啡,谁要喝?"

除了王婷坚持喝她的单枞白叶之外,扛着拍摄设备的赵哥也坚持喝他的枸杞水。其他人,包括阿珍和刘洁铃介绍过来的程序员小王,以及阿广都举起手,几乎异口同声道:"美式,加冰!"

看着殷小妙出去泡咖啡,阿珍有点无奈地对王婷说:"能不能别这样?你看人家两口子都怕你了。一起撸串时不是说得好好的吗?小妙也对得起你了啊!你想想?一桩桩的。"

不论是该给她争取的钱,还是私下自己掏的慰问,或是王婷前些日子受伤时,力保她留在项目,并给她租房子等,一桩桩的,阿珍说起来,王婷心里也是有数的,不禁就尴尬地低下了脑袋。王婷犹豫了一下说道:"我也不想的,我、我控制不了自己啊。"

"姑娘,长点心吧,听到没?"阿珍摇了摇头,低声对她说道。

王婷也不是不知好歹的人,听着使劲点了点头。

看着阿珍走开,阿广凑到王婷边上:"其实刚才那人打鼓不正宗的,他那打法不对,他连耍鼓槌的手势都不对的,那是架子鼓的花式……"

王婷没好气地反问:"你会?你正宗?"

阿广过来搭话,就是为了等她问这么一句。

当下听了她的话,他立马解开西装扣子,走过去,操起鼓槌,他是从小就跟着陈杰他们练的,陈杰他们舞狮,阿广就练鼓,打鼓那是绝对的驾轻就熟,"咚咚咚"几声下来,架势一拉开,气场十足,赵哥和程序员小王都听得动容了。

但快慢交错打了一轮鼓,陈广却发现,王婷不见了!

"人哋撩紧你啊!"殷小妙在茶水间,一边喝着咖啡,一边对跑过来的王婷说道,甚至还跟她说,"广州农民,有米啊!屋企点都有七八套屋啊!话唔埋,可能唔止几套屋,人哋可能有成栋电梯楼!"

王婷笑了笑,然后低着头,沉默地泡茶,一句话也没有说。殷小妙是去看过王婷的,也见识过她那不离不弃的两位"挚友":墙包和霉点。

阳光从窗外照进去,照亮了大半个茶水间,偏偏就留下王婷泡茶的那一角阴暗,但殷小妙看着她黑瘦的脸,却觉得王婷也许走得艰难,但她始终在光亮里。

"那人眼底很是不以为然。"殷小妙捧着咖啡,想了一下,对王婷说道。

她口中的"那人",当然指的就是陈杰。

陈杰跟阿广聊起来,说的都是好话,比如上高低桩利索,比如狮尾很犀利等。在别人的场地,出于礼貌,一般来讲,不会说别人的不是,哪怕是几个月后一起比试的对手。但殷小妙有着很敏锐的直觉,她能感觉到,对方没有说出来的不以为然,这很让她好奇。

但大家本就是对手,而且陈杰看上去心事重重。她不论是出于什么原因,其实都不太方便开口去询问。王婷泡好了茶,不以为然地说:"其实佛山过来讲课的师傅,也有提到我跟阿珍有点问题,但说练多几趟,应该就会好。"然后她黑瘦的脸上,便浮出几分不快,瞄了殷小妙一眼。因为佛山过来讲解"张飞狮"怎么舞的师傅,对殷小妙很是赞赏,觉得殷小妙舞得很好。

这真的让王婷很不爽。她就不明白,殷小妙这个极度懒惰的傻白甜,怎么似乎大家都高看她一眼?凭啥呢?毫不客气地说,这个项目里,练得最勤快的就是王婷,这一点她绝对问心无愧,特别是在项目出钱给她租了房子之后，就算当时手没好，她也没闲着，每天都过来认真看"两岸四地狮王争霸赛""南狮全国比赛"之类的视频，练习和琢磨步法。她本身就喜欢这个，所以特别投入。

而卢珍身体天赋很好，但也很认真在练习托举、跳跃之类配合的动作。看了一眼捧着咖啡的殷小妙，王婷就暗暗翻了翻白眼，就是这个不谙世事的傻白甜，上午过来练半小时，下午再练半小时，然后不是在刷短视频，就是看综艺；或者一边上跑步机慢跑，一边戴上耳机听书。让王婷最为光火的是，殷小妙每天宁可花一小时去练力量，也不多和她们一起练狮！

"小妙姐。"王婷记着刚才卢珍劝她的话，想着殷小妙对她的好，压着火气说道，"你就别去练那些杠铃了，要是练得跟那些健美比赛的大块头一样，肌肉一块一块，那可就不好看了！"

殷小妙看了她好一会儿，才幽幽地开口："女性，正常来讲除非上'科技'，才可能达到你担心的效果。普通人练到体脂20的水平，就该连大姨妈都不正常了，所以你想多了。"

体脂20，也仍不太可能出现明显的肌肉棱角，更不要提什么健美比赛的大块头了。对她说的这些东西，王婷并没有听懂，但这更加让她感觉，殷小妙莫名其妙。但殷小妙能明白王婷想表达的意思，无非就是佛山的师傅说她舞得好，所以王婷觉得，殷小妙别花时间去练那些杠铃，多和她们一起练，然后看看能不能提高得快一点。

可是，这不现实。

除非殷小妙能让大家都非常服气于她的专业水准，并对项目有着极高的期望值。问题在于，殷小妙并不认为目前具备这两个条件。她自己本身就是为了李子轩的病情才重新扛起狮头的；而又是为了找一个便宜的场地，才搞出这个项目。

所以对项目的期望值，不要说其他人了，殷小妙自己都没有什么太强的期望。而且，卢珍有她自己体操运动员出身的骄傲，从小舞过多年潮汕虎狮的王婷又何尝没有？殷小妙如果跟陈杰一样，有着许多奖项和舞狮机构、协会的头衔，那还好些。但她并没有，尽管充当顾问的佛山师傅很是欣赏她，但日常训练里，殷小妙感觉有许多东西点到就可以了。

非得让她站出来，说很重的话，只会让彼此的关系变得很僵。而且，有一点王婷是看对了,那就是殷小妙很懒,她喝完最后一口咖啡,边洗杯子,边对王婷说道:"好啦好啦,我们平时训练时多找找看,跟狮王争霸赛里的获奖者,动作有什么差距吧。"

似乎李子轩那边有点什么事,在招手让她过去,于是殷小妙便转身而去。

"说了跟没说一样。"王婷低声咕噜了一句。

这时却看见阿广走了过来,走近了看着她在泡茶,就开口道:"工夫茶啊,这是单枞?"

"什么'善枞'?"王婷白了他一眼,"单枞白叶!"

第十八章　茶的单纯

在律所工作的陈广，当然不是没有见过世面的人，或是说没处过女朋友的人。毕竟跟陈杰一条村的，广州中心城区的农民出身——应该说，从他父辈起就不太为生活所需困扰了。而他本人更是走南闯北，见多识广，刚从北京的律所跳槽到广州这个律所。

但第一眼看见王婷，他就被吸引了，包括她坚持读"单枞"而不是"善枞"。对阿广来说，她有一种很难得的纯朴，让他感觉到真实的气息。

"有没人跟你讲过，你好特别？"阿广笑着掏出烟盒向王婷问道，"介意我抽烟吗？"

王婷端起杯子喝了一口茶，有点阴阳怪气地说道："我当然介意了，我还介意你呼吸空气呢，你有本事直接闭气窒息啊！"

阿广禁不住笑了起来，想了想，还是点着了一根烟："反正只要我还在呼吸，你就介意，那我还是抽根烟吧。"

王婷并没有顺着这话茬搭话，她就是不喜欢阿广，不单是因为他长相平平无奇，包括他说话的语气和腔调都让她生不出好感来。王婷从边上的冰箱里拿了一块蛋糕出来，那是昨天给程序员小王庆祝生日，最后没吃完的。

"这个热量很高的啊。"阿广皱了皱眉头说道。

对在富足之中长大的他来讲，蛋糕，基本就是生日会时，朋友们拿来互相拍脸的玩意。谁还正经去吃这东西？王婷白了他一眼，冷冰冰地说道："我喊你吃了？"

阿广一下子就被呛住了，讪笑着把烟熄掉："我、我先过那边看看杰哥他们聊得怎么样了。"

看着西装革履的阿广匆匆而去，卢珍走过来茶水间倒咖啡，就跟王婷打趣道："姑娘，春天来了啊！那个有钱人，看着这是迷上你了！苟富贵，勿相忘啊！"

王婷冷笑道："就他？也就小妙姐这种傻白甜才会被骗吧！还有钱呢？穿那一身，不是干传销的就是卖保险的，或者是房产中介，有个屁钱！还想来蹭蛋糕吃？吃屁呢他！"

正在倒咖啡的阿珍一下子愣住了。在她看来，阿广那身迪奥的西装也好，腕上的积家也好，那一身行头下来怎么也得六位数，要说人家是个骗子倒也罢了，揣测他想过来蹭蛋糕，是不是有点过分？但偏偏王婷的逻辑还自洽了，阿珍几乎可以想到，如果自己告诉她阿广那一身行头的价值，估计王婷会回一句："别上淘宝，我带你去白马和站西啊！"

白马和站西，是传说中各类A货的源产地，于是，便无懈可击。她一时竟不知道如何反驳，缓了缓才抬头看着王婷，一看之下，阿珍就很妒忌。因为后者正在疯狂地吃蛋糕，按理说这样的甜食，又是高脂，完全就是热量炸弹，喜欢并且不节制地这么吃的人，都得是大胖子。但从阿珍认识王婷起，王婷一直这么吃，甚至训练时，殷小妙或阿珍喝了一半的红牛或可乐，王婷都觉得不要浪费，直接就喝了。

可偏偏她就一直这么黑瘦黑瘦的，也算是天赋异禀。

"姑娘，咱们退一万步说，要是人家真有钱呢？"阿珍又倒了杯咖啡，喝了一口，向王婷问道，"你不要管他有没有，我们假设他真有嘛，聊天不都这样吗？他要真有，你怎么办？"

王婷把大约有五分之二的12寸蛋糕吃得差不多，又喝了一口浓浓的单枞白叶茶水，打了个满足的饱嗝，对阿珍说道："我又不找他借钱，他有钱也不给我花，跟我有什么相干？"

"他要给你花呢？要说跟你处朋友，一个月给你两万块零花钱之类的，你怎么办？"阿珍边笑边问道，她突然觉得就这个问题聊起来很好玩。

王婷重新倒水泡茶，头也不抬地说道："报警喽，这不就是骗子吗？"

阿珍在茶水间笑得直不起腰来，她再次劝王婷，不如去参加相声比赛吧。

但阿广并不是情窦初开的少年，生活富足又见识过社会、名校出身的人，当然不会真的给王婷报警的机会。不过殷小妙很快就发现，王婷连续两天中午不在健身房吃盒饭了。对别人来讲也许没什么，但对王婷这种能省一瓶矿泉水钱都是好事的人，这就很不正常了。中午在这边吃饭，二十几块一份盒饭，都不用自己掏钱啊！

所以，在第三天，王婷在饭点又要出去时，殷小妙叫住了她。

"家里没出啥事吧？"殷小妙有点担心她，尽管她很懒，但她也不希望王婷在这个项目里出什么事，所以她对王婷说，"如果有什么事，你讲出来，帮得到的，大家都不会不管。"

殷小妙当然知道王婷不是家里出了什么事。谁家里出了事，中午饭点要出去，还去洗手间花半小时精心化好裸妆再出门？但大家都是成年人，殷小妙总感觉还是应该委婉一些。她这么一说，王婷就乐起来："我没事啊，是有个家伙想骗我，哼，我看他能装几天！"

话到这里，殷小妙便也不好再劝，只能叮嘱她一句："你小心些，现在有些人很坏的。"

"嗯嗯，我可不像你那么单纯，小妙姐，你放心好了，我出去了！"王婷急匆匆跑去按电梯。

卢珍看着无语地摇了摇头，而在看数据反馈的程序员小王，倒是可能跟王婷聊得比较多："你们不用担心，王婷那脑子可厉害了，她不骗人都好了，还有人能骗她？"

这下不仅是在收拾狮头的殷小妙和卢珍愣住了，连在剪视频的赵哥也听傻眼了，好半天才开口对小王说："不愧是程序员！"

"赵哥看来在家里有地位啊，"殷小妙笑着岔开话题，"铃姐晚上跟我们一起撸串，到时我跟她说说？"听着这话赵哥如梦方醒，才想起自己媳妇可不也是程序员嘛！连忙对着殷小妙和阿珍她们拼命作揖。谁是猎物，谁又是猎人？殷小妙真的有点担心王婷。因为在都市的钢筋水泥森林里，高明的狩猎者，往往就是以猎物的方式出场的。

坐在喧闹的大厅里，阿广有些烦躁，他很少来这样的场合。要招待朋友一般都会去比较安静的餐厅，西餐米其林，中餐至少炳胜之类；而如果想体验道地的广州特色，北京路那一带，或是西关那边的街头巷尾，夜晚街边大排档，番禺、南沙的海鲜档，所谓又便又靓，他都没有一点问题。

但这种高不高、低不低的餐厅，又连包厢都没有，一份牛排六七十块，充斥着小孩的吵闹声和大人的训斥，阿广感觉真的颇难受。但坐在他对面的王婷，却一点也不在意。她点了一份大杂排，六十多块。有鸡排、猪排、牛排，还有各式煎香肠等，她吃得很开心。阿广却又觉得，看着她吃饭，这些喧哗都值得了，因为她吃得真的很香，纯粹对食物的兴致，单纯而可爱，至少在阿广眼里是这样的。

"你好似食咩嘢都好开心？"阿广看着她，低声这么问道。但这餐厅实在有些吵，王婷压根没听到他说什么，于是阿广不得不提高声音重复了一次。本来是出于欣赏的一句话，由于提高了音调，就有点变味了，似乎带着一点嘲讽。王婷抬起眼皮看了他一眼，继续锯那块牛扒，阿广看着就感觉应该是人工合成的牛扒。

"为什么不开心？这里的东西很抵啊。"王婷吃了两块牛肉才停下来。她这么说，是因为这家餐厅就是她提议过来的。之前两天阿广带她去的餐厅，她用手机上的APP查过那店名，发现不是一般地贵，她感觉很不实惠，所以才提议来这家店的。

王婷切开一条香肠，蘸上浓浓的黑椒汁，开心而愉快地把它消灭了，抽了张纸巾抹了一下嘴："是，前天去的那家，肉质是感觉比这里强，但多贵啊？有毛病嘛，你想吃好吃的牛肉，还不如去我们潮汕，官塘牛肉，很出名的！"

阿广听着她的话，便觉得很开心，她让他有些童年的感觉。人长大了，便多了许多客套和讲究，就算他跟陈杰是一起长大的同村兄弟，成年以后，不论说话做事，总还是要讲究个度，有个底线，跟童年时的毫无顾忌总归是不同的。但在她身上，他却能感觉到那种久违的轻快。

"好啊，有空去潮汕，你请我去官塘吃牛肉。"阿广笑了起来。

说话之间，王婷已把那盘大杂扒吃完，连伴碟的炸土豆都一扫而光。

"我干吗请你吃饭啊？你又帮不上忙！"王婷嫌弃地说道，事实上她答应跟陈广出来吃饭，是因为陈广用了一个理由，就是觉得她们舞狮的过程里有些问题，想跟她当场指出来，所以王婷才会出来吃饭的。

她可不打算无缘无故被陈广蹭饭。

"三天了，你就没讲到一点有用的东西，老跟我说什么鼓点和舞狮的配合。"王婷喝了一口随餐附送的奶茶，很甜，很冰，是她喜欢的感觉，所以尽管坐在对面的陈广她很不喜欢，但至少感觉没那么坏，"咱们直接说吧，除开打鼓，别的你也不懂，对不对？"

这话问得太过直接，阿广笑了起来："被你看穿了！"

不过他紧接着说道："但我真的能帮你找到问题，因为陈杰，就是几个月后要跟你们比试的那位，是我一条村的兄弟，人家在舞狮的行当里那可是行家。我专门就这事跟他聊过的。"

这么一说，王婷就来了精神，灌了一口奶茶，急急地问道："你这没完没了是吧？"

说罢作势起身要走，陈广连忙跟着起身："找个咖啡厅聊吧？这里太吵了！"

"我不喝那玩意！广州人叫它'鬼佬凉茶'是没有错的，我喝它，不如去喝癍痧凉茶，还去湿呢！"王婷第一时间就反对，如此直接。

但这也许就是让阿广愿意往她身边凑的根本原因。

"喝茶吧，我们找个喝茶的地方，可以吧？"阿广再次提议。

对潮汕人来讲，喝茶倒是一件很习以为常的事，不过一到茶室，看着价目表，王婷就皱起眉头，因为那一泡茶，最低档次的至少两百元，这便愈加让她确定，阿广这个家伙肯定揣着什么坏心思，要不然，怎么老是往这种这么坑的店里带？

因为抱着这样的心态，连进房间冲茶的茶艺师都让王婷赶走了："我潮汕人来的，用得着你来帮我泡茶？"

其实她是防着阿广和这店里合谋，做什么手脚之类的。不过陈广一开口，这回倒是让王婷感觉，这人还是有点靠谱的。因为他问道："你们舞狮存在的问题，按你说的，佛山的师傅也有提过。但佛山的那位师傅对那位殷小姐很是称赞，我们没看殷小姐舞过，但有个猜测，你先问一问，她是不是练过武术？"

王婷泡好茶，喝了一口，这两百多一泡的茶，那的确比她平时喝的茶要好上一丁点。但是想来店里还要赚钱，估计到茶铺去买，比她平时喝的一斤要贵个二三十块左右。但她真的感觉不划算，特别她看着陈广喝茶的样子，她感觉这家伙就完全喝不出来的。

不过聊到正事，她也就放下茶杯，拿手机给殷小妙发了条微信："小妙姐，我在想舞狮的事，我突然有个问题，你是不是练过武术啊？"

殷小妙回复得很快，大意就是她的确练过咏春和太极，并且还在读大学时考过武术段位的金鹰级，也就是初级段位的最高级别，但跟武术运动员技术等级似乎不是一回事。而且殷小妙很慎重地跟她说："这东西没什么技击性，你别被人忽悠。"

王婷回复了一个"OK"的表情，直接把手机上殷小妙的这句话给阿广看："小妙姐是练过，但你看她说的，你提武术有意思吗？"

看起来，阿广很喜欢这种随时撑、随时吐槽的聊天模式。

"为什么要讲技击性呢？我平时也玩 MMA 的，咱们提起武术，当然是提武术的强项。而不是提它的弱项嘛！"

王婷看着他，就像看着一个傻子：但凡会上网刷短视频的，各种武术大师被 KO（击倒、击败）都成梗了！武术还有强项？

茶香在水汽氤氲里弥漫开来，开始产生了好奇的王婷，第一次强迫自己去看阿广那张平凡的脸孔。而身为一位出色的律师，当进入他的语境时，阿广展现了自己在语言上的魅力，很平实的话，从他嘴里说出来，便让人觉得极有说服力："有没有技击性，我们可以姑且不论；但武术相对于现代搏击的强项却很明显，而且绝大多数人是有共识的，我们要找的是这个点。"

阿广停了一下，以让王婷消化他的话，并且进一步撩拨她的好奇心，他端起杯子，喝了一口茶，不禁赞叹："这茶很不错啊，不愧是潮汕人，泡出来的茶，就是口感不一样！"

但王婷没有心思听他的赞美，不耐烦地催促："你这说话说一半，要是在我们潮汕，会被捉去生腌的！"

于是面对着这"威胁"，阿广只好放下茶杯，接着说下去："动作美感。武术的动作美感，几乎绝大多数人都是能欣赏到的。但凡质疑武术没有技击性，其实大概都因为这一点而开始产生质疑。"

这话说得有点绕，王婷一时之间有点消化不了，不过阿广擅长的事就是让不专业的客户，短时间内能大概明白专业的话——或者，至少不专业的客户自以为明白了。总之，他对此极有经验，所以他换了个说法："如果武术练起来不是看着很有美感，很潇洒，或是很能打的模样，我们就不会质疑它到底能不能打，对不对？"

他说着，做了一个太极的"揽雀尾"动作，放慢了动作，把掤、捋、挤、按的动作要领都展现了出来，然后说道："这只是手部动作，加上身形和脚法更好看。"

毫无疑问，这么一演示，王婷就明白了，点头道："嗯，看着感觉下一秒就要发'龟波气功'一样的，可惜就是不能打！"

阿广笑了起来，收了架势："是的，你会感觉'可惜不能打'的原因，就是因为它很有动作美感，看上去就是超级厉害！我们肯定不会去纠结，眼保健操或是华尔兹舞步、街舞有没有技击性，对不对？"

"这就是武术的强项，它有着极高的动作美感。"阿广做了一个小结，以让王婷能更好地理解，"殷小姐因为学过咏春和太极，所以她舞狮的动作里，很自然就会糅合武术的动作美感，所以看上去，要比没有练过武术的你更灵动，更鲜活。"

其实，不单单只是这一个点，阿广在跟陈杰的讨论里，还提到了更多的问题。但王婷又不是他的客户，也并没有付他咨询费，他聊这些问题，是想拉近彼此之间的距离和关系，并不是为了让王婷觉得事态恶劣到不可收拾，所以没必要把所有可能性都列出来。

王婷听着他的话，陷入了沉思，没听阿广聊起时，她还没有很明显的感觉，但听阿广这么一说，回想起来，她就能通过对比感觉得到，在舞狮里，自己跟殷小妙的差别了。毕竟有赵哥专门给她们录视频，随时可以回放比对的。之前那位佛山师傅对殷小妙的赞赏，被阿广这么一揭开窗户纸，王婷就一瞬间"悟道"了。

就是少这么一点"味精"！她感觉就是这样。

"那我去学学武术，就能解决吧？你知道哪里有教武术的吗？最好不要钱那种，正宗一点！"她向阿广问道。她并不想去找殷小妙请教，尽管她知道只要开口，殷小妙九成九就会教她，可她心里就是不想。

但她提出这问题，哪怕是阿广，听着也有些为难——又要正宗一些，又最好不要花钱？阿广对王婷的好感，一下子就有点减弱了，或者说，相比于之前的"上头"，现在他就感觉有点"下头"了，因为听上去就很市侩，也很庸俗。阿广笑了笑："哈哈，如果有咁嘅地方，你叫埋我一齐去啊！俗语话'平、靓、正'，边个唔中意？"

王婷又泡了一轮茶，然后抬起头看向陈广："要是好找，我问你做什么？我跟你们不一样的，我没什么钱，我之前在十三行帮人家看店，我妈现在仍在酒楼的厨房里工作，不是大厨二厨，是洗碗、洗菜、保洁这样的工作。"

　　她的话，如一把锋利的刃，一下子就剖开了阿广心防上所有坚硬的壳。

　　就是这种感觉，童年的感觉。

　　童年的孩子，不会因为谁家有钱些，谁家艰难些，而看不起对方——至少在阿广的童年记忆里不会这样子，他们当时一起玩耍，有一条村的孩子，也有租住在他们城中村里的外来工的小孩，大家熟悉了，都一起玩得很好。

　　阿广在富足里长大，就算毕业后去了北京，他也并没有如普通"北漂"过得那么艰难。对他来说，所谓的节俭，就是刚去北京时，在望京的国风北京小区租一套两房一厅的房子，而租金跟他当时的月收入并没有很大的差距。

　　后面经手的案子越来越多，渐渐在行业里有了名气，那他日常的生活便更加惬意了。

　　当有了名气又有钱，家里又没什么负担，不论男人或女人，就有了许多见识的机会。

　　阿广也不例外。

　　各种不同职业的女性，阿广都接触过，也了解过。所以，他看得很透，不论她们强调什么样的职业背景，无非就是给自己添加一些并不存在的光环，或者拔高自己的背景身份，以期从交往对象身上谋取更高的利益。

　　这就是，他一眼被王婷打动的原因。因为她真实，真实得如同他记忆里的童年。就是没钱，甚至敢于把自己、母亲的困境都说出来，并没有因此觉得见不得人。阿广知道王婷很大概率并不知道萧伯纳和雨果之类的大作家，不知道他们都说过类似"贫穷是最可怕的恶魔，是最严重的罪行""穷人并不罪恶，但是贫穷本身，却是最大的罪恶"的话。

　　但王婷用她自己坚定的眼神，在反驳这些名言。贫穷绝对不是原罪，就算没钱，她仍然可以自信、坚强、坦然面对生活。阿广知道，自己又不可抑制地"上头"了。

第十九章　波澜

世上有许多事情，并不是发现了问题就能够避免的，例如李子轩的病情。抑郁症就是一种确确实实的病，不是所谓想开一点之类的，就能解决的问题。哪怕李子轩在助理和 CEO、HR 的监督下按时吃药，也不可能完全避免它的发作。

但按时吃药，以及大家都很在意这件事的情况下，还是跟之前有很大的不同，至少不再会有血溅办公区的惊吓。因为群里殷小妙义正词严的发言信息还在聊天记录里，助理很害怕担责，所以在发现不太对时，她马上就给殷小妙发了信息："李总似乎开完创意会后状态就不是太好，他现在回家了。"

而接到助理知会的 CEO，在几分钟后就给殷小妙发了信息："子轩状态不好，我不放心他开车，我跟他借了车去玩越野，现在让 HR 送他回家，你看看是否要带他去看一下医生？"

李子轩之前可是活生生在办公区割腕的，谁不害怕担责？不单助理怕，就算没有殷小妙那番话，CEO 和 HR 也怕啊！哪怕他们毫无人性，仅仅出于对本职工作的尊重，真的也是很害怕的：创意总监要在公司自杀，然后又把人请回来当创意顾问，如果再出事，不论是再割一次腕还是直接死在公司，那传出去对于自己公司的名声，绝对是恶性暴击啊。

所以当殷小妙去马路边接 HR 送回的李子轩时，其实情况并没有那么糟。

"你们公司又是收买人命，把你累到开不了车？"殷小妙当作不知道 CEO 的操作，直接问李子轩。

但没想到牵着她手的李子轩，龇牙咧嘴苦笑道："我牙痛，你看，肿了！"

这倒是殷小妙没有预料的事情，但认真一看，他腮边的确是肿起的感觉。

"那咱们去看看，要是智齿，拔了就轻松了。"殷小妙提议道。李子轩痛得难受，当然没有任何反对意见，于是殷小妙那辆一年开不到五次的MINI，总算有了一个驶出车库的理由。

结果去医院挂了号，医生一看，判定是腮腺管炎！但在回家的路上，殷小妙还是感觉，广告公司的CEO、HR和李子轩的助理，他们的担忧不是空穴来风。因为李子轩除了腮腺管炎的疼痛之外，有着超越这病灶之外的忧愁，比如路上殷小妙无意放了一首比他们年纪还大的古老歌曲，李子轩就感叹当时这位歌手也是做广告出身的，因为想在人世间留下点什么东西，所以才转行去唱歌的。

"他这一转行，真的留下东西了，几十年过去，他的歌仍然还在唱，有几首到现在还很热门。"李子轩说道，然后摇头悲叹，"我呢，我这一生能留下些什么？什么也留下不了。来来去去，说破天了，也就是打份工，或做点生意。像我这样的人，其实活着就是浪费空气啊！"

这话要是开玩笑倒也寻常，可是殷小妙能感觉到，李子轩是很认真地在思考这个问题。

"要真想留下点什么，那可能咱们那舞狮的项目得花点心思了。"殷小妙顺着他的话，这么往下接茬，"你那粉丝，知道谁吧？嗯，看吧，我一说你就知道王婷，嘿！男人！"

李子轩捂着肿起的脸，苦笑道："我都腮腺炎发作了，你能不能别折腾我，好好说话？"

"不行，就得趁你现在说话吃力，咱俩抓紧时间吵一架，我感觉胜算比较大！"殷小妙慢悠悠地跟着前边的车，慢悠悠地消遣着他，"王婷居然说想去找个地方学武术，似乎是那个陈广跟她说，舞狮少了神韵，是她没练过武术的缘故。我真担心她被人忽悠了。"

李子轩捂着脸，龇着牙道："人家精明得很，你没发现？我都怕她。你还是说说，为啥要在那舞狮的项目花心思吧。"聊起这个话题，殷小妙倒是不虚的，因为韩素梅这些天一有空就捉她聊这个。

非物质文化遗产推广的必要性，文化自信和尊严，族群凝聚力等，殷小妙张口就来，从医院一路回到家里边上的停车场，她嘴里就没带重样的字眼，听得李子轩一愣一愣的："喵喵，你这是准备去做运营？"

殷小妙熄了火，拎上包："梅姐天天洗脑啊！总之，做这个事，能推广得开，那绝对就能在人世间留下点东西。"

她锁了车，望着李子轩，认真地说道："毕竟转行当歌手，然后几十年后还有传唱的歌曲，这正常人是做不到的吧？这就不是正常人努力能达到的路子，多少人当一辈子歌手，也算红过，过气之后，就被淡忘了；更多人，努力一辈子，红都没红过，甚至连个酒吧驻唱都混不上，只能在路边卖唱。嗯，现在就直播间卖唱靠打赏。对吧？"

李子轩听着她的话，一边往家里走，一边不住地点头："对，这事要是能推广开了，那说到舞狮，就必须提到咱们的名字！"

回到家之后，看着李子轩跑到房间里开始查资料，准备写后续怎么推广舞狮项目的策划案，殷小妙好不容易吐出一口气来。她拿出手机，有好几条未读短信，是李子轩公司的助理和CEO发来的，在问情况怎么样。

殷小妙给他们回了信息："不太好说，暂时没什么事，子轩明天肯定没法过去了。"

对这一点，不论是CEO还是助理，都纷纷表示理解和支持。当殷小妙终于可以在阳台坐下来时，她给自己倒了一杯咖啡，随手点开朋友圈，却傻眼了。因为王婷发了朋友圈，发了在五星级豪华酒店住宿的朋友圈。

如果说是那个律师阿广带她去见识，倒也罢了，成年人，劝过，她听得进去最好，听不进去那也是没法子的事。问题是，那照片上并没有阿广，而是王婷和她母亲，还有几位明显从打扮和穿着上，应该是她母亲的朋友或亲戚的妇女。

看那些照片，应该是王婷订了房间，来招待她母亲的这些朋友。这家酒店殷小妙知道，平时消费得两三千，就算打完折也得一千多甚至两千，完全不是王婷消费的范围。殷小妙本来想问她一下，但想了想，还是点了赞之后，没有开口。

每个人都有自己的难处，殷小妙也不例外。

恰是月残星稠，满天的星星。

如是人生里，不尽的烦忧。

在这样的夜色里，窝在客厅沙发里的卢珍，被如铅石一样的孤单紧紧包围着。她打开一瓶啤酒，推开窗户，却发现漆黑的天际里，月亮也只有一弯薄薄的残钩，就算想要来一出"举杯邀明月"，都矫不了那个情。

"姐，你说，五伯那事可咋办？"她大弟弟一脸无助地问道，似乎从小到大，所有的问题，都能在姐姐这里找到解决方案，不只是他的问题，包括二弟的问题、父母的问题，甚至现在连她五伯家的问题，也期待卢珍给他们一个方案。

阿珍重新缩回沙发里，一声不吭。她不再是当年从体操队出来时，做生意做得风生水起的那个女孩了。在加入这个项目之前，她甚至在玉器街赚几千块一个月，住集体宿舍。但老家的家人、长辈似乎并不这么觉得。

就算她在玉器街当售货员时，家里有什么事情无法决断时，还是会找到她这里来。如果弟弟他们一家三口早几个月来，她还住在集体宿舍，都不知道怎么安置他们。但她的弟弟似乎从来不考虑这些问题，他们想姐姐了，小孩想姑姑了，攒够了高铁票钱，一家三口就兴高采烈地南下了。

当然，她可以拒绝。

问题在于，不单是家里的家人、长辈觉得，事情总能在她这里得到妥善解决的方案，就连她自己，也下意识地默认了自己有这样的义务。如果是殷小妙，肯定会想着怎么摆脱这样的亲戚和困境，或者直接告诉对方，自己没有能力替他们解决这些问题；甚至如果出生在卢珍长大的村落里——那边的风俗跟广州不同，若是殷小妙的话，她很大可能会直接让对方去找祠堂丁册上有名字的人去解决。

但卢珍不是殷小妙，她是卢珍。

对她来讲，从头到尾，就没有想过怎么躲避这种家族赋予她的责任或者说使命。灌了一口啤酒，她抬头望着自己的弟弟："行了，你去陪老婆和小孩吧，我来想办法。"

他想说些什么，但卢珍喝了口啤酒，没好气地说道："滚，再不滚额一掌奏把你失塌咧！"

弟弟一家三口明天就要回老家了，她不想这许多忧愁让他的归途变得黯然失色。那不是别人，那可是自己同胞的弟弟。弟弟尽管已经结婚生子，但仍如小时候一样，很听她的话，被她这么一吓唬，老老实实地说道："那我进房间了，姐。姐，你别喝太多酒。"

第十九章 波澜

他终归是有些担忧。

卢珍不太想说话，只是点了点头。

五伯的问题，是他在老家被镇里的工厂返聘任生产副厂长。但几乎每个月，都有十来天不是被拘留，就是被叫去学习。因为工厂的排污超标，所以相关部门会问责企业负责人，那么管生产的副厂长当然难辞其咎了。所以，每个月核查，卢珍的五伯都会被相关部门带走，组织学习排污的法律法规，或者直接因为排污超标移交公安机关拘留。

当地人认为，是工厂的老板在躲避处罚，所以才会把卢珍的五伯推到前面。而五伯的家人也觉得每个月都被带走去学习或拘留，也不知道会不会有案底，是否会影响下一代的读书和就业等，感觉这事得找卢珍拿个主意。

不是上下嘴皮一碰，就叫拿主意，那样的话，也不用找到卢珍这里来。

村头大松树下，或是老人组里，有的是喜欢出主意的大爷大娘。

五伯现在被返聘，一个月能赚五千出头，如果卢珍帮五伯拿了主意——辞了这份工作，那至少得找一份三千来块的活计给五伯去做吧？五婶可没有退休金，要是指着五伯那份退休金过活，他们日子就艰难了；至于五伯的儿女，基本上也就是自己顾个温饱，指望不上。

如果她建议五伯继续做，那日后有什么问题，比如五伯的孙辈上学、考公出了问题，大家都认为这主意是她拿的，那她必然要背这个锅。一瓶啤酒，对阿珍来讲很不经喝，很快就见底了。

她叹了口气，拿起响起微信提示音的手机，打开一看，却是那位接待陈杰他们到访、平时在公司负责行政和后勤的白领丽人，问她道："谝撒？"

这位白领丽人，说是老乡，其实也算不上，但毕竟三秦一家亲，这方言一说起，还是很有亲切感的。阿珍不是浪费天赋的殷小妙，也不是情商负数的刘洁铃，更不是没见过世面的王婷，她是独一无二的阿珍。那位白领丽人来健身房的第一天，她就加了人家的微信，并且时不时聊聊天气、过节回不回家、家里人近来如何，至少算是朋友圈里的"点赞之交"。

所以，对方有空就会找她聊聊天。卢珍苦笑着回了条信息："出麻达咧，瞀乱，谝个锤子！"

出麻烦了，有问题了，哪有心思闲聊？

"要搭手吗？"对方这么回了一句。

搭手，就是帮忙。阿珍也是死马当活马医，长话短说，用不了两分钟就把事情的来龙去脉交代清楚了。白领丽人那边就没动静了。阿珍知道，交情不深，这种事的确也不好搭手。她开始在微信上找可能找到的关系，打听着能不能给五伯另外找份活计。

"会开叉车吗？"过了十来分钟，那位白领丽人发了条信息过来。

阿珍连忙回道："会！我五伯是大学扩招之前的中专生啊，有驾照、电工照，叉车、塔吊都会，该有的证件都有！"

大约是老乡的原因，对方话说得很直白，全然没有平时上班的婉转："县里上班，管仓库。不用他做体力活，但得会开叉车上下货，中不？能开四千，做得好有奖金、餐补，但就算有，也不多的。"

这要不行，那怎么样才行？

别看少一千多，可至少不用每个月去学习或被拘留十来天啊。

各人有各人的缘遇，阿珍把白领丽人发来的负责人的姓名和电话发给五伯之后，又从冰箱里拿了一瓶啤酒，走到窗边。推窗望去，月上枝头，虽然纤细如钩，却仍洒落了皎洁的银辉。

透过都市的霓虹，照在她心头。

便见到了故乡。

繁星下的西关小楼，殷小妙坐在阳台的藤椅上，给李子轩的爸妈打了电话之后，又给自己爸妈打电话问了平安，然后终于可以把电话扔开，呼出一口气，靠在藤椅上，享受这难得的安宁和惬意。

已经有很长时间，她不能再如以前一般任性了，也许世间的事，都难免会有代价。比如说她死死拽着李子轩的手，不愿意让他被黑暗吞噬，不愿意他在这世间消逝，于是她就不能如往昔一样无忧无虑地躺平。

"好累。"她望着满天星光，暗自低语。

对王婷她们来讲，殷小妙每天都在准备"摸鱼"和正在"摸鱼"，但对她而言，真的很累，因为从小到大，她就没有努力过。

她甚至连起来冲咖啡都不愿动了，捡起手机给李子轩发了一条信息："我要喝咖啡！"

"好的，喵喵，我做完方案就上来给你煮。"李子轩很快就给她回复了，

第十九章　波澜

尽管他们只是在二楼与三楼，直线距离可能不到两米，但这个时代的年轻人，已经习惯了这么相处。

"我不，我现在就要喝！"殷小妙这次没有用微信，而是高声嚷嚷起来。

如果让王婷看到这样的一幕，大约又会感叹殷小妙真是不谙世事的傻白甜，哪有别人在忙着做方案，硬要把人拖起来给自己冲咖啡的？但殷小妙就是这么干，因为李子轩不是别人，那是她无法割舍的另一半，是甚至为了拽着他的手，她在人生里第一次勤快起来的另一半。

更何况，让一个抑郁症患者去钻牛角尖做方案，不见得就是好事。李子轩很快就上来了，冲着殷小妙翻了个白眼，吐了吐舌头："懒猫！你小心变成大肥猫！"可是这种威胁对她来说，没有什么震慑力，正如她跟王婷聊起的一样，女性体脂低于20，对身体是不太好的，所以她基本保持在21到22之间。

殷小妙躺在藤椅里撩起衣服的下摆，力量训练让她的腹部肌肉很强健，就算没有清晰的分划线，但隐约可见，她拍了拍腹肌，不无得意地说道："女人，体脂太低不好的，唉，我从高中这体脂就一直涨不上去，都不知道怎么办才好，腰太细，买衣服也不太好走成熟风，苦啊！"

李子轩摇了摇头，一边磨着咖啡豆，一边笑道："你这话要让洁铃姐听到，她会不会跟你拼了呢？"

"对对，小声一点！"殷小妙一副像煞有介事的模样，左右张望，似乎刘洁铃就隐身在边上某个角落，而且真会为此跟她计较一样。

李子轩被她逗得大笑起来："咱俩这样开洁铃姐玩笑，是不是不太厚道？"

"我又唔系圣人！自己屋企关埋门，理得我啊？"殷小妙不以为意地笑道。

但说时迟，那时快，刹那之间，就听见刘洁铃中气十足、字正腔圆的播音腔从隔壁传了过来："你这样做，难道不觉得内疚吗？你还是个人吗？这是能开玩笑的事？"

吓得殷小妙一下缩到藤椅里，而李子轩差点把手里的咖啡磨豆机都扔了。万幸刘洁铃下一句是："说不清楚这个事，咱们就过不下去了！"

殷小妙和李子轩对视了一眼，各自都有松了一口气的表情，还好，看起来刘洁铃那边是夫妻吵架，不是听到他们在家里拿她当梗来开玩笑而发怒。

"去不去劝架？"李子轩犹豫了一下，向殷小妙问道。

她指着他手里的磨豆机："我要喝咖啡！"

开什么玩笑？劝架？殷小妙会是如此热心、勤快的人吗？正如王婷在幻想，殷小妙在家里会帮李子轩写创意案——不如早点去睡，梦里什么都有。她可一点也不觉得有任何愧疚，捧着冲好的咖啡，点评道："你听，理直则气壮，铃姐这气势，气吞万里如虎！"

李子轩坐在她身边，伸手捏了捏她的脸："求你做个人吧！都听见铃姐有哭腔了。"

"主要没法劝，对不对？你想想怎么劝？让他俩别吵，早点休息，明儿去民政局拿号赶早？"

李子轩听着坐直了起来："你这嘴贫成这样？你是被王婷带坏了吧！"

"呵呵，男人啊！"殷小妙喝了一口咖啡，冷笑道，"你对王婷的点点滴滴记得这么清楚？特别是她的嘴，给你留下了深刻印象，对吧？"

她要讲道理，李子轩却是不怯的，怎么说也是大学辩论队主力出身，但她这么胡搅蛮缠一通，就没法继续聊下去了："你是不是病了？"他禁不住伸手去摸她的额头。

殷小妙拍开他的手："是啊，所以我在喝热水呢！行了行了，你看铃姐他们多热闹，咱们输人不输阵，也跟着来吵一架，不然显得咱们好弱！"

李子轩哭笑不得，但之前从公司回来那一身的郁郁气息，却在不知不觉之中不知所终。而这时他的手机响起了微信提示音，李子轩打开一看，然后递给殷小妙。是刘洁铃和赵哥的女儿发来的："叔叔，快点过来救我老窦啊，他好惨的，我们好害怕！"

殷小妙和李子轩对望了一眼，怎么办？当然可以装死，当没收到这条微信。

"这个小妹妹好可怜的，算啦，过去望一眼。"殷小妙把手机丢回给李子轩，站了起来。

她终归是同情刘洁铃的女儿，小女孩在经历了突然的家道中落，然后祖辈又重症入院，学霸母亲又不会辅导自己功课，只有打骂，平时回家还要带弟弟，殷小妙真的无法把小女孩的这条信息当成没有看到。

他们换了衣服下去敲门，刘洁铃的女儿马上就跑过来开门了。

"铃姐,现在流行玩配音,你玩过没有?有空我们一起去玩啊,你这普通话太正了!"殷小妙捧着她的咖啡,走进来第一句话就让在拍桌子的刘洁铃愣住了,完全不知道怎么接她的话茬。

殷小妙望着蹲在厨房垃圾桶旁边的赵哥,向刘洁铃问道:"铃姐,赵哥怎么了?你这么大肝火?"

"他?变坏了!"刘洁铃几乎是咬牙切齿地挤出来这几个字。

赵哥加入了殷小妙这个项目之后,不再家里蹲了,自然也就有了收入。他母亲尽管还没出院,但病情开始稳定下来,不再需要用那些报销之外的进口药,手术、住院的费用,医保能报销大部分,其他部分,刘洁铃也基本张罗得差不多了。

啪!刘洁铃用力拍了一下桌子,再一次咬牙切齿地说道:"他就变坏了!"

不论男人、女人,手上宽松了,想头就多了,或者说,欲望就升级了,这对大多数人来讲,是难免的事。赵哥自然也是人。但殷小妙看着缩在垃圾桶边上的赵哥,真不感觉这人能坏到哪去,她抱住了刘洁铃的肩膀,对赵哥问道:"点啊?你系生系死出句声先啦大佬!"

"佢屈我,但系冇所谓,佢话点就点,我冇本事,系我自己衰。"赵哥郁郁地低声说道。大意就是刘洁铃冤枉他了,但他认,不想分辩,因为觉得一切的源头皆因自己没本事。

刘洁铃不说粤语而已,这种学霸,来了广东几年,怎么可能听不懂?赵哥不开口还好,这一说,刘洁铃当场暴怒,一下子把桌子都掀了,那还没收拾的盘盘碟碟,还有她小儿子做了一半的幼儿园作业——往本子上贴树叶,那树叶和本子全都摔在地上了。

小孩在边上,不知道是被吓到,还是着急明天没作业交,哇一声就哭起来了。刘洁铃的大女儿连忙去哄弟弟,哄着哄着自己也流下泪水。

"带啲细路仔出去玩啦。"殷小妙对李子轩低声说道。

李子轩本来就在想怎么把两个小孩哄好,殷小妙这么一说,倒是跟他不谋而合。

于是他就跟刘洁铃说了一声:"铃姐,我带他们出去转转啊!"

然后带着两个小孩出门去了,似乎离开家,小男孩的情绪就变得轻松许多了，还没走到巷口，就跟李子轩说："叔叔，我要去坐摇摇。"

摇摇，就是放置在杂货店之类的门口，供小孩子坐的玩具汽车或玩偶，启动之后，会播放一些类似"爸爸的爸爸是爷爷"的歌谣，对这个年龄段的小男孩来讲，似乎有着莫名的吸引力。

"你呢？也坐摇摇？"李子轩低头望着右手拉着的小女孩。

小女孩显然没有弟弟开心得那么快，她的脸上还有泪痕，用着粤语和普通话混杂的话问道："叔叔，我老窦老母会不会离婚啊？"

说着，她又流下泪来。

小男孩并没有姐姐的忧伤，他跑过来跟姐姐说："爸爸妈妈会离婚啊？那就厉害啦！我中班的同学，他爸妈就离婚了，他周末就去他爸爸家里，住好大的房子！嗯，他爸爸还给他找了个新妈妈，好漂亮的！他妈妈也给他找了个新爸爸，长得很帅，还没事给他买超人迪加呢！哇，要是爸爸妈妈离婚就好啦！"

结果气得他姐姐打了他一巴掌，于是小男孩又哭了起来。

"大人的事，他们自己解决，好不好？放心，小妙阿姨看着他们呢。"李子轩蹲下把他们抱住，"这样，不要哭了，我们现在就去买超人迪加，一人一个，好不好？但是你们知道哪里有得卖吗？不知道的话，叔叔就只能网上下单，那得后天才能收到了！"

小男孩马上不哭了："知道！知道！这条巷转过去，菜市场边上，有摇摇的那个士多就有得卖！"而小女孩最后也在李子轩的"焦糖玛奇朵、肉酱意粉"的许诺下，暂时不再纠缠父母之间的问题，这本就不是他们能负荷的沉重。

刘洁铃家里基本就是赵哥在做家务，桌子被掀翻之后，赵哥沉默地起身，拿起扫把开始收拾，整个房屋陷入一种让人窒息的沉默，让殷小妙感觉，空气的味道比手里的黑咖啡还苦涩。

她一秒钟也不想待下去，但感觉就这么走，也不是个道理。于是很懒的殷小妙，就想出了一个瞬间让刘洁铃和赵哥都眼睛发直、难以置信的办法。她发了语音通话给李子轩的妈妈，也就是她婆婆："妈，我这边有朋友夫妻吵架，吵得很劲，眼看过不下去了，但我感觉他们其实不至于。对，跟我关系很好啊，人都很不错，共过富贵，家道中落后家里老人进重症病房了，也不离不弃的，对，很好的人。"

说到这里，刘洁铃就要开口，殷小妙连忙打了个手势，让她等等，又示意赵哥快点收拾，然后接着对她婆婆说："妈，您知道，我又不会劝架，但看着他们这么吵到要散掉，感觉没道理啊，我这不……对，找您求助嘛，毕竟，您是专业的嘛。"

殷小妙说着，对刘洁铃说道："我家婆，在居委会专门负责调解家庭纠纷的。"说着竖起大拇指，"绝对是这个！"

专业的事交给专业的人来办，这话绝对是至理。

在殷小妙婆婆的远程指挥之下，殷小妙充当了传声筒："铃姐，你将过程说一下，好吧？咱们总得先知道事情的来龙去脉啊，一人计短，两人计长，大家推敲一下，也许情况没那么坏？"

刘洁铃看着殷小妙，好一会儿，幽幽开口道："要不，你开扬声器？"

所谓低情商，真的不是随便说的。要换个其他人，这场面就得尴尬到不行，偏偏人家还是努力想帮他们夫妻调和的。但奈何遇上殷小妙这个懒到不行的家伙，她便真的开了扬声器。然后她抽了抽鼻子，向刘洁铃问道："你又煮了你们那个四川香肠？"

刘洁铃面无表情地点了点头，是煮了，本来早点下班想好好吃个饭，可不就发生这桩事了吗？

"赵哥，切一碟给我，赶紧。"殷小妙笑着对赵哥说道。

然后她用牙签挑着很辣的四川香肠，就着黑咖啡，津津有味地听着自己婆婆陈慧珊远程调解着刘洁铃和赵哥的纠纷，说开了，不外一句话：刘洁铃怀疑赵哥去洗浴中心消费某种不道德的项目，而赵哥并没有。

尽管月光暗淡，可满天星光灿烂。

被辣得很过瘾的殷小妙觉得，有黑咖啡，有正宗四川香肠，这是一个不错的夜晚。

不论什么行当，努力苦练的人，在得到行家的指点之后，效果肯定是非常明显的。

在舞狮之中，狮头本身并没有肌肉的，那么它的喜、醉、怒、睡、醒、静、动、惊、疑等"狮之百态"，在醒狮表演中怎么表现呢？就完全依靠舞狮者的形体和身体语言去呈现。

而王婷在听了陈广的建议，找到地方练习武术之后，近半个月来，真的有着明显巨大的进步，不论是上下起伏，还是跳跃腾挪，不再仅仅拘泥于动作，而是有那么点韵味，连佛山来教"张飞狮"的那位师傅都赞她："学得好快！几犀利！"

这让王婷很高兴，所以她对殷小妙说道："小妙姐，你请了我好多次撸串、喝酒，中午让我请一次！"

看着王婷兴高采烈的模样，殷小妙不忍拒绝她，于是点头道："你请食饭，我点解唔去？"

王婷请的不只是殷小妙，自然少不了李子轩，阿珍肯定也在她邀请的行列，连赵哥和程序员小王都有份。但出乎所有人意料的是，王婷在临时拉起的吃饭群里发来的定位，让人吓了一跳。

因为那定位是白云宾馆。

本来赵哥还想问有没有发错，就看着王婷在群里又发了一条信息："我只能请自助餐噢。"

白云宾馆的自助餐，对广州比较熟悉的人来说，大约都清楚，它也许不是顶级，但绝对算是自助餐的一条分界线，能达到这个水平的自助餐，对普通人来讲，应该说档次比较高了，当然人均消费也在两百元以上。

两辆车，六个人，至少一千二百元了。

"不用吧？"卢珍是第一个提出异议的，她跟王婷坐在李子轩的猛禽后座，然后她马上就侧过身对王婷说道，"都是自己人，没必要吧？咱们随便找个地方，你要想来顿狠的，咱们去海底捞或潮汕牛肉火锅，行不？"

正常来讲，按卢珍说的，这顿吃下来六七百块，比起去白云宾馆能省一半钱了。王婷工资八千，交完社保扣完税，到手也就六千多一个月，一顿吃掉她十分之一薪水，卢珍觉得，已经是很狠的行为了，一顿吃掉人家五分之一工资，那太夸张了。

殷小妙在副驾驶也开口道："主要咱们去白云宾馆还蛮远的呢，潮汕牛肉火锅，这边上就有。"

但王婷听着，却不太高兴："小妙姐，珍姐，以前你们都很关照我，我就是想请大家一回啊!"

话说到这程度,那当然也就不合适再劝下去了。

"感谢金主爸爸!"殷小妙带头,大家都在群里起哄回复,一时间尽是欢乐的气氛。

而大家去到白云宾馆时,发现一身西装革履的陈广已经先到了:"我也来蹭饭啊!"

尽管他算不上英俊,但风趣、幽默的男人,谈吐得体又见识渊博,总能很快融入圈子里——特别是大家都隐约觉得,王婷请大家来吃这么贵的自助餐,也许就是为了公开他们之间的关系。

所以,大家都有意识接纳陈广的融入,就算两个月后要跟陈杰他们比赛,那又怎么样呢?当代社会,就算八角笼里争金腰带,打完之后大家都拥抱呢。

如果更直接一点去剖析人性,就如在吃饭时,大家端着盘子去取餐,赵哥偷偷跟小王说的:"其实王婷屋企都唔多宽松,阿广有米,又唔志在,两个人拉埋天窗,都几好啊!"或者是李子轩跟殷小妙说的:"按广东话讲,她都算钓到金龟婿,至少有陈广,她弟弟毕业出来不用担心就业问题了。"

殷小妙踢了李子轩一脚:"有你这么开玩笑的吗?"

但卢珍在边上听着,笑道:"小妙,这是现实生活,不是每个人的婚姻都能用爱情缔结。"

殷小妙听了,没有说什么,但她望了一眼几步外的王婷,低声道:"我不愿这样评论朋友。"

她说完抬起头,望向李子轩,重复了一次:"也许真的就是这样,也许她就是如你们所说的,但我就是不愿意如此揣测我的朋友,所以,至少在我面前别这样说她,这玩笑过分了。"

卢珍和李子轩没想到她突然认真起来,便笑着点了点头:"好好,不揣测!"

"看起来你比我更像抑郁症患者。"李子轩在卢珍走开后,对殷小妙耳语。

她看了他一眼:"呵呵,男人!"

"你总是用这句来逃避,不尴尬吗?"李子轩笑着跟在她后面,夹了一块鹅肝放到碟子里。

但接下来的事情，几乎超出了所有人的意料。在拿好食物之后，坐下开始吃饭，王婷问陈广："让你帮我问的，你问了没？"

她说得很自然，好像陈广本来就有义务去帮她问某件事，而陈广也答得很自然，真的好像有这义务："问了啊，我给杰哥看了你们的视频，你上梅花桩还是有比较大的问题。"

说着陈广放下刀叉，对着卢珍抱拳一揖："杰哥提了好几次，狮尾的这位小姐姐太强大了，真的是超级高配！有机会的话，"他说到这里，又冲着殷小妙挥了挥手，"等小妙姐和杰哥切磋之后，看小妙姐、阿珍小姐姐是否方便，然后咱们可以坐下来一起交流啊！"

陈杰明显对殷小妙和卢珍有很多赞誉的。

"就是说我差喽。"王婷苦笑着道。

陈广回忆了一下陈杰的点评："作为狮头，你足够勇了，但不够稳。小妙姐很有灵气，也很稳，之前跟你聊过了。梅花桩，就是你们叫高低桩来着，醒狮里面，正式的名字叫梅花桩，它杆子上面那个碟片，不单要找准平衡，还要考虑狮尾，给狮尾留下余地。"

那都是离地一两米的杆子，上面就顶着个碟片，狮头要是没胆色，不敢跳跃，那很多动作根本就做不出来。可王婷的问题是她够勇敢，有胆色，但完全没有考虑，她这么做动作，狮尾能不能配合得了。

"你好似预准了，无论你做什么动作，狮尾一定托得住你，一定跟得上去，一定能配合得上。按杰哥说，阿珍小姐姐这狮尾，配得上任何狮头啊！"

卢珍连忙笑着谦虚了两句，做过生意的人，这场面上的话，她知道该怎么圆。

陈广说得比较放松，就用肘尖轻轻顶了一下王婷的大臂："你进步得也超快的……"

"您这不合适吧？"王婷往边上挪了半个位子，硬邦邦地对阿广说道。

这种轻碰一下手臂，然后被触碰者挪着换个位子，本来就是朋友间的玩笑。所以，大伙看着也笑了起来，包括陈广在内，气氛是欢乐的。但没有想到的是，当陈广接着说了一句话时，王婷突然就翻脸了。

陈广当时是笑着说道："婷婷，你什么时候有空？我老窦老母想见一见你。"

第十九章　波澜

听到这话,赵哥起哄道:"见家长喽!几时派糖啊?"

"我要闹洞房!我要闹洞房!"程序员小王也过来凑热闹,然后被卢珍瞪了一眼,老老实实接着去吃三文鱼。

李子轩放下筷子,在桌下拉住殷小妙的手,然后对陈广和王婷点了点头,轻声说道:"恭喜!"

倒是殷小妙,极认真地单手喝汤,一句话也没有说。

而王婷就在这时爆发了,用一种很粗俗的方式,对着陈广问道:"你常说的杰哥,从小到大,请你吃过饭吧?嗯,你们俩什么时候出柜?"看着一下子有些手足无措的陈广,王婷的眼泪一下子就淌下来,她抹着泪,对陈广咬牙说道,"我当你是兄弟,没想到,你是这样的人!"

她放下手里的筷子,拍开陈广想过来拉住她的手,然后匆匆走了。卢珍倒是马上跟了出去,但王婷哭着说她要自己静一下,把阿珍推出电梯,自己下楼了。无奈的卢珍回来后,耸了耸肩膀摊开手,场面一下子就沉默下来。谁也不知道该怎么开口,只有程序员小王把蘸了许多芥末酱油的三文鱼放进嘴里,倒吸冷气的声音。

最后还是殷小妙打破了沉默:"我总觉得,当众求婚的人,不是很明智。"

她放下汤匙,抬起头看向陈广。卢珍冲着她使了几个眼色,但殷小妙并不打算打这个圆场,她手机响了起来,是王婷发来的短信:"小妙姐,我先回去了,下午见。"

紧接着王婷又发了一条:"不好意思。"

殷小妙从李子轩手里抽出自己的手,回了一条短信:"下午你回家看一下视频,休息一下,别担心,万事有我。"

过了几秒钟,陈广笑了起来:"是我不好,开玩笑开得过分啦,搞到婷婷不高兴啦。实在对不起大家,下次我请饮酒赔罪啊!"

然后他很快找了个借口,就告辞而去了。

"这是演哪出啊?"卢珍没好气地说道,她是感觉王婷很扯,这火发得莫名其妙。

她对王婷的举止很是看不上:"如果是真的不想扯上关系,那叫人家过来干什么?"

赵哥对此很是认同，而李子轩也苦笑道："主要是搞不清她的需求点啊！"

"小妙姐，那现在怎么算？我转两百块给你？还是你发起个AA收款？"又去装了一盘三文鱼过来的小王，拿起手机向殷小妙问道。王婷这样负气走了，总不能把人拉回来，让她来买单吧？

有点无精打采望着桌上生蚝的卢珍，抬头道："行了，行了，王婷做人再差，也没差到这样，喊大伙吃饭然后自己还叫上朋友，接着找个碴发作，然后逃单？"

她说着从兜里掏出一把券放在桌上，这是刚才王婷进电梯之前塞给她的。就是这里的自助餐代金券，一共八张，他们七个人还多出一张来。

赵哥嚼着牛扒，有点含糊不清地说："搞不好，这券就是陈广给她的。"

"这券就是她去卖血赚来的，赵哥，这也是王婷请我们吃的饭，你说对吗？"殷小妙微笑地看着赵哥问道。李子轩是有许多话想说，但他感觉到殷小妙的不快，在没有发病的情况下，他还是善解人意的，当然不会去挑衅殷小妙，使得她不高兴，所以他笑了笑，也就没有说什么。

至于阿珍，她当然也不打算展开去讨论。在服务员收走自助餐券之后，卢珍就跟着殷小妙他们离开了。但赵哥和小王选择留下接着吃，他们至少又吃了半小时，这是一顿丰盛的午餐，但似乎开心的只有程序员小王和赵哥。

"到底发生了什么事？"在上车之后，小王绑上安全带，向赵哥请教，"大佬，我直男来的啊，完全搞不清情况！怎么婷姐就炸了？她平时不是随时上演脱口秀的人吗？我看那个陈广也没干啥啊！"

赵哥没有马上开车走，而是掏出烟，递了一根给小王，后者接过赵哥递给他的烟，降下车窗点着了："上次在聊天，我拍她腿呢，我当时也是忘乎所以，拍了好几下，后面她都痛得躲开了，就骂了我一句，也没啥啊，阿广不就用手肘顶了一下她的手臂，有没有碰到都不好说呢，这好怪异！"

"你注孤生吧你。"赵哥抽了一口烟，唉了声，"她当你是兄弟，知道你没坏心眼，可能要不就算了，要不反手扇你一后脑勺，当然就不在意了。她会炸，不是在于陈广触碰她，而是在于见家长。"

小王就更搞不懂了："按说，我不该说这话，小妙姐说得没毛病，不论这券怎么来的，这顿饭都是婷姐请的客。但咱们私下讲，我也感觉，这券七八成,真的就是陈广给婷姐拿的!"

赵哥听着,笑了起来:"就这几张券?你格局太小啦!你之前见到王婷朋友圈没?酒店、美发,包括她近来的包包、新 iPhone,你说,她自己买的?我有钱时,我老婆去的发廊,就是王婷前几天朋友圈发的那家,一次洗吹剪至少三百块,你说王婷一个月到手六千几,她舍得去?她现在拎的包,虽然不是 LV,但 MK 都要她整个月工资啊!"

说着赵哥感觉很烦心,把还有大半的烟扔出车窗外,摇头道:"有便宜就占,要确定关系就炸,这些,就叫绿茶喽!"

其实在李子轩的车上,也谈论着差不多的话题。

不过殷小妙却问李子轩:"你这车耗油吧?它有千般好处不需要你来讲,我就问你,它耗油吗?"

李子轩点了点头,猛禽不耗油谁耗油?

"我如果咬着耗油这一点,不断踩它,你高兴吗?你肯定觉得我不懂车啊!王婷有这个或那个不好,我当然知道,但没犯法,对吧?那么,她是我的朋友,我为什么一定要盯住她的那一点不好呢?"

一时之间,卢珍和李子轩竟无言以对。

广州终于有点冬季的模样了,而殷小妙她们的醒狮,也越来越生动、活现。

韩素梅这大半个月来,已经很少过问这边的事务,甚至很少过来了,毕竟抛开她与蔡家豪之间的家庭问题,这里说破天了,也不过是一两百万投资的项目罢了——事实上在公司报表上,还会更少一些,比如场地,就是上一个项目的沉没成本再利用;而那两个过来负责后勤、行政的男女,也是从其他失败项目里分流出来找地方安置的人员,他们的薪酬至少目前来讲,其实并不由殷小妙他们这个项目支出。

今天韩素梅过来,是因为有意思投 A 轮的甲方,已经沟通到一定程度,想过来实地看看。甲方派过来的人员级别并不太高,但对方有位副总一起过来,却是韩素梅的老同学,出于礼貌,她便过来作陪。

"Dolores,久违了。"风度翩翩的 Mack,轻握韩素梅的手,虎口不超过她的第二个指节。

他并没有兴趣去看舞狮，在韩素梅向他介绍了殷小妙之后，Mack 就笑道："很优秀的项目负责人，至少在我看来，有底气，也有把事做好的自信，没有太强的功利心，对这个项目来讲，应该是再合适不过的人选了。"

然后他就把随行的负责人介绍给殷小妙，顺理成章地，由他的手下去跟殷小妙对接。

而当殷小妙跟 Mack 的手下过去梅花桩的操房，Mack 并没有跟过去的意思，他在跟韩素梅寒暄，聊当年求学的往事，然后双方得体而有默契地轻笑。不论是殷小妙还是 Mack 的手下，当然没有人会不识趣地问他们是否要一起去看梅花桩的醒狮配合等。

当其他人离开了视野，靠在健身房入门的沙发扶手上，Mack 望着韩素梅，意味深长地对她说道："Dolores，你得请我喝一杯。"

她知道 Mack 从来不会无的放矢，所以她没有说什么，示意他跟自己到办公室去。

在办公室坐下之后，韩素梅开始烧水，她很坦然地对 Mack 说："这里没有酒，只有茶。"

Mack 突然就飙出一句土味情话来："只要看着你，喝什么，对我来说都是酒。"

韩素梅一边放茶叶，一边笑着摇头，他第一次对她说起这句话，还是在二十多年前。

"你那时候住在世田谷的富人区，看我穿得单薄，让我跟你回去，送了我一件对你来说过大的牛仔夹克，然后请我去楼下吃了鳗鱼饭，转眼二十多年了，宛如昨日。"Mack 坐下之后，看见茶几上有烟灰缸，便点上一根烟，笑着这么说。

世田谷在新宿来讲，的确是属于富人区。

韩素梅的父辈应该说就是改革开放先富起来的那群人，又极信奉"穷养儿子富养女儿"的，何况她能上早稻田大学，当然不会让她受罪，所以当年就在世田谷给她租了复式公寓。对当时是穷学生的 Mack 来讲，当然记忆犹新："后来我还去过一次，找你借书，在你公寓的露台，你请我喝从国内寄过去的'鸭屎香'。记得那天天气很好，抬眼望去，能看到富士山雪顶。"

韩素梅泡好茶，端了一杯放在他面前："六十岁以后，咱们再这么聊，行不行？"

"好茶。"Mack 没有再说下去，只是喝茶。

但他说了，她应该请他喝酒，自然是有原因的。而面对韩素梅，Mack 也并不准备吊她胃口。如果他想谋取什么，也许那一晚在芭堤的重遇，会比现在有利千百倍，对他来讲，韩素梅是他青春回忆的锚点：偶尔回眸，他就能从她眼里，看见往昔自己的青涩——那是他不再拥有的单纯。

Mack 拿出手机，一边操作，一边说道："你记得咱们入学是哪一年，而我恰好用这个年份做了锁屏的密保，所以你帮我接电话时，无意打开了这个文件。"

然后他把手机递给了韩素梅。

韩素梅看得很快，越看脸上的笑容就越浓了，笑到最后便有些狰狞。她拿起自己的手机，对着 Mack 的手机屏幕拍了几张照片，然后把手机扔回他怀里，很直接地说："不留你吃饭了。"

Mack 很理解地点了点头，站了起来，但在走出门口时，他回过身，轻轻虚抱了一下韩素梅："嘿，无论如何，要好好的。"

他没有给她任何承诺，也没有任何义愤填膺之类的语言。对他和她的个性，这些都是多余的。但他希望她好好的，哪怕遥远，但抬头便见熟悉的银辉，就是安慰。韩素梅在 Mack 离开后，跌坐在沙发上，脸色渐渐变得很难看。

刚才那份文件，显示了蔡家豪仍然去推之前被她否决的那个项目，筹募了其他多家基金、投资公司，那可不是殷小妙这样，对他们而言开玩笑一样的项目，而是动辄以亿元、十亿元计的项目！

"为什么这么大岁数了，还是这样呢？"她喃喃道，双手掩面，坐在沙发上，一动不动，如是石像。他仍然想证明自己比她更强。这些日子的重归于好，他想证明自己是爱她的，就算对她无所求，也仍是爱她的。其实他干什么，她一眼就能看穿了，跟二十年前并没有太大区别；他这二十多年在成长，她也并没有止步不前。

所以，她真的是出离地愤怒，气得骂了句家乡话："早死仔！怎尼质旦败！"

大意就是：怎么会这么蠢！

但这种动辄以亿元、十亿元投入的项目，已不是她能帮他收尾的事了，也不是说停就能停的事情，她再愤怒，也无济于事。

这时传来了敲门声。

进来的是王婷，她看见韩素梅，便如老鼠见了猫："七老婶，小妙姐说你找我？"

"为啥看不上阿广？"韩素梅实在没有心情去婉转了，直接就把事情问了出来。

韩素梅很直接："你看不上他，是你自己的事，我也不打算劝你，但我想知道理由。"

对其他人，不论赵哥还是卢珍，王婷这能讲脱口秀的嘴皮子，那可是一套一套的，可是在韩素梅面前，她特别老实，一句多余的话也不敢讲："他，他长得丑啊，一辈子对着那丑脸，我受不了啊。"

面对王婷的回答，韩素梅摇了摇头，对她说："喝茶。"

也许对潮汕人来讲，喝茶是一种能让情绪稳定下来的行为，或者说是心理暗示，两杯茶喝下去之后，王婷看起来没有那么慌张了，可是她仍低着头。无论如何，在韩素梅面前，她是拿不出那种随时可以讲脱口秀的气势。

"这个项目要是不做了，那么房租你就要自己交了。"韩素梅看着她，缓缓地说道。看着惊愕抬头的王婷，韩素梅叹了口气，伸手压了压，示意她冷静下来："不是说项目真的不做，我只是跟你说一种假设，能听懂吗？"

看着王婷犹豫着点头，边上的水开了，韩素梅开始泡茶。

"如果项目不做了，你考虑过怎么办吗？"她泡好茶后，向王婷问道，事实上王婷考虑过这个问题，这是她当时敢从十三行辞职的原因。但韩素梅问起，她低着头，没有开口说出心里的答案，没有告诉韩素梅，自己想过如果这边不行就去送外卖，并且攒好了买小电驴的钱；而且她一边上大学一边兼职打工的弟弟答应给她兜底，鼓励她为了兴趣闯一闯。

世上的事，不是数学题，不是有答案就肯定会说出来。

特别是她对韩素梅有一种天生的畏惧，所以她没有开口。

"那位陈广律师，我让人去调查过，在他那个行当，名声很不错。"韩素梅看着王婷，喝了口茶，对她说道，"家里有个妹妹，已经嫁出去，分了一栋楼走，他自己手上有两栋楼在收租，他父母手上拿着六栋房。"

王婷依然没说话,韩素梅皱了皱眉头:"你是不是没听懂?不是几套房,是几栋楼,每栋楼七八层!"

"那是很有钱。"王婷喃喃道。她看了韩素梅一眼,又低下头补充了一句:"非常有钱。我一辈子可能都没法在广州买一套房。"

"那你还嫌人家长得丑?"韩素梅按着心头的火气,温声向她问道。

王婷这次很快就回应了,她坚决地点了点头。

韩素梅沉默了一会儿,笑道:"对不起,是我小看你了,有情怀总是好的。"

"七老婶,我有钱就肯定不住回集体宿舍了。"王婷终于鼓起勇气开口道。

她说不明白什么道理,但她说了一句话,拙朴的话:"我生来'不雅',蒸鱼下几片咸鱼就吊出鲜味,哪有富人餐餐食咸鱼的?我啊,就是那条咸鱼。"

跟韩素梅聊起,她难免有乡音。不雅,便是潮汕话,指的是不漂亮,不雅致。

韩素梅一下子愣住了。

她原本是想劝一下王婷,她看得清楚,这绝对是王婷改变自己命运和社会阶层的契机。

"你活得通透。"韩素梅看着王婷,笑了起来,她想了想,解下手腕上的卡地亚手表递给王婷,"我本来想帮你出出主意,没想到,我倒是从你身上找到了一些事的答案。这个表就当这段时间你努力练习的奖励。"

"谢谢七老婶!"王婷低声欢呼起来。她去太古汇看了好几次,这款蓝气球要四万多,她可从来没有想过自己能拥有它。陈广倒是看出她喜欢,想送给她,但被她拒绝了,而且警告对方,如果买了就断交。当着韩素梅的面,她迫不及待地戴上手,那种发自内心的狂喜,洋溢在脸上的每寸肌肤上。

"训练时,别再搞受伤了啊。"韩素梅对着王婷叮嘱。

然后她就起身离开了,没有去找殷小妙聊项目的后续推进,也没有去管要投A轮的甲方参观之后的意见如何。

直到接近傍晚殷小妙给她发来微信:"梅姐,我跟他们聊完了。"

其实在一个多小时前,殷小妙就打算把甲方的人领到韩素梅的办公室,由后者去解决这些商业上的问题，她以前都是这么干的，但因为韩素梅走了，所以她不得不全程跟完。

"好，过来吃饭，边吃边聊。"韩素梅给她发了个定位。

她下午去见了一些人，处理了一些事，也是堪堪忙到现在才消停，殷小妙回了条信息："不想出去，不如你回来吃盒饭吧！"硕大的健身房，在下班之后，一个人也没有，其实用来沟通是很不错的。

而且也有咖啡机、工夫茶茶具。

"王婷中午跟我聊了一下。"韩素梅的脸上有深重的倦意，她从包里拿了一瓶芝华士出来，"边上'好又多'买的，喝不喝？"

殷小妙喝酒从来就没怕过，她特别擅长把一杯酒从晚饭喝到凌晨。

"王婷其实还是天真了。"喝了一口酒的韩素梅，脸上总算有了些血色。

看起来，虽然王婷让她对某些事下了决心，但其实，韩素梅仍对她的取舍不以为然："没有公主命，却有公主病，而且这还不好劝，难啊！"

这不仅仅是韩素梅的看法，包括赵哥、小王、卢珍，几乎所有知道这事的人，都这么认为。端起那大半纸杯的威士忌，殷小妙喝了一大口，然后看着韩素梅："梅姐，我其实蛮讨厌王婷的，我甚至觉得她压根就不是你们潮汕女人！"她停了下来，又喝了一大口酒，低声骂了一句，然后说，"潮汕女性，不是应该传统、贤惠、内敛，等等，集中了中华五千年传统美德的吗？你看王婷那动不动就冲子轩喊'哥哥'的模样，我就打冷战！"

韩素梅听着也笑了起来，摇头道："你胡说，你这是捧杀。"

"梅姐，你说，要是王婷家里也有几栋楼，长得漂亮，北大毕业，那她拒绝陈广，是不是就让人感觉正常许多了？或者说，大家会默认她有挑选的资格？"殷小妙幽幽地说道。

平凡的女孩，为什么就不能有自己的坚持？仅仅是因为她平凡吗？

至少殷小妙是很抗拒这种思路的。

跟聪明人聊天的好处，就是话不必说得很露骨。

韩素梅举起纸杯："我自罚一杯。"

她喝完了杯里的酒，又给自己满上："还有个把月，就是之前你跟陈杰定下约战的日子了。你对这个项目有什么思路？"

殷小妙听着端起杯子，向韩素梅略一致意，喝了一大口："梅姐，无论如何，我都得感谢你的关照。"

她不是王婷，她是可以躺平浪费天赋的殷小妙，闻弦歌而知雅意。

盒饭的香气在办公室里弥漫着，殷小妙知道韩素梅问出这个问题，就是她对这个项目已经完全失去兴趣了。否则的话，她也许会这么问，但不是这样的语气。因为殷小妙的性格，韩素梅了如指掌，如果她仍和先前一样，心里有这个项目，那么她会用一种导师或是投资方的角度，来鞭策殷小妙前行。

而不是商量。

殷小妙的性子有啥好商量的？商量就是躺平。

"梅姐，如果没有你的话，光这几个月的场地费用，对我来说就够呛了。"殷小妙发自内心地感激，"咱们什么时候退场？我都没问题的。"

韩素梅苦笑着道："这么明显吗？也不至于，怎么都能撑到你们约定的比赛之后。"

一旦这个项目结束，连狮尾都没有，还约斗啥呢？这事要换别人身上，无论李子轩还是卢珍或是王婷，恐怕都得是很深重的打击。但对殷小妙，她却显得很从容淡定。大约因为她本来就没有太强的企图心。

"那都无所谓的，梅姐，我最多认个怂就得了，认输嘛，多大点事？"殷小妙喝了一口酒，摇头道，"你也知道，子轩的病，我是为了这个才玩舞狮的，现在他渐渐好转了，这边就算退场，我其实抱个狮头去体育中心也成，去荔湾广场也行，总能玩的。"

殷小妙并没有问为什么，如果合适聊，韩素梅便会跟她倾诉；若韩素梅不说，她就不问，向来如此。韩素梅低头吞了一口酒，拿起瓶子满上，又吞了一口，从鼻子里呼出来的气，有种火辣辣的炽热，她感觉到脉搏在跳动，是生命的声音，她放下杯子，拿起筷子，从殷小妙的盒饭里夹了半个卤蛋。

"喂喂，梅姐，你好坏啊，每次都偷人家卤蛋！哼！"殷小妙大呼小叫，惹得韩素梅笑了起来。

韩素梅吃了那半个卤蛋，又一口吞下大半纸杯的威士忌，突然泪水不可控制地淌了下来，她抬手拭了，伸手按住要起身的殷小妙："没事。"过了几秒钟，她重新开口："我下午去办了离婚。"

殷小妙放下盒饭，起身拿了一盒冰牛奶给韩素梅："梅姐，心情不好，别喝太多了。"

但韩素梅一把拨开那盒牛奶,她的力量有点失控,那盒牛奶从桌上狠狠地滑开,然后掠到地板上。

"帮我弄包烟。"韩素梅对殷小妙说道。

殷小妙有点懒得动弹,于是在微信上问了一下赵哥,是否有烟扔在这边?

果然赵哥回答说有的,并且告诉了殷小妙他储物柜的密码,殷小妙从赵哥的储物柜里弄到了两包烟。很明显,这种档次比较低的烟,韩素梅抽不太习惯,一点着,便不停地咳嗽。但至少烟草让她平静了一些,她给自己倒了半纸杯酒,喝了一口,沉默了下来。

"他这次同意了?"殷小妙低声问道。韩素梅想离婚,别人不知道,殷小妙还是有察觉的,而且从蔡家豪的那些举止,她能判断出来,蔡某人在努力挽救些什么。

韩素梅点了点头:"有些事,一旦下了决心,并不太难。"

难的是说服自己。之所以拖到现在,是因为她不愿打破自己家庭美满、婚姻幸福的假象。一旦下了决心,说服了自己,那也就没什么了。韩素梅不是那种只会一哭二闹三上吊的女人。蔡家豪之所以会同意离婚,是因为韩素梅质问蔡家豪:"失败了怎么办?上有老,下有小,全家都陪你赌这一把?离婚,你仆街了,自己倒霉;双方父母和小孩,至少我还能照顾。"

投资当然有风险,而韩素梅有足够多的成功预判的案例,让人无法反驳她的这个逻辑。

"他提出了这个要求。"韩素梅拿起手机,调出一张照片给殷小妙看。

那是一张手写的协议,大意就是如果蔡家豪这次投资成功,那么双方同意无条件立即复婚。上面还有两人的签名和手印,韩素梅笑着摇头:"我问他为什么要这么蠢?他跟我玩文艺腔,说什么这二十年来,我对他怜悯的眼神让他心痛,他要展翅高飞,去找回自己的尊严。哈哈哈哈!我有吗?我有用怜悯的眼神歧视地望着他吗?"

殷小妙没有回答她的这个问题,如果势必要殷小妙给一个答案,那这个答案肯定是"有"。

至于这边的项目,韩素梅离婚了,那么对她来说,就是不值一提的事。统共也就一两百万,如果现在就启动退出机制,那么场地的费用可以归到上个项目的沉没成本，行政的工资支出也在其他项目，说到底了，就是支付一下这边几个人的工资，真正付出的成本也就小几十万。

"A轮能进来，就接着玩嘛。"韩素梅再次拎起酒瓶，添满了酒，然后把空的酒瓶推倒。

它在桌上转着转着，然后摔了下去，还好地板上有厚实的地毯，让它逃避了碎裂的命运。殷小妙有点忧心的是，什么时候跟项目里的其他人聊比较合适？

"梅姐？"她叫了一声，想跟韩素梅商量这个问题。

但却没有回音，抬头才见韩素梅已趴在桌面睡着了。

看来这不是一个愉快的梦，她紧皱着眉头，眼角有泪光。

殷小妙长叹了一声，去操房把自己中午在这边休息时盖在身上的冷气被拿了过来，给她盖上。这就不是外人能劝得动的事，而且韩素梅也不是需要人劝的角色。一旦下了决心，她下午就办完财产分割和离婚了，她很清楚自己要什么，也同样很清楚自己要付出什么。

"说还是不说？"殷小妙头痛的是这个问题。

但很快，她便有了决定。

也许说了之后人心溃散，对要投A轮的资方来说，是一种很负面的表现。

可是殷小妙很在乎资方吗？

"你所期待的奖金，可能比较悬。"她没有再犹豫，拿起手机给卢珍发了一条信息。

第二十章　救赎

夜色里，月光格外皎洁，就算是都市的霓虹灯，也不能夺去它的光彩。似乎在这样一个夜晚，月亮格外地想看清楚，这俗世间的忧伤与喜悦。它倾泻到每个角落，沿着写字楼的玻璃外墙，透过微微打开的窗户缝隙，溜进了健身房里。

卢珍就坐在熟悉的梅花桩旁边，一言不发；而在她对面靠近窗户的刘洁铃，沉默地抽着烟。

等殷小妙把韩素梅送回家，再回到这边时，已经快9点了，而这两个人真的坐了一个小时，就没开口聊一句话。话不投机半句多，她们之间，大约就是这句话的真实写照。

"不叫上王婷？"刘洁铃看见殷小妙进来，把烟扔进玻璃罐里，拧紧了瓶盖，抬头问道。

殷小妙摇了摇头道："我想梅姐对王婷应该会有安排的，大约轮不到我们操心。"

不单单是下午王婷刚从韩素梅那里弄到的奖赏——一个几万块的腕表，更重要的是，王婷是韩素梅叫进这个项目的人，如果项目在推进，那殷小妙当然会管，不论是把薪水提到她期望的程度，还是做主让行政帮她租房子、交五险一金等事务；但如果项目做不下去，王婷的去留，就不是殷小妙要操心的问题了。

同样，殷小妙也不会去跟赵哥或程序员小王商量，她认的是刘洁铃。

"为什么突然就成这样了？"刘洁铃叹了一口气，撑起自己沉重的身躯，坐到殷小妙边上的瑜伽垫上，她很郁闷，"我弄不懂这些事，跟我公司一样，做得好好的，突然就败落了，然后就没钱了，工资也发不出了！还好我拍档这两个月又很辛苦地去接了两个项目回来，才能支撑下去。这边先前韩总不是有雄心壮志吗？我让小王过来，提工资什么的，韩总也没还价啊，怎么突然就出问题了？真的，我弄不懂这些事！"

说到这里，刘洁铃有点艰难地撑起身，从窗边把她刚才坐的健身球拖了过来。因为体型的关系，对她来说，坐在瑜伽垫上，是一件很累人的事。殷小妙看了刘洁铃半晌，然后对她说："铃姐，你要加一个'/'，就更完整了。"

因为刘洁铃这一大串抱怨，是从"我弄不懂这些事"开始，又以同样的"我弄不懂这些事"结尾，如果加上"/"，就很符合 html 语法里类似"<title></title>、 "的格式。刘洁铃一下就听懂了，下意识笑了起来，脸上方才的郁郁之气便淡了许多。

但对卢珍来讲，这是一个她听不懂的梗，所以她伸手拿走了殷小妙手里的咖啡，喝了一口："咱们什么时候离场？"

这不是一个殷小妙能回答的问题，所谓换位思考，很多时候是个伪命题，人往往被自己的智商、见识和社交天花板所限制，所以才会有"皇帝下田用金扁担"之类的笑话，并不见得随便某个特定的对象，都能通过换位的办法，来理解和明白对方。

正如韩素梅的处境。如果按殷小妙的性子，股份什么的也不用找专业人士分割，就随便大家磋商个数字算了，然后一别两宽，他日重遇便是故友，可以问候，但无牵挂。因为她向来疏懒，对财富并没有什么企图心，对别人怎么看自己也很无所谓。

若是换成卢珍，或许一早就把股份交给律师或会计师之类的专业人士处理，然后干脆地分手，往后余生老死不相往来，她要的是洒脱快意，飒沓而去，绝不回望。

但韩素梅不是她们，她有自己的执着，所以努力维持着婚姻。因为她其实很明白，蔡家豪要的是什么，而他也并不见得不爱她。就算到了今天下午的最后，她做出这样的决定，也不见得是为了爱情，其实更大的可能是为了家庭——包括蔡家豪父母那边的家庭，在规避可能存在的、一旦发生便无法承担的风险。

"说不好。"殷小妙无奈地摇了摇头。

刘洁铃习惯性又摸出一根烟点着，吐出蓝色的烟雾，她伸手搔了搔头发，许多头皮如雪花般飘落："我家老赵先不管他了，小妙，老赵能过来这边上班，我清楚完全就是承你的情，哪天该走就走，如果给不了离职赔偿也无所谓。但小王得赶紧让他去找新东家了，唉，这有点烦。"

她这话说完，卢珍看着她的眼神，要比之前柔和了许多。

大约感觉刘洁铃这人，至少还是能撕撸得清楚。

"也许没那么坏。"殷小妙伸手想去拿咖啡，被阿珍拍开了，示意她喝过，便是属于她的了，甚至还作势往杯里吐口水。殷小妙无奈，只好去茶水间自己又倒了一杯进来："梅姐这边，并没有提到要结束的意思，不是还在谈A轮吗？只是我自己感觉有这样的可能，所以咱们先交个底，以防万一。"

卢珍仰头把那杯凉了的黑咖啡一饮而尽，然后站了起来，用力抱了抱殷小妙，笑着说道："你谝闲传，都谝得我木乱了，哪有这么麻烦？说破天了，也就是这活黄了嘛，咱还指着它养老送终不成？"

本来聊完之后，刘洁铃提议去消夜，大约就是她想感谢殷小妙，介绍赵哥过来这边领了几个月钱。但卢珍不太愿意跟她出去，尽管刘洁铃说了那番话之后，让卢珍没那么讨厌她了，可是刘洁铃那眉宇间沉重的愁、带给旁人的压力，比她飘飞的头发屑还要严重许多。

卢珍不想去承受这种压力，交情没到这份上，所以她拒绝了。而本来有点盛情难却，只好勉为其难跟刘洁铃走的殷小妙，接到电话，却是家里有些琐事，李子轩在催她回去处理，所以这消夜终归是没约成。

刚刚走到家的卢珍，电话就响了起来，是父亲打来的。

她的父母都是不善言辞的人，说了半天，其实就是一件事：村里要修祠堂，希望大家能捐点钱，希望她也能捐。

"这事好说，大，你跟他们说，那捐赠的石碑上，我要有名字。让村委会出证明，到时没有我的名字就给我退钱，他们同意了，这几千块我就愿意出。"卢珍对父亲说道，然后她能从电话里，听到父亲松一口气的感觉。

并不是她硬要逞强，去扛起这个家，而是父母纯朴到完全不懂怎么去应付这一切。

挂了电话，她觉得有点头痛，奖金没指望，项目要散，二弟结婚的钱怎么筹？

第二十章 救赎

匆匆打了网约车赶回西关的殷小妙，看见出来马路边上接她的李子轩，有种幸福感在心头油然而生，就算她再三拒绝了他来接自己，但他仍是牵挂着，以至于走到马路边等她。很小的事，小到也许不值得提起，但她能感受得到这细节里的甜蜜。

她下了车，握住他的手，微笑着说道："这算是明月照我还啊。"

她这明显是引的王安石复出宰相时，在路上赋的诗"明月何时照我还"，恰是明月当空，倒也算应景。

"哎哟，殷相爷，您老可受累了！"李子轩大呼小叫起来。

两人便一边走回家，一边笑得不可开交。小小的欢乐，稳稳的幸福，大约莫过于此。

"你这么急着喊我回来干啥？铃姐说要请我消夜呢！"回到家里，在阳台坐下，殷小妙对着在泡六安瓜片的李子轩问道，"不过那边的项目，估计差不多要黄了。"

喝着瓜片，殷小妙简略地说了一下韩素梅的事。李子轩听了，倒没有说啥，只是问道："那怎么铃姐又找你消夜？她女儿刚才还在微信上问我奥数题解法，说她妈没回家呢。"

"未雨绸缪嘛！"殷小妙便又把自己叫上卢珍和刘洁铃过去，互相交底的事也说了一通。

听完，李子轩就问她："发生这样的事，谁也不想的，你饿不饿？我煮碗面给你吃吧。"

"喂！"殷小妙一听他念TVB金句，就笑着作势要踢他，"你不能好好说话？怎么了？"

李子轩也笑了，摇头道："算了，翻页吧，我们聊点别的，我找你回……"

"咦，你说嘛！"殷小妙明显看出他是有话要说的。

她讲到这份上，李子轩看着她，好半晌才说："要不你以后换个绰号吧，别叫喵喵了。"

"不要！不许乱给我起绰号！"她料到他后面就没什么好话。

果然李子轩自己也忍不住笑了起来："以后你AKA① '二师兄'好了！

---

① Also Known As，又名、亦称的意思。

哈哈哈，笑死我了！"

二师兄，当然指的就是猪八戒。

然后李子轩一边抵挡着扑上来打他的殷小妙的拳脚，一边狂笑道："咱们家门上挂个牌子，高老庄！就齐活了！哈哈哈，哎哟，打死了，打死了，好了好了，都说了不说，翻过页，你又要逼我说。"

他抱住她，于是她眼里的嗔怒便渐渐消融了，便有千般的不快，总抵不过你侬我侬的温馨。她捏着他的耳朵："你快点老实招来，为什么乱给我起外号？不然的话，哼哼，我超凶的！"

"好害怕，好害怕！"李子轩看着奶凶奶凶的殷小妙，超级配合，"你不觉得，自己有点猪八戒的意思吗？但凡有点困难，不，甚至谈不上困难，只是有点风吹草动吧，你动不动就要散伙分家什，然后回高老庄！哈哈哈，这不就是二师兄嘛！"

正如没有起错的绰号一样，资本家的钱绝对没有一分是白花的，能在大公司职场爬上去的人，当然都有自己的本事，否则，单纯是专业技能强大，了不起就是刘洁铃那样，出来自己拉点投资，搞自己的小公司；更多的是每天干最多的活，然后郁郁不得志。

对毕业几年就能混到税后百万以上年薪的李子轩，只要不发病，他当然对职场有着极为敏锐的观察力和分析力，所以他对殷小妙的评价也很客观。他收紧了双臂，让妻子跟自己更亲密一些："喵喵，要不振作一下吧？别老整二师兄啊！正式来说，你是这个项目的CEO，你这么整，要认真讲，是不合适的！"

就算不提韩素梅说过，无论如何支撑到殷小妙完成约战，而且现在A轮也在谈，更何况新媒体那边的势头也起来了，就算A轮谈不妥，只要殷小妙有决心去做，不见得就找不到机会把这个项目做下去。

"好吧，我振作一点，但你不许再笑话我了，不然，哼哼！"殷小妙笑着捏着他的耳朵，这么威胁着，"大郎，起来喝药了！"李子轩马上表示自己服气，非常害怕，再也不敢给她起绰号了，而他们也终于聊到了为什么匆匆把她喊回家的事。

"不方便在线上说。"李子轩长叹了一声，这事在线上说了也没用。

如果真如他所猜测的，那也得线下解决："你爸妈会不会撞到什么脏东西?"

也就是,他觉得殷小妙的父母撞邪了。因为殷父的电脑硬盘不够用,李子轩记着这事,趁着有空,就带了硬盘过去帮殷父的电脑扩容。去时她父母都不在家,搞好之后他去了趟洗手间,她爸妈就回来了。

"吓人,你老窦叫你妈'姑姑'啊!你妈居然应了!"李子轩说着,一脸紧张。

殷小妙愣了一下,狂笑起来:"你从洗手间出来,没问他们吗?我知道,你吓到了,不敢问,哈哈哈!你记不记得,上次咱俩过去,我娘讲起'双皮奶张敏'的时候,回家路上你问我,我娘为什么知道这么多我父亲少年时的细节?"

李子轩点了点头,他是问过,但当时殷小妙似乎有别的事,岔开了,就没接着聊下去。

"因为,我娘从小就是我爸的邻居!她虽然比我爸小七个月,但是,在她少年时,她管我阿爷叫'大佬殷'的啊!因为我外公跟我曾祖父是一辈人,我娘是我外公老年得女,我过世了的大舅就跟我阿爷差不多年纪。"殷小妙笑着把其中的关系给李子轩剖析了一番。

李子轩松了一口气:"吓惨我啦!原来是这样,那你娘会不会叫你老窦'过儿'?"

"你等等,我去二手平台买点废弃CPU,让你好好享用一下。"殷小妙装作生气地说道。

他连忙道歉:"是我不好,不应该开长辈玩笑!"

然后又提出自己去做手撕盐焗鸡来消夜,才让殷小妙放过他。他下一楼的厨房做消夜,她坐回藤椅上,六安瓜片很合她的胃口。抬头看着天边的明月,其实殷小妙知道,李子轩说的当然没错。

是,一有风吹草动,她就想散伙。

但是猪八戒需要走取经路,去完成自我救赎,她不需要啊。她不需要通过舞狮的项目救赎自己啊!楼下厨房传来他在解冻光鸡、准备粗盐的声音。殷小妙叹息了一声,但他需要舞狮来救赎。所以她没有去争论任何事。若是爱,何必要有输赢?

至少对殷小妙而言,她是这么认为的。

没有开灯的房间，跟外面缤纷多彩的霓虹，仿佛两个世界。卢珍坐在沙发上，看着从窗户泻进的月光，好像童年时离开家乡前一晚的月色。她记得那时自己得知可以离开家乡，去市里上学，很开心。不知道为什么，现在一样的月色里，已经身处这个国际化的大都市，可全然没有儿时的快乐。

弟弟一家人回乡了，这套两房一厅的房子便显得空荡荡的。当时租下它时，她很喜欢那个略小些的房间，有一张书桌，两排落地书架，还可以摆下一张一米五的床，如果家里来人了，好像她大弟一家人来了，就可以把主卧让给他们，自己睡书房。

而且当时她觉得，在这样的书房里看看书，应该是很不错的感觉。她买了不少书，都是打折时买的，都是她想看的，她喜欢的，一折都不到的价格。到现在它们仍在书架上，可能几个月，有些灰尘了，想到这里，她便有些头痛。

当然，她前两个月又觉得这个时代谁还看纸质书，于是在二手平台淘了一个水墨屏的阅读器，可以写阅读笔记，可以留书签，卖家送了许多书，128G装得满满的。似乎那阅读器到手时，把玩了二十分钟，然后现在……

她无声地苦笑，现在两个月过去，应该没电了吧？

其实生活早就磨去她许多棱角，对没有完成大学的学业，卢珍嘴上是不认账的，心里却认为，那是自己缺失的一块。所以，只要有机会，她都希望自己能多读些书，不为什么，也没什么复杂的驱动，就是下意识地想补上自己缺失的板块。

但看起来，她终归不是一个能静下心来读书的人。别说她买的那些哲学书、外语书之类的专业书籍，就算是流行的所谓爽文小说、公众号热文，她也不太有心思看。

"总会有办法的。"她喃喃自语，开始去找刚才扔开的手机。卢珍不是坐以待毙的人，就算没有办法，她也要杀出一条血路。

不见得她有多勇敢，或有多坚强。

只是这漆黑的房间里，就只有这么一缕透窗而入的月光啊。

它不论如何柔弱，如何冷清，总归是能照亮多少，便照亮多少。

就在她在沙发的缝隙里摸不到手机时，扔在茶几上的手机，因为接收到一个语音通话请求屏幕亮了起来。

"嘿，卢！姐妹！"彼端的友人，语调有种说不出的怪异。

不过对卢珍来讲，这让她很好地识别了对方的身份："老泥，来中国了？"

"我的名字是妮娜！N—I—N—A，不要以为我不懂谐音梗！我在中国上过大学！"那个女生大声地抗议。她的确在中国上过大学，而且是跟卢珍同一所大学，之所以两人关系比较好，大约是因为彼此都读到一半就辍学了。

老泥，是一位广东同学给妮娜起的绰号。妮娜是非洲人，能供她来中国上学，家境算是富足的了，之所以辍学，原因也很简单，因为她挂了太多科，只能休学；否则就算留级，以她的水平，拖下去结果绝对只能是退学，所以还不如休学给自己留点念想。

"我爸爸要让我嫁给一个老头子，或者回中国拿到学位，不然他下个月开始不会再给我一分钱了，天啊，卢，你拿到学位了吗？有什么捷径可以拿到学位吗？我请你吃饭！"听起来妮娜很激动。

学位，卢珍一下子就走神了，如果重新回学校读完大学，她是愿意的，也许这是一个不错的选择，至少有那铺租给她兜底，生活费用还是可以支持的。但她看着地板上的月光，要是没有这缕月光，这便是一个漆黑到让人绝望的空间了。所以，她暂时是无法回去读完大学的。

这时妮娜又叫了几声，卢珍没好气地说："老泥，你别做梦了！我们那是全日制普通高校，学信网查得到的正规大学，你妄想有什么捷径？还学位呢，你多敢想？就你那成绩，你连毕业证书都拿不了！你回去好几年了，就一直靠你爸养着？你就不能自己出来工作赚点钱？"

"我不会赚钱。"妮娜很懊恼地说道，卢珍对她无语了。对卢珍来讲，这简直就不是人说的话。妮娜跟她聊了一会儿，却提出一个话题："我们这里有些人做中国的服装生意，都赚钱了，要不，卢，我们也来做中国的服装生意！"

卢珍嘲讽地笑了起来："你有多少钱？做生意得要本钱。"

"要许多钱吗？我还有一点点积蓄。"对方明显是真的没出来工作过，什么概念都没有。

但对赚到过钱的卢珍就不一样了："你要自己做，就得自己过来看货、买货等，你要算签证、路费、食宿等。"

她说过，便做了，无论她自己有多难。

"那我也得去你那边看看，才能决定进什么价位的服装啊！我这边有个朋友，约了别人舞狮竞技，我要帮她，等再过两个月才能过去。"卢珍有点哭笑不得。

妮娜便尖叫起来："不，下个月要是我没回中国读书，又没有自己赚钱的生意，我爸爸就会让我嫁给那老头儿的！我不管，你现在就过来！"

"你放屁，我答应那朋友的事，怎么可能说走就走？我要是这样的人，咱们还能来往？"卢珍毫不犹豫地冲着妮娜发了一通火，关系越好，便越是说得直接。

然后她直接就从银行 APP 里，把这笔钱转回了妮娜的账户里。

"我把钱转回给你了，下个月我去不了，没办法。"

尽管她缺钱，尽管她的工作似乎看起来也朝不保夕。

第二天卢珍依旧和往常一样去上班，打卡，舞狮，吃盒饭，舞狮。

昨晚那笔转账，她跟谁也没有说起。

殷小妙会认为，如果对方值得自己付出，那就不必流于言辞。与殷小妙不同的是，卢珍觉得，她答应过殷小妙，那就要去做，这是做人天经地义的本分。在她身上看不出来，昨天殷小妙曾经告诉过她，这个项目可能遇到的风波；也看不出来，昨天夜里，她拒绝了一次机缘。

酒醒之后的韩素梅没有过来项目这边，但在中午下班之前约了刘洁铃去居酒屋。那里刚好在韩素梅担任人事总监的公司和刘洁铃上班的公司中间。出乎刘洁铃意料，她原本以为，昨晚殷小妙算是给自己吹风，今天韩素梅是要摊牌告诉自己这个项目做不下去了，但没有想到，韩素梅完全没有提起与之相关的事情，而且韩素梅不是一个人来的，随她而来的还有一位律师。

"你先看看这些资料。"韩素梅一边点菜，一边示意律师把资料递给刘洁铃。

这是一位专门打经济案子的律师，资料上是他扎实的履历和业绩，都是有案件编码、有报道的案子。

"给你看这些资料，是为了告诉你，这位律师在经济案件上，是值得信赖的。"韩素梅等刘洁铃放下资料之后，对她说道，"接下来的东西，你要冷静。然后如果你接受的话，我会安排这位律师帮你完成后续的事务。"

刘洁铃用力地点头，有数据，有资料，她就能看懂。要是韩素梅来给她做口头上的介绍之类的，那刘洁铃会完全蒙掉，那些云里雾里的话，动不动就"赛道"，动不动就"抓手"，一个饼接一个饼，那么她会出于对韩素梅的信任而顺口附和，而心里却必定是不接受和抗拒的。

但韩素梅似乎看穿了这一点，用她能接受的方式，一下子就说服了刘洁铃。律师接着递过来的资料，是刘洁铃和秦川合作开的公司的资金流向和业务。尽管财务上各种借贷让她有点头痛，但凭着对数字天生的敏感，她仍很快就翻完了。

然后刘洁铃抬起头来："这报表我看过的，秦川有拿过来给我签字，没问题啊，我们就是亏钱了，我都不懂经营，唉，都压在他一个人身上，这也是没办法的事。"

她脸上是有愧色的，指着几行数字："这钱的确是我拿了的，因为没盈利，所以没法冲掉。"

韩素梅摇了摇头："不是数学好，就能看明白这本账的。按这本账，如果关张，你还得欠公司的，对吧？但如果我告诉你，其实现在关张的话，除去你拿走的备用金之外，你应该能分到六百万到七百万，当然，你们公司偷税，补全税务那边，你应该还能分到四百万左右，那你会怎么看？"

刘洁铃一脸的难以置信。

但韩素梅的话，却让她找不出任何可以不相信的理由，韩素梅说："为了防止律师夸大其词，所以约定，以你获得赔偿金的提成，作为律师的费用，具体提成，你们自己谈。"

也就是如果没法帮她拿到钱，这律师就白忙了。这可不是实习生，是有扎实战绩真正的律师，谁可能没钱陪着客户瞎玩？律师笑着扶了扶眼镜："这么小的单子，我本来兴趣不大，我是被韩总骗上船的。"

他一开始是不相信，这个时代还有人会被坑到刘洁铃这样，然后还毫无察觉。现在不用问他也知道，自己中了韩素梅的套路。刘洁铃很茫然，似乎变成了只会点头的机器，直到鳗鱼饭上来了，她才反应过来："韩总，为什么帮我？我是说，您让我家那口子过去上班，我已经很感激了……"

"利益。"韩素梅截断了她的话，"因为利益，这才是永恒不变的主题。"

她看着刘洁铃，如同巡视着自己领地的猛虎："舞狮这个项目在谈A轮，我希望你有更多的精力投入这边来，而不是每天过来这边公司死命干活，还要被 PUA，然后还觉得自己亏欠了拍档很多。我要把舞狮这个项目做起来，你研究算法也好，搞地推也罢，我不管，你得达到我要的效果。"

刘洁铃感觉有点茫然，这似乎跟昨夜殷小妙和她聊的不太一致？但看着那堆报表，看着那个资历很不错的律师，想着自己能分到手的四五百万，无论是老人的医疗费用，还是小孩教育的费用，或是赎回抵押的房产续上房贷，都可能有了着落。

她用力地点了点头，一切似乎也并没那么坏。

第二十一章　人间清醒

广州的黄埔大道到科韵路这一段，在上下班高峰期向来都会很堵，但刘洁铃觉得自己的心头，比街上的车流更堵。中午吃饭时签了委托协议，吃完饭，律师就带上他的助手，跟着刘洁铃直接到了她公司，找秦川交涉去了。并没有去走通常的律师函之类的相关流程，她有问过，按律师的话讲，她这案子很简单，完全没必要。为什么没必要，他解释过，什么固证已完成、发函只是律师个人行为、如果谈不妥要起诉也完全可以不用发函之类的，总之一堆专业术语，刘洁铃就没搞明白。

如果让卢珍看到，大约会幸灾乐祸，动不动喝酒跟人聊大半小时高数和立体几何的刘洁铃，也有这种听不懂中文的时刻。

"老大老大。"边上的小程序员叫了好几次，刘洁铃才反应过来。

她摸了摸自己的脸，无端地觉得手感真不错——胖了就有这好处，她冲那小程序员问道："啥事？哪里又出 BUG（漏洞），还是想抽烟？"

"抽烟，老大，去不？"小程序员起身问道。

刘洁铃看了一眼会议室，律师和他的助手进去到现在快一小时了。而半小时前，公司的法律顾问也匆匆赶来，和秦川一起进了会议室，到现在都还没出来。她不进去，是带律师过来之前就说好的事，因为她不知道怎么面对这样的场面。

"走吧，不下楼了。"她对自己的下属招呼了一声。

现在各个写字楼对抽烟的管控越来越严格，连消防楼道的灯都改成声控的了，而通常写字楼的消防楼道都没有窗户，也就是说躲到消防楼道里抽烟的话，几秒钟就得大声"嘿"一下，或是跺脚。但刘洁铃不在意，她坐在台阶上，在黑暗得伸手不见五指的消防楼道里，让她有种莫名的安全感。

"老大，你是不是要跟秦总撕了？"也许是因为楼道里的黑暗，让小程序员有了开口的勇气。又或者程序员都比较直接，他们习惯于实现同样的效果，代码越简洁，就越是高水平的，所以他就这么直接地问了。

刘洁铃没有回答他，不是不愿说，是不知道从何聊起。于是过了一会儿，小程序员又问："老大，那我是不是要去投简历了？"这个问题，其实他是代表项目组其他人，包括策划那边过来问的，刘洁铃的水平，只要是同行都服气的。但大家在公司上班，也都知道，各个项目，各种单子，都是秦川在跑，包括进度款和与客户的对接，等等。

如果刘洁铃和秦川撕了，那不论是没有了刘洁铃，还是没有了秦川，大家都觉得，对公司来说很不乐观。

"瞎操啥心呢？你下班交不出活，就老实在公司吃盒饭，做完它再走吧。"刘洁铃没好气地结束了聊天，听着她这么说，倒是似乎让人稍微放心了一些。但律师所说的简单，不是刘洁铃以为的简单，直到下午6点多，律师从会议室出来，这事仍没有完，在送律师和他助手去乘电梯时，刘洁铃被叮嘱："这个案子应该不用上庭的，他那边自己也很清楚，但有一点，你如果希望如预期一样解决，拿到你应该得到的那部分，就不要私下去跟对方谈。"

刘洁铃连忙点头，送完了律师，她回到公司里，除了策划组，其他人员基本下班了。她看了一下，手头的活也不太急，于是打了个电话给赵哥："你接了小孩吗？行，我早点回去。"

收拾了东西，她也准备走了，毕竟韩素梅帮她到这程度，刘洁铃觉得，自己也得有所回报的，所以早点回家吃了饭，问一下小王舞狮项目那边的进度，看看怎么调整和优化在短视频、新媒体平台上投放的算法模型之类的。

"铃铃。"在她准备离开自己座位时，有人在身后这么叫她，是秦川的声音。很久没有人这么叫她了，一个陌生到连她自己都已觉得不再属于自己的昵称。更何况在大庭广众之下的办公室？刘洁铃明显僵了一下，她不敢回头，就站在那里，一言不发。

"我们聊聊，好吗？"秦川的声音里有着久违的温柔，还有掩饰不住的颓丧。就算她不是很细腻的人，就算她有以前的三个自己那么庞大，但她终究是女人，女人在愿意敏感时，总能凭仗直觉感觉到一些细微的东西，她拒绝不了他这样的语气。

在秦川的办公室坐下,他向她伸出手:"给我根烟。"

烟被点着,秦川贪婪地吸了一口,是久违的烟草味道,他抬起头望向刘洁铃:"阿拉……"

然后他自嘲地摇了摇头,垂下眼帘,又狠狠抽了一口烟:"就算要告别,我总也不能留给你一个没腔调的模样。"

然后他熄了烟,捋了捋头发,看着刘洁铃说道:"那年我们去了白云山,又去了北海,然后我说不如自己做一家公司,你说技术咱们肯定没问题。"

他停顿了一下,打开办公室的门,张望了一番,把门关上,重新坐回到椅子上,看着沙发上的刘洁铃,笑着对她摊开手:"你看,蛮好的,我们做起来了,也有产品。马场那边还有另外三家公司,就是做之前告诉你砍掉的那几个项目。Jacky在负责,我让他过去,也是跟他说,你想历练他……暗示吧,我是这么暗示他,嗯,你接手应该很简单,你一手带出来的徒弟,他还是很服气你的。"

然后他站起来,走过去,轻轻地拥抱了一下刘洁铃,贴了贴她的脸:"保重。"

她还没来得及反应,他已经拿起收拾好的皮包,微笑着向她挥了挥手,准备离开。

"你要去哪里?"她急急站了起来,伸手拉住他的手,然后她又下意识松开手,望着他,不知道为什么,她有些慌张。

当漫天的星光闪烁时,陪着赵哥在巷口抽烟的李子轩,有点坐在家里被雷劈到的感觉。因为他被逼离开了家,被刘洁铃逼的——她匆匆而来,身上带着汗味,脸上带着泪迹,开口就是对殷小妙说:"走,我们去喝酒。"

看着她这状态,殷小妙当然不敢跟她出去,这可是刘洁铃,不是保持着体操运动员身材的卢珍,也不是干瘦的王婷。真的出去喝酒,一旦喝醉了,殷小妙不知道怎么把她周全地拖回来。

而且刘洁铃也不喜欢叫王婷和卢珍,当殷小妙提议喊上她们时,她明显很不以为然:"和她们聊天太累,反复地讲,总是讲不明白。"甚至她还加了一句,让殷小妙和边上的李子轩都无语的话,"跟我小孩一样奔……奔放,她们的个性,跟咱们不太搭。"

李子轩和殷小妙对望着翻起白眼,还奔放呢,这是以为谁没听懂还是怎么的?

她刚才明明就是想说"跟我小孩一样笨"!

所以殷小妙只好折中了一下:"咱们在家里喝!"

于是顶层的阳台就被她们两人占用了,而李子轩不得不离家出走。虽说是两层半,一层满打满算也就十七平方米,去掉墙,十五平方米差不多。楼下是厨房和饭厅,二楼是卧房和洗手间,她们在顶楼阳台喝酒,一会儿跑洗手间,李子轩待着就很不自在,也不方便,所以他只能出去找赵哥玩儿。其实殷小妙这边还好,刘洁铃那边洗手间放在一楼,二楼强行隔出儿童室,就更狭迫一些。但地方就这么大,螺蛳壳里做道场,普通百姓都是这么过日子的。

"他要跟我提北海的银滩,白云山上的豆腐花,他要敢提借钱给我啥的,那我肯定让他有多远滚多远,我虽说傻些,但也不到那程度。"刘洁铃低着头喝酒,低着头抽烟,似乎不聊离散数学和线性代数、程序代码,她就不太敢正眼去看这个世界。但不知道是因为坐姿不好,还是发胖的关系,年纪不大,脖后已经有一个不太明显的"富贵包",衬着脸上的木讷,无端地让人看着,便有满腔的愁苦。

殷小妙拿起杯子,跟她碰了一下,喝了一大口酒:"铃姐,你这智商,就不要整天'凡尔赛'了,'傻'这个字眼,就跟你一点瓜葛也没有好吗?你看看你家里柜子上那些奖杯,多少人终其一生摸不着边?你这样在我们广东,小心被人捉去煲汤!哈哈哈!"

这算是搔到刘洁铃的痒处了,她低声地窃笑起来,咬着下唇,便有了些神采。跟殷小妙在一起,几乎每个人都会感觉到没什么负担、没什么压力,刘洁铃渐渐地语气轻快起来,她抬起头,因为胖而显得小的眼睛有了笑意:"但他没有说,他只是说他要走了,我叫住了他,他就把车匙和车证什么交给我,因为那是公司名下的车。"

殷小妙拿起桌上"小糊涂仙"的酒瓶,给她添上酒,刘洁铃每次喝得不多,但她喝的频率很快,不一会儿就见底了:"我问他,为什么要走?要去哪里?"

这其实是一句废话,在去公司之前,律师就跟刘洁铃说了,会给秦川两个选择：一个是他补齐刘洁铃该得的几百万，然后刘洁铃离开公司，以后这边一切跟她无关；一个是秦川滚蛋，公司账户上的款项，包括另外那两个公司账户上的钱，以及后续该收的款项，他都不许挪动。

当然他也可以不选，那么受刘洁铃委托的律师会有足够的办法，通过法律程序，去让他付出更大的代价。秦川是个聪明人，而刘洁铃委托的律师也并没有把他逼到绝路。所以，他在请教了法律顾问，知道对方并没有虚张声势之后，很果断选择了走人。

因为刘洁铃离开的话，那这些业务，他去哪里找人接手？

单纯从去职讲，她主动这样甩开一切走人，或是秦川准备好一切，按部就班逼着她离开，完全不是一个概念。后者来说，秦川可以从容消化她的一切，而她这么扔下就走，那就是个大麻烦了！

别说她其实就是这些项目的主程序，就算普通项目组，一个主程序的离职，会导致整个项目严重拖延，错失上市时候，拖到整个公司崩溃，并不是什么少见的事。更不必说，新上的项目，投资方是看着刘洁铃才投的钱。所以如果她离开，秦川守着公司，那就不是一个会下金蛋的鹅，而是一个枷锁了。他当然不会把自己置于这种境地，然后去期待可能出现的转机。

"不用担心我，找个大厂先待着就是了，你还不知道我？退一万步说，找个PM的职位过渡一下，还是没问题的。"他笑着对她说道。

PM就是项目经理，刘洁铃知道他不是在开玩笑。

其实是不至于到去干PM的地步，秦川再不堪，以他的履历，近年来运营的项目，去找个运营总监的工作还是绝对能胜任的。

刘洁铃说到这里，冲着殷小妙招了招手，然后揽住殷小妙的肩膀，对她耳语："可是，他媳妇可坏了，买包啊，做医美，那花钱太厉害了！他负担太重了。"

然后她松开殷小妙，又喝了一口酒："他要真的去当个运营总监，他媳妇不知道得怎么折腾他呢！"她顿了一下，漏了句家乡话，"虽说这龟儿傻撮撮的，又爱扯把子！可这么多年兄弟，老子实在不忍看他落得那样的下场！对吗？老子不能把自个兄弟逼得妻离子散啊，莫得这样的道理！"

说着，她低头又喝了一口酒，点了根烟，烟雾在星光下弥漫着，让远星越发朦胧了。

"那是，铃姐讲究。"殷小妙给她添上酒，很恰到好处地接了一句。

刘洁铃叹了口气，伸手按着阳台的边缘，站起来张望了一下，不知道是在看都市的夜景，还是在眺望远星，她重新坐了下来："老赵呢？跟你家子轩带我小孩去玩？得了吧，是你家子轩带我家一大两小出去玩，我还能不明白吗？啥也不说了，小妙，来，喝！"

殷小妙陪着她喝了一大口酒，然后又帮刘洁铃满上。她看着已有些醉意的刘洁铃，低声叹了一口气，刘洁铃的确很聪明。但是，秦川的负担重，刘洁铃的负担不重？其实秦川在演坚强外壳下的脆弱，她未必看不透。

多年的兄弟？

殷小妙看着靠在藤椅上开始打呼噜的刘洁铃，摇了摇头。

多年的兄弟会提北海的银滩和白云山上的豆腐花？

她进屋找了张薄毯，轻轻帮刘洁铃盖上，然后坐下来，在刘洁铃的呼噜声里，端起杯，慢慢喝了一口，一口就喝了半杯，这是今晚殷小妙第一次给自己添酒，为了敬已睡着的刘洁铃，她是清醒的，只是总不愿放手，无论赵哥，还是秦川；无论远星，还是都市的霓虹灯。

秦川没有被"净身出户"，对韩素梅来说，得知了这个消息，她并没有太过惊讶，或者有什么特别的反应，她在微信里只给律师回复了"好的"。

因为这对她而言，已经是无关紧要的事了，她并不是正义使者，跟刘洁铃也没有工作以外的交情。找律师去帮刘洁铃做这桩事，当然是为了生意，而不是她有什么不平气、意难平。事情到这里了，无论如何，刘洁铃都要承她的人情。

而韩素梅的目的——让刘洁铃把更多精力放在舞狮项目这边，刘洁铃肯定得去实现。在这一点上，韩素梅有着足够的理性，不管刘洁铃怎么做到，反正韩素梅只确定两件事：第一，刘洁铃有能力做到；第二，刘洁铃愿意去做。

至于刘洁铃会不会因此累吐血或是身体出现超负荷等，韩素梅会帮她约定期体检的。

而对律师而言，这么一个来回，就赚了税后三十万左右的律师费，并且还卖韩素梅一个人情，律师当然也觉得这是一桩不错的生意，甚至他直接跟刘洁铃说："无所谓，您选择和解，我们会尊重当事人的选择。或者换个说法，当再次面临这种情况时，我很确定您会想起我，那就意味着，对你我都是一件好事。"

再次面对这情况，想起他为什么是好事？

因为刘洁铃知道找他过来就能解决问题；而律师又能再赚一笔啊。

在把律师送走之后，刘洁铃在电梯口望着秦川，一言不发，直到后者心里发毛，讪笑道："铃铃，办公室给你用吧，你抽烟方便一点，我选个小会议室就行了。"

小会议室就是五到七平方米，通常作为项目策划组开会，或是 HR 接待面试人员用的场所，他这么安排，也就是被刘洁铃盯得有些心虚，希望通过一些这样的举止，来表示自己的妥协和退让，但刘洁铃却对他道："我要那办公室干啥？我又不接待客户。我当时说了，技术咱们肯定没问题，你说接项目这活计你一点不怵，你别再骗我，然后咱们各自把自己说过的话兑现就得了。"

她说完看了一眼赔着笑的秦川，突然觉得，他要这样，真还不如走了算了，但她想了想，终于还是没有说出来，只是摇了摇头，拿出烟盒走向楼梯间，那里有让她宁静的黑暗，可以把她包裹起来。

秦川看着她宽厚的背影，想了想，跟在她身后，走向了楼梯间："有个新项目，我们得聊一下，你看看咱们能不能接得住，IP 是大 IP……"

中午到楼下大堂快递柜拿饭的赵哥，上电梯时，看见西装革履的阿广，有点惊讶："陈陈陈律师，咁啱？你过嚟呢边办事啊？"

他当然不会觉得陈广是过来找王婷。白云宾馆自助餐那场矛盾冲突之后，赵哥觉得，阿广怎么也不可能跟王婷处下去了。但出乎他的意料，阿广往上提了提手里硕大的食盒，那是一家高档私房菜的外卖，木质的食盒，颇有点古香古色，阿广笑着说道："我约佢食饭，佢话要练狮子滚球同采蟹青，唔得闲出嚟，我就去打包咗几个餸过嚟，一齐食饭。"

赵哥都不知道怎么接话，要说陈广是他朋友，那赵哥肯定要劝几句，但问题是，王婷才是他同事啊，平时对他还是很尊重的，他总不能无缘无故去卖身边同事吧？所以，赵哥讪笑了两声，挤出一句："陈律师真系有情调！"

对方马上否定了这种说法:"不!我不会赚钱,你得帮我。"

"我帮你的话,我总得过去你那边考察一下吧?护照、体检疫苗、往返机票、签证费等,得一两万吧?这钱我可不能自己掏啊,咱俩合伙,得平摊。"卢珍跟对方有一搭没一搭地聊着,反正就当瞎聊。

妮娜对此倒是渐渐进入角色了:"没问题,我请你过来玩,我爸爸会给我钱的,全部钱。"

"要做服装,得搞集装箱吧?集装箱的运费,你那边海运、陆运算上,差不多三万五吧。正常做贸易的套路,至少一个集装箱到货,一个集装箱在海上运着,一个集装箱在中国这边采购……从中国发出去,运输加上清关,正常得两个月……对了,到了你那边还需要缴税,关税加上增值税,你要去打听一下要交多少,包括商场租金、仓库租金,或者你直接问你爸爸。"卢珍看在老同学的分上,又是一样的辍学生,就陪她白话了得半个多小时。

挂了电话之后,卢珍禁不住骂了句:"死老泥,五马长枪的!不会赚钱?这是人话?"

但对回去六七年一直靠家里养着的妮娜,卢珍隐约是有些妒忌的,特别在现在的处境之中。她扔开手机,开声吐气:"啊哈!振作起来,卢珍!永不言败!"

这时手机又响了起来,她拿起手机,点开一看,竟然是一笔转账到账的记录!

二十五万,是从妮娜在中国的银行账户转过来的,卢珍以为是恶作剧,但没想到打开银行 APP,真的有钱到账!卢珍赶紧发了条短信过去问她:"老泥你疯了?你转二十五万给我干什么?"

对方的回答很坚定:"我们一起做生意,你说要集装箱,要进货,我拿钱出来,你也拿钱出来,然后在中国开一间公司,我们就赚钱啊。合同?不,我们不用合同的。"

妮娜的理由很简单:"六年了,大学的同学,只有你在每个中国的节日都给我发问候,每年给我寄腊牛肉。"

几斤腊牛肉,绝对没有漂洋过海的邮费高。只因为当时妮娜回国,卢珍去送她,妮娜念叨着卢珍带回学校的腊牛肉,卢珍便答应她:"我以后每年都给你寄点解馋!"

然后赵哥很高兴，电梯到了，他也就不用尬聊下去。

走到装了梅花桩的操房外，就听到鼓声急促地响起，赵哥笑着对陈广说道："阿婷系好搏！"

阿广笑了笑，跟着赵哥推门进去，就看见李子轩在打鼓，卢珍在边上擦汗，殷小妙舞狮头，王婷舞狮尾，一张哑铃凳，代替传统的板凳，她们是在练习下山、过桥的套路。尽管都很用心，但看着走了两三趟，始终不是太得法。

陈广把食盒递给赵哥，解开西装扣子，脱下来随意扔在边上的瑜伽垫上，走过去向李子轩伸出手："李生，我试下？"

李子轩本来就是要中午休息的，听他这么说，就把鼓槌递了过去。靠在把杆边上休息的卢珍，就看见阿广，确确实实其貌不扬的阿广，穿着西装背心的阿广，在大鼓边上，双腿一分，鼓槌一举，真的感觉整个人就不同了！

"咚咚咚……"鼓声再一次响起，场中的醒狮真的如同醒过来一样，在挪腾之间，跳跃之际，过桥时，那种"过桥必探"的神情，一下子就出来了；而过桥之后饮水的环节，就更明显了，在急缓有致的鼓点声下，"有水必戏"的那种好似真的把水吞咽进去的神态，真的就是刚才没有表现出来的。

放下狮头，殷小妙一头脸的汗水，从窗帘边缘，由外墙玻璃透射进的光，照着她的侧脸，让她迎着光的脸庞有些透明的感觉，王婷看着，就算她没读过什么书，也觉得"出水芙蓉"这四个字，用在此刻的殷小妙身上，当真是恰到好处。

"陈律师，你打的鼓？好犀利！"放下狮头就成了在场所有人目光焦点的殷小妙，笑着对陈广一边点头示意，一边开口说道，"你要有空，多过来指导我们一下啊！"

陈广很客气地表示自己刚才是技痒了，所以放肆地敲了一通鼓，很多谢大家没怪他之类的话，接着便是例行的客套。客套完了之后，陈广马上快步走到王婷身边："我打包了那家私房菜的几个菜过来。"

"都说我要练习了，你好烦啊。"王婷不耐烦地说道，"我叫了饭了，随便吃个盒饭，然后休息一会儿，下午还要练呢，你过来干什么？烦死了！"

殷小妙打了个眼色，大家就趁势借口吃饭、上洗手间、喝水，出了操房，李子轩还很小心地把操房的门关上了。

"阿婷她是东方不败的传人，喂了那律师三尸脑神丹？"赵哥没好气地低声说道，"还是给他种了天山童姥的生死符？"听着赵哥的话，边上无论李子轩还是卢珍都笑了起来，连程序员小王都想加入调侃几句。

"好有年代感啊，赵哥。"殷小妙笑了起来，对他说道，"这腔调感觉跟我父母那一代人差不多，现在看武侠小说的人很少了啊，赵哥，年轻人一般很难明白你这梗！"

赵哥没好气地说道："切！我都是九〇后，我就是年轻人好吗！"

但被殷小妙这么一打岔，他便忘记了方才想吐槽王婷的本意了，而其他人也纷纷转向讨论赵哥算不算年轻人的话题。不过随即操房的门就被推开了，然后阿广和王婷拎着食盒出来，阿广笑着向众人招呼："我打包了七八个菜，大家一起吃啊！预了大家一起的！"

殷小妙率先起哄："好啊！我们欢迎陈律师每天中午都过来啊！"

一众人等就都奔向茶水间，七八个菜铺陈开，大伙端着饭盒，都过来夹上几筷子。当然不会真有人迟钝到坐到桌边，真的就跟王婷他们一起吃饭。虽然程序员小王有想这么干的趋势，因为他吃了一口咕咾肉之后："好吃！比平时茶餐厅的咕咾肉好吃好多！"然后就想再凑过去，结果被赵哥敲了一下脑门，又被卢珍轻踢了一脚。

"你没注意到，那食盒里就两套餐具？"李子轩笑着低声说道。

所谓预备着让大家一起来吃，只不过是一句场面话。极大的可能是王婷并不愿意跟陈广在操房里营造亲密空间，所以训斥他，陈广灵机一动想出来的说法罢了。

"你刚才看了陈律师打鼓，有没感觉到哪里不一样？"殷小妙问李子轩。茶水间不大，他们这张桌子离王婷那张桌子，其实也就四米左右，讨论得太多，不管是对陈广还是王婷，殷小妙都觉得是一种不尊重，或者说伤害，所以不如聊点项目上的事。

李子轩听着就来了兴趣，停下筷子，想了想开口道："的确是有很大不同的。但一时之间要总结出来，有点难度。"说着他回头向陈广问道："陈律，传两招行不行？你刚才那鼓，打得确实有韵味啊！"

本来陈广正在哄王婷，听李子轩这么问，他是不爽快的——要找律师麻烦预约，按时间或案子收钱！问打鼓？下个月就跟他陈广一起长大的同村兄弟约战的队伍,来让他传两招?这不是扯吗!

但是王婷轻踢了他一下:"你就这样把我当兄弟?"

阿广一下子就感觉有点苦涩了,但看着王婷那失落的眼神,他就想起以前那些女朋友来。她们露出这种神情时,往往是跟他索要名牌包包、手表不得;或是声称家里人生了什么大病,找他要钱要不到;要不然就是让他去付跑车或房产的首付款被他识破了,他太熟悉了。

从来没有人因为他打鼓的技术不愿意外传,而露出这样的表情。

那些漂亮的女朋友,她们有的是音乐类的科班出身,有的是读艺术类的,她们会用极专业的评述来赞美他打鼓的技术,称赞他继承和发扬了民族文化等,但也就是这样。这似乎是她们称赞他、取悦他的一种渠道,是与他拉近距离、博取他好感的一种方式。

陈广是很敏锐的人,从王婷这个眼神里,他一瞬间就能感觉到其中的不同。

王婷不是,她是真的欣赏他打鼓的技术。

她是如此真实,不完美,但有着真实的喜怒哀乐。

真真实实的人,而不是通过所谓知识、谈吐层层包装的"假人"。

"那杰哥跟我是二十多年兄弟啊!我这样会被他们说,为了女友,不要手足兄弟的啊!"陈广略带点委屈,冲着王婷说道。其实他有更高明的话术来拒绝,但跟王婷在一起,他愿意选择这样直白的、市井的说辞,这让他感觉很舒服。

"那你到底教不教?"王婷一听就不高兴了,把筷子一搁,冲他问道。

陈广心中暗喜,因为他故意说了"女友",而这次她没有反对,于是他垂头丧气地摇了摇头:"好吧,好吧。"然后他抬头向李子轩说道,"李生,本来我不该多嘴的,但你看到,我怕老婆,没办法啦,你这个鼓法,听着似乎没问题,可能你也看过一些舞狮的视频,模仿了它们的节奏,但事实上,你演奏的方式内里更多是架子鼓的技法,西洋式的。我们舞狮,讲究的是三星鼓、五星鼓、七星鼓,它们的内里在本质上,是有很大区别的。"

行家一出手,就知有没有。李子轩一听就起身说:"陈律,实战指点一下?"

"行。"陈广也干脆,起身对王婷说:"别整天嫌弃我,你看,我豁出去了。"

王婷白了他一眼:"你快去教会子轩哥哥,明天中午我请你吃饭!"

"你讲话算数噢!"陈广听着就高兴起来了。

王婷就提高声音对赵哥说:"赵哥,明天中午我要订多个饭盒,等下我给你钱啊。"

"好的,好的!"赵哥连忙应了。

看着李子轩和陈广起身往操房而去,卢珍和殷小妙就端着盒饭过去王婷那桌上,她们打趣着她:"拿捏得狠狠的噢!"

"哪有啦!"王婷脸上有了娇羞的红,仍旧算不上漂亮,但那小麦色的肌肤,看上去很是阳光、健康,或者这就是让陈广着迷的真实。卢珍一边打趣着王婷,一边拿手机转发了图片给殷小妙和王婷:"帮我看看,你们是本地人,这样的服装,一般咱们去拿,开始一批最多只能拿个一两千件吧,得什么价位?"

毕竟之前在十三行看过店,王婷很快就给了几个参考价位,远远低于卢珍的心理价位。而此时跟着李子轩走向操房的陈广,笑得一脸灿烂。

"抵?"李子轩低声用粤语问了陈广一声,就是"值得吗"的意思。

陈广想了想,认真地点点头:"抵!"

子非鱼,安知鱼之乐?

但这个对陈广来说算是幸运日的日子,对有些人而言,就不是如此了。

傍晚时分,韩素梅就接到电话:"你有空吗?"

是蔡家豪的声音,没有如往常一样说一些虚头巴脑的废话,以期显得他有修养。

"你在哪里?"韩素梅没有回应他的问题,沉声问道。

因为她听出他的虚弱,甚至还有破败。

蔡家豪沉默了几秒,开口道:"家里。"

于是她马上就赶回家了。

他坐在空旷的豪宅的客厅里,眼神有些呆滞。看到她进来,他就苦笑了一声:"我现在明白了,那些日子,我为了躲避你,把你一个人留在家里,对你是多大的伤害。房子太大了,不见得是好事。我们那时候刚结婚,租的那小小的房子，"他指了指自己的脑袋，"二十多年前的房，它当然早就拆了，但一直在我脑海里，那里比这里更似家。"

"不要崩溃，没有什么大不了的。"她拿起酒柜里那瓶"杯莫停"，倒了两杯酒，没有加冰，直接递了一杯给他，然后坐在他身边。

她没有看着他，似乎在记忆里寻找当年那个一身斗志的青年人："没事的，大不了从头再来。"

蔡家豪吞了一口酒，苦笑着摇了摇头，伸手捏住她的手："我老了，我不是当年……"

啪！韩素梅毫无征兆地回身抽了他一记耳光，极其响亮。

"你没老。"她很冷静地对他说，然后喝了一口酒，"钟南山多大年纪了？那临终还在算数据的军方科学家，多大年纪了？"

蔡家豪垂下头，全然没有管脸上肿起的手印，苦笑道："你不知道，一切都很顺利，但没有想到，投资到位之后，那个海外项目拿下了，但项目所在国的政策发生了变动，突然要求我们得出售超过百分之五十的股份！"

在这样的强制出售中，股份的卖出价必然会被压到极低，也就是说，之前的投资，动辄几十亿元甚至上百亿元的投资，将化为乌有！什么叫血本无归，这就是血本无归！完全是不可抗力造成的。

他仰头喝光了杯中酒，然后剧烈咳嗽起来："我要是听你的，就不至于如此了。"

然后他扔开杯子，任由它在桌上滚动着，双手握着韩素梅的手："你是对的，你的确眼光比我高，包括离婚的操作，以后家里，就要靠你……"

蔡家豪还没说完，韩素梅就把杯中酒一下子泼到了他脸上，随手把杯子甩开，摔了个粉碎，啪地又伸手抽了他一记耳光："你没老，我说了，你没老！"

她的声音有些歇斯底里，她扯着他的脸："抬起头！你抬起头！你当年是怎么说的？只要不死，我就要赢！这话是谁说的？还是说，你当年说这话就是为了骗我？"

他苦笑道："老婆，这次不同，这次的金额，不是开玩笑的。"

"不要失志，不要失志。"她松开扯着他脸颊的手，轻轻地拍着他的脸。

"三军可夺帅，匹夫不可夺志也。"

她很清楚，他回家的目的，也很清楚，他下一步想做什么。在一起二十多年，从他一文不名，到他开始奋发向上，风生水起，她实在太了解他的思路，他是来交代后事的！

所以，她不能让他继续下去。

也许她恨他，也许她怨他，也许真的如他所说的，她看着他的眼光总带着居高临下的怜悯，也许总有一天，她将会失去他。

但不是今天，不是现在，不是这样的失去。

"我想，你该看看这个。"她起身，拿出手机，给他发了一份文件。

他扫了一眼，是 A 轮投资进入舞狮项目的协议合约。

看起来推进得很顺利，已经到了双方律师磋商字眼的环节。

当法律条文达成一致之后，那么她就真做到她的承诺，让这个项目在没有获得政府扶持之前就实现盈利。项目本身当然还是需要烧钱，但作为风险投资公司，在 A 轮新的资本进场时，通过出让、稀释手上的股份来套现，所得到的利益，对比之前一开始的投资额度，那就是盈利了。

但蔡家豪苦笑道："你的确很厉害，但是，这几百万元就算纯赚，对我……"

他所面对的，是几十亿元、上百亿元的跌荡。

"我不认为这些盈利能解决你的问题，我只是告诉你，不要失志！"她背对着他，一边说，一边走向酒柜，重新拿了两个杯子，倒了两杯酒。

把一杯酒递给他："你当时也觉得，舞狮只是一个烧钱的项目，对吧？"

她喝了一口酒："你还没老。"

他重新抬起头，眼神里有一些东西被点燃，他一口喝尽了杯中酒，然后起身拥紧她，狠狠地吻她的唇，如是年轻时的悸动。

殷小妙在下班之前本来说是和王婷一起，陪着卢珍去十三行看衣服的，但放下狮头，刚去冲了凉出来，就接到婆婆陈慧珊的电话："阿妙啊，你哋今晚翻屋企饮汤啦。"

"你们听到了。"殷小妙无奈地对着在吹头发的卢珍和王婷说道，"真的不好意思，但我家婆很少烦我，她开了口，我不好拒绝的。"

卢珍笑着说："言而无信，明天晚上琶堤，你买单。"

这对殷小妙来讲，当然不成问题，她叮嘱王婷："那你带阿珍去转，一切靠你了!"

"放心啦,小妙姐!那是我的地头啊!"王婷笑着说道。

在去李子轩家的路上,殷小妙突然有些担心:"阿妈为什么突然叫我们回去喝汤?"

"我怎么知道?"李子轩苦笑着说道,他有些无精打采的,因为服药的关系,往往去了公司,助理会给他叫代驾,而过来健身房,殷小妙会主动开他的车。

大约只在需要倒进侧边停车位时,他才有机会摸方向盘。

"她是你娘喔!"殷小妙一边打转向灯,一边担忧地说道,"不会催我们生小孩吧?"

她很害怕这件事。

身边有太多活生生的例子,一旦有了小孩,就像产生了一个专门吞噬青春的黑洞:让人不可避免地老去。

而她实在太懒,懒到不太乐意那么快变老。

第二十二章　前路在何方

月光温柔地照落在小区里，绿化带里曲径尽头的凉亭，那斜挑出来的飞檐，因为月光和路灯光照的交错，在飘飘的细雨里，衬着一树蜡梅，很有些古意。过了小区门禁，躲在李子轩雨伞下的殷小妙，遥遥只看了一眼，便脱口而出："落花人独立，微雨燕双飞！"

李子轩宠溺地揽紧她，他把整个雨伞都遮在她头顶，全然不顾自己半边身子在细雨里已有了湿意。他很担心，担心父母会提起小孩的问题；也很担心，担心她会拒绝生育小孩的问题。

谁都没有错，若是问他，那他其实也没好好想过。

一定要他作答的话，二人世界的甜蜜和生命的延续，他两个都想拥有。走在雨里，李子轩的心头比这雨丝还乱，这一切，总归是要面对的。殷小妙当然也能感觉到他的彷徨和不安，但她也不知道怎么安慰他，或是安慰自己。

但幸好，回到家里，情况比他们想象的要好得多。

至少没有提到这个让他们都感觉无解的问题。

"我前几天肠痉挛，加上腰椎间盘突出，真的有点难受。"李进脸色苍白地坐在沙发上，对着儿子和儿媳妇说道，看得出来，他所谓的"有点难受"，用"痛不欲生"来形容，会更恰当一些。但军人出身的李进，就算连夹着烟的手都仍在颤抖，也死死守卫着他以为的男儿必要的尊严。

但无论殷小妙还是李子轩都不是迟钝的人，在读懂了李进的痛苦之后，对他接下来的话，就不得不认真去面对："子轩，你现在每天就跟着阿妙去舞狮？这活能养家？"

李子轩他们并没有把去原来公司当顾问的事告诉家里。之前殷小妙找婆婆调解赵哥和刘洁铃的冲突之后，有试探地问过陈慧珊，如果前公司找李子轩过去上班，怎么应对？对李进和陈慧珊来说，他们是下意识反对，因为觉得，李子轩在前公司办公区拉的那一刀子，血溅当场，现在还回去上班，非常没面子，会感觉活不下去，在别人眼里抬不起头，没本事到要去前公司讨些残羹剩饭之类的。

李进似乎肠痉挛又发作，青白的脸上，密密麻麻的汗珠渗了出来，陈慧珊连忙拿了热水袋给他垫着后腰，又用驱风油给他揉搓肚子。李进咬着牙，脖子上青筋迸现，但他对儿子和儿媳妇说道："其实，没什……么事的，你妈大……大惊，小怪。"

殷小妙看着他那不断颤抖的眉弓，忍不住说："爸，我打个120，我们去医院看看吧。"

"没……没事的，放……放得出个屁，就好啦！"李进一边倒吸着冷气，一边摆着他的铁血硬汉姿态，"小……小小事，无……无谓去，去占用医疗资源啦！"

要说他讲得不对，也不是。

肠痉挛的确只要排得出气，那就慢慢好了。可都几天了，这气还没排出来，整个人都脱相了。李子轩刚才进门也听母亲说他父亲吃啥吐啥。

这不去医院，能成？

"老窦，走啦，去看下医生。"李子轩过去拿过母亲手上的驱风油，想替父亲揉搓。殷小妙也想过去帮他按一下腰，但马上就都被李进拒绝了，是真的发火拒绝，大约在李进的三观里，他绝对不允许自己在儿子和儿媳妇面前流露出哪怕一丁点的软弱，这比身体的疼痛带给他的折磨更大。

被驱赶开的李子轩，打电话给自己当医生的朋友之后，得到一个应急的按摩法子，他刚想给父亲试一下，马上就被李进拒绝了："我完全没事！你不要到处去说你老窦有病好不好？是打算我死了，可以吃席吗？"

话说到这么重，李子轩一时也不知道怎么劝他了。

"冲茶，冲茶，你们两个，坐下，冲茶！"李进看着稍缓解一些，就把妻子按坐在沙发上，然后拉下衣服，对李子轩说道，"我同你一样啊？我们生在七十年代，正宗的'改开'男儿来的，小小苦楚，等于激励，算得了什么？我同你讲，国家如果有事，现在叫我回去，我爬都爬回去部队！若有战，召必还！"

改开，指的就是改革开放伊始的年代。

但陈慧珊在边上低声说道："你一早过了四十五周岁的召回年龄期限好吗？你又不是什么特殊军兵种人才或者兵王，召回能轮到你？算了吧老东西！"

她在居委会工作，这些东西多少是知道的，不至于被李进唬住。

"我就是教子！你掺和来做什么？慈母多败儿！"李进没好气地说道，满屋都是欢乐的气氛，一下子冲淡了李进病痛带来的伤怀。

"阿爸，反正我听着，觉得你们这一辈人，的确是不同，好厉害！"殷小妙说着，向公公竖起大拇指，这让李进很得意，似乎肠痉挛带来的苦痛也有所缓解。

但是殷小妙接下来说的话，就让李进不知道怎么回答了："我百度了一下，听说这肠痉挛如果老不好的话，可能得去医院灌肠啊，不知道是不是真的？如果是子轩，肯定吓破胆，阿爸你肯定不会害怕的。"

李进本来就青白的脸，听着这话，真的变得惨白了："啊，不怕，不怕。只是没有必要嘛。"

话是这么说，可谁都看得出来他的色厉内荏。

这时殷小妙走上前去："不过阿爸你讲得对，我们也不要无谓浪费医疗资源，我知道有个方法是可以缓解的，要不咱们试一下？实在不好了，再打120，还是现在直接打120？你给子轩'打个板'，看看什么是铁血铿锵的好男儿！"

打个板，就是做个榜样。

李进听着，下意识往后缩了缩，他当然听出殷小妙在演他，但现在骑虎难下："阿妙，你向来懂事，阿爸给你面子，你说有什么好方法，试下就是了！"于是就轮到李子轩上场，方法就是刚才他朋友告诉他的，按摩小腿上的足三里穴。

事实上，专业的事交给专业的人，永远是最有效的解决办法。按摩了半个小时足三里穴之后，去了一趟洗手间回来的李进，感觉整个人松了一口气。他坐下点了根烟，望着李子轩："衰仔，有点用噢！"

但紧接着，李进就问了李子轩一个问题："怎么说，日后就打算舞狮去贺人家公司开业，时不时去客串盲人按摩师来赚钱过活？"

第二十二章 前路在何方

这是一个比生不生小孩更现实的问题。

"老窦须都白啦，你们这样，我同你妈真是不放心啊。"李进难得没有在李子轩面前发脾气，好好地对着李子轩和殷小妙这么说道。

每个时代有每个时代的烙印，每个家庭有每个家庭的习惯。从第一次来李子轩家里开始，殷小妙的记忆里，似乎就没见过李进好好地跟李子轩沟通。而似乎李子轩也习惯了父亲对他的嘲讽和责备，他也并不认为是一种伤害。至少在他没有发病的情况，私下跟殷小妙沟通时，他自己也认为："老窦他只会用这样的方式，来表达他对儿子的爱和关怀，其实我能理解的。"

今天真的是例外，格外让殷小妙震惊，以至于她二话不说，默默先用手机给李进约了一个全面身体检查，她很担心公公是不是查出了有什么问题，所以才会有这么大的态度转变。

而听着父亲的话，李子轩抬头看了一眼父亲，也无意中发现，这个从他懂事开始就非常要强，一直以硬汉的形象默默支撑着这个家，承受着所有压力的男人，不知不觉再也不是记忆里那样高大。

李进并不高大，至少在现在看来，他只有一米七出头，比李子轩还要矮十几厘米。

但这真的是李子轩第一次正视这个问题，下意识里，这么多年他总是感觉，固执而坚强的父亲像一座山，可以为这个家遮挡所有风雨。他看见父亲在客厅柔柔的灯光下，不单有许多白色的胡楂，而且这几天因为肠痉挛没有去打理的头发也长出一截白色的发根。

"老窦，我现在有去广告行业里给人家当顾问，就是为他们提供一些创意上、内容上的帮助。"李子轩也了解自己父母的三观，他不想在这样的夜晚，让大家因为三观的冲突而产生不快。

李进听着脸色稍微缓和些，但仍是担忧："那就是没有上升空间的短工了，对吧？"

也许有许多因为时代造成的习惯，让李进跟李子轩、殷小妙这一代会有一些代沟，但一直在职场上的李进，对很多问题，会极为敏锐地捕住重点："顾问，分好多种，有的是短工，跟地盘搬砖没区别，搬完今天，明天是不是需要你来搬砖？要看工地上的情况再定，对吧？可能你搬砖的速度快，工作的热情高，带动了其他人，工地明天会优先请你，但不请你也完全没什么问题，不论是道德上，还是用工合同上。"

李子轩和殷小妙都下意识地点点头，因为本质上的确就是这样。

"还有就是，要做得长久，那除非你是一道坎——你在这个行业是老行尊，或是你拿过国际性的大奖，你有绝对的权威性，有了你加入之后，整个项目档次和方向性就有了绝对的保障。就算你是我儿子，我也得说，你没有这样的资历。"李进又点了根烟，伸手拢了拢自己的头发，有些发愁地说道。

殷小妙和李子轩对望了一眼，有点无奈，因为对认真起来的李进来说，有许多东西，在他面前是糊弄不过去的。

"好啦，算了，这是家里，儿子同儿媳妇回来一趟，你这么认真干什么？"陈慧珊有些担心地劝阻着李进，但后者摇了摇头，看起来，这些问题和忧虑在李进心中，存在颇久了。

李进拿起泡好的茶，喝了一口，放下杯子，望着李子轩："你不要怪爸爸讲得难听，还有一种是夜壶，就是为了项目推卸责任用的。你资历不够，夜壶你没资格充当。所以你做的顾问，本质就是地盘短工。劳动无贵贱，特别是现在盛世之中，就算地盘短工，只要努力肯干，收入也不见得少。问题是，你能干多久？地盘工人只要出力气就行，能从十八岁做到五六十，你做创意民工，能扛几年？当你整不出活了，怎么办？甚至更难听一点，甲方赏识你的大佬走了，怎么办？"

气氛一下子就变得沉重起来，陈慧珊的脸色有些不好看，拿起热水袋起身："好了，我们不是你的下属，你病了几天没上班，没训到下属，就来训我们是吧？翻页，翻页！"

知儿莫若母，她知道李子轩的性情，下着微微小雨的夜，一家人团聚的客厅，陈慧珊真的不想搞到父子俩又吵起来。李进听着，便开始有了火气："你又来？儿子的事，你都担心啊！为什么我一聊开，你又来岔开话题！"

出乎李进和陈慧珊意料的是，李子轩打断了他们将要发生的争吵："妈，没事，老窦讲得有道理的。"

"儿子，你老窦都是担心你，你不要和他……你说什么？"陈慧珊习惯性地在李子轩开口后，准备调和父子间的冲突，十来年的惯性了，一下子说了一半才醒觉不对，"儿子，你没事吧？"

这画风看得殷小妙笑了起来，她起身拿过婆婆手上的电热水袋："妈，我来吧。老窦讲的的确是没错的,我跟子轩也考虑过这个问题。"她一边走过去给电热水袋插上充电线,一边笑着说道,"子轩有在谈几个项目,意向还行,但还没定下来。"

李子轩也跟父亲聊了一些业务上的事,这让李进和陈慧珊听着感觉心里好了许多。

离开父母家里去停车场拿车的路上,雨渐渐有些大了。李子轩更加用力地揽紧了殷小妙,全然不顾自己被淋湿。他大声说道:"我们下个月在这边小区地库也租个车位,这样直接下负二层,就不会淋到雨了。别怕!"

小区的临时车位不多,有时来得晚了,就得停在外面的停车场。

"我不害怕。"在他怀里的殷小妙,轻声对他说道,不管他有没有听到。

她知道,他说的不是车位。当两人钻进车里时,殷小妙基本没怎么沾到雨,而李子轩几乎湿透了。幸好他车里放着干净的衣物可以更换,而且殷小妙也绝对不会让他开车。坐在驾驶座上的殷小妙,低声对正在换衣服的李子轩说道:"别担心。"

李子轩快速套上衣服,有些牵强地笑道:"没事,就是一点风雨。"

不再属于父辈的风雨,到了应该要他来承受的时候,道理他当然早就懂,只是父亲今晚格外虚弱,让他一下子被击中,如此深刻。

"我是说,我会开车的。"殷小妙拍了拍他的手。

她看着有些忧郁的他强颜欢笑——尽量在避免把这种焦虑带给她,有些心痛。

所以她对他说道:"别担心,我会开车,就算这辆车大一些。"

殷小妙并不太喜欢开车,所以那辆 MINI 一直停在车库里。

但若为了他,便是不同。

时间渐渐走到了年末,严冬已至。

但对广州这座千年商都来说,这一点永远是无法知行合一,不要说雪花,便是到了十一月、十二月,室内温度往往都还在十八到二十摄氏度左右,完全没有冬天的意思。

天气如此,人也如此。

殷小妙尽管安慰李子轩不用太担心,好好调整心境,一切终将好起来的,但事实上无论是她还是李子轩都很清楚，李进那天晚上聊的事，是无法回避的问题。不但李进老了，殷小妙的父母也渐渐年迈，这对亲家的年纪相差并不太多。而殷小妙的父母只有她一个女儿，毫无疑问，她同样要面对这样的问题：前路在何方？

她坐在健身房的茶水间里，略有些失神。

当然可以对父母坦言，包括对李子轩的父母直接说：就是想躺平。

事实上，对他们两人来说，有条件可以躺平。甚至以前无论殷小妙还是李子轩，也都半开玩笑半当真跟彼此的父母说过类似的话。但当面对着李进那半白的胡须，殷小妙就说不出口了。想来，她父亲如果不是勤于修脸刮须，恐怕情况也不见得比李进更好。

"嘿，有个事，我要先跟你商量一下。"卢珍走了过来，一边操作着咖啡机，一边对殷小妙说道，"我有个同学是非洲人，她想做服装的生意，你有没有兴趣掺和一下？"

卢珍递了一杯咖啡给殷小妙："你要有兴趣，就随便凑点，亏了当请我喝酒。"

"好啊，五千够不够？"殷小妙作势拿手机要转账。

卢珍白了她一眼："你又开始演我对吧？有意思吗？你真木囊。"

"五千块喝不倒你吗？哈哈哈，谁让你说当请喝酒！"殷小妙捧着咖啡杯笑了起来。

这时殷小妙的手机响了起来，是韩素梅发来的微信："有空吗？有空到办公室来一下。"

当殷小妙推开韩素梅办公室的门，茶香就在空气里弥漫开来。

韩素梅正在沙发上泡茶，笑着招呼道："湖南的朋友送来的山上野茶，昨天试了一回，感觉还不错，所以带点过来公司给你试试。"

茶汤的颜色算不上金黄华贵，看起来并没有单枞白叶那样，有着明显宽厚的金圈，也没有金骏眉那种琥珀色的光泽，但茶没入口，的确就有香气，不是单枞那种芳香，也不是金骏眉那种淡淡的花果香气。

这野茶香，放肆而浓烈。

殷小妙试了一下，一入口，稍带涩，但回甘，半杯茶喝下去，口齿之间，回味悠长。

"好茶。"殷小妙放下杯子，拿起边上一小罐茶叶，闻了一下，确定冲泡的就是这种茶叶，然后她就把茶叶罐拿到自己身边，"我拿回去试毒，野茶，要安全起见。梅姐，我是爱你的，你要喝了中毒，那我就心痛了，我以身试毒啊！你不用感动。"

韩素梅呵呵了一声："预咗啦，拿得出来，就当被老笠。"

老笠，就是"打劫"的广州俚语。

然后韩素梅放下盖碗，截住要插科打诨的殷小妙："你怎么了？你遇上啥事了？"

"没啥事。"殷小妙笑着说道，她觉得每个人都有自己的难处，没必要把自己的艰难压到朋友的肩膀上。但韩素梅不是殷小妙，不是朋友若不说，她便不问的殷小妙。

"你要不说，我就去问李子轩。"韩素梅扫了她一眼，淡淡地说道。殷小妙知道，她真的会去问李子轩，而且韩素梅要知道的事，往往她都能找到答案。

殷小妙长叹了一声，还是把自己心里的忧愁诉说了出来。

"无解的，梅姐，子轩这样的情况，不可能还让他去承受那些职场的压力。"她苦笑着说道，"而不论是我公婆还是父母，他们正在老去，是客观事实，而我和子轩对职业生涯规划的茫然，的确会带给老人痛苦。"

"那你要站起来啊。"韩素梅再一次开始泡茶，她很平静地对殷小妙说。

没有激动，也没有手舞足蹈，她就这么平静地说："如果子轩的情况不好，老人又有这些忧虑，那你就要站起来。"

殷小妙沉默着连喝了两杯茶，野茶的甘味在口腔里弥漫，感觉几乎每个味蕾都舒展开了。她咬了咬下唇："但梅姐你知道，我不是奋斗型人格啊，我很懒，也许我今天可以振作，但我肯定不可能每天都振作的。"

韩素梅看着殷小妙，笑了笑，问她道："你知道我为什么没有马上停掉这个项目吗？我已经离婚，你的约战，下个月就过了。也就是说这个项目对我来说，失去了原本所有的意义。至于它能赚到的那点钱，对我来讲，你也清楚，我随便搞点什么都比它强。我为什么要继续？在你跟卢珍和刘洁铃沟通过，这个项目随时可能散伙的情况下，我为什么要继续？"

韩素梅看着殷小妙，她欣赏这个女孩，所以才会聊这么多："醒狮，是这个项目,让我当时下了决心。"

在殷小妙惊讶的眼神中,韩素梅点了点头:"是的,就是因为这个项目。"

她觉得蔡家豪会搞砸,尽管当时后者还没有出现状况,做出那样的决定,对韩素梅来说,对她的性格和三观,都是极其重大的决定。她说是因为醒狮这个项目让她下的决心,殷小妙真的不敢置信:"梅姐,你不用安慰我。"

韩素梅端起茶杯喝了一口,她喜欢这种野茶的香气,尽管有失雅致,但正是它的粗糙,如同未驯的野性,让她感觉到山林之间的不羁和自由。

"你看过《动物世界》吗?"她问道,但很明显,对殷小妙成长的年代来说,《动物世界》这个节目,已经不是成长岁月里不可或缺的回忆了。

所以韩素梅需要说得更直接些:"你看过狮群狩猎的视频吗?"

第二十三章　天生猎手

在狮群的狩猎之中，大多数情况下，合作无间舍命搏杀的往往是母狮。雄狮，更像领袖，或者说图腾式的存在，特别在它成为狮王之后。

"也许毫不相干——醒狮运动和狮子狩猎这两件事。"韩素梅自嘲地笑了笑，但她的笑意中有着浓烈的自信，"但当时就是这么触动我，从醒狮运动到狮子狩猎。"

如果雄狮不足以单独面对壮硕的野牛、庞大的大象或者数量庞大的鬣狗群，那么母狮就会出击。

"它们不会犹豫，它们也不会要求雄狮或狮王必须单独去面对所有的敌人和挑战。"

韩素梅望着殷小妙，很认真地对她说："它们也不会束手无策，看着雄狮被杀死，然后开始抱怨命运。"她深吸了一口气，"母狮，是天生的猎手，它们信任自己的决断、獠牙和利爪。"

而不是将一切都寄托在雄狮身上。

"如果没有在做醒狮这个项目，当时我应该不见得会有这样的触动。"韩素梅笑了笑，水沸了，她开始泡茶，这是第四次了，这野茶尽管茶汤并不艳丽，但很耐冲泡，哪怕到了第四泡，和第一泡时茶汤的色泽，也并没有太大差别。

韩素梅觉得它就像自己，不管是二十岁的自己，还是如今的自己，不变的自信，不同年纪的美丽。

殷小妙带走了那一小罐野茶，就像带着旗帜。

"阿珍，说说你刚才提的非洲的服装生意。"训练之余，殷小妙主动问卢珍。

而王婷抱着快递，一边拆，一边说："珍姐，服装生意也有亏到哭的，你要想清楚啊。"

这时殷小妙看着王婷拆开快递，吓了一跳："喂，你疯了？你这上不了地铁吧！你可别带上街，小心让警察叔叔请去喝茶啊！"

快递包裹里是两把刀，带鞘的单刀。

王婷得意地笑了起来，拿起一把单刀，一下子抽刀出鞘。

那抽刀的姿势，倒是有模有样的，别说殷小妙，卢珍也吓了一跳。

不过她们马上就看清了，那是木刀。

"上得了地铁的，嘿嘿！"王婷笑着说道。

殷小妙拿过来打量了一下，小心地还给她："这比普通的钢刀还贵吧？"

从木材的质地、做工的考究等等，很容易就能得出这样的结论。

"不知道哦，阿广个傻瓜送的，说送我当生日礼物。"王婷不在意地说道。

殷小妙哭笑不得："人家送你这么贵的东西，你叫人家傻瓜？你也太坏了，不过哪有女孩生日送这玩意的？"

但这两把单刀，却是王婷自己要的。

因为，她要练双刀。

"我看狮王比赛的视频，总觉得我舞狮尾时好似少了什么。然后我叫陈广去打听，听说有个说法，'狮头拳，狮尾刀'！舞狮尾的，就是一路双刀，所以我想练一练双刀试试，他都很支持，帮我报了名。"王婷尽管对阿广不太客气，但语气上跟在白云宾馆的餐厅时，明显大有不同了。

而这时操房外传来敲门声，开门之后就发现，是阿广过来找王婷出去吃饭。王婷去洗澡换衣服时，边上赵哥问陈广："陈律，大家都咁熟啦，讲真，我可唔可以问句，点解你拣中阿婷？"

无论家境、学历、样貌，事实上，除了殷小妙之外，知道这件事的人，一直都充满了疑惑，以前不熟不好问，来往久了，赵哥便忍不住开口，边上不论是程序员小王还是卢珍，一下子都凑了过来。

陈广看着笑了起来："婷婷好真啊！"

这就是他的答案，不需要解释。

"把你的计划聊一下吧。"吃饭的时候，殷小妙再次向卢珍提起这个话题。本来她没有这么上心的，但拿了韩素梅的那罐茶，看着墙上的狮头，她想试试。对卢珍而言，怎么运作，怎么赚钱，多少成本，她是赚过钱的人，这些东西对她而言，是基本的能力。

所以只用了不到半个钟，阿珍就把事情说明白了。

听完卢珍的计划，殷小妙一边收拾饭盒，走向消防通道的垃圾箱，一边说道："几万块就算了，要一起玩的话，我可以投二十万，但我有一个思路，我感觉王婷说得没有错，任何生意都是有风险的，但开始试错时，你为了节省成本，一单拿那么少的量，又铺不开啊。"

阿珍对此并没有意见，她并不抗拒殷小妙的意见，想拉她一起做这个事，阿珍并不是指望她投多少钱进来，她看重的就是殷小妙的思路，所以她马上说："你直接说你的思路。"

殷小妙只用三个字就说完了："洋垃圾。"

她踩下垃圾箱的踏板，把饭盒扔进去，对卢珍说道："向那些非洲国家输出合乎法规、防疫标准的洋垃圾。比如说，现在咱们大城市里，那些捐赠的衣物完全就是免费，或者可以忽略成本的。各种积压、过时的、不合格的，总之接近零成本的衣物。"

通过这样的方式，就可以拿到比较大的货量。

殷小妙对卢珍说道："不要指望出口洋垃圾赚钱，我们通过低成本的铺货，去验证你朋友在当地的能量——她就算什么都不懂，只要有人脉，就能找到渠道铺货，这就是验证她的人脉能到什么程度，我们是否有必要跟她合作，以及当地民众对价格和审美的接受程度，我们也能有个定位。"

卢珍没有迟疑，也没有犹豫，她消化了殷小妙的思路之后，就当着殷小妙的面开始给她非洲的同学发微信，聊起殷小妙提供的这个思路，而她同学的回应尽管很不专业，但也很诚恳："卢，我听不懂啊，我听得懂，就不用找你帮我了，但是，我听着，能感觉，很、很带劲，对，就是这个词。"

于是接下来，卢珍开始跟殷小妙聊起运作细节。她非常惊讶地发现，殷小妙总能给自己提供出乎意料的切入角度，卢珍再一次感觉，自己把殷小妙拉进这桩生意，是绝对明智的选择。其实，总数几十万的服装生意，还是跨国服装生意，别说韩素梅，就是王婷之前十三行的那些略有点规模的档口，都会觉得是很小、很小的一桩生意。

几十万，在广州，如果是中心商务区的主要街道，就连个奶茶店都开不起来。

墙上挂的狮头，默默地看着她们热情四溢的讨论，却不曾嘲笑或轻蔑。

它们从久远的往昔，就在市井里看惯了烟火气息。

渺小，却亘永不息的烟火气。

尽管是冬季，但是扛着狮头，在梅花桩翻腾跳跃，绝对是比登山机、跑步机更累的事。不单在那小小的碟片上，如果一个不稳，摔下来至少是骨折，而且在跳跃腾挪的过程里，表演者还需要表现狮子的神态，它的疑、惊、喜、怒等。

所以，这么一趟下来，殷小妙的汗水就湿透了运动服。

边上跃跃欲试的王婷迎上来笑着说道："珍姐，你休息下，我和小妙姐再练一次。"

殷小妙听着，直接把狮头塞到王婷怀里："阿珍体能好，练不死的阿珍，你们练，你们练！"

如果说体能的话，毫无疑问，体操运动员出身的卢珍，真的是碾压普通人。但很明显，就殷小妙这平稳的呼吸，要说已经到了她的体能极限，那绝对不可能。卢珍和王婷都一脸似笑非笑地看着她，以至于殷小妙心虚地解释："真不是偷懒，我有事，梅姐过来了，我得找她聊点正经事。"

看着她这模样，卢珍笑着摇了摇头，对王婷抬了抬下巴，示意王婷舞狮头。殷小妙趁机赶紧溜出操房，跑去冲凉换衣服了。她有点心虚，平时头发都随便吹个半干，以免损伤发质，今天她不但吹得完全干爽，甚至还用卷梳做了个简单的拉直，然后才不得不放下电吹风。殷小妙其实有点逃避跟韩素梅聊的，因为要跟韩素梅聊的，是两周之后跟陈杰约斗结束，这个项目如何推下去的问题。

但这个问题拖不下去了。

自从带着韩素梅那一小罐野茶离开，她就如同带着旗帜的战士——李子轩的病情让他无法走上职场，那么她就只能如韩素梅说的一样：站起来。

近来这一周多的时间，殷小妙去面试了好几家公司，并且收到了好几个offer（录用通知）。这是她不得不跟韩素梅聊的原因，实在无法回避了。不过当殷小妙在韩素梅面前坐下，仔细跟她说了自己这一周的经历后，韩素梅的反应倒很平静，甚至还给她点评："你拿到运营经理的这家蛮不错，大厂哦；给你 pmoffer（项目经理职位）的这家虽说不是顶流，但人家前年那个手游的收益到现在流水仍很好，老本还吃不完，现金流很棒。"

但其实殷小妙看中的，是一家小型游戏公司给她的主策划职位。

"这家公司的老板是之前咱们公司的制作人，拉到投资后，'润'出去自己做的。"殷小妙笑着说道，她所说的"咱们公司"，当然是指韩素梅出任人事总监、她当前台的那家公司了，所以那个公司的老板是知道她的能力的，才会点头给她这个职位。

"你更喜欢这份主策的工作？不似你性格啊，要当主策，又是小作坊，你还怎么偷懒？"

韩素梅一脸惊讶地看着她，小公司，新项目，那是必须出成绩的，没成绩这小公司把融到的钱一烧完，很快就散掉了。而以殷小妙那绝对准点下班的性格，很难相信，她怎么把这工作做下去。

殷小妙当然更喜欢主策划的工作，因为不论是数值或文案，她都能很快上手，跟程序员和美术的沟通，对她来说也完全不成问题，至于偷懒，她喝了一口茶，很认真地对韩素梅说："怪你啊，梅姐，你又跟我讲母狮，又给我讲醒狮文化，拼命给我'打鸡血'啊，我觉得你讲得很有道理，所以，试试嘛。"

不试，对两个家庭的四位老人来讲，他们会有将来老了无所依靠的失落。那就只能逼李子轩重返职场，而她不想接受这样的结局。再不愿开车，她也不会让吃了抗郁药的李子轩开车。

"我倒没想到，你到现在还是恋爱脑。"韩素梅啧啧称奇，但她说到这里，便没有再往下说，起身走到大班台，拉开抽屉，拿出一份文件，走过来坐到殷小妙身边，把文件放到她的膝上，"那么，不再当懒猫的醒狮，我也有一份 offer 给你。"

这是一份牵扯到刘洁铃和秦川公司的 offer。

不论秦川有多坏，至少有一点，他不是个窝囊废。他再不堪，也有自己的骨气，否则当年，刘洁铃也不可能跟他有那么一段过往。所以，秦川并没有如刘洁铃所希望，尽释前嫌之后，两人精诚合作，把公司好好做下去。

"那位秦先生,还是有些腔调的。"韩素梅笑了起来,对着殷小妙说道。

秦川只用了不到半个月的时间,就找到了新的投资。然后他马上就跟刘洁铃拆分清楚,直接离开了广州。韩素梅在换茶叶,殷小妙马上起身,把边上架子上的普洱茶饼递给她:"我记得这个,号称冰岛老寨600年树龄古茶树,什么头春料子,我感觉不靠谱啊,梅姐,咱们试一试,以免你上当了!"

"以身试毒,殷小妙啊,姐真的谢谢你了!这冰岛我可一直没舍得开呢。"韩素梅咬牙切齿地对她说道,话虽如此,但还是接过茶饼,拿起茶刀。殷小妙装作听不见,认真埋头看那份文件,

韩素梅一边开茶,一边说道:"听洁铃说,秦某人回家乡了,其实如果认真算,他的股份等,至少还能拿点钱走的,但那人拉到投资之后,这边几家公司,直接签了份股份赠予给洁铃的协议,就走了。"

听到这里,殷小妙就举着手里的文件:"那铃姐不是该请我们吃顿大餐,我们一起给她庆贺吗?整这个给我干什么?"

这份offer,就是刘洁铃公司给殷小妙的,聘请她出任公司的CEO,除了年薪以外,还有10%的股份,不是干股,不是分红,是股份,按技术出资给的股份。也就是说只要今天她接受这份offer,然后第二天离职,殷小妙也仍是公司的股东。

韩素梅开好了茶叶,开始刮沫冲盖:"因为她全盘接手公司之后,就面临着几个问题,首先是公司的经营,其次是发行的渠道,最后是流动资金。"

无论哪个问题,都不是刘洁铃能解决的。而刘洁铃不知道怎么办,她只能求助韩素梅。韩素梅在找了专业团队进行评估之后,愿意投上几百万,然后占一部分股份。

但她有一个条件。

"我的条件,就是让你当CEO。"韩素梅泡了茶,抬头望着殷小妙,平静地说道。

而殷小妙手上的文件,就是刘洁铃能开出的最好条件。

"为什么找我?"殷小妙在端起茶杯之前问道。

韩素梅缓缓说出了殷小妙意料之中的答案:"我要对我的投资负责,我投资是为了赚钱。"

她知道殷小妙明白这个答案,但她也知道殷小妙为什么仍然会问出这个

问题。世上的事，向来很少是无缘无故的，特别是对韩素梅这样性格的人来说。所以殷小妙没有在那份文件上签字，尽管这里面的条件对她来说很不错。

这便让韩素梅对她的欣赏之意又多了几分。

于是她拿起手机，发了一份文档给殷小妙。

这是一份包括A轮融资顺利签约，以及资金开始到位的对账单表。

"虽然你很懒。"韩素梅微笑着端起茶杯，对殷小妙说道，"但毫无疑问，这个项目，到目前为止，你作为团队带领者是成功的。"

殷小妙确实有她自己的问题，韩素梅说得比较客气，正如李子轩说的，她不只懒，而且一有风吹草动，随时就不想往下玩了，甚至给她起了"二师兄"的绰号。但就是在她的带领下，这个团队成形了，无论是各种视频平台的造势，还是实际上舞狮技法上的配合，经受住了A轮融资方的考察。

"刘洁铃也很认可这一点，所以她对我的提议毫无异议。"韩素梅说道。

殷小妙想了想，提出一个要求："我要100%的经营管理决策权。在炒掉我之前，铃姐或你都不能质疑这一点。"

韩素梅并不意外。

因为这个要求她之前就和刘洁铃提出过，韩素梅同样担心刘洁铃在后续经营中过多地干涉——正如她之前说的，她要对自己投资的每一分钱负责。而目前被各种经营问题、资金问题弄得焦头烂额的刘洁铃，毫无抵抗地完全同意。只不过韩素梅没有主动把这一条写到合同里，毕竟她是一个眼光很棒的投资者，不是慈善家。

但殷小妙自己提出来，那不过就是让律师重做一份合同的事。

所以，她放下茶杯，很正式地向殷小妙伸出手："成交。"

在发信息让律师重新做合同之后，韩素梅对殷小妙说："接下来你有许多事要忙，项目要换场地，还得招募更多的舞狮人手。"

商业健身房之前的租期马上就要满了，A轮的投资方在非中央商务区地带有一处仓库可以作为基地，尽管不是市中心，但胜在费用很少。

"好的，而且我们可能得招个鼓手。"殷小妙有些不好意思地说道。

因为李子轩没法过来合练了。

韩素梅听着有点担心："子轩没事吧？"

"没事，没事。"殷小妙的脸上倒是有了些喜色。

很多重性抑郁症患者，不能痊愈或好转的原因，就是擅自停药。李子轩这些日子在殷小妙的规劝下，再加上参与到他感兴趣的舞狮当中来，他的情况整体来看还是比较好的，至少能按时服药，病情相对来说，开始有所缓和。李进那天晚上的长谈，带给殷小妙很大的感触，那么对李子轩来说，其实有着更深的感受。特别当他的病情开始缓和，情绪不再走向偏激极端时，看着殷小妙振作起来，男儿所背负的责任感，也同样燃起了他的斗志。

"我想弄一个顾问公司，来接另一个单子。"他是这么对殷小妙说的。

资本都是逐利的，当李子轩帮前东家一再拿下单子，并完美解决创意问题时，这个消息并没有过多久就被业内同行知悉了。除了前公司的顾问合约，开始有其他公司找他去当顾问。

殷小妙之前是担心他应付不来，所以并不支持他再去接其他新合约。

但在前天一次合练里，练习采青时，"咚咚咚咚锵""咚咚咚咚锵""咚咚咚咚锵"，那一串急促的鼓点打完之后，李子轩的热血似乎也被采青的鼓点点燃，当晚就下定了决心。他开始组建顾问公司，而前公司安排给他的助理，也决定辞职出来跟他一起做顾问公司。

殷小妙有点不好意思地对韩素梅说："我通知了行政，这个月不要再给他发餐补和汽油补贴了。"

尽管她仍很担心，创业过程会不会有什么打击让他情绪波动，但是不能否认，斗志激昂的李子轩，比起颓丧厌世的李子轩，要让她开心许多。

"你要关注他的情绪。"韩素梅也有些担心地叮嘱，然后她接着说，"至于项目的安排，那是你的事，与我无关——难道每个投资项目我都要去管某个基层员工是否发津贴？"

时间的脚步，总是不急不缓。

在招募人手、鼓手和换场地的忙碌里，不知不觉之中，就到了殷小妙和陈杰约斗的那一天。不论是韩素梅，还是陈杰，都很尊重殷小妙的意见——这里面有许多因素，大约A轮融资顺利到位，是其中很重要的决定因素。

总而言之，这场约斗按照殷小妙的意愿来进行：闭门切磋。

场地是陈杰跟上一届南方舞狮比赛的承办方租借过来的。因为刚好有一场新的舞狮比赛要进行，梅花桩之类的设备都是现成的。尽管新招募了不少人员，但因为说好闭门切磋，殷小妙只带了卢珍、王婷和新招募的鼓手，以及带有参与江湖往事情结的李子轩。

连赵哥和程序员小王都没有同行。

殷小妙带着她的团队进入场地时，就看到早就抵达这里的陈杰。

出乎她的意料，陈杰并没有换上舞狮的服饰。但在陈杰身边，锣鼓那边就有四五人，还有十来位英姿飒爽的女孩子，都穿着舞狮的服饰，环抱着双臂盯着殷小妙，而边上还有十来个中年人，也是冷冷地看着殷小妙一行人，所谓人多势众，杀气腾腾，不外如是！

"殷师傅，来，我同你介绍一下！"陈杰微笑着起身，向殷小妙介绍他身边那些中年人。他们不是之前拿过南狮比赛之类的舞狮大赛金奖或银奖，就是担任过各类舞狮大赛的裁判。

李子轩低声在殷小妙耳边说了一句："江湖宿老，不外如是！"

陈杰介绍完一圈，就诚恳地对殷小妙说道："殷师傅，这一行够格做裁判的，同我关系都好深，我下场去跟你比，对你对我都不公平。"他转身伸手，指着那十数位穿着舞狮服饰的女孩，"这是我们协会的女队员，殷师傅，你可以选一队来比。"

这时陈杰那边的大鼓被擂起，不知道是鼓声激昂了热血，还是为了满足李子轩对"江湖"的迷思，抱着狮头的殷小妙对陈杰说道："一队狮子同我斗？我要打十个！"

第二十四章 披靡

锣鼓声响起,陈杰的女队员就舞着"赵云狮"出来了,随着锣鼓点声,毛茸茸的绿白狮子萌态十足,从出场开始,就掌声不断了,那种娇憨之态,无比传神,无论是"过桥",还是"饮水",或是跃上梅花桩的迟疑、回首,都让人忍俊不禁。

"舞狮咁多年,哈哈,呢次真系有新意思!"那些当裁判的老师傅,笑着对身边的同行说道,"孙师傅,你睇佢采青,睇住都替佢紧张!"

孙师傅笑着说道:"冇错,佢哋得意啊,得意到你睇住,好似睇自己个细女咁,惊死佢跌亲!"

这场竞技比赛设了梅花桩上高高吊着的"高青",还有一个地上的"低青"。

舞狮看的就是采青。采青,就是舞狮技术最好的综合体现。

高青有高青的难度,而低青也有低青的难度,这队"赵云狮",看着就是奔着采低青去的。当陈杰这队"赵云狮"踩上木盆边缘,准备去采木盆中的"青"时,大家真的都替她们担心。因为这本来就不是一件能轻松完成的事,两个人的体重,压在木盆的边缘,还要举着狮头,而且还要把醒狮的神态表现出来。

但这队"赵云狮"能被陈杰选出来参赛,她们的确有自己的本事,不单站上了木盆边缘,而且不负众望,保持了一下平衡之后,慢慢地沿着木盆边缘移动一周,然后用狮头叨起了里面的生菜,也就是完成了采青的表演。

一时间真的掌声雷动,那孙师傅笑着对身边的同行说道:"阿林,呢队妹头用咗心思。"

用咗心思,是指她们营造出来的那种憨态,跟最后的木盆上高难度的采青,形成了一个对比,给观众带来了非常鲜明的冲击力。当过不少大赛裁判的林师傅也是个中老手，当然看得明白，点头道："但系，佢哋嘅的基本功都好硬，呢个如果系正规比赛，分数唔可以低。"

"殷家话要打十个？点打啊？搞掂呢队'赵云狮'都难！"边上另一位裁判笑着摇头。

陈杰这边不单有这队萌到不行的"赵云狮"，后面又出来了几队狮子，那都是极为精彩的表演，展现出非常扎实的功底。

而其中那队平常很少见的雪白"马超狮"，更是出色。

这也叫"孝狮"，一般是有社会地位的贤达的丧礼才舞，取的是"马超戴孝退曹操"的典故。一般出完狮，会直接把狮头也火化的，舞"马超狮"，往往更有决绝果敢的气势。这一队"马超狮"最后采的是高青——在两米多高的梅花桩上，小小的碟片上，做了两个连续跳跃的动作，然后再"人立"而起，就是狮尾站在离地两米多的小小的碟片上，将狮头托举起来，由狮头采下高悬的生菜，来完成这一系列的采青。

"孝狮"采完青，边上那些裁判，有几个急性子的，直接就起身了："仲比咩鬼？殷家边有可能赢啊？呢队'孝狮'攞去舞狮大赛，都一定攞得到名次啊！殷家点赢？你就话俾我知，点赢？叫两个男仔出嚟舞，都好难赢呢队'孝狮'啊！"

幸好陈杰看到，过来安抚："林哥、孙师傅，无论如何，都是在推广醒狮，不能冷了人心啊！"他这么说，那几位裁判也觉得有道理，重新坐了下去。

不能冷了人心，确确实实就是这样。

就算殷家的狮子明显不可能赢了，但至少要给出必要的关注和尊重。

锣鼓再一次响起，从两位手执着木棒的壮汉之间，殷小妙的狮子猛然跳跃而出，这是狮子出洞。边上那些裁判一见，暗暗就有些吃惊，孙师傅下意识地跟身边的林师傅互相对了对眼神："殷家，睇落'读过册'，睇得过去！"

读过册，就是读过书，知道醒狮里一皇五上将的典故，懂得各个不同的狮头被赋予的内涵，而且能把这内涵在舞狮之中体现出来！因为简单的狮子出洞，这醒狮在殷小妙和卢珍的舞动之下，所表现出来的见物必疑、见柱必咬等神态，并没有拘泥于套路，非常自如随意，能把"张飞狮"舞出神韵来。

所以孙师傅才会讲"睇得过去"。

但林师傅很不以为然:"又唔系文狮!'张飞狮'嚟㗎,你睇后边佢点撑!"

一般来讲,现在普通的舞狮,不以竞技动作难度见长,更讲究的是狮形、神态。就如同之前陈杰的女队员出的那头"赵云狮",让观众觉得这是一头栩栩如生的萌狮。要是从这个角度,那现在上场的殷小妙,至少出洞、过桥,把"张飞狮"的刚猛表演得很有一番神韵,如果后续水平一直在线,那倒是可以跟那队"赵云狮"比一比的。

但是,殷小妙用的是"张飞狮"。

"斗狮嚟㗎!"边上另一位师傅也低声说道,"你睇佢只角,九成九铁角啊!你睇殷家后边点撑!"

醒狮头上的角,现在基本没人用铁角了,因为铁角,是以前旧社会斗狮时武斗用的。

而一般来说,不是踢馆、挑衅或是竞赛,通常是不出"张飞狮"的。

陈杰这边出了六队狮,就没出"张飞狮"。

"据闻系陈生上门,同殷家约斗㗎,殷家心头有火,出'张飞狮',如果后边撑得住,都讲得过去。"孙师傅是知道一些来龙去脉的,笑着跟身边的同行解释。

撑得住,就是动作难度得有一定水平。

林师傅听着都笑出声了:"点撑?劲过头先队'马超狮'?发梦啦,梦入边乜都有!"

这时场上殷小妙纵身跃上了木盆,她完全就没有去调整平衡,以至于那木盆另一边都离地了,林师傅摇头道:"睇,仆……"

话还没说完,卢珍的狮尾也上了木盆边缘,一下子就把那木盆稳稳压住了。

然后殷小妙举着狮头,不急不缓,在木盆边缘慢慢走了一圈,这一圈,可不是卖萌的走法,那是真真正正把'张飞狮'雄视阔步的神态,在鼓点的节奏里一一展现了出来。

当"张飞狮"采青之后,展现出来时,大约愣了两秒,才爆发出如雷鸣般的掌声!

可是出乎意料的是，锣鼓在采完青之后，略为缓了一缓，突然又急促起来。

然后便看到场上"张飞狮""发怒"，一下就把那木盆踢得倒扣了过来。

这时边上的王婷戴着"大头佛"的头套，打着旋子上台。

"搞咩鬼啊！边有咁搞㗎！"林师傅不禁抱怨着，一般来说，"大头佛"是文狮时才摇着葵扇出场引领狮子的，而且也不会做这种旋子、跟斗的动作。

但边上有年纪大的师傅，低声说道："殷家癫咗咩？老式'蟹青'？"

因为"大头佛"上场之后，就在被殷小妙踢翻倒扣的木盆左右两边，各放上一个柑橘，盆下边放两段甘蔗，左右各四支竹筷，然后又翻着跟斗下台了。王婷所布置的就是老式的"蟹青"，现在不多见了。

现在多见的，都是用一只塑料蟹来扮"老虎蟹"跟醒狮对峙，形成舞狮中的戏剧冲突。

那些充任裁判的资深舞狮师傅，一下子就都沉默了。

鼓点响起，采蟹青，殷小妙的醒狮踏着节奏，纵身再踩上木盆边缘开始"拆蟹"——用狮口收起左右两个柑橘，就是剥蟹眼，然后再用狮口取走甘蔗和筷子，就是剥蟹钳、蟹爪。而这一切，都是醒狮站在木盆的边缘完成的！这对平衡和配合要求非常高。

当最后舞狮头的殷小妙站在地上，掀开木盆，完成了剥蟹壳，然后用狮头叼起那卷生菜，完成采青时，几乎所有裁判都站了起来，疯狂地鼓掌。

"殷家边有可能做到啊？""殷家咁多年冇出狮啦，边有可能咁劲？"那些裁判一边鼓掌，一边禁不住跟同伴交流，这真的是一个大家都无法接受的事实。

但锣鼓声仍在继续，场上的"张飞狮"冲向了梅花桩。

"'蟹青'采咗，算佢犀利啦，都攞咗彩头，殷家仲要做咩？"林师傅不解地低声咕囔着。

而孙师傅却笑道："佢头先讲过，要打十个！"

"仲要采高青？要斗赢头先队'孝狮'？佢食蒙咗啊！"林师傅非常不以为然，好几位师傅都很认同他的观点，那队"孝狮"在梅花桩上的本事，那真的是可以去大赛拿名次的。

低青，还可以靠配合；高青，那不单是配合，还要吃天赋和身体，两三米高,一个碟子比脚大不了多少,摔下来,那真的是非死即伤。

但场上的"张飞狮"冲了上去,不单冲了上去,在做了几个动作之后,直接就来了一个侧翻,狮头和狮尾在梅花桩上,同时向边上另外四根柱子侧着翻了过去!林师傅看着就起身喊道:"救人!"

因为他是行家,看得出殷小妙侧翻堪堪落在梅花桩上,也就是刚沾到那个碟片之时,立时发力向前空翻!殷小妙举着狮头向前空翻,可狮头后面还有一条布,包裹着狮尾啊,又不是真的狮子,怎么翻得起来?这又不是拍电影!

不单林师傅,孙师傅和其他裁判大多都起身冲出去准备救人了。

但出乎裁判意料,还真给殷小妙翻出去了,因为狮尾在狮头向前空翻时,更快起跳,而且翻得比狮头更高!

她们这么匪夷所思地完成了这个不可思议的动作。

以至于后面完成采青,都没有人鼓掌了。

相比这个动作,狮尾托起狮头采青的难度,真的完全相当于没难度。

"怎么可能做到?"林师傅蹲在地上,望着完成了采青亮相的"张飞狮",难以置信地自语道。

孙师傅就蹲在他身边:"我系睇紧舞狮,定系睇紧平衡木、自由体操啊!"

放下狮头的殷小妙和卢珍相视而笑,这半年里所有的汗水和辛苦,在这一刻便都值得。

王婷跑了过来,紧紧抱住她们两人,跳跃着:"我们好厉害!好厉害!哈哈哈!"

而陈杰起身走了过来,脸色凝重地看着殷小妙,第一句话就是:"殷师傅,我想劝一句,会出人命的,不要玩这样的动作啊,真的好危险!看完我都不敢相信,真的能完成这样的表演!"

然后他才长叹一声:"你们怎么可能做到这一步?匪夷所思!要不是亲眼看到,就算有视频,我也绝对不敢相信啊!"

殷小妙和卢珍、王婷相视一笑,当然危险,当然难度高。否则的话,殷小妙凭什么一天就练两趟狮,还能让团队凝聚起来?她能让人服气啊!不单是舞狮,而且类如"大头佛"上场的安排,都是出自殷小妙的手笔。

退一万步说，A 轮风投来考察，人家每一分钱都不可能白花的，要是当时没把人镇住，没让人看到这项目上的前景，A 轮的投资哪有那么快进场？不过陈杰的劝说是出于好意，殷小妙倒也不反感，抱着狮头对他说道："高端有高端的玩法，推广有推广的玩法。推广当然要无门槛，但不开发出有挑战难度的玩法，这种传统非遗项目，怎么跟跑酷、街舞一起走进年轻人的生活？"

因为殷小妙这一代人，成长的年代和大学时的经历，跑酷和街舞早就不陌生了，她和李子轩都是这些活动的爱好者，所以她思考的角度，跟单纯普及推广传统文化的陈杰完全不一样。

陈杰听着，真的一下子触动了他从没有考虑过的领域。

他想了好一会儿，抱拳弯腰深深一揖："受教了！"

殷小妙往边上一闪，并没有受他这一礼："你下场，我们做过一场？不用什么评判。"

不用评判，就是两队醒狮一起下场采青，最简单地说，就是电影《黄飞鸿》式的斗狮。

王婷已经从阿珍手里接过狮尾了。

运动员出身的卢珍，知道怎么保护自己，也知道自己的极限在哪里。

卢珍很清楚，身体对抗绝对不是自己能胜任的，所以才会把狮尾交给王婷。

但让殷小妙和王婷她们没有想到的是，陈杰笑着摇了摇头："我认输。"

"我想要做的，不是把舞狮这个行业带回到旧时代的腐朽。"陈杰很认真地说道，"而是在新时代，把积极向上的醒狮精神发扬光大。"

所以，如果执着于胜败，他可以认输。

"殷师傅，我想请您加入舞狮协会，大家一起来推广醒狮文化，将其发扬光大！"

陈杰很诚恳，也很激动，因为殷小妙不单玩出了难度，而且提出了他没有想过的东西。

可是殷小妙放下狮头，笑着摇了摇头："陈师傅，不好意思，我有'青'要去采，暂时没办法专心玩醒狮了。"

她有另外的采青路，人生的采青路。

陈杰感觉很可惜，他看向卢珍："如果殷师傅不方便，我可不可以邀请您呢？"

这不算挖角，殷小妙都说了她暂时不玩醒狮了，那陈杰想要邀请卢珍加入自己的团队就完全没问题，他很欣赏卢珍："您配得起世间任何一个狮头！"

卢珍笑着摇了摇头，抱着殷小妙的臂膀："狮尾，当然跟着狮头走啊！"

真实的原因是卢珍的货柜已发出，她要走的梅花桩，已在大洋彼端。

但就在陈杰失望的眼光里，王婷弯腰抱起了狮头："陈师傅，小妙姐和珍姐有别的事忙，但我们的狮队还在，我们还能出狮！"她看了一眼不远处陈杰的女队员，回过头来对他说道，"你们要不怕输，以后咱们还可以再练过！"

王婷骄傲地昂着头，她愿意把舞狮这个项目做下去。

尽管韩素梅跟她沟通过，项目不一定有 B 轮。

可她喜欢醒狮，就是简单的喜欢。

第二十五章 等闲变却

都市里匆匆忙忙来往的人流里，很少有人停下来，看看街边的绿植是否在春季里发了新芽。渐渐生发的枝杈，绿叶在车水马龙里慢慢蓬勃，然后随着季节变换而缓缓凋零——在这个南方的大都市里，并不会有枯黄卷起叶或光秃秃的树枝。所以，就算有什么变化，在这座从一千多年以前就善于接受变化和革新的商都，一切都会慢慢习惯。

而刘洁铃公司里的人，过了近两个月，却仍无法习惯换了个CEO的事实：很少有这么年轻且不是富二代、小三的CEO；很少有年轻又不是小三或富二代，还这么漂亮的CEO。

但这还不够，对这座城市的人来讲，快一个月了，无论殷小妙再漂亮或再年轻，也足够让他们习惯，他们仍不习惯，当然有特殊的原因。在大厦楼下露天的抽烟区里，刘洁铃和运营负责人聚在一起抽烟，聊的就是殷小妙。

"我也算在这个行业做了有七八年了。"运营的负责人叼着烟，扶了扶自己的眼镜，摇头对着刘洁铃说道，"老大，真没听说过，做游戏的，哪家CEO会总是一到点就把自己的员工轰走，不允许加班的！"

刘洁铃沉默地抽着烟，不知道该怎么回答他。因为在游戏行业做了这么多年的刘洁铃，的的确确也没见过这样的老总。这也是公司员工到现在仍不习惯殷小妙这个CEO的原因——只要殷小妙在公司，到了下班的时间，她就会让大家赶紧打卡回家。

有员工提出："现在六点半，地铁人太多了，我在公司待到9点再走。"

殷小妙是这么对他说的："那这个月，这边办公室的水电费，你出十分之一？我认真的。"

谁还敢在公司待着？

"这样搞下去，手下的人都不好带，你让加班，这边 CEO 到点就来轰人走。"运营负责人苦笑着把烟熄掉，抬头对刘洁铃说，"老大，我过来是奔着你来的，不是冲着秦总或殷总，这公司这么折腾下去，不是个路子。"

刘洁铃深深地吸了一口烟，然后吐出悠长的白雾："嗯，我知道。上去干活吧，要不一会儿小妙又要来轰人走了。"运营负责人苦笑着摇头，跟在刘洁铃身后赶紧上了电梯。事实上，刘洁铃对殷小妙这个主张，是非常不以为然的。

业界就没有不"自愿"加班的游戏公司！

她觉得殷小妙完全不接地气，于是殷小妙提出 AB 组对照，托秦川的福，当初为了从公司抽走骨干和资金、项目，另外偷偷地设立了三个公司，她们现在分了四个办公室。于是 Jacky 负责的办公区和刘洁铃这边的办公区，就遵从殷小妙的准点下班制；其他两个办公区，沿用之前的方式上下班——不论有事没事，没到晚上 9 点不会有人走。

而现在，一个月的时间快到了。

身为程序员的刘洁铃觉得，数据会说明所有问题。她一走进公司，就看见殷小妙没有在独立办公室，而是在前台站着，一见她进来，就笑道："铃姐，抽烟？来来，咱们聊一下。"

殷小妙有一点跟刘洁铃是有共同语言的，那就是她们都喜欢用数据来说服对方，而现在殷小妙就把四个办公区这个月来项目进度的数据放到了刘洁铃面前。毫无疑问，一个月下来，不加班的两个 A 组办公区，比每天加班到 9 点走的 B 组两个办公区，电费支出要少一些。毕竟每天多三个多小时，何况有一些项目组还加班到 11 点。

对这一点刘洁铃并不意外，但让她意外的是四个办公区的项目进度。

她几乎瞬间傻眼了："这怎么可能？！"

不加班的办公区，项目进度要远比加班的办公区更快。

"哪里搞错了吧？"刘洁铃下意识地问道。

殷小妙苦笑地问道："铃姐，你平时不看'钉钉'？就是除了给下属审批请假之类的，你基本不看，对吧？"说着她打开钉钉，把几条公告点开给刘洁铃看。那是针对不加班两个办公区的，月初就发的通告，如果项目进度快于预期，所有人员奖励 10% 薪酬；如果项目进度滞后，所有人员没有绩效奖金，项目负责人还要扣 10% 的薪酬。

"那你是有奖励嘛！我说吧，哪里搞错了嘛！"刘洁铃就像在程序里找到了 BUG 一样，松了口气。

殷小妙摇了摇头："铃姐，你之前没去看过我们舞狮吧？"

刘洁铃不知道这怎么又跟舞狮扯上关系。

就听殷小妙说道："醒狮一出场，见物必疑，逢桥必探，为啥呢？"

"这是野生动物的天性嘛！"刘洁铃听着笑了起来，起身拿了几张纸巾，弄湿了在桌上堆出个烟灰缸，掏了根烟出来点上，"要演野生动物，总得把这演出来，野生动物精得很，不相信天上掉馅饼嘛！"

殷小妙点了点头，看着她问道："铃姐，出来打工，都是为赚钱罢了，谁不想事少钱多离家近？但凡不是拿了公司股份的，谁不想早点下班？"

打工人，额外无薪加班，对企业主来说，不就是天上掉馅饼？

一下就把刘洁铃给问愣住了，在组建这个公司之前，纯粹打工的时候，她也是期望早点下班的啊！特别是那段跟秦川婚外纠缠的日子，两人更是见缝插针地寻找不加班的理由和机会。这时殷小妙的电话响了起来，是阿珍打来的，殷小妙聊了几句，马上就道："好，我们视频聊一会儿。"然后她直接对刘洁铃下了逐客令，"铃姐，我非洲那边的事务要处理，这样，其他两个办公区，暂时先按我的方案来走吧。你去小会议室抽烟吧。"

"那如果不加班，他们进度跟不上……"刘洁铃皱着眉头问道。

没等她说完，殷小妙很干脆地说道："辞退，重新招人，招聘能在额定工作时间里完成工作的人。当然，也许公司项目发展下去，我们会有一天需要妥协，能在八小时完成工作的人，费用高到我们只能妥协，有这种可能。但绝对不是现在。"

熄了烟回到工位上的刘洁铃，总感觉不太对，直到过了一会儿，殷小妙出来对她说："铃姐，我要陪子轩去复诊，先走了。"

她应了之后，才想起哪里不对！她去抽烟之前，殷小妙还没来上班！而现在，殷小妙就走人了。她觉得真的很不妥，非常有违于她对游戏公司从业人员的认知！这种感觉非常强烈，以至于刘洁铃到下班时还没缓过来，终于去了小会议室，打通了韩素梅的电话："韩总，小妙这样不是太妥啊！这里也有您的钱啊！"

在电话那头的韩素梅，似乎在忙其他事："过十分钟我打给你。"

刘洁铃点了一根烟，在小会议室里开始了等待。距离产生美，之前刘洁铃是蛮欣赏和认同殷小妙的。特别是在推舞狮的项目时，因为殷小妙是唯一愿意听而且也能听懂她思路和逻辑的人。

何况长得漂亮，看着顺眼。所以韩素梅提出，让殷小妙来当 CEO 时，刘洁铃是毫无异议的。但一起共事之后，越来越接触得多，她对殷小妙的懒惰有了深刻的认知之后，越来越让她不爽。

当她第二根烟快要抽完时，韩素梅的电话打了过来："什么情况？"

听着刘洁铃从头到尾、事无巨细地说了二十多分钟之后，电话那头的韩素梅很直接地问道："你现在想换 CEO？一个多月前你找我时，手足无措，六神无主，你的情况和现在有什么改变？"

刘洁铃一下子就愣住了，也许唯一的改变，就是殷小妙把所有刘洁铃无法处理的、头痛的事务都揽了过去。

"洁铃，你要完成身份的转变。舞狮的项目对你我来讲，是过去时了，你理解我的意思吗？"韩素梅对她说道。

刘洁铃哦哦了几声，很明显，她并没有听懂：她不再是项目方千方百计招揽的技术大牛，而是被投资的乙方——她能解开复杂的数学题，却总解不开人情世故。

隔着电话，似乎都能感觉到韩素梅皱起眉头在考虑怎么措辞。

韩素梅停顿了几秒，才接着说道："如果你确定要改换 CEO，那么我也可以理解。不过注资时，咱们是有协议的，经营情况没有达到预期，我这边会启动退出机制。你考虑一下，然后回复我就可以了。你要从私人的角度问我意见，我只能说，你招个程序员，都得给三个月试用期吧？"

挂了电话之后，刘洁铃有点茫然，有一些话她没听懂，但有一些话她听懂了。

就是如果她单方面换 CEO，而年底结算又达不到预期盈利，她是得赔钱给韩素梅的。

换 CEO 能不能达到预期盈利？

刘洁铃怎么知道？

她要有这个底气，有这能力，自己来做不就得了！

"行吧，我再忍两个月。"她喃喃地说道，决定满三个月之后，再跟韩素梅聊这个事。

刚把车开出车库的殷小妙，并不清楚刘洁铃这么多的心理活动。而且她完全不打算去揣摩刘洁铃的心思。一出地库，车载蓝牙里，阿珍就发来了语音通话请求："你现在就去接子轩？那人得咬牙切齿吧？"

卢珍是真不喜欢刘洁铃，哪怕后面关系有所缓和，她也习惯称"那人""某人"。

"我待在公司干什么？她又不是请我去当前台的。"殷小妙不以为然地说道。她在红灯口停了车，对卢珍说道，"按你昨天发给我的数据，你同学老泥，她家在那边还是有点影响力的。"

卢珍也有点出乎意料："是啊，之前她说得很惨，好像她爹要卖女儿一样，哪知道按你说的，用低价、免费衣物一铺，才发现单她自己能动用的渠道，其实就很强大了，我们至少第一趟就赚了！"

眼看着转绿灯，殷小妙轻点了一下加速踏板，轻快地拐弯："第一趟，赚那点不是目的。喂，你买不买车？国产电车很可以啊，我小区可以装充电桩，很方便，特别是在城市里，加速什么的，相比之下，我先前那MINI跟艘船一样。咱们要不要都搞一辆？支持国货！"

"一年跑不到两千公里的你，闭嘴吧，你不配聊车，我要买车也问子轩，才不会听你的意见！我打算明天就离开他们首都，老泥派人陪着我，对了，我现在可牛了，老泥派来保护我的人，还有带我到下面的人，那可是有枪的，你知道吗？哈哈哈。我到下面把账目清一下，然后把销售渠道建起来。"远隔重洋，也能感觉电话彼端卢珍的眉飞色舞。

但就在这时，殷小妙听到了卢珍身边电话声响起，大约是她的另一部电话："什么事？说啊，你跟你姐打越洋电话谝闲传呢！"

然后殷小妙就听着卢珍在跟她弟弟用家乡话聊事，似乎事比较急，殷小妙这边也不好插嘴说挂了。大约意思，殷小妙听出来了，卢珍的父亲种田时昏倒了，然后她两个弟弟想送父亲去县里医院，可是卢珍父亲不肯去，怕浪费钱，村里的堂叔堂伯也觉得小题大做，她母亲更是个没主意的，所以她弟弟最后就把电话打到她那里去了。

在电话里，就听着卢珍安慰弟弟不要慌，然后安排他们送父亲去县里医院。她父亲似乎不愿意，卢珍直接就说："你要不去看，我就把这钱捐了！捐国内？老子偏不！老子在非洲把它捐给当地人！让当地员工欢喜一下！"

她对着父亲这么吼，殷小妙倒是有些骇然，不过明显奏效了。这钱要捐国内，她爹那种三棍子打不出个屁的性子，恐怕还真哼哼哈哈就过去了。一听她要捐给非洲，老人就心痛了，觉得不行，妥协了，答应去医院。

边上堂叔堂伯本来还想劝，卢珍直接让在县里开小饭馆的堂叔跟着去县医院，因为她知道两个弟弟都是没主意的。没等堂叔开口，她直接说："过年我赞助村里一笔钱，给孤寡老人买冬衣和年货。三爹，要是这事整不好，那就别指望我了，真的，以后什么修祠堂啥的，都别找我，谁来说也没用！"

堂叔听着，在电话里似乎是在给她保证，一定会跟去县医院，把事办好。然后又听卢珍在跟她弟说："我微信先转点钱给你，你揣着，啊，别怕，别怕，有姐。"

一边开车，一边听了个七八成的殷小妙感觉要崩溃了。当卢珍挂了那边的电话，殷小妙就长叹一声："天啊，你好强大，这要是我，得疯掉！"

"那有啥？自己家的事，总得周全。行了，咱俩就别商业互吹了！你要再这样，我淘宝给你买个夸夸群，哈哈哈！"卢珍接着说她要去执行刚才商定的方案，然后她说，"喂，过几周，反正这边稳定下来了，我要给你个惊喜。"

"好！"殷小妙笑着应了下来，无论身在何方，她始终觉得阿珍是可以绝对信任的狮尾。

她说有惊喜，就值得期待。

第二十六章　没有什么可以阻挡

夏季对广州这座城市来说，似乎每年的大部分时间都被它所占据。至于冬天，在这个城市如果能有十天八天的存在时间，就算很难得了。如果按黄河以北的习惯来算，下雪才算入冬，那大约广州百来年里，有过几天冬季，因为百来年里，也就那三五天，能堆起巴掌大的雪人。

但对王婷来讲，走进这写字楼的电梯，她感觉这就是她的冬天，有彻骨的寒意。

因为她来见的，是她称呼为七老婶的韩素梅。她见到韩素梅时，韩素梅正好在练下斜卧推，于是王婷就静静在边上等着，直到教练助力韩素梅把杠铃复位。韩素梅拿起毛巾拭了一下汗，才转过头问她："这几天我比较忙，你七老叔那边有些事我得帮他处理，你这么急，找我什么事？"

她并没问王婷没办卡怎么进来的。如果后者连健身房都进不来，那韩素梅压根就不会跟她聊。王婷很清楚这一点，所以她到了，并没有打电话给韩素梅问怎么进去之类，在王婷的认知里，七老婶向来就不是什么好相与的。

但今天她必须来见韩素梅，是因为她确实有解决不了的问题："七老婶，舞狮的项目，可能、可能进行不下去了。"

韩素梅示意教练先去准备器械，然后她走向龙门架，不解地问道："那就不做啊，你的股份，当时 A 轮进来，我就让你套现的啊。在谈 A 轮时，我和 Mack 是有共识的啊，你没套现吗？钱没到账？"

实际上，融资后创始人大都会套现，只是操作手段上有所不同而已。哪怕防止减持套现，在融资过程中形成正规的法律文件，但是实际操作都会有漏洞。投资方和创始团队之间只要能达成共识或是宽容一点，一般来讲，都会让创始团队改善一下生活。

"有的，有的，有到账！"王婷一边回答，一边头更低了。

虽说她的占比极少，到手也有十几万块啊！她在十三行，理论上得干上两三年，不吃不喝，才能赚到这笔钱。而事实不可能完全不消费，正常来讲，这得抵她在十三行干四年才能攒下的钱了。何况每个月，舞狮项目还给她八千块津贴和租房子呢。

所以面对七老婶，王婷是知足且感恩的。

"你套现之后，那个项目就跟你没关系了啊，你管人家是否进行得下去？"韩素梅转头望向王婷。

王婷抬起头，就算摔到伤了骨膜也没有流泪的她，眼里有晶莹的光："七老婶，我们不是招募了一些新队员吗，那她们怎么办？有两个人是全职的，另外几个，也指望着津贴交大学住宿费啥的，她们家里都很穷，没什么其他出路……"

听她说了两句，韩素梅就打断她："所以你想把这个项目做下去？就算资方想清盘？"

王婷犹豫了一下，用力点了点头。

"那是你的猎物啊。"韩素梅笑着拍了拍她的肩膀，"你要自己去狩猎。"

王婷惊讶地抬起头："我？"

"对啊，殷小妙不是说过，拿上狮头，就是雄狮！你为什么不能做到？"韩素梅准备做龙门架十字夹胸，"你去搜一下张桂梅，要照亮别人，没毛病，那你就要考虑，是否敢于点燃自己。"

王婷没有去搜这个名字，她只是看着韩素梅："七老婶，你觉得我行？"

当得到韩素梅肯定的回答，走出电梯，离开写字楼大堂时，王婷觉得自己比夏季的骄阳更炽热。

没有什么能阻挡她，哪怕再与墙包和霉点这两位不离不弃的"挚友"同行。

今天下午刘洁铃没有去抽烟，忍得很辛苦。她中午刚刚问了殷小妙什么时候来公司，答复是说下午一定会过来的。那么，刘洁铃不想让殷小妙溜走！三个月了，她感觉受够了，甚至有一种被欺骗的感觉。

当时签约时，要求什么100%行政处置权之类的东西，又要求永久的股份，刘洁铃现在回想起来，感觉真的是满满的套路。这是请了个祖宗回来啊，然后就算走了，还不能断香火呢！

"殷总过来了，你马上叫我。"刘洁铃对边上的小程序员吩咐道，然后匆匆走去小会议室，都两点半了，殷小妙还没来，她烟瘾真的忍不住了。

但她没走到小会议室，殷小妙就进公司了，一见她就说："铃姐，咱们得聊一下。"

刘洁铃心里冷笑着，聊吧，聊完自己认倒霉，把这祖宗请走吧，那股份？行吧，该人家的香火就供着，要不这折腾下去，看着这年都过不了！不！恐怕五一都过不了！

跟着殷小妙进了独立办公室，还没坐下，刘洁铃就先把烟点着了。

"铃姐，你过一下，没什么问题的话，你得签个字。听子轩说，你那边要跟银行赎回断供的房子，等着钱？我让财务走快点，尽量这周就到账。"殷小妙把一份文件递到刘洁铃面前。

后者翻开，这是一份财务报表，刘洁铃看着看着，渐渐就如同"石化"了。因为这报表显示了这三个月的财务情况，不单好些员工有额外的奖金，刘洁铃也有一笔分红，税前无限接近七位数的分红！

"主要是咱们海外业务……游戏的周边授权……"殷小妙细心地跟她解释着每一笔业务，"之前我们低价入手的原创IP，大厂接手……"但刘洁铃已完全被那接近七位数的分红整蒙了，根本听不进去殷小妙在说什么，只是一个劲地点头。

出来跟秦川合伙开这公司，要说没分到钱倒也不是，零零碎碎也不少。若没分到钱，那老赵生意不行了，刘洁铃也没法把家支撑下去。但是，从秦川那里拿钱或拿分红，都是挤牙膏式的，一点一滴地抠着给，从没痛快过。

这才三个月，近七位数的分红啊。

尽管殷小妙最后说："铃姐，下个季度正常来讲，利润就没这么大了，但第一个季度，我觉得总得给投资方信心。"

"接着只要不亏，我没任何意见！"刘洁铃马上表态，然后可能觉得自己这话有问题，"亏我也认了，这玩意儿，我不懂，我全听你的。"

从殷小妙的办公室出来后，刘洁铃跑到楼下抽了根烟，上楼之前想了想，拨通了韩素梅的电话："韩总，小妙刚给我看了报表，我错了，还好你之前……"

"谁对谁错,我不关心这些啊。洁铃,我只关心谁能为我的投资创造更高的收益。"韩素梅笑着在电话那边说道,"你近来有去健身吗?你让我投钱时,答应我要把血脂和血糖降下去,而且答应半年内戒烟的啊。"

"哦哦,我会的,会的,我有去的,有瘦了的!"刘洁铃慌乱挂了电话,想了想,半年都过去三个月了,立时慌得不行,连忙点了根烟压压惊。

窝在父母家中客厅沙发的殷小妙,吃着薯片,茶几上用支架撑着的 iPad 里播放着近来热门的古风剧集;手机刷着直播间看主播带货,不时微信响起就切出来聊上几句,一时不知道看到一个什么搞笑的段子还是图片,笑得不可开交,薯片掉了一地也全然不觉。

在沙发另一边看着电视访谈节目的殷母,冷着脸起身拿了扫帚过来:"喵喵,好忙哦!"

"不是,阿妈,你看,哈哈哈,笑死我了!"她把手机递给殷母,上面是群里有人发的搞笑图片。殷母看着也禁不住笑了起来,然后殷小妙就把一块薯片塞到母亲嘴里,"榴莲味,阿妈你最中意的!"

但没有想到,殷母伸手就往她头上敲了一记,痛得殷小妙抱头缩起来。

"我当然中意了,我买的啊!我不喜欢,买回家里来干什么?"殷母一边扫地,一边没好气地骂道,"死女包,都嫁人了,还整天回娘家蹭吃蹭喝!你快滚回婆家去!去祸害你婆婆!"

殷小妙揉着脑袋,一边在手机上打字,一边说道:"我不过去,我家婆一会又要碎碎念,谁家生了大胖小子,六斤八两;谁家生了千金,七斤三两……烦死了!"

"让你生小孩不对吗?趁着我跟你家婆还年轻,还能帮你带,有什么不好?那你滚回西关去!关上小楼成一统,别来祸害我!"殷母一边收拾,一边嫌弃地说道。

殷小妙一点也不在意,接着刷直播间,这就是自己与父母的亲密无间了,在这里,她就是可以肆无忌惮,而在婆婆那边,尽管陈慧珊一直对她很好,但总有些客气,如同无法逾越的边界,让她不能随心所欲。

"子轩搞那个顾问公司,昨天飞上海见甲方了,我回去没人做饭。老窦又出差,我这么孝顺,当然回家陪妈妈啊!"她对母亲说道。

第二十六章　没有什么可以阻挡

收拾好地板的殷母冷笑道:"我不用你陪,你滚回去叫外卖!"

"我要从阳台下去拿外卖,要走两层楼梯,很累人的,好吗?阿妈,我到底是不是你亲生的?你一点也不爱我!"殷小妙故意装作一副气鼓鼓的模样,但明显她这套对殷母毫无杀伤力。殷母走了过来,作势要打她,殷小妙狂笑着躲到沙发另一侧:"好啦,阿妈,我错了,我错了!"

"你快滚,不是亲生的,当年我充话费送的!"殷母冷着脸说道。

殷小妙笑道:"阿妈,我晚上要吃可乐鸡翅,还有清汤牛腩!"

"无!"殷母抢过她手上的薯片,瞄了她一眼,"不是说你去游戏公司当CEO吗?你不用去公司的吗?"

"周末啊,妈!你收买人命咩?"殷小妙笑着说道,一边用手机回复着微信上的聊天信息。

殷母白了她一眼,又吃了几块薯片,把薯片罐子塞到殷小妙怀里:"清汤牛腩,放不放胡椒啊?"

"必须下胡椒啊!"殷小妙笑着哼了起来,"世上只有妈妈好……"

殷母起身骂道:"一天到晚懒到死!吃吃吃,吃傻你!"

话虽如此,她还是起身去厨房忙活了。

而这时殷小妙的手机响了起来,一个陌生的号码,殷小妙以为是诈骗电话,直接挂掉,但马上又响了起来,还是那个号码,殷小妙担心是某个换了手机的朋友,于是就滑向了接听,那头传来了带着怯意的声音:"是、是不是小妙姐?"

打电话来的是卢珍的弟弟。因为在老家打不通卢珍的电话,所以他就按照姐姐之前说的,打给了殷小妙:"小妙姐,我姐说要打不通她电话,有急事可以打您电话。"

殷小妙听着,有些愕然,但赶紧说:"对,你别慌,出了什么事?"

事情其实并不复杂,很小的一件事,就是卢珍的父亲在做完检查之后,各项指标没什么太大问题,医生让他办出院,结账时要交一笔医保报销范围内的钱,所以卢珍的弟弟不太敢决定。找不到姐姐,他就按照卢珍出国前的话,打了殷小妙的电话。

"那你交钱啊,医保能报的,它会自己扣的嘛。你是不是手头没钱?差多少你跟我说。"殷小妙说道。

殷母在边上低声问道："别是骗子啊？"

但殷小妙摇了摇头，之前她听过卢珍和她弟弟打电话，的确差不多是这声音，而且听了她的话之后，卢珍弟弟表示自己有钱，只是不知道该怎么办。挂了电话之后，殷小妙无奈地摊开手："出院要交钱，他有钱，他愿意给他爸花钱，他打这电话过来，就是因为他不敢决定！"她伸手抱了抱殷母，"娘，突然我好感激你同老窦，没给我整个弟弟啊！"

"你接着气我，我明儿就给你生个弟弟，然后让你帮手带！现在科技这么发达，哼，你别以为不可能！"殷母气呼呼地威胁着殷小妙，后者窝在沙发上，不停作揖求饶，方才让殷母冷哼一声，走向厨房。

但马上殷小妙的微信又响了起来，是刘洁铃发来的语音通话："小妙，你工作微信是不是没开啊？公司这边说科韵路的办公区，今天约了五个主策划来面试，有三个不错，HR问怎么决定。之前跟你说的那个MCN项目，咱们做不做？对了，还有……"

"铃姐，周末哦。"殷小妙长叹了一声。

但刘洁铃对加班有着某种偏执："那到底怎么处理啊？我搞不来啊！休息日上班三倍工资嘛，你给自己开三倍工资，我同意啊，你快点回来！对了，开工作微信啊！"

挂了语音通话的殷小妙，很无奈地对母亲说道："妈，我回公司。"

"这样才像个CEO啊！"殷母感觉松了一口气，然后拿起手机给她朋友发信息，"陈姐，过来我家里开台，我女儿？化骨龙回去上班啊！哈哈哈！"

在穿鞋的殷小妙幽怨地看着母亲："妈，我还没出门呢。"

"好啦，好啦，快点回去公司处理，我做好牛腩，你回来有得吃。"殷母一边聊着微信，一边把她往外驱赶。殷小妙在公司，用了整整一个下午处理完那些事务，刚坐上网约车准备回家，就接到了卢珍的视频通话。

"刚才信号不好，我听我弟说他找你了，谢谢啊！你怎么看起来有些不高兴？"卢珍对殷小妙说道。

殷小妙有点无精打采："谢啥呢？这不见外吗？我为啥不高兴？嗯，我在公司加班了一个下午，烦死了！"

阿珍笑着对殷小妙说："记得我说过要给你个惊喜吗？"

然后她就把视频摄影头转换到了后置。

在网约车上,殷小妙通过视频通话,就听到了大洋彼端传来的不太熟练的锣鼓声,还有非洲黑姐们舞起的醒狮。阿珍是永远可以信任的狮尾,她的确给闷闷不乐的殷小妙带来了惊喜。看着那很笨拙的醒狮在锣鼓声里舞起,殷小妙就笑得开怀,如是天边跃上枝头的那弯月亮。

第二十七章　鹏程

时间总是这么不紧不慢地流淌，在岭南这悠长的夏日里，有时让人难以察觉季节的变换。李子轩的顾问公司在这几个月里，业务量也不知不觉地涨了起来。当时下了决心辞职跟他出来创业的助理，这几个月不但买了好几个包，而且还换了新车，被朋友们称赞极有眼光。但助理却很清楚，其实自己，包括这个顾问公司，都是在钢丝绳上跳舞。

"殷总，十一点半同步，刚提醒李总吃药，看着他吃了药的，看起来情绪不是太好。"助理仔细给殷小妙发着微信。这种信息，基本上每个小时最少都会发一条。因为助理看过李子轩在客户面前侃侃而谈，把甲方镇住的场面；也看过按照李子轩的创意实施之后，远超预期的效果。

但这几个月跟着他去见甲方，更看过不少李子轩私底下状态失控的一面。所以，助理老老实实按照殷小妙的叮嘱，按时提醒李子轩吃药，并且主动给殷小妙同步情况。

殷小妙回复了一个"收到"的表情。

而在中午的时候，她就拎着外卖，来到了李子轩的公司。

李子轩苦笑着打开她拎过来的外卖盒，把几个菜都摆在茶几上，一边拆着餐具，一边问道："听赵哥说，王婷那边还在坚持，你有听铃姐说吗？"

之所以会知道这个信息，是因为王婷在找新的投资方。因为投资方的退出，她要面临场地和训练经费的问题。李子轩接着说："赵哥说，还是你看得准，陈广要给她六位数，她拒绝了。"

如果这个项目有价值，当然就会有投资方来投资。

"嗯，陈广如果要投舞狮，那应该去投拿了许多奖又有许多行会头衔的陈杰，而不是投给刚起步的王婷。她不是拒绝投资，她是拒绝怜悯。"殷小妙对王婷的选择,有自己的看法,"这样拿了陈广的钱,会质疑自己在做的事是不是有意义,会让她很不开心的。"

李子轩摇了摇头:"很多时候,不是说不开心,就可以不做。"

"不开心就不要做啊。你要不开心,下午就去把公司注销,我去找铃姐辞职。"看到强颜欢笑的李子轩,殷小妙说道,"然后我们去旅行,怎么样?"

"你那边不是蒸蒸日上吗?我知道你懒,但你过去好不容易有起色了,肯定得……"

可是他没说完,殷小妙就夹起一块烧鹅,边吃边说道:"辞职,铃姐都要按合约给我股份分红的啊,怕什么?阿珍那边,有事远程会议就是了,她拉我一起做,就预备着我不可能跟她一起跑非洲的啦。只要咱俩开心,我可以下午就进入退休时间的。"

李子轩听着不住摇头:"你不要这样安慰我啊!这样拿铃姐和阿珍的分红,咱们心里也过不去啊!"

"有啥过不去的?这个我们就有分歧了,我要是去上班,只要签了合同,如果想让我走,那就得把赔偿谈好,不谈好我每天按时打卡,怎么也要混到合同期满的。"殷小妙很无所谓地说道,"怎么舒服怎么来!你不要有精神洁癖嘛,这顾问公司,不想搞就拉倒,下午真的就可以去办注销了。"

李子轩长叹了一声,指了指外头:"我当时创业,他们几个果断从其他公司辞职跟我的啊!"

"那做不下去就散伙啊,这公司关了,你担心他们找不到下家啊?"殷小妙一边扒着炒牛河,一边满不在乎地说道,"咱们可以把你那猛禽给卖了,买个房车,你别觉得这就是自我放弃好吗?徐霞客不也一样留名?咱们可以边走边拍短视频,对不对?也是人生,最紧要的是开心!"

李子轩一听脸就黑了:"不!"

"呃?"殷小妙停下筷子,看着他。

"不要卖我的车!"他很严肃地说道。

然后两人大笑起来,李子轩脸上的许多愁绪,便在这不知不觉中消散而去。当看着吃完饭之后,送殷小妙离去的李子轩那一脸的轻快,助理感觉,似乎殷小妙对李子轩来说,比舍曲林有效多了。这也让助理对下午去见甲方有了比较稳妥的感觉。

因为不是所有甲方都讲道理，而李子轩遇上不太讲道理的甲方，往往情绪都不太好。

可是当助理陪着李子轩坐在甲方会议室聊完方案之后，突然有一种不祥的感觉。因为甲方负责对接的总监，在听完李子轩这边的讲演之后，又提出了若干刁钻的问题，而李子轩都一一做了解答，并拿出翔实的相关数据来作为佐证。但这气氛，助理感觉很不对。

商业合作，买卖不成交情在，甲方这么聊得像论文答辩的现场，真的很奇怪。助理期间有几次提到："更多的细节，也许我们先推进了合同，然后再详细地来讨论？"但李子轩对甲方在进行的项目做足了功课，所以甲方的问题尽管刁钻，他还是示意助理不用太计较，然后游刃有余地应对下来。

直到甲方的总监提出一个问题："顾问的费用，是不是有点过分了？"

很明显，对项目，李子轩做了充足的功课；而对压价，甲方也同样做了充足的功课，在甲方拿出来的数据里，有翔实的同类顾问公司的横向对比，包括公司规模、收费标准、合作模式等。

李子轩看着，就感觉很无奈了。如果对费用有异议，那是不是应该在聊得这么深入之前先提出来？他深吸了一口气，笑着说道："如果不合适，那也没事，咱们以后再找机会合作嘛。"

甲方的总监也笑了，身体往后一仰，靠着大班椅的靠背，交叉着双手，隔着会议桌，用下巴指着李子轩笑道："李总，不要这样，你看我们也有准备，说明我们这边其实也属意你们公司，只要你们今天的讲演不出大的错漏，咱们就可以接着往下推嘛，对不对？要不然，我们也不会去做比较。你刚才聊的，我基本还满意，那咱们就聊聊费用的问题嘛。"

这话虽不好听，但也说得过去。

但甲方总监接下来一句话，助理就看到李子轩的脸上出现了那种发病前兆的癫狂！因为甲方总监这么调侃："李总，别那么认真嘛，这样我很害怕啊，毕竟您可是敢于真的血溅五步的勇士啊！"

这是把李子轩上次在前公司病情发作的事，当成一个梗来嘲讽了。而这个时候，助理拿起手机，脸上却泛起了喜悦的神色，那是一条获奖的信息，李子轩之前当顾问的那家公司斩获了 IF 奖项①。助理很快就把这条信息转发给了殷小妙，以及自己的朋友圈，当然也转发到了目前正在接洽的这个甲方公司的小群里。

"李总，上次我们帮客户拿到了红点奖，这次又拿到了 IF 奖项了！"助理用因为兴奋而失控的语调对李子轩说。

坐在主位的甲方公司总监，不以为然地冷笑道："红点也好，IF 也好，唬唬业外人倒是不错的选择。如果我没记错，被誉为'中国工业设计之父'的专家学者，就在访谈中直言红点奖'是商业机构来骗中国人钱的'，原话可能有差别，大意就是如此！"

他这话本身是没错的。

包括提起的那位专家学者的评论，也是一点毛病没有。因为类似 IF 和红点，四五千件作品入围，最后大约 6% 的作品获奖，也就是两百件作品能得到奖项，要说多稀有，也真不见得。助理看着李子轩咬肌都显现出来了，连忙低声凑到他耳边说："殷总问您微信怎么不回复她，让您给她电话，很急，让您现在就打。"

然后助理赔着笑脸跟会议室里甲方的人员致歉："公司那边有些事要李总马上处理。"

铁青着脸的李子轩走出会议室去打电话，助理就微笑对甲方的总监说道："红点的 Best of the Best，IF 的金奖。"而且助理直接把这句话也发在跟这边洽谈的甲方小群里了。

这就不同了。

这个级别的奖项，只有 1% 左右的获奖率，放到哪里，都是有足够说服力的。

甲方的总监冷笑了一声："那确实牛，但是，跟你们这个小破烂顾问公司有多大关系？你们这算是蹭奖，对吧？哈哈哈，但也不枉是广告界行业翘楚，太会找空子了！"

助理微笑着，没有说什么，就这么望着对方："你是业内行家，一个电话的事。"

---

① 与红点奖、IDEA 奖并称的世界三大设计奖之一，创立于 1953 年，由德国历史最悠久的工业设计机构——汉诺威设计论坛每年定期举办。

甲方总监摇了摇头，伸手点了点助理："你这是塔都被推光了还要接着撑？行，我就让你到了黄河，叫你死了心。"

正如李子轩助理所说的一样，他是业内行家，获奖的公司高层怎么可能不认识？一个电话打过去，就问问拿了这些奖项，李子轩的公司，到底在其中起了多大的效用。而还没等他打电话，他的手机就响了起来。

"在聊，这个聊得很不错，好的，好的，明白，我会尽快推进的！"甲方总监接到的是公司老总的电话，挂了电话之后，他对助理说道："这样，打个七折吧。"

从开始准备用四折签约，到现在退让到七折，甲方总监觉得是给足了李子轩这边面子了，或者说，给足了自己公司 CEO 的面子。

"当然没问题，您是客户，当然以您的意见为准，顾问协议的相关期限和时间、效果等，合同上咱们也按照七折来修订就可以了。"助理微笑着这么说道。其实，助理心里，是对殷小妙极为感激以及钦佩的。也正是殷小妙给出的预案，一件件落到实处，以至于让助理有勇气在甲方总监面前说出这样的话，"其实，我们来之前就知道，您跟我们的某个竞争对手私人关系很不错，但我们始终相信，咱们都是专业的。"

甲方的总监脸色一变，然后大笑了起来："必须的！私交归私交，公事不能含糊，咱们都是专业的，我就是特别欣赏你们这一点，好，没问题，就按你们的报价来推！"

其实，获奖报道从媒体发布的日期上看，是三天前的。

但当时殷小妙接到李子轩情绪不太好的信息时，就告诉助理，把它留着，以防今天的洽谈，李子轩情绪如果出问题可以用；甲方的总监跟同行竞争对手的公司有私交，也是殷小妙查出来之后，给助理留下的方略。

"妥了。"助理给李子轩和殷小妙发了这样的信息。

李子轩回复了一个信息："我先走了，不进去了，能签就签，太麻烦就算了。"

助理一点也不意外，后续的合同签署、文字推敲，助理早已经习惯帮李子轩收拾这样的场面，而事情到了这一步，甲方的总监也认同了搞设计的人就是有情绪，并不觉得有什么问题，甚至说道："不疯魔不成活，搞艺术的不都这样？咱们都是业内的，肯定能理解啊！"

走到大厦楼下的李子轩，心情差到了极点，他并没有给殷小妙打电话。因为这种套路，助理也不是第一次玩了。当发现他情绪不对时，助理就会用这样的办法来让他脱离"过敏源"。李子轩走到边上的便利店买了包烟，吸了一口，咳得不可开交，咳嗽中，不知不觉里，他的眼角便有了泪光。因为他越发觉得自己的无用，这么大个人，连抽烟这么简单的事都没学会。

一辆汽车在路边停下，然后车窗降了下来，车里的人对着李子轩喊道："靓仔，上车啊！我带你去威啦！"李子轩一抬起头，就看见车里殷小妙美好如画的容颜，似乎一下子驱散了许多雾霾和阴郁。

他拉开车门，就像打开自己的心扉。

"谢谢！"李子轩很认真地对殷小妙说道。

他很明白，殷小妙能在这个时候赶到这里找到他的难度。助理可能在洽谈出现问题时就给她发了信息，而她收到信息，就扔下一切赶了过来。所以，他系好安全带，握住她的手，看着她的眼睛，再一次对她说："喵喵，谢谢。"

殷小妙一把甩开他的手，皱起鼻子说道："你滚，谢什么谢？谢谢要有用，脆皮烧鹅、白切鸡那不是全卖不出去了？大家都端起饭碗，一口谢谢一口白饭就得了！"

"你能不能不要这么煞风景？"李子轩苦笑着说道。

"因为有人签了合同，不打算给我买包包！"殷小妙冷哼着一边开车一边这么抱怨。

李子轩连忙举起双手："买，买！"

"还要去白水寨玩！"

"好的，去，去！"李子轩苦笑着点点头。

方才李子轩在甲方会议室的郁积，似乎在夏日的阳光里荡然无存了。

第二十八章　炽热月光

夜色里的猎德大桥，远远望去，灯光交错，炫彩斑斓。

韩素梅坐在酒吧的二楼，看着远处的灯火。她端着杯子，那是她喜欢的老 Hanyu（羽生）的威士忌。"谢谢。"她对坐在身边的 Mack 说道。

酒吧里，有歌手在灯光下献唱，似乎是《残酷月光》或是旋律相近的歌曲，但并没有吸引她的注意力，似乎远处的猎德大桥，对她来说有着莫名的吸引力。

身材保持得很好的 Mack 无论什么时候都风度翩翩，似乎他随时准备着 360 度无死角的拍摄，但不能否认，他的确很帅气，就算眼角的皱纹，也只是让他看上去更有岁月的韵味。其实他跟韩素梅坐在一起，拍一张照片，应该就是所谓优雅成熟中年人的典型了。

有成熟的沉稳，有岁月的痕迹，但仍然保持得极好的身材，仍然精致的五官，剪裁得体大方的服饰，以及宠辱不惊的神韵——至少看上去就是如此。也许正如 Mack 开口所说的："你总是对我很客气，其实你不觉得，咱俩坐在这里很合衬吗？"

合衬，在粤语里，大约就是匹配的意思。

"所以我们不单是同学，更是朋友，二十多年过去，还可以坐在一起喝酒的朋友。"韩素梅没有回头看他一眼，只是随意举起杯，跟他碰了一下杯，然后浅浅啜了一口。

Mack 笑了笑，没有就这个话题继续下去，甚至没有问上一句："难道我就只是一个能一起喝酒的朋友？"

不，这不是他所追求的，无论是他还是韩素梅，都很清楚这一点。

到了他们这个年纪，有些东西，保持距离，往往历久弥新；一旦握入手中，便会化为灰烬——甚至不用加"可能"这样的前缀。

韩素梅看了一眼手机，喝尽了杯中的酒，然后她终于回过头："家豪来接我了。"

"我送你。"Mack 起身，微笑着说道。

走到门口停车处，有一段路没有霓虹灯，月光就显了出来。

也许是有了些酒意，韩素梅低声吟道："疑是地上霜。"

"雪似胡沙暗，冰如汉月明。"Mack 似乎随意应了一句古诗，看起来，毫不相干。

韩素梅扑哧笑了起来："嘿，Mack！"然后没有回头，冲他挥了挥手，因为不知不觉已到出口，已经看到蔡家豪的车了。

她说的不是月色，是思归。

他说的也不是冰雪，而是在后一句"节旄零落尽，天子不知名"。

终归喝了酒，还是有一丝不忿，有一点驿动的，不多，就这么一点。

所以她喊了他一声，算是回应。

望着她上车，关上车门，然后绝尘而去，Mack 自嘲地摇了摇头，笑着点了根烟，这对他来说，是一个不错的夜晚，就算他往回走时，发现那其实不是月光，只是远处某个酒吧的射灯余芒。

但在他心头，新月如钩，犹如当年。

车陂的一个仓库，是王婷现在的训练基地。

殷小妙和刚刚回国的卢珍就坐在边上，看着王婷带着十几个女孩子在训练。

"很弱，但很有朝气。"卢珍看了一会儿，低声说道。

相对于她和殷小妙，这些女孩子的确很弱。

殷小妙笑着说道："她们玩得很开心啊，这就很好了嘛。我发信息给梅姐了，她正在过来，说一会儿她带咱们去聚聚。"

卢珍望了殷小妙一眼，说道："那个人来吗？那个人来的话，我大姨妈来了，我就不去了。"

"你至于吗？铃姐没空，她女儿上了广大附中，然后据说在班里吊车尾，她现在天天在家骂女儿。"殷小妙说着笑了起来，之前刘洁铃是觉得自己女儿特别蠢,压根就不想理她了,没想到李子轩辅导着,居然凭着数学成绩上了一流名校,那她当然态度就不同了。

这时外边有人招呼道:"殷师傅,好久不见。"

殷小妙她们侧头望去,进来的是陈杰和依旧西装革履的阿广。

大家打了招呼,寒暄了几句之后,殷小妙就向阿广问道:"陈律是过来接王婷的?"

"对,不过今天,其实约小妙姐过来的是杰哥,他这边有事想跟小妙姐谈。"阿广笑着说道,"杰哥那天吃饭,听讲珍姐回国,就跟婷婷提了这个想法。"

话这么一挑开,陈杰倒是很坦率:"殷师傅,我应该能帮这边拉一些投资。"

这是不容忽视的问题,陈杰有钱,所以他一年可以拿百来万出来,就在体育中心闹市区的中央商务区租个场地,作为自己的训练场地,去学校做推广所产生的车费、劳务费、餐饮费用等,包括训练场地里请员工、组队去参赛等的开销,当然也是他自己投钱进去。

理想,是得有付出的。

"我很多师兄弟坚持不下去,不是他们不喜欢,是要吃饭。"陈杰很无奈地旧话重提。

但看着那十几个和王婷一起训练的女孩,殷小妙就觉得,他说的这个很实际。

陈广在边上也附和道:"没有资金注入,靠接舞狮的单子,婷婷这场地再便宜,也很难长久维持下去。"

殷小妙点了点头,这时场地里的锣鼓声停歇了,那些女孩子说笑着去了更衣室,准备换衣服离开,而王婷冲殷小妙挥了挥手,并没有过来,而是在跟两个女孩子低声聊些什么。殷小妙听着,隐约是那两个女孩子家里有困难,所以想放弃学业,去夜店、大排档卖酒赚些提成,帮贴家用。

"教练,单靠舞狮这边给的津贴,我们撑不下去。"其中一个女孩子说道。

而另一个女孩子,殷小妙看见她扯了扯同伴的衣服,然后开口道:"教练,这边一个月就出几次狮,就算能赚点钱,您都分给我们了吧?这场地,恐怕您都得自己亏钱……我们去卖啤酒，也不是做什么坏事，您放心，家里情况好些，我们就会回去上学的了。"

懂事得让人心痛的感觉，殷小妙听着，就生出不忍来。

王婷并没有放弃，她仍在劝说她们，殷小妙远远听着，王婷那些话很耳熟，再仔细回味一下，似乎是张桂梅的纪录片里那位女校长的话语。王婷说单口相声也许有一套，但这种导人向上的话，并不是她擅长的，她自己本身就没上完高中。

所以，殷小妙看着她努力而笨拙地说着一些张桂梅纪录片里的话，来宽慰和劝导那两个女孩。

就在这种氛围里，边上的陈杰对殷小妙说道："我们村里，三叔公之前对我教女孩子舞狮是很愤怒很抗拒的，是真生气。直到那天约战，三叔公当时就在现场。看了殷师傅的'张飞狮'之后，三叔公几乎180度转弯。"

陈广在边上笑着插嘴："是啊，谁也没想到，我那天提了一嘴之后，三叔公说他可以投钱，嗯，按他的说法是赞助，每年可以赞助几十万。我们有些吃惊，问三叔公为什么。"

答案很简单，三叔公觉得，殷小妙她们舞的狮，才是三叔公认知里的醒狮！

于是陈广和陈杰觉得很意外之后，去联系其他人等，发现不只三叔公，当时在场看约战的，那些做小生意的，很多人都愿意每年赞助一点。

"前提是，殷师傅，卢师傅，你们在这支醒狮队，至少名义上，这是你们的醒狮队。"陈杰看着殷小妙说道。

没等殷小妙开口，陈杰又接着说道："但是，我希望殷师傅答应我，一定不要让其他人做那种高危动作！你们最好也不要再做那种高危动作！普通人，或者说普通舞狮者这么干，是会出人命的！"

"一旦出事，不利于醒狮的推广？"殷小妙一听就明白陈杰的意思了。

卢珍就有些不以为然："没点难度，有什么好玩？不如去玩角色扮演！"

殷小妙望了一眼王婷，她仍在努力，那两个女孩低泣着，不住地点头。

"好。"殷小妙冲着陈杰点了点头，"麻烦你约一下那些愿意赞助的商家，抽空一起吃个饭。"

"不玩高危动作？不然我真的不敢帮这个忙！"陈杰很担心。

殷小妙望了一眼跟那两个哭泣的女孩拥抱在一起的王婷，对着陈杰说道："好。"

望着陈杰和阿广离开的背影，殷小妙拍了拍有些不以为然的卢珍："我们不是在玩。"

"推广醒狮嘛，行吧，我肯定支持你。"阿珍笑着抱了抱殷小妙。

但殷小妙摇了摇头，望了一眼那两个女孩和王婷，她说："你看，有月光。"

月色如水，轻柔地染在王婷身上，她黑瘦的脸便有些模糊，入眼是她被月色染白的侧影，灿烂，绚丽动人，可以照亮那两个女孩脚下的路。

也许都市的夜晚里，在各式霓虹灯的映照下，其实已经很难再看清月光了。

但明月常在，长驻心间。

照亮前方，便是炽热。